KB252562

왕의 그림자

이 도서의 국립중앙도서관 출판시도서목록(CIP)은
e-CIP 홈페이지(http://www.nl.go.kr/cip.php)에서 이용하실 수 있습니다.
(CIP제어번호: CIP2007001022)

| 아침이슬 청소년 ＊ 007 |

왕의 그림자

엘리자베스 앨더 지음 | 서남희 옮김

아침이슬

앵글로 색슨이 지배했던 영국의 마지막 날들

유럽 대부분이 암흑 시대였던 천여 년 전에 영국의 수도사들은 자기 땅의 역사를 기록하기 시작했습니다. 각 수도원마다 '사건의 연대기'를 기록했지요. 후에 이 연대기들이 함께 묶여 이 모음집은 '앵글로 색슨 연대기'로 불리게 됩니다. 수도사들의 이런 노력 덕분에 우리는 영국 역사 중 앵글로 색슨 시대에 일어난 일에 대해 알 수 있습니다. 특히 1066년의 헤이스팅스 전투는 앵글로 색슨 시대의 종말과 노르만 시대의 시작을 알리는 중요한 전환점이었습니다.

나는 이 소설에서 앵글로 색슨 역사에 정통한 학자들의 연구를 바탕으로 앵글로 색슨이 지배했던 영국의 마지막 날들을 되도록 정확하게 그려 보려 했습니다. 하지만 역사는 인문학이지 과학이 아닙니다. 따라서 역사가들이 어떤 사건에 대해 의견을 달리할 때는 이 소설에 가장 잘 어울리는 해석을 선택했습니다. 예를 들어 기록에는 1064년에 해럴드 고드윈슨이 노르망디에 있는 윌리엄 공작의 궁정에서 몇 주를 보냈다고 나와 있습니다. 어떤 역사가들은 그가 외교 업무 때문에 일부러 그곳까지 항해해 갔다고 말합니다. 반면 폭풍을 만난 해럴드가 적대적인 노르

망디 해안까지 떠밀려 간 것이라고 주장하는 이들도 있지요. 나에게는 두 번째 해석이 훨씬 매력적이었고 한층 재미있는 이야기를 만들 수 있었습니다. 해럴드가 노르망디에 머무른 적이 있었고, 윌리엄 공이 브르타뉴의 반란을 제압할 때 함께했으며, 물에 빠진 노르만 군사를 구했다는 내용은 모두 역사적 사실에 근거한 것입니다. 1066년의 사건들 또한 마찬가지입니다.

이 책의 주인공 에빈의 이름은 그 어느 연대기에서도 찾아볼 수 없지만 해럴드 왕의 곁에 그를 돕는 종자가 있었으리라는 것은 당연합니다. 르위스, 하콘, 알프레드 수사도 상상의 산물이지만 그 밖에 다른 주요 인물들은 열정과 충정, 탐욕과 잔인함과 의지를 가진, 그래서 한 나라의 운명을 바꾸었던 실제 인물들을 바탕으로 묘사했습니다.

데니스 버틀러에게 감사를 전하고 싶습니다. 그분의 상상력 덕분에 이 시기를 생생하게 되살릴 수 있었습니다. 다른 역사가들의 도움 또한 잊을 수 없습니다. 그분들의 연구는 참으로 귀한 것이었습니다. 혹시나 잘못이 있다면 모두가 나의 책임입니다.

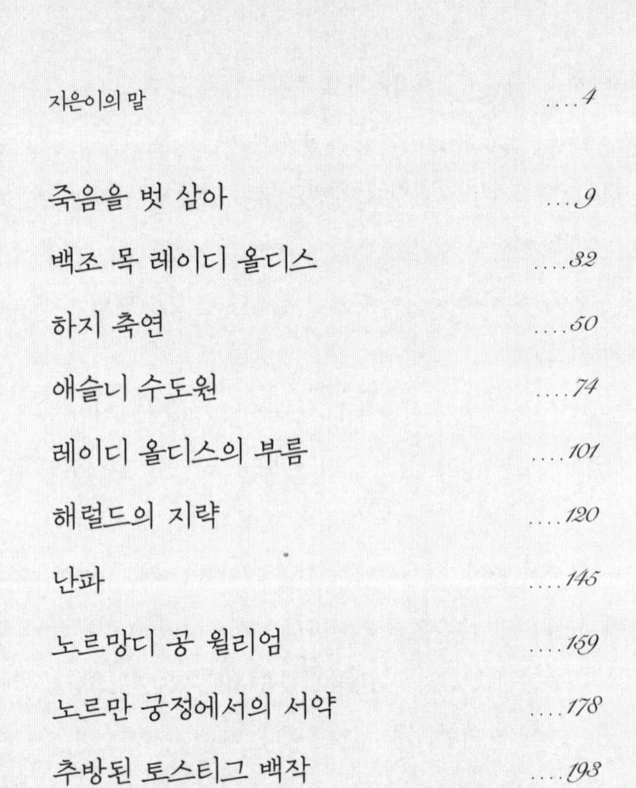

노섬브리어
아일랜드
스탐포드 브리지
요크
험버 강
영국
아일랜드 해
머시어
웨일스
이스트 앵글리어
런던
옥스퍼드
템즈 강
카마던
도버
웨식스
샌레크
헤이스팅스
플랑드르
엑서터
루앙
프랑스
영국 해협
노르망디
N
W   E
miles
0 25 50 75
S
브르타뉴

죽음을 벗 삼아

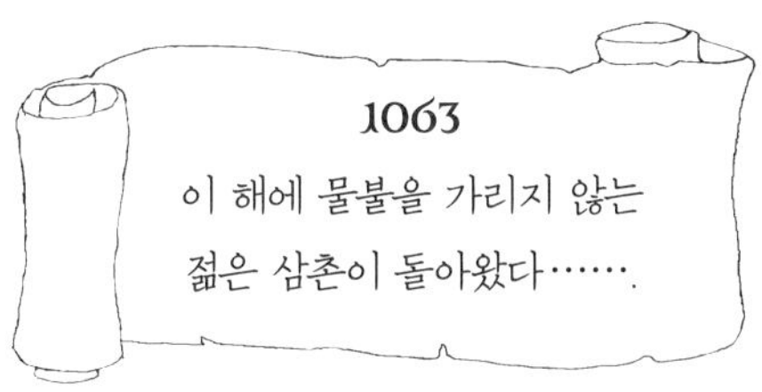

멀리서 성난 늑대가 울부짖는 듯한 천둥소리가 들려왔다.

에빈은 돌투성이 비탈을 서둘러 올랐다. 어두운 구름들이 카마던의 둥근 산들 위에 낮게 부풀어 있었다. 꼭대기에 올라 보니 낮은 산들이 이어진 서쪽 끝 비탈에선 이미 비가 쏟아지고 있었다. 저 아래쪽에서는 두건을 뒤집어쓴 양치기 셋이 양 떼를 허둥지둥 울안으로 몰아가고 있었다.

서두른다면 비 피할 곳을 찾기 전에 한 번 더 노래를 낭송해 볼 수 있을 것이다. 그동안 양 떼를 돌보느라 너무 바빠서 일주일 남짓 연습할 틈을 찾지 못했다. 벌써 부활절 주일이 되었다. 오랫동안 기다렸던 바로 그 날이다.

에빈은 시원한 산 공기를 깊이 들이마시고 낭송을 시작했다.

　산들은 높고 골짜기는 어둡네.
　바위는 거뭇하고 좁은 길은 두렵네…….
　그토록 사랑하던 올리버가 죽어 쓰러진 것을 보고
　롤랑은 동료들과 비탄의 눈물을 뿌리네…….
　너무 슬픈 나머지 서 있을 수조차 없네.

부드러운 테너 목소리가 깊은 강물처럼 흘러나왔다. 그러다 갑자기 노래가 그쳤다.

"이런! 다음이 뭐더라?"

머릿속이 깜깜했다. 오늘 밤에도 이렇게 막혀 버린다면 온 마을 사람 앞에서 웃음거리가 될 것이다. 영주가 농노에게 부활절 축제에서 노래를 낭송하게 하는 건 극히 드문 일이었다. 에빈은 떠돌이 음유 시인에게서 한 번에 한 구절씩 '롤랑의 노래'를 배워 외우곤 했다. 글을 안다면 훨씬 쉬웠겠지만 이 때에는 오로지 수도사들만 글을 읽을 수 있었다. 당연히 에빈은 글을 몰랐고 설사 알았다 하더라도 이 한가로운 카마던에는 읽을 책이 없었다. 아름다운 카마던, 앵글 족과 색슨 족이 지배하는 왕국 서쪽 변두리의 작고 단조로운 변경지에는.

에빈은 갓 돋은 봄풀을 무심히 뜯으며 노래를 되풀이했다. 다음 구절이 생각나기를 바라면서. 샤를마뉴 대제의 후위대를 이끌었던 롤랑의 노래를 부르는 날이 오기를 얼마나 기다렸던가. 적들로부터 샤를마뉴 대제를 보호하기 위해 당당히 싸우다가 죽음을 택한 그의 이야기를.

"산들은 높고……."

소년은 음유 시인의 목소리를 타고 났다. 에빈은 그런 점에서 자기가 운이 좋다고 생각했다. 작년에 목소리가 변하긴 했지만 에빈의 목소리는 여전히 감미로웠고 마치 꿀을 바른 듯 깊이가 더해졌다.

"산들은 높고 골짜기는 어둡네……."

외부인들은 에빈이 속한 킴리 족을 웨일스 족 또는 브리튼 족이라고 불렀다. 킴리 족은 음유 시인을 귀하게 여겼다. 사실 음유 시인은 북부 땅 어디에서나 귀한 대접을 받았다. 에빈은 자신의 목소리가 땅에 속박된 농노의 답답한 생활에서 벗어날 기회를 줄지도 모른다고 생각했다. 법적으로 에빈은 자유민이었다. 하지만 아버지나 조상들처럼 땅에 속박되어 있기는 마찬가지였다. 그러나 음유 시인은 원하는 곳이면 어디든 돌아다닐 수 있었다. 영주들은 이야기를 듣는 대가로 시인을 환대할 의무가 있었기 때문이다. 오늘 밤에는 에빈에게 기회가 왔다. 만약 낭송을 잘 해낸다면 운명은 바뀌리라. 이 춥고 가난한 삶에서 아버지와 내가 벗어날 수 있으리라.

축축한 바람이 에빈의 얼굴을 때렸다. 눈 앞을 가린 검은 머리칼을 털어 내자, 활 한 바탕 거리에서 산꼭대기를 오르고 있는 여행자가 보였다. 그는 사람 등 높이 정도의 비탈에 방책이 빙 둘러쳐진 라이왈론의 장원을 향하고 있었다. 에빈은 좀 더 잘 보려고 눈을 가늘게 떴다. 이곳에는 여행자들이 매우 드물었기 때문이다.

나그네는 젊은 사람으로 에빈처럼 푸른빛이 도는 검은 머리칼이 목까지 곧게 드리워져 있었다. 키가 크지도 어깨가 벌어지지도 않았지만 많은 산지 브리튼 족처럼 강인해 보였다. 나그네는 다 해진 봇짐을 메고 있었고 여행을 오래 한 사람답게 보폭도 일정했다. 나그네는 라이왈론 장원의 방책을 슬쩍 보더니 어느 순간 힘들이지 않고 휙 넘어 들어갔다. 그 바람에 별 하나 없는 밤처럼 새까만 까마귀가 길 옆 도랑에서 푸드덕 날아올랐다. 시체나 먹고 다니는 그 날짐승은 놀란 나머지 날카롭게 깍깍거리며 나그네의 길을 가로질러 갔다. 나그네는 순간 멈칫 굳어져 버렸다. 까마귀 그림자는 나쁜 징조였다.

'죽음의 전령이다.'

잿빛 안개 속으로 사라지는 새를 바라보며 에빈은 생각했다.

여행자는 잠시 넋이 나간 듯했지만 곧 성호를 긋고 다시 발걸음을 옮겼다.

나그네는 에빈이 숨을 죽이고 자세히 관찰하고 있는 것도 모르고 에빈이 있는 산꼭대기 바로 아래 난 길을 지나갔다.

'어디서 본 얼굴인데.'

나그네도 에빈의 아버지와 에빈처럼 양쪽 뺨에 있는 색깔 점 때문에 옅은 피부색이 좀 짙어 보였다. 소년은 나그네가 그냥 지나가게 두었다. 여느 때면 여행자를 불러 세워 새로운 소식이 있나 물어보았을 것이다. 에빈은 그런 식으로 떠돌이 땜장이들과 상인들한테서 영어를 조금 배웠다. 하지만 이번에는 달랐다. 까마귀 그림자가 드리워진 사람과는 조금도 친해질 생각이 없었다.

'틀림없이 라이왈론한테서 일거리를 얻으려는 떠돌이 장사치일 거야.'

에빈은 생각했다.

그러나 나그네는 라이왈론의 저택 쪽으로 가지 않고 에빈과 아버지가 사는 오두막 쪽으로 길을 꺾었다. 나그네가 주인이 있는지 확인하지도 않고 안으로 쑥 들어가 버리자 소년의 놀라움은 커져만 갔다. 아버지에게 손님이 올 일이 없었기 때문이다.

에빈은 나는 듯이 산 아래로 뛰어 내려갔다. '롤랑의 노래'는 머릿속에서 사라진 지 오래였다. 바람이 얼굴을 거세게 때리며 지나가는가 싶더니 빗방울이 떨어지기 시작했다. 위를 흘깃 보니 저 멀리 보이던 산들이 잿빛 구름 속에 완전히 가려졌다. 에빈은 가파른 길을 게처럼 허둥지둥 내려가서는 평지까지 날다시피 달려갔다. 주변에 뭐가 있는지 돌아볼 새도 없었다. 마을 소녀들이 목초지에서 양 떼를 몰고 오는 것도, 자신이 거위 떼 한가운데를 뚫고 달리는 바람에 거위들이 놀라 꽥꽥거리는 것도 몰랐다. 오두막에 다다른 에빈은 쏜살같이 안으로 뛰어 들어갔다. 그런데, 세상에. 아버지와 나그네가 서로 부둥켜안고 있는 게 아닌가!

"물론 이제부턴 우리와 함께 지내겠지?"

에빈의 아버지가 말하고 있었다.

나그네는 좁아 터진 한 칸짜리 오두막을 못 미더운 듯 둘러보았다. 벽에서 벽까지는 세 걸음이면 충분했고 석회가 떨어져 나간 틈으로 바람이 스산하게 스며들었다. 문 옆에는 낡아 빠진 튜닉 몇 벌이 걸려 있을 뿐이었다.

"저까지 끼면 너무 좁지 않을까요?"

"좁기는……."

아버지의 얼굴에서 웃음이 바래 갔다.

"지난겨울 마을을 휩쓴 열병에 조앤과 어린것들이 모두 세상을 떠났단다."

에빈은 어머니와 어린 동생들이 자던 빈 공간을 바라보았다. 늘 느끼던 무거움이 또다시 마음을 짓눌렀다. 지난 몇 달은 참으로 슬펐다.

"에빈, 너 왔구나."

아버지가 다른 데로 화제를 돌리게 되어 반가운 듯 말했다.

"이리 오너라. 모건 삼촌에게 인사하렴."

삼촌이라고? 에빈은 어리둥절해서 뺨이 붉어졌다.

'그럼 이 이상한 남자가 친척이었구나. 진작 알아볼걸.'

남자는 아버지와 정말 닮았던 것이다.

"삼촌, 안녕하세요?"

"그래, 조카야."

모건 삼촌은 능숙한 말 상인처럼 에빈을 위아래로 훑어보았다.

"지난번에 봤을 때는 키가 아버지의 허리띠에도 못 미치더니……. 이젠 세상에……."

그가 싱긋 웃었다.

"겨울을 열세 번은 보낸 것 같구나, 그렇지?"

"너도 많이 변했다."

에빈의 아버지가 끼어들었다.

"여길 떠날 때는 비쩍 마르고 도무지 가만있지 못하는 젊은 애였는데……. 그게…… 보자……. 한 팔구 년 전인가? 이젠 대장장이처럼 팔뚝이 단단한 어른이 되었구나."

에빈은 삼촌을 뜯어보았다. 앞에 서 있는 두 남자가 어찌나 닮았는지 신기할 정도였다. 키는 눈과 눈이 마주칠 정도로 똑같았고, 둘 다 너무 마르지도 너무 떡 벌어지지도 않은 체격이었다. 둘 다 새까만 머리에 바다와 같은 잿빛 눈동자를 하고 있었다. 피부는 뺨 위의 붉은 반점만 빼면 새하얬다. 둘 다 브리튼 족 스타일의 짙은 색 반바지에 밤색 튜닉을 입고 허리에 벨트를 하고 있었다.

겉모습은 아주 닮았지만 들은 얘기가 사실이라면 둘의 기질은 매우 달랐다. 에빈의 아버지는 차분하고 참을성이 많았고 화도 잘 내지 않았다. 산처럼 늘 한결같은 사람이었다. 반면 삼촌은 산만하고 열정적이었다. 아버지가 이 거칠고 위험한 동생에 대해 해 준 이야기에 따르면, 삼촌은 물불 안 가리는 청년기를 보내다가 마침내 무모하게 떠나 버린 사람이었다.

두 남자는 다시금 껴안았다. 지난날 서로 불화했다 해도 이제는 아니었다.

"일자리가 필요해요, 형님."

모건 삼촌이 미안해하며 말했다.

"먹고 살려면 일을 해야지요……. 전 말을 잘 다룬답니다."

에빈의 아버지가 웃음을 터뜨렸다.

"왠지 너는 말처럼 일할 것 같구나. 이곳 카마던은 네가 떠난 후에도 별로 변하지 않았단다. 땅은 돌투성이고 비는 엄청나게 쏟아지지. 먹을 입이 하나 더 늘긴 했지만 일손은 둘이 생겼으니 정말 든든하구나."

"삼촌은 외스터 축제에 맞춰 오신 거예요."

에빈이 덧붙였다.

"오늘 밤에 영주님의 저택에서 음악과 노래가 있을 거예요."

"에빈이 너무 겸손하구나."

아버지가 말했다.

"가장 중요한 말을 빼먹었어. 라이왈론 영주님이 에빈에게 낭송을 부탁하셨다. 에빈의 목소리가 뛰어난 음유 시인의 목소리에 뒤지지 않는다면서."

모건 삼촌의 짙은 눈썹이 감탄과 자랑스러운 빛을 띠며 올라갔다.

"가문의 영광이군……. 이렇게 어린 음유 시인이라니. 황금 혀를 가진 에빈 님은 무엇을 낭송하실 건가? 프랑스의 연애담인가, 아니면 아서 왕 시절의 이야기인가?"

"만난 지 얼마 되지도 않았는데 벌써 놀려 대는구나."

아버지가 나무랐다.

"아니, 아닙니다. 놀리는 게 아닙니다. 에빈, 나도 그 축제에 가고 싶구나. 외스터 축제에서 그리스도와 함께 기뻐하는 건 좋은 일이 니까."

그러더니 삼촌이 덧붙였다.

"나도 영주님을 뵙고, 다시 한 번 그분의 땅에서 일할 수 있게 부 탁드려야 해. 맥주로 마음이 좀 풀어지시면 그때 부탁드리는 게 현 명하겠지. 그리고 사실은……."

삼촌이 한숨을 쉬었다.

"나도 좀 즐기고 싶거든."

에빈이 아버지를 쳐다보았다.

"함께 가거라, 에빈."

아버지가 말했다.

"난 이 굴레를 마저 만들고 가겠다. 저녁 늦게나 가게 될 거야."

아버지가 에빈의 머리칼을 다정하게 헝클었다.

"오래 걸리지는 않을 게다. 나도 네 낭송을 듣고 싶거든."

모건은 에빈의 어깨를 감싸며 저택으로 가는 비탈을 성큼성큼 걸 어갔다. 아버지는 문을 연 채 서 있었다.

"에빈, 삼촌을 조심시켜야 한다."

아버지가 뒤에서 이렇게 외치고는 한바탕 웃었다. 에빈도 싱긋 웃으며 길이 꺾이는 모퉁이에서 마지막으로 손을 흔들었다.

에빈과 삼촌은 곧 장원으로 가는 길로 접어들었다. 장원은 끝이 뾰족한 통나무 방책으로 둘러싸여 있었다. 그 안에는 지붕이 가파 른 외양간, 대장장이와 목수들의 작업장, 노예들의 오두막, 그보다 더 작은 오두막 몇 채가 있었다. 오두막은 모두 잔 나뭇가지와 회반죽을 섞어 지은 초가집이었다. 마침내 라이왈론의 2층짜리 목제 홀이 보였다. 홀의 널찍한 위층에는 여자들이 거주했다.

에빈의 영주는 재산이 꽤 있는 지주였다. 성격이 포악한 이웃 영주 그리핀만큼 세력이 크고 부유하지는 못했지만 양이 수백 마리에 소도 수십 마리가 넘는 부유한 영주였다. 아일랜드 출신 노예들이 서른 명도 넘었고 그의 땅과 작업장에서 일하겠다는 서약을 맺은 농노들도 그 정도 되었다.

저녁 어스름이었는데도 문은 열려 있었다. 주근깨투성이 노예 소년이 보초를 서 있었고 하프 소리가 마당까지 흘러나왔다.

"아주 재미있을 것 같은데?"

모건 삼촌이 홀의 널찍한 문을 들어서며 말했다. 문턱을 넘는 순간 나날이 이어지던 땀과 굶주림, 허리가 부러질 정도의 고생은 뒤로 멀어졌다. 아름답고 매혹적인 요술 나라에 들어선 것 같았다. 그레이트 홀 한가운데 피워 놓은 화톳불에서 피어오르는 연기가 동굴 같은 실내를 뿌옇게 떠다녔다. 그곳은 꿈결같이 따스했다. 높직이 걸린 기름등잔이 저마다 은은한 그림자를 드리우며 살그머니 흔들렸다. 들보에는 기이한 용과 매들을 짜 넣은 진홍색과 하늘색, 금색 깃발들이 걸려 있었다.

에빈은 사람들과 인사를 나누었다. 모두들 몇 달 동안 이 잔치를 기다렸다. 오늘은 기쁨이 넘쳐 나는 축제였다. 에빈은 싱글벙글 웃는 얼굴들, 친근한 수다들, 구슬이 굴러가듯 맑은 웃음소리에 둘러싸였다. 주빈석에서 라이왈론의 옆 자리에 앉는 영광을 차지한, 앞 못 보는 하프 연주자는 악기를 무릎에 놓고 멜로디를 뜯고 있었다.

푹푹 끓인 사슴 고기 냄새가 갓 구워 낸 빵 냄새와 어우러지며 홀 안을 가득 채웠다. 식탁에는 치즈 접시와 작년에 딴 사과들이 그득했다. 노예들이 꿀 향기가 그윽한 벌꿀 술 주전자를 들고 분주히 움직였다.

"오!"

모건 삼촌이 가까운 식탁에서 벌꿀 케이크를 집으며 말했다.

"라이왈론 영주님은 잔치를 열었다 하면 늘 제대로라니까."

외스터 축제는 새벽과 풍요를 상징하는 색슨 족 여신인 외스터의 이름을 딴 봄 축제로, 옛 이단 시대에서 비롯되었다. 그것은 기나긴 겨울 동안의 굶주림이 이제 끝나 간다는 것을 상징했다. 기독교 사제들이 이 땅에 들어온 다음부터 외스터 축제는 그리스도가 죽음에서 부활하는 축제가 되었다. 기독교 사제들은 옛 관습과 이름을 없애려고 다툼을 일으키느니 옛것과 새것을 어우러지게 하는 게 현명하다고 판단했다. 그래서 외스터는 기독교의 부활절 축제로 살아남게 되었다. 하지만 모두가 기독교도인 것은 아니었다. 지금도 산 위쪽으로 깊이 들어가면 드루이드 족의 옛 풍습을 그대로 따르는 종족들이 있고, 저 아래 바닷가에는 토르 신의 이름을 걸고 맹세하는 바이킹의 후예들이 많이 살고 있다. 하지만 라이왈론은 기독교도였고 라이왈론에 몸 붙여 사는 농노와 노예들도 세례를 받게 했다. 이곳 라이왈론 영지에서는 오로지 그리스도만을 섬겼다.

그래서 기다란 의자에 자리를 잡은 모건 삼촌이 탁자 위에 놓인 벌꿀 술을 들고 부활하신 주님을 위해 첫 번째 건배를 올리자고 외쳤던 것이다.

동의와 찬성의 환호성이 서까래까지 울려 퍼졌다. 사람들은 술을 더 달라며 뿔잔을 높이 들었고, 그레이트 홀에서 오가는 이야기 소리는 곧 벌집처럼 시끌시끌하게 웅성거리며 메아리쳤다.

에빈은 다른 소년들과 함께 봄갈이에 대해 얘기를 나누었다. 라이왈론이 언제 씨를 뿌리라고 할지, 늦여름이 되면 누구네 돼지가 가장 통통해질지 어림해 보기도 했다. 내일 하루 일이 다 끝나면 막대기와 공을 갖고 신나게 놀아 보자는 소년들도 있었다.

붉은 머리 노예 소녀가 무거운 술 주전자를 들고 한 바퀴 돌 때, 모건 삼촌이 술잔을 채워 달라고 부르는 게 에빈의 눈에 띄었다. 곧 삼촌의 얼굴이 불콰하게 달아올랐고 말도 어눌해졌다. 삼촌은 별일 아닌 것에도 남들보다 더 크게 껄껄거렸다.

갑자기 말소리가 뚝 그치더니 홀 안에 기묘한 정적이 흘렀다. 군중 사이로 새로운 소식이 나직이 퍼져 가자 사람들이 하나둘씩 그레이트 홀의 열린 문 쪽으로 고개를 돌렸다.

문 앞에는 막 도착한 손님 셋이 서 있었다. 그리핀의 아들들이었다. 세력 있는 아비 덕분에 법의 보호를 받으며 거드름을 떠는 불량배로 알려진 자들이었다. 그들은 그리핀 가문의 문장인 멧돼지처럼 위험하고 막무가내였다. 라이왈론 쪽 사람들은 그리핀의 아들들에게 코뼈가 부러지거나 팔을 다친 경우가 많았다. 골짜기 사람들은 모두 그들을 두려워하고 증오했지만 어떤 영주도 감히 그들을 박대하지 못했다. 그들을 푸대접하면 세력 있는 그리핀 가문을 모욕하는 셈인데 그리핀은 자기 성을 무장한 부하들로 가득 채울 수 있을 만큼 금이 넉넉했기 때문이었다.

"쭉 들이키게, 친구들."

그리핀의 아들 중 하나가 지나가는 노예 소녀에게서 술 주전자를 낚아채며 말했다. 마을 사람들이 미덥지 않은 표정으로 바라보자 그가 되풀이했다.

"쭉 들이키자니까. 우린 그저 외스터 축제를 즐기러 온 거라고."

그는 한바탕 웃더니 긴 의자를 향해 비틀비틀 발걸음을 옮겼다. 에빈은 여기가 오늘 그의 첫 술자리가 아니라는 것을 알아차렸다.

삼촌이 화난 표정으로 앞으로 나서자 에빈이 얼른 달려가 팔을 붙잡았다.

"삼촌, 이 주빈석 옆에 앉아 계세요."

삼촌의 신경을 다른 데로 돌리고 말썽을 피하려면 뭔가를 해야 했다. 아버지가 아직 오지 않았지만 낭송을 시작해야 할 것 같았다.

에빈은 모건 삼촌이 긴 의자에 도로 앉아 육중한 기둥에 몸을 기대는 것을 보며 하프 연주자의 귀에 뭐라고 속삭였다.

곡조가 흥겹게 바뀌었다. 하프 연주자의 옆에 선 에빈의 머리칼이 불빛에 반짝거렸다. 불안이 그의 신경을 올올이 곤두세웠다. 언제나 첫 부분이 가장 힘들었기 때문이다. 하지만 일단 첫 구절을 떼자 콩닥대던 가슴이 가라앉았다. 처음에는 어조도 빠르고 목소리도 너무 높았지만, 차츰 음색이나 속도가 제자리를 잡으며 이야기가 술술 풀려 나갔다.

에빈은 샤를마뉴 대제가 아끼는 조카, 롤랑의 슬픈 이야기를 낭송했다. 용기와 명예, 죽음에 대한 이 이야기는 참으로 낭송할 만했다.

위대하신 황제 샤를마뉴 대제는

칠 년이란 긴 세월을 스페인에서 보냈네.

위로는 높은 땅에서부터 아래로는 바다까지

정복치 않은 곳이 없었네.

성채도 그를 막지 못했고,

성벽이나 도시도 무너지지 않은 곳이 없었네.

높은 산 위에 세워진 사라고사 위엔

마실라 왕이 그곳을 지키고 있었네.

하느님을 사랑하지 않는 자였네……

에빈은 홀 안을 둘러보았다. 이제는 다른 종류의 숨죽임이 흐르고 있었다. 그리핀의 아들들에 대한 두려움은 잠시 물러가고 즐거움이 천천히 되돌아왔다. 노인들은 탁자 위에 턱을 괴고 앉아, 수없이 들은 그 이야기를 하나라도 놓칠세라 귀를 세우고 있었다. 무리 지어 있는 여자들의 눈은 모두 에빈이 서 있는 주빈석을 향해 있었다. 구석에서 뼈를 갖고 시끌벅적 놀던 소년들은 게임을 잠시 멈춘 상태였다. 눈이 어두운 하프 연주자는 에빈의 옆에 앉아 타오르는 불빛을 받고 있었다.

산들은 높고 골짜기는 어둡네.
바위는 거뭇하고 좁은 길은 두렵네.
프랑크 족의 본대가 힘겹게 통과하던 그날,
70여 킬로미터 떨어진 곳에서도
그들의 행진 소리가 들렸네.
그러나 주군의 땅인 가스코뉴 근처까지 왔을 때
두고 온 영지와 어린 처녀들과 부드러운 아내들을 떠올리며
가련한 마음에 마침내 울지 않는 자 없네.
그 누구보다 샤를마뉴는 마음이 무겁네.
스페인의 산길에 조카를 두고 왔으니
애통한 마음 절절해 눈물을 흩뿌리네.

에빈은 낭송하며 잠시 눈을 감았다. 애절하고 고달픈 그날의 광경이 또렷하게 떠올랐다. 잠시 노래를 멈춘 에빈의 앞에서 불꽃이 탁탁 튀는 소리가 들렸다. 불꽃 너머 홀 저 끝에서 낭송을 듣고 있는 사람들의 모습이 뜨겁게 타오르는 불에 유령처럼 흔들리는 듯했다. 에빈은 깊이 숨을 들이마시고 다시 낭송을 시작했다.

그때 올리버가 높은 산으로 올라가니

이교도 무리들이 보이네…….

그가 동료인 롤랑에게 외치네.

"스페인 쪽에서 엄청나게 번쩍이는 것들이 몰려오고 있다.

수천의 하얀 쇠사슬 갑옷들과 수천의 번쩍이는 투구들이.

그들은 성난 파도처럼 우리 프랑크 족을 덮치리라."

금 박힌 투구들과 방패들과 수놓인 쇠사슬 갑옷들과

창들과 깃발들은 번쩍번쩍했고…….

그것을 셀 수 있는 자 없으리니

그 수가 너무도 어마어마했기 때문이네.

"이슬람 교도들이 보인다."

올리버가 말했네.

"여태 이렇게 많은 군사는 처음 본다.

전위대들은 수천 수만에 달하고,

모두 방패와 투구와 흰 쇠사슬 갑옷을 쩔렁대고 있다.

모두 창을 높이 들었고 창끝은 번쩍인다…….

이단의 무리는 참으로 많고 우리의 수는 너무도 적구나.

나의 동료 롤랑이여, 제발 상아 나팔을 불게.

샤를마뉴 대제께서 그 소리를 듣고

군을 이끌고 되돌아오실 수 있도록."

"어리석은 행동일 뿐."

롤랑이 말했네.

"이제 하느님께서 나를 통해 내 혈족의 명예를 지키실 것이네.

나는 먼저 여기 내 허리에 찬 명검, 뒤랑달로 공격하겠네.

자네는 그 칼이 피로 물드는 것을 보게 될 것이네.”

롤랑은 용감하고 올리버는 지혜롭네.

그들은 둘 다 훌륭한 사람들이네…….

무장하고 말에 탄 그들은 전투에서 도망하느니 죽는 편을 택하리.

산들은 높고 골짜기는 어둡네…….

라이왈론 쪽 사람들은 에빈의 부드러운 목소리에 사로잡혀 넋을 잃은 채 낭송을 듣고 있었다. 그때 음울하게 앉아 있던 그리핀의 아들들이 뭐라고 속삭이더니 갑자기 가장 젊은 놈이 비틀거리며 일어났다. 그는 뿔잔을 높이 들고 에빈의 낭송에 끼어들어 온 마을 사람들에게 조롱을 던졌다.

“다산의 여신이신 외스터를 위하여!”

에빈은 순간 멈췄다. 하프 연주자의 손가락도 떨리는 현 위에서 정지되어 버렸다. 마을 사람들은 경악하며 눈길을 돌렸다.

이것은 라이왈론에 대한 의도적인 모욕이었다. 그리핀의 아들들도 라이왈론이 기독교도라는 것을 잘 알고 있었다. 그러나 명예는 복수를 요구했지만, 지혜는 ‘기독교의 평화’라는 이름으로 침묵을 요구했다. 저자는 술에 곤드레가 되어 지금 자기가 뭐라고 지껄였는지도 모르리라. 아무 말 하지 않는 것이 최선일 것이다.

하지만 자부심에 찬 심장으로 생각하지 머리는 쓰지 않는 데다 어리석게도 너무 많이 마신 모건이 비틀거리며 일어섰다.

"이곳에선 오로지 그리스도만을 경배한다."

모건이 말했다. 에빈은 목줄기에서 피가 펄떡대는 것을 느꼈다. 땀이 목 뒤를 타고 흘렀다.

그리핀의 막내아들이 바닥에 침을 훅 뱉었다.

"너희 기독교도 놈들 때문에 우리 브리튼 족이 멸망당할 거야. 왕년에는 우리 카마던 사람들도 용맹무쌍했는데 이놈의 예수쟁이들이 우릴 겁쟁이 토끼로 만들고 있어."

"늙어 빠진 잡신들이 너희에게 뭘 해 줬는데?"

모건이 비웃음을 날렸다.

"온갖 악행이나 저지르고 다니는 게 그렇게 좋더냐?"

그리핀의 막내아들이 쏜살같이 튀어나와 칼집에서 단검을 꺼내 들었다.

"맛 좀 봐라!"

그가 외쳤다.

"삼촌, 조심해요!"

에빈이 소리쳤다.

개개풀린 눈이 제대로 돌아온 모건이 에빈 쪽을 휙 보더니 갑자기 문 쪽으로 뛰어갔다.

이를 본 그리핀의 아들들이 분노로 그르렁대며 그를 뒤쫓았다.

그 다음 사건들은 너무 순식간에 일어나서 에빈은 무슨 일이 났는지 거의 기억할 수 없었다. 모건은 골풀로 짠 깔개 위를 거의 날다시피 화급하게 홀 문을 향해 뛰어갔다. 밖은 이미 어두웠고 비까지 추적추적 내리고 있었다. 대장간과 노예 오두막 사이에서 그리핀 형제들에게 몰린 모건이 자포자기한 채 몸을 돌렸다. 그리핀의 아들들은 저마다 단검을 빼들고 모건 쪽으로 다가갔다. 모건은 근처에 있던 유일한 무기를 확 잡았다. 대장장이가 식히려고 물통 안에 넣어 놨던 철물이었다. 모건은 그게 전투 도끼라도 되는 듯이 양손으로 잡고는 바로 앞에 있는 그리핀의 아들에게 확 휘둘렀다. 홀에서 모욕적인 말을 뱉었던 막내아들이었다. 머리를 맞은 그는 끽소리도 못한 채 땅바닥에 픽 쓰러졌다. 푸른 망토가 얼굴과 어깨를 휘감았다.

그 일은 어찌나 순식간에 일어났던지, 어둠 속의 어렴풋한 일격과 아무 소리도 없는 털썩, 정도에 불과했다. 다른 두 남자가 동생 옆에 꿇어앉는 순간 모건은 그 철물을 버리고 열린 문으로 튀어 나갔다.

"죽었어."

동생을 살피던 금발 머리 남자가 분노에 차 말했다. 그는 더 이상 한 마디도 하지 않고 문을 지나 맹렬히 뒤쫓아 갔다.

에빈도 삼촌이 걱정되어 급히 뒤따랐다.

그리핀의 아들들은 어느 오두막 입구에서 윤기 나는 검은 머리의 남자를 발견했다. 보통 키, 너무 마르지도 않고 너무 떡 벌어지지도 않은 체격에 짙은 색 튜닉과 반바지를 입은 남자였다. 그리핀의 아들들은 말을 꺼낼 필요도 없이 순식간에 일을 벌였다. 남자와 맞닥뜨린 순간 단검을 높이 치켜들고 달려들어 바로 남자를 찔러 버린 것이다.

에빈은 인적 끊긴 길에서 그 모든 것을 보았다. 추격은 침묵 속에서 벌어졌고, 단검도 침묵 속에서 높이 들렸고, 살해도 침묵 속에서 이루어졌다. 아버지가 죽어 넘어지는 순간 에빈의 비명이 그 기묘한 정적을 갈랐다.

"안 돼!"

비명이 산과 산 사이를 메아리쳤다. 메아리가 스러지자 차가운 빗방울이 길가 웅덩이에 후드득후드득 떨어져 내리는 소리만 들렸다.

살인자들은 비명 소리가 난 곳을 에워쌌다.

"이 꼬마도 그놈과 같이 있었어! 삼촌이라고 불렀다고."

금발 머리 남자가 에빈을 가리키며 외쳤다.

"이 꼬마 토끼한테도 본때를 보여 줘야 해."

금발 머리 남자가 동생 앞으로 나섰다. 그러곤 에빈이 무슨 일이 벌어지고 있는지 미처 깨닫기도 전에 에빈을 땅바닥에 쓰러뜨리고 가슴 위에 올라탔다. 에빈은 폐에서 공기가 쑥 빠져나가는 것을 느꼈다. 벗어나려고 버둥거렸지만 팔은 이미 꼼짝 못하게 양옆으로 눌려 있었다.

추적추적 내리던 비가 폭우로 변하며 빗물이 차가운 얼음 바늘처럼 에빈의 얼굴을 때렸다. 금발 머리 남자가 기름진 머리칼을 얼굴에 내린 채 잔인하게 웃는 동안, 다른 남자가 단검을 꺼내 앞으로 내밀더니 한 손으로 에빈의 턱을 눌렀다. 그러고는 재빨리 칼질을 했다. 에빈은 입 안에서 뭔가 끔찍하게 타는 것을 느꼈다. 그 느낌은 곧 사라졌지만 목구멍을 꽉 채운 피 때문에 질식할 것만 같았다.

그리핀의 아들들은 뒤로 물러나 희생자를 내려다보았다.

"이 조그만 녀석, 이제 옛이야기 따위는 못하겠지."

그들의 웃음소리에 에빈의 귀가 멍멍해졌다. 그 웃음이 골짜기를 온통 채우는 것 같았다. 그제야 에빈은 무슨 일이 일어났는지 깨달았다. 그들이 혀를 도려낸 것이다! 형제를 죽인 사람과 친족이라는 이유로 자기가 보복을 당한 것이다. 그들은 악의에 차서 노예들한테나 하는 짓을 했다. 사람을 불구로 만들어 버리다니!

고통에 몸부림치는데 어디선가 달가닥거리는 소리가 들려왔다. 말발굽 소리였다. 누군가 말을 타고 전속력으로 달려오고 있었다. 보통 키, 너무 마르지도 않고 너무 떡 벌어지지도 않은 체격, 짙은 색 튜닉을 입은 윤기 나는 검은 머리 남자였다. 양 볼에 도드라진 붉은 기가 있었다.

"엉뚱한 사람을 죽이다니!"

말에 탄 사람은 라이왈론의 말 중 가장 힘센 밤색 말의 고삐를 잡은 채 분노에 차 외쳤다.

"네놈들은 아무 죄도 없는 내 형님을 죽인 거야!"

그리핀의 아들들은 어리둥절해서 서로를 쳐다보았다.

"네놈들 동생이 먼저 싸움을 걸었어. 난 나를 방어하기 위해 그 놈을 죽인 거다."

모건 삼촌이 말했다.

"하지만 너희는 아무 이유 없이 내 형님을 죽였어. 나는 자유민

이다. 그러니 잘잘못을 가리기 위해 너희들을 주 장관에게 끌고 가
겠다."

그러자 금발 머리 남자가 비웃기 시작했다. 목청이 어찌나 큰지
공포에 질려 문 옆에 모여 있던 마을 사람들 모두가 들을 수 있을
정도였다.

"엉뚱한 사람을 죽인 건 안된 일이긴 하지. 하지만 너는 우리 동
생을 죽인 속죄금을 지불해야 해. 내 동생은 귀족이었다. 그러니 노
예보다 나을 게 없는 네 형과는 가치를 비교할 수도 없지."

처음에는 갸우뚱하던 검은 머리 그리핀도 빙긋 웃었다.

"그렇다. 주 장관 얘기 따윈 꺼내지도 마. 그의 땅 절반은 우리 아
버지 덕분에 차지한 거지. 그가 우리에게 불리한 판결을 내릴 줄 아
느냐?"

"대가는 네놈이 지불해야지!"

금발 머리 남자가 말 마디마다 입술을 비틀어 올리며 으르렁거
렸다.

"내 동생을 죽인 대가로 은화 1파운드를 내놓아라. 돈을 받으러
내일 부하들과 다시 오겠다."

산 너머로 번개가 번쩍하는 순간, 에빈은 억지로라도 몸을 일으
키려 애썼다. 뜨듯하고 끈끈한 느낌이 여전히 입 안에 가득해 땅바
닥에 피를 뱉었다. 번개에 이어 천둥이 콰르릉거리자 모건이 탄 말
이 불안해하며 몸을 솟구쳤다.

"네 놈이 도망갈지도 모르니 이 아이를 볼모로 데려가겠다."

금발 머리 남자가 에빈 쪽으로 다가가며 소리를 질렀다.

모건이 그들 쪽으로 밤색 말을 몰았다.

"안 돼! 그 애는 하나뿐인 내 친족이다."

날카로운 소리로 모건이 말했다.

"그 애는 안 돼!"

모건이 에빈을 휙 잡아 올려 말 등에 태우고 앞으로 내달렸다.

백조 목 레이디 올디스

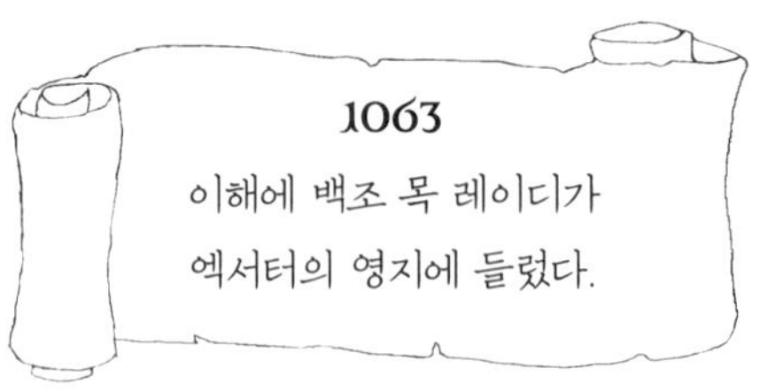

어디선가 쇠 발톱 같은 손이 나타나 에빈의 발목을 홱 잡아당겼다. 그 바람에 에빈은 말 등에서 떨어질 뻔했다. 겁에 질린 말이 미끄러운 풀밭에서 비틀거리며 히힝거렸다. 모건은 안장에 앉은 채 몸을 홱 돌리더니 쫓아오는 남자의 머리를 퍽 갈겨 에빈을 구했다. 말이 앞으로 내달리기 시작하자 뒤에서 들려오던 욕설이 어둠 속으로 잦아들었다.

"젠장! 꼭 찾아내겠다. 온 세상을 다 뒤져서라도 찾아내겠어!"

"꼭 복수할 테다!"

번개가 서편 하늘을 또다시 갈가리 갈랐다. 뒤이어 요란한 천둥소리가 들렸다. 모건은 언덕 쪽을 흘깃 보더니 말 머리를 돌려 카마던의 북쪽 숲을 향해 세차게 달렸다.

멍해진 에빈은 정신이 들락날락하는 것 같았다. 입에서 확확 불이 나고 쓰라린 상처에선 뜨듯하고 걸쭉한 피가 흘렀다. 피는 목구멍을 꽉 채우다가 입가로 흘러내렸다. 어디로 가는 것일까? 에빈은 어지러워 견딜 수가 없었다. 삼촌의 허리를 단단히 잡고 있는 것도 힘에 부쳤다.

삼촌은 5킬로미터 남짓 말을 몰아 가다가 급히 말 머리를 되돌렸다. 그러고는 시냇물을 헤치며 2.5킬로미터 정도 가다가 맞은편 기슭으로 올라갔다. 날이 밝으면 뒤쫓아 올 추격자들을 속이기 위해 모건이 머리를 짜낸 것이다. 그들은 또다시 물속으로 들어갔다. 차갑고 컴컴한 물이 말의 배까지 차올라 그들의 무릎을 적셨다. 모건은 또다시 북동쪽의 거친 산지로 말을 몰았다. 에빈은 삼촌의 등에 머리를 기댔다. 비가 쏟아지는 폭포처럼 귓전에서 콸콸거렸다.

그들은 풀이 우거진 어두운 길로 들어섰다. 덤불이 발길을 막고 흠뻑 젖은 튜닉이 에빈의 갈비뼈에 감겼다. 모건은 어둠 속에서 천천히 말을 몰다가 앞을 분간하기 위해 가끔 멈추기도 했다. 한번은 말을 돌려 다시 북동쪽 길이 나올 때까지 왔던 길을 거슬러 가기도 했다.

그렇게 밤이 깊도록 말을 몰았다. 아니, 시간 감각을 완전히 잃어버린 에빈에게는 그렇게 느껴졌다. 달빛 한 점 없이 캄캄한 밤이었다. 그들은 온 신경을 곤두세우고 앞으로 가다가 되돌아가기도 했고, 다시 앞으로 가기도 했다. 또 길을 잃고 헤매다 제대로 찾기도 했다. 한번은 깊은 계곡의 가장자리에 붙어 사슴이 겨우 지나갈 정도로 폭이 좁은 길을 통과하기도 했다. 낭떠러지를 보기만 해도 어질어질해서 에빈은 눈을 감아 버렸다. 마침내 팔이 너무도 아파 더 이상 힘을 줄 수 없을 것 같은 순간, 모건 삼촌이 말고삐를 당겼다.

"워어."

젖은 땅을 철벅거리며 가던 말발굽 소리가 다시 느려졌다. 말이 또각거리며 천천히 멈춰 섰다. 이제는 머리 위 나뭇가지에서 떨어지는 빗물 소리만 들릴 뿐이었다.

"안심해라, 에빈."

삼촌이 말했다.

"오늘 밤엔 안전할 거다."

에빈은 아무 말도 못 하고 바닥으로 쿵 떨어져 버렸다. 컴컴한 숲이 꿈 한 올 없이 완벽하게 깜깜한 잠으로 이어졌다.

깨어나니 시간이 좀 흐른 것 같았다. 동트기 한 시간 전쯤인 것 같았지만 확실하진 않았다. 머리가 지끈거리고 속이 끔찍할 정도로 쓰렸다. 몸이 어찌나 와들와들 떨리는지 참아 보려 해도 이빨이 딱딱 마주쳤다. 눈을 뜨자 옆에서 한쪽 무릎을 꿇고 있는 모건 삼촌이 보였다. 삼촌 뒤의 축축한 동굴 벽이 물기로 반짝거렸다.

"부싯돌이 젖어서 불을 피우기가 힘들구나."

삼촌이 미안해하며 잔가지와 굵은 나뭇가지가 쌓인 쪽을 가리켰다. 불은 금방이라도 꺼질 듯 희미하게 깜박이고 있었다.

"어렸을 때 이 동굴을 알게 되었지."

모건 삼촌이 말했다.

"하루 이틀 일 안 하고 꾀부리고 싶을 때 안전한 피난처가 돼 주었어. 다시 여기를 찾을 수 있을 줄은 몰랐다. 여긴 산 깊숙이 있는 훨씬 더 큰 동굴로 연결되지. 나중에 보여 주마."

에빈은 눈을 뜨고 있으려 애썼다. 그러나 머리가 점점 지끈거리고, 입 안이 너무도 아파 얼굴을 찌푸리며 손으로 입을 가렸다. 그러고 나서 다시 깜깜한 잠에 빠져 버렸다.

다시 눈을 떴을 때 삼촌이 에빈의 이마에 찬 손을 대고 있었다.

"열이 나는구나."

모건 삼촌이 걱정스럽다는 듯 이맛살을 찌푸렸다.

가는 햇살 한 줄기가 동굴 입구를 비추었다. 아침나절일까? 모건 삼촌은 간신히 조그만 모닥불을 피워 놓고 있었다. 몇 시간 전이었다면 그 따스함이 반가웠겠지만 지금은 답답하기만 했다. 에빈은 불에서 조금이라도 떨어지고 싶었지만 몸이 말을 듣지 않았다.

모건 삼촌이 축축한 벽에 손을 적시더니 부드럽게 에빈의 얼굴을 어루만졌다.

"온몸이 불덩어리구나. 되도록 가만히 누워 있어라."

에빈이 삼촌의 얼굴을 바라보았다. 아무리 정신을 차리려 해도 영리한 잿빛 눈동자와 미소 짓는 입술이 흐릿하게만 보였다. 검은 머리칼이 옆으로 흘러내린 옅은 피부만 간신히 알아볼 수 있었다. 입이 타는 듯 쑤셨다. 에빈은 눈을 감고 곧 어질어질한 잠에 빠졌다. 정신을 잃은 에빈은 오랫동안 어둠 속을 헤맸다. 이번에는 빗방

울이 얼음처럼 차갑게 얼굴을 때리고 입 안에서 뭔가가 타는 꿈을
꾸었다.

한참 후 삼촌의 목소리가 어렴풋이 들렸다.

"조카야, 얼마나 걱정했는지 모른다. 날이 밝기 전에 죽을 것만
같더구나. 어제 하루 밤낮을 꼬박 앓더니 오늘도 열이 계속 끓더구
나. 하지만 이제는 이마도 좀 식고 숨 쉬는 것도 훨씬 나아졌어."

에빈은 머리를 돌려 간신히 눈의 초점을 맞추었다.

"좀 어떠니?"

모건 삼촌이 나직한 목소리로 물었다.

에빈은 몸을 조금 뒤척였다. 몸을 옆으로 돌릴 힘도 없었다. 에빈
은 좀 나아졌다고 말하려고 입을 벌렸지만 목구멍에서는 끅끅거리
는 소리만 나올 뿐이었다. 입 안의 느낌도 이상했다. 마치 혀가 나
무토막이 되어 버린 것 같았다. 에빈은 어리둥절해서 또다시 혀를
움직이려다 절망감에 뒤틀린 모건 삼촌의 얼굴을 보고는 입을 다물
고 말았다. 별안간 기억이 되살아났다. 그리핀의 아들들이 혀를 잘
라 버렸어. 그래서 더 이상 말할 수 없게 된 거야.

'말도 안 돼. 이건 정말 말도 안 돼!'

에빈의 머릿속에서 비명이 솟구쳤다. 하지만 그 비명은 쇠사슬에
묶여 머릿속을 맴돌 뿐 입 밖으로 튀어나오지 못했다. 노예처럼 불
구가 되다니. 수치스러워 견딜 수가 없었다. 아버지가 부자도, 귀족
도 아닌 건 분명했다. 하지만 에빈과 아버지는 법의 보호를 받는 자

유민이었다. 그런데 아버지는…… 아버지는 살해당해 땅에 묻히지도 못했고, 삼촌은 추방자로 낙인찍혔다. 그리고 에빈 자신은 수치스럽게도 불구가 되었다. 더 이상 말을 할 수가 없다니. 이럴 수가. 오, 아버지를 죽일 때 차라리 나까지 죽여 버리지!

모건 삼촌이 벌떡 일어나더니 뒤도 돌아보지 않고 동굴 밖으로 나가 버렸다. 에빈은 삼촌의 머리칼이 햇빛에 잠깐 반짝이는 것을 보았다. 곧 길을 따라 말을 또각또각 몰고 가는 소리가 들리자 에빈은 절망감에 사로잡혀 눈을 감아 버렸다. 삼촌은 나를 부끄러워하고 있어. 나를 버릴 거야. 나 혼자 죽어 가게 내버려 둘 거야. 덧없고 지친 마음만 남은 에빈은 다시 깊은 잠에 빠졌다. 하지만 이번에는 일어날 이유가 전혀 없는 자의 잠이었다.

그러나 몇 시간이 지나자 또 잠은 물러갔다. 모건 삼촌도 돌아와 에빈의 옆에 쭈그리고 앉아 거친 빵 조각을 먹고 있었다. 삼촌은 갓 지핀 불을 보다가 에빈이 몸을 움직이자 눈길을 돌렸다. 그러더니 옆에 있는 봇짐에서 작은 빵 조각을 꺼내 물을 약간 축였다.

"천천히 씹어라."

삼촌이 에빈에게 빵 조각을 쥐어 주었다.

"먹으면 기분이 좀 나아질 거야."

삼촌의 태도는 친절했지만, 어쩐지 차갑게 느껴지기도 했다. 삼촌은 에빈에게서 떨어져 앉아 그의 눈길을 피했다. 말을 할 때도 모닥불만 쳐다보며 말했고 빵을 건넬 때도 에빈의 손가락에 닿지 않으려 했다. 하지만 상냥한 말투로 밤늦도록 이야기를 해 주었다. 가끔 에빈이 말을 못 한다는 것을 잊고 질문을 던지기도 했는데 그러면 당황한 듯 입을 다물었다가 하나 마나 한 얘기로 실수를 덮곤 했다.

"이 숲 동쪽 끝 마을에 내 친구가 살고 있어. 그 사람이 라이왈론 장원에 가서 네 아버지가 식구들 옆에 묻혀 있는지 봐 주기로 했단다."

모건 삼촌이 나뭇가지를 집어 불쏘시개로 넣었다.

"조카야. 어쩌면 우리가 이 불행에서 벗어나 좀 더 나은 곳으로 갈 수 있을지도 모르겠구나. 네가 아는지 모르겠다만 나는 집을 떠나서 브리티시 색슨 족과 살았단다. 큰 영지에서 마구간 일꾼으로 일했어. 그곳에 가면 일자리를 얻을 수 있을 거야. 그리핀의 아들들은 우리가 산속으로 사라졌다고 생각하겠지. 거기 가면 우리는 안전할 거다. 그리고 자유롭게 살 테고."

에빈은 모건 삼촌이 말하는 것을 지켜보았다. 삼촌은 남을 끄는 재주가 있었다. 눈은 희망으로 반짝거렸고 목소리는 신이 난 것 같았다. 하지만 모건 삼촌이 '자유'라고 말할 때 뭔가 불안해하는 눈치가 보였다.

잠시 침묵이 흐른 뒤 모건 삼촌이 덧붙였다.

"너는 마구간지기로 일할 수 있을 거야. 시간이 남으면 근위대원 훈련을 받는 소년들과 함께 무기 다루는 법도 익힐 수 있을 거다. 훌륭한 전사가 되면 밥벌이는 걱정 안 해도 되지."

에빈은 근위대원이 된 자기 모습을 그려 보며 싱긋 웃었다. 딱 한 번 에빈도 전투 도끼를 본 적이 있었다. 그건 두 손으로 들어 올리

기도 힘들었다. 에빈은 모건 삼촌이 잘 볼 수 있게 팔을 들고 알통
에 손가락을 댔다. 삼촌이 빙그레 웃었다.

"안 되겠다. 근위대원은 안 되겠어. 하지만 네게 맞는 일을 꼭 찾
게 될 거야."

에빈은 빵을 뜯어 천천히 씹었다. 소금을 넣지 않았는지 정말 맛
이 없었다. 그러다가 문득, 혀를 잘렸기 때문에 앞으로는 먹는 일이
즐거움과는 상관없는 일거리에 불과하리라는 것을 깨달았다. 씹는
것은 매우 어설펐다. 지금 자기가 얼마나 바보같이 보일지 생각하
니 비참하기만 했다. 입 안을 넘어간 빵은 마치 목구멍을 긁어 대는
바윗돌 같았다. 하지만 오랫동안 비어 있던 위장은 빵 조각을 감사
히 받아들였고, 에빈은 천천히 한 입, 또 한 입 끝까지 먹었다.

그날 밤 에빈의 꿈에 그리핀의 아들들이 나타났다. 그들은 에빈
을 죽이려고 돌아왔다. 한 놈이 에빈의 가슴을 타고 앉았고 다른 놈
이 단검을 높이 치켜들었다. 에빈이 그 무게에 짓눌려 하릴없이 몸
부림치는 사이 마을 사람들이 주위로 몰려들었다. 에빈이 도와 달
라고 외쳤지만 목소리는 나오지 않았고, 도와주겠다고 나서는 사람
은 아무도 없었다. 칼이 얼굴을 향해 내려오는 순간 에빈은 헐떡이
며 깨어났다.

캄캄한 동굴 속이었다. 마치 먼 길을 한달음에 뛰어온 듯 가슴이
벌떡거렸다. 모닥불은 거의 다 타 불씨만 남아 있었다. 에빈은 싸늘
한 밤공기에 부르르 몸을 떨며 동굴 입구를 바라보았다. 그들이 저
기 있는 게 아닐까? 혹시 발자국 소리가 나는지 귀를 쫑긋 세웠지만

삼촌이 낮게 드르렁대는 소리만 들릴 뿐이었다. 모건 삼촌을 가만히 바라보던 에빈은 점점 정신이 드는 것을 느꼈다. 동굴 입구를 한번 더 바라보았다. 아무도 없었다. 그곳에는……. 아직은. 하지만 에빈은 그들이 올까 봐 두려웠다. 그들은 나를 죽일 거야. 에빈은 밤새 잠을 못 이루고 경계하며 귀를 기울였다. 심장이 엄청나게 쿵쿵댔다. 그러다가 동이 터서야 겨우 잠이 들었다.

사흘이 지나자 에빈의 몸은 여행을 견딜 만큼 나아졌다. 에빈과 삼촌은 동굴 깊은 곳의 맑은 웅덩이에서 몸을 씻었다. 동굴 속은 삼촌이 말한 대로였다. 횃불을 비춰 보니 커다란 두 번째 방이 보였는데 거의 외양간만큼 커 보였다. 모건 삼촌이 말했다.

"오늘 해가 지면 엑서터로 떠나자."

에빈은 불안에 떨며 삼촌을 보았다. 밤에 여행하는 사람은 없었다. 어둠이 깔린 숲은 위험을 무릅쓰고 집 밖으로 나선 사람들의 영혼을 파고들려는 악령들로 드글드글했다. 야밤에 숲을 나는 올빼미들이 자기가 나는 모습을 목격한 자들의 눈을 후벼 판다는 말도 있었다. 밤을 틈타 몰래 돌아다니는 건 추방당한 자들과 마녀들뿐이었다. 에빈의 얼굴이 공포로 일그러졌다.

"에빈, 어쩔 수 없어!"

삼촌이 소리쳤다.

"우린 낮에 다니는 게 훨씬 더 위험해. 어둠을 틈타서 가야 해."

그날 저녁 모건 삼촌은 라이왈론의 말을 풀어 주었다. 그는 말의 옆구리를 탁 때려 길로 내보냈다.

"자, 저놈이 라이왈론의 마구간까지 무사히 가면 좋겠구나. 날 악당이라고 하는 자들도 있겠지만, 적어도 난 말 도둑은 아니야."

그들은 닷새 동안 동쪽으로 걸어갔다. 밤에만 움직였고 절대 산속에서 벗어나지 않았다. 모건 삼촌의 친구가 준 빵이 조금 있었지만 배는 자주 고팠다. 웨일스 골짜기에 자리 잡고 있는 영지들을 지날 때마다 에빈은 들렀다 가고 싶은 생각이 간절했다.

다섯 번째 밤이 되자 산들이 조금 완만해졌다. 마침내 영국인의 땅에 들어선 것이다. 모건은 다시 남서쪽으로 방향을 잡았다.

"우린 엑서터로 갈 거다."

에빈도 엑서터에 대해 들은 적이 있었다. 웨식스의 가장 큰 도시들 가운데 하나인 엑서터는 엑스 강가에 있었다. 거기서 조금만 더 가면 강은 영국 해협으로 흘러들었다.

길을 떠난 지 여드레가 되던 날 해가 뜨자마자 모건이 에빈을 옅은 잠에서 깨웠다.

"오늘은 낮에 움직일 거야."

곧 갈림길이 나타났다. 그들은 여태 왔던 자욱길을 벗어나 큰길로 접어들었다. 몇 세기 전에 로마 인이 건설했다는 그 길에는 오가는 사람들이 많았다. 며칠 후 그들은 마지막 산에 올랐다. 멀리 엑서터의 높은 탑이 보였는데 반나절은 더 걸어야 했다. 에빈은 라이왈론의 외스터 축제 이후 처음으로 우울한 기분이 사라지는 것을 느꼈다. 창백한 뺨에도 밝은 빛이 돌아왔다. 그는 장난스럽게 삼촌의 등을 치기도 하고 멀리 있는 도시를 가리키며 감탄하기도 했다.

모건 삼촌은 딱딱한 미소를 한 번 지어 주고는 계속 걸어갔다.

"서두르는 게 좋겠다."

삼촌이 말했다. 에빈은 삼촌 뒤를 바삐 따라갔다.

그들은 옛 로마 인이 만든 남쪽길을 따라 도시로 향했다. 엑서터에 도착하기 훨씬 전에 제멋대로 뻗어 있는 영지가 나타났다. 걷는 내내 모건 삼촌은 한시도 쉬지 않고 말을 떠벌였다. 아마도 불안해서 그런 것 같았다.

"이 땅은 레이디* 올디스의 소유란다. 내가 일했던 곳이지."

삼촌이 한창 밭갈이 중인 너른 들판 쪽을 고개로 가리키며 말했다.

"남편인 웨식스의 해럴드 백작이 내려 준 땅이란다. 곧 레이디를 만나게 될 거다."

삼촌이 에빈을 향해 몸을 돌리며 말했다.

"이제 젊음은 가셨지만 그래도 레이디는 참 아름다운 분이야. 우리가 여기 머물며 일할 수 있게 허락해 주실 게다. 영지가 이 정도 크기면 일꾼이 많이 필요하거든. 잘 지낼 수 있을 거야."

모건 삼촌이 혼잣말처럼 나직하게 말했다.

"우린 잘 지낼 수 있을 거야."

잘 지낼 거라는 말을 되풀이하는 삼촌의 목소리가 약간 떨리는 듯했다.

---

*영국에서 후작, 백작, 자작, 남작 등의 부인과 공작, 후작, 백작의 딸을 부를 때 쓰는 경칭.

그들은 레이디 소유의 첫 번째 밭을 지나갔다. 일꾼들이 보리 씨앗을 뿌리고 있었다. 울타리를 친 다음 밭에서는 농부가 발목까지 빠지는 부드러운 흙 속에서 멍에를 진 소 한 쌍을 몰고 있었다. 길 동쪽으로 숲이 우거진 곳에서는 사람들이 나무를 따라 늘어선 벌통을 확인하고 있었고, 저 멀리 보이는 큰 연못은 분홍색 아침 햇살을 반사하고 있었다. 목둘레에 고리 무늬가 있는 거위들이 갈대가 우거진 연못가에서 어린 새끼들을 보호하며 쉿쉿 소리를 내기도 하고 뭔가를 뱉기도 했다. 그 앞쪽에서는 양치기들이 메에 메에 우는 수많은 양들을 경작지 바깥쪽으로 몰고 있었다.

에빈은 감탄했다. 삼촌의 팔을 건드려 주의를 끈 에빈은 질문하는 눈빛으로 허공에 동그라미를 만들어 보였다.

"이 땅이 얼마나 크냐고?"

삼촌이 넘겨짚었다. 에빈이 고개를 끄덕였다.

"우리가 어제부터 걸어온 땅이 전부 레이디의 소유란다."

깜짝 놀란 에빈이 팔을 한껏 펴 공중에 커다란 동그라미를 그렸다.

"그래, 에빈. 맞다. 레이디는 정말 많은 땅을 갖고 있어. 여기는 그 영지 중 하나일 뿐이야."

에빈은 감탄하며 고개를 끄덕였다. 라이왈론 영주도 다들 부자라고 했지만 여기에 비하면 그의 영지는 새 발의 피였다. 드넓은 밭과 샘들은 수백, 아니 수천 명을 먹여 살릴 정도였고 사방에 있는 양 떼들만 해도 셀 수 없이 많았다. 과연 영국에서 가장 큰 세력을 가진 백작의 아내가 가질 만한 영지였다.

그들은 곧 마을 입구에 도착했다. 마을을 둘러싼 벽의 좁은 통로에 높직이 앉아 있던 문지기가 모건을 알아보고 소리를 질렀다.

"이 악당 놈아, 돌아왔구나."

문지기가 껄껄거리며 웃었다.

모건은 머리를 뒤로 젖히고 문지기에게 물었다.

"레이디는 계신가?"

"그래. 지금 영지를 둘러보고 계시지."

문지기가 부하들에게 명령했다.

"통과시켜."

영지마다 관리인이 있긴 하지만 레이디는 많은 일을 직접 처리했다. 이는 레이디가 관리인의 권고를 받아들여 씨를 뿌리고, 양털을 깎고, 사냥하는 일을 계획한다는 것을 뜻했다. 레이디는 숲에서 베어 낼 나무의 양을 정하고 양치기들과 천 짜는 여자들을 가르쳤다. 또 가을마다 국왕에게 세금으로 보낼 물건을 따로 구분하고 다른 물건과 교환할 물건이 얼마나 되는지도 계산했다.

에빈은 너른 마당을 지나가는 모건 삼촌을 뒤따랐다. 하루 일이 이미 시작된 터라 그들을 눈여겨보는 사람들은 거의 없었다. 이곳은 새로운 소식을 갖고 오는 낯선 이들을 반기는 라이왈론의 장원과는 달랐다. 대장장이의 심부름꾼 소년은 후후 바람을 넣어 가며 화덕에 불을 지피고 있었다. 소년이 몸을 구부리고 바람을 불어 넣을 때마다 불씨가 발갛게 달아올랐다. 한 무리의 소녀들이 천을 짜려고 각자의 자리에 베틀을 놓고 있었는데 길고 어두운 겨울 내내 집 안에 있다가 밖에 나와 햇빛을 받으며 일하는 게 즐거워 보였다. 마구간지기 소년들은 초원에서 맹렬한 속도로 말을 몰아 대며 서로 소리를 질렀다.

목공소 문이 활짝 열리더니 키가 크고 피부가 투명한 여자가 햇빛 속으로 한 걸음 내딛으며 눈을 가늘게 떴다. 여자는 이끼 색 치마 위에 금실로 수를 놓은 플랑드르산 흰색 튜닉을 입고 있었다. 가는 허리에는 보석이 박힌 띠를 맸고, 옆구리에는 열쇠 꾸러미가 달려 있었다. 두 남자가 여자의 뒤를 따랐다. 입 바로 위까지 검은색 콧수염이 잔뜩 난 첫 번째 남자는 걸어가면서 장부에 뭔가를 썼다. 두 번째 남자는 새 안장을 들고 있었다. 여자가 몸을 돌려 안장을 든 남자에게 말했다.

"울프가, 안장이 아주 멋지구나."

여자는 손끝으로 안장을 어루만졌다. 안장의 앞부분에는 용 머리가, 높고 넓은 등판에는 용 꼬리가 조각되어 있었다. 밝은 오크 색 나무에 반짝반짝 윤기가 흘렀다.

"백작님 마음에 쏙 드실 것 같다."

여자가 말했다.

모건 삼촌이 에빈 쪽을 보았다.

"레이디께 말씀드리는 동안 여기서 기다리고 있거라."

삼촌은 잠깐 머뭇거리다가 숨을 크게 들이쉬고는 앞으로 걸어갔다. 에빈은 삼촌이 레이디 앞에 한쪽 무릎을 꿇고 앉는 것을 보았다. 레이디가 삼촌에게 일어나라고 손짓을 했다. 태도로 보아 레이디가 삼촌을 알아보는 게 분명했다.

모건 삼촌의 목소리는 웅얼거림으로밖에 들리지 않았다. 레이디는 모건 뒤에 있는 에빈을 보며 궁금하다는 듯 눈썹을 살짝 찌푸렸다. 모건 삼촌이 뭐라고 말하자 레이디는 심각한 얼굴로 고개를 끄덕였다. 그 다음에는 삼촌이 몸을 트는 바람에 레이디의 모습이 어깨에 가려 보이지 않았다.

잠시 후에 레이디의 옆에 서 있던 검은 콧수염의 사나이가 그레이트 홀 안으로 사라지는가 싶더니 작은 주머니를 갖고 돌아왔다. 레이디가 그것을 받아 모건 삼촌의 손에 건네주었다. 삼촌은 다시 꿇어앉아 레이디의 치맛자락에 입을 맞춘 다음 작별 인사를 했다. 삼촌은 에빈에게 다가와 어깨에 손을 얹었다.

"미안하다, 조카야. 달리 방법이 없었다."

삼촌은 에빈의 눈을 피하며 손안에 꼭 쥐고 있는 주머니에 눈길을 떨어뜨렸다. 얼굴에 수치스럽다는 표정이 교차했다.

"난 속죄금을 지불해야 해. 안 그러면 그리펀의 아들들이 분명 날 죽일 거다. 레이디를 잘 섬겨야 한다. 자, 가 봐라. 저분이 부르시잖니."

하지만 레이디는 에빈을 부르지 않았다. 그녀는 대리인과 목수에게 뭔가 얘기하는 중이었다. 이 이상한 소년과 그 삼촌에게는 별 관심이 없는 것 같았다. 에빈이 무슨 일이냐는 눈길로 다시 삼촌 쪽을 보았지만 삼촌은 이미 등을 보이며 열린 문을 뛰어나가고 있었다.

에빈은 영문을 몰라 다시 한 번 레이디를 바라보았다. 그리고 처음으로 레이디를 자세히 뜯어보았다. 레이디는 다른 부인들처럼 머리에 베일을 쓰고 있었지만, 눈썹의 색으로 보아 머리가 밤색인 게 분명했다. 조가비처럼 투명한 그녀의 피부는 웃어서 생긴 눈가의 주름을 빼곤 팽팽했다. 목에 건 짙은 색 호박 목걸이 때문에 그녀의 흰 피부가 더욱 강조되었다. 에빈은 레이디의 짙은 밤색 눈을 올려다봐야만 했다. 레이디가 그보다 머리 하나는 더 컸기 때문이었다.

그녀가 다가오자 에빈은 얼어붙었다.

'모건 삼촌은 왜 저렇게 황급히 떠나 버린 걸까? 어디로 간 거지? 언제 돌아올까?'

얼굴이 발갛게 달아오른 에빈은 속이 뒤틀리다 못해 경련이 일어날 지경이었다.

'대체 무슨 뜻일까? 달리 방법이 없었다, 라니?'

레이디가 입을 열었다. 목소리가 하프의 중간 음처럼 부드럽고 낭랑했다. 에빈은 가끔 라이왈론의 장원에 들렀던 색슨 족 사람들에게 그 말을 배워 두지 않은 게 후회스러웠다. 에빈은 레이디가 하는 말의 반도 알아들을 수 없었다. 하지만 그 다음 말은 너무도 분명하게 알아들었다.

"네 친족이 그러는데 말을 못 한다지? 안됐구나."

레이디가 건조하게 말했다.

"하지만 배우는 속도는 빠르다고 하더구나. 저기 있는 노예 담당자에게 가거라."

레이디가 울타리 옆에 있는 커다란 오두막을 향해 고갯짓을 했다.

"그가 네게 할 일을 줄 거다."

노예 담당자라니! 에빈은 주춤, 뒤로 물러나며 저절로 주먹을 꼭 쥐었다. 관리인이 얼른 앞으로 나와 에빈의 팔을 꽉 잡았다.

"놀랐나 보구나. 얘야, 네 친족이 앞으로의 일을 얘기 안 해 주더냐?"

그녀는 에빈이 어리둥절해하는 모습을 보고 안됐다는 듯이 한숨을 쉬었다.

"네 삼촌은 자기가 속죄금을 내야 한다고, 아니면 죽임을 당할 거라고 말했단다."

레이디가 잠시 말을 멈추었다.

"그리고 네가 고아라면서, 마을에 남아 있으면 네 목숨도 위험할 거라고 했단다. 절망하지 말거라. 막다른 길에 몰린 친척이 노예로 팔아넘긴 소년이 너 하나는 아니니까."

레이디가 빙그레 웃었다.

"나는 그다지 가혹한 주인은 아니란다."

그러고는 문 쪽으로 고갯짓을 하며 말했다.

"보다시피 네 삼촌은 빚을 갚기 위해 급히 카마던으로 떠났다. 그래서 네 이름이 뭔지도 알려 주지 않았어. 이름을 써 보일 수 있겠니?"

에빈은 고개를 가로저었다.

'산지 브리튼 족 중에서 글을 읽거나 쓸 줄 아는 사람이 대체 어디 있담?'

"그럴 줄 알았다."

레이디가 말했다. 그러고는 에빈에게 다가와 머리칼에 손을 댔다.

'아니, 감히 이런 짓을!'

에빈은 화가 났다. 그런 행동을 할 수 있는 것은 어머니나 아버지뿐이었다. 에빈이 뒷걸음질치자 레이디는 손을 거두었다. 하지만 불쾌하거나 화가 난 것 같지는 않았다.

"마치 그림자처럼 까맣구나."

레이디가 감탄하며 말했다.

"네 이름을 '그림자'라고 하겠다."

그러고는 관리인에게 고개를 끄덕이고 몸을 홱 돌리더니 옷자락을 펄럭이며 가 버렸다.

관리인이 비틀거리는 그를 노예 오두막으로 끌고 갔다. 에빈은 마지막으로 뒤를 돌아보았다. 모건 삼촌이 자신을 데려왔던 문은 이제 빗장이 걸린 채 닫혀 있었다.

하지 축연

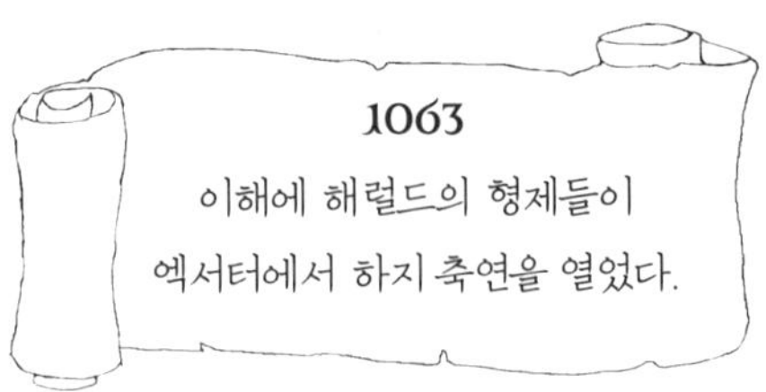

그날 늦은 시각 대장장이가 에빈의 목에 노예임을 뜻하는 고리를 채웠다. 개 목걸이군. 에빈은 씁쓸하게 생각했다.

분노가 가슴에서 끓어올랐다. 에빈은 밤이면 노예 오두막의 악취 나는 짚 위에 누웠다. 머릿속에서는 숫구치는 화가 들끓었다.

'친애하는 모건 삼촌, 정말 우스꽝스럽군요. 우리가 여기서 잘 살게 될 거라며 내 귀를 솔깃하게 해 놓고 나를 배신하다니요……. 남아도는 돼지처럼 조카를 팔아넘기다니요. 비열한 악당 같으니라고. 겁쟁이!'

에빈은 영혼이 가려운 듯 끊임없이 몸을 뒤척였다. 그는 오두막에 옹기종기 모여 있는 다른 노예들에게서 등을 돌렸다.

'노예로 팔려면 자기나 팔지! 아버지가 살해당한 것도 삼촌이 먼저 폭력을 썼기 때문이잖아. 그래, 삼촌이 아버지를 죽인 거나 마찬가지야. 삼촌이 어리석게 혀를 놀리는 바람에 내가 혀를 잃었고, 삼촌이 무모하게 행동하는 바람에 화가 난 그리핀의 아들들이 우리를 잡아 죽이려 하는 거고.'

에빈은 숨이 콱 막혔다.

'이제는 내 자유까지 훔쳐 갔어. 내게서 모든 것을 훔쳐 갔다고. 나를 개 목걸이나 찬 개로 만들다니. 순 거짓말쟁이!'

마음속에서는 수많은 말들이 들끓었지만, 그것들은 그저 조용히, 무력하게 갇혀 있을 뿐이었다. 에빈은 언제나 술술 말을 잘했었다. 늘 적당한 단어가 떠올라 주었던 것이다. 하지만 이제 모든 게 변해 버렸다. 그루터기만 남은 불편한 혀에는 절대 익숙해지지 못하리라. 그 느낌은 너무도 생소했고 끊임없이 침묵을 일깨워 주었다. 에빈은 이제 이 침묵이 자기에게서 가장 고통스런 부분이 될 것임을 깨달았다. 분노를 목소리로 나타낼 수만 있다면! 증오를 말로 표현할 수만 있다면! 누군가의 팔을 잡고 내 말을 듣게 할 수만 있다면! 에빈은 큰 소리로 울부짖고만 싶었다.

"내 삼촌이 나를 배신했어!"

그 주 내내 보름달이 환히 빛났다. 그때부터 다음 보름달이 뜰 때까지 에빈의 마음속은 울분으로 활활 타올라 거의 폭발해 버릴 지경이었다.

점점 따스해지는 햇볕과 부드러운 산들바람이 다가오는 여름을 알려 주었다. 하지만 에빈은 아무것도 알아차리지 못했다. 회색 기러기들이 저 높은 데서 북쪽으로 날아가며 끼룩거리는 것도 몰랐다. 마음속을 온통 채운 먹구름 때문에 에빈은 아주 단순한 지시조차 제대로 따르지 못했다. 노예 담당자는 이런 에빈을 '멍텅구리'라고 불렀고, 에빈에게 타는 듯 아픈 채찍을 수없이 안겨 주었다. 에빈은 고개를 푹 숙이고 그 누구와도 눈길을 마주치려 하지 않았다. 다른 사람들 눈에는 에빈이 마치 짙은 안개 속에 사로잡혀 있는 것처럼 보였다.

"저놈은 멍텅구리인가 봐."

사람들은 속삭였다. 레이디의 노예 하나가 저 멀리 서쪽 산지 웨일스에서 왔는데, 말도 없는 이상한 놈인 데다 머리색마저 검다는 말이 온 영지에 퍼져 나갔다.

"불쌍해라. 영국인의 피가 한 방울도 섞여 있지 않다니."

그들은 낄낄거리며 말했다.

하지만 시간이 지남에 따라 모닥불이 사그라지듯 가슴속의 불덩어리도 천천히 잦아들었다. 자신을 위해 우는 것은 에빈의 본성이 아니었기 때문이다. 그는 최악의 상황에서도 늘 살아남는 종족이 아니던가. 하지만 살아남기 위해 노예의 오두막에 몸을 붙이는 건 전혀 위로가 되지 않았다.

"굶주리는 자유민보다는 고드윈 집안의 노예가 되는 게 백번 낫지."

사람들은 그렇게들 말했다.

고드윈 가문. 에빈도 그 이름은 들어 봤지만 그에 대해 아는 건 거의 없었다. 외딴 산 동네에 뚝 떨어져 살았기 때문에 참으로 무지했던 것이다.

물론 고드윈 자신은 오래전에 세상을 떠났다. 세력이 크고 욕심 많던 웨식스의 백작은 십 년 전에 갑작스런 발작으로 죽고 말았다. 그 사건은 수도원 연대기에 이렇게 기록되었다.

이 해에 (1053) 고드윈 백작이 세상을 떠났다.
윈체스터에서 왕과 함께 지내다가 병을 얻었기 때문이다.

하지만 에빈은 수도원 연대기에 대해 아는 게 전혀 없었다.

비록 잉크는 오래전에 말랐지만 영국인들은 그 일을 놓고 늘 뒷말을 했다. 어떤 이들은 그가 독살당했다고 했다. 세력이 큰 사람들에겐 늘 적이 있게 마련인데, 고드윈은 에드워드 국왕 다음으로 세력이 컸던 것이다. 그러나 정말로 그가 살해당한 것이라면 고드윈 가문이 복수를 했을 것이다. 고드윈에게는 그가 떨어뜨린 횃불을 잡아 영국 전역에 그 불을 옮겨 붙게 할 아들딸이 많았기 때문이다.

고드윈의 맏아들 스웨인 역시 지금은 이 세상 사람이 아니다. 스웨인은 변덕스럽고 위험한 인물이어서 병들어 죽었을 때도 애통해한 사람이 별로 없었다.

하지만 둘째 아들 해럴드가 있었다. 해럴드에게는 음침한 스웨인에게는 없던 장래성이 있었다. 그는 용기 있고 지적이었을 뿐 아니라 고드윈과 그의 장자를 지배했던 잔인한 성격을 조금도 물려받지 않았다. 해럴드는 웨스트 색슨 족의 땅인 영국 남부의 웨식스를 다스렸다. 웨식스는 비옥한 땅이었다. 해럴드는 그 땅에는 정의를, 그의 보호 아래 있는 색슨 족에게는 안전을 가져왔다. 해럴드의 권력은 그의 노련함과 능력을 매우 신임하는 에드워드 국왕에게서 나왔다. 에드워드 국왕이 해럴드 백작을 존중하고 아끼는 것은 당연했다. 해럴드는 전쟁 때마다 빛나는 전략으로 국왕의 군대를 이끌었고, 평화기에는 각 마을의 법정에 앉아 소송을 심리하고 합리적인 법 해석으로 공정한 판결을 내렸기 때문이다. 또 왕국의 주화 주조를 감독하고 수확세를 적절히 거둬 백성들이 굶주리지 않게 했다. 성품이 경건하기는 했으나 그밖에는 볼 것이 없는 에드워드 왕은 해럴드의 경험과 판단력에 크게 의지하고 있었다.

고드윈의 셋째 아들인 붉은 머리 토스티그는 멋지고 매력적인 소년에서 멋지고 매력적인 남자로 자랐다. 그는 달콤한 말을 술술 하며 많은 이의 찬탄을 즐겼다. 하지만 자신의 열정적인 성품을 잘 다스리지 못해 걸핏하면 성을 내곤 했다. 토스티그는 영국의 북부에 있는 노섬브리어를 다스렸다. 노섬브리어에 터를 잡은 바이킹 족은 이 색슨 족 백작을 못 미더워했다.

그 다음 아들인 기르스는 해럴드와 토스티그를 합쳐 놓은 것만큼 몸집이 거대했고, 전장에서 누구나 옆에 세우고 싶어 할 인물이었다. 유능하지만 천성적으로 남을 따르는 타입인 기르스는 해럴드를 존경하며 믿고 따랐다. 그의 몫으로는 이스트 앵글 족의 땅인 이스트 앵글리어가 주어졌다.

레오프와인은 고드윈의 막내아들로 키가 크고 허약했다. 황갈색 머리칼을 가진 그는 천성이 단순해서 많은 사랑을 받았고, 아무도 그를 두려워하지 않았다. 레오프와인은 켄트와 서리, 런던 북부의 우호적인 주들을 편안하게 다스렸다.

고드윈이 가장 잘 한 일은 명랑 쾌활한 막내딸을 위해 한 일이었을 것이다. 세상을 떠나기 전 고드윈은 주저하는 에드워드 국왕과 막내딸의 결혼을 성사시켰다. 왕은 오랫동안 미혼이었다. 딸은 왕비, 아들들은 백작이었으니 고드윈은 안심하고 세상을 떠났을 것이다.

그래서 연대기가 사실 그대로 기록한 바에 따르면, 1063년에 영국은 고드윈 가문의 강력하고 공정한 지배 아래 번성하고 있었다. 카마던의 에빈이 같은 해에 해럴드 백작이 사랑하는 밤색 머리 레이디 올디스의 저택에서 노예가 되었다는 것은 연대기가 그만 건너뛴 부분이다.

노예 담당자는 매일 동틀 녘에 노예 오두막의 빗장을 풀었다. 낮은 문으로 들어오느라 몸을 구부린 그의 허리띠에는 채찍이 말려 있었다.

"해가 떴다! 해가 떴어!"

그는 곰팡내 나는 오두막에 잠들어 있는 남자들과 소년들에게 고함을 질렀다. 노예들이 급히 반바지를 입고 튜닉을 뒤집어쓰면 그는 각자에게 할 일을 배당했다.

"시트릭, 울프, 크누드. 너희는 동쪽 보리밭으로 가서 우두머리가 시키는 일을 해라."

세 소년은 별 볼일 없는 농담에 낄낄거리면서 일거리를 받아 밖으로 나갔다.

에빈은 그들이 나가는 것을 지켜보았다. 자기도 얼마나 함께 가고 싶었던가. 하지만 노예 담당자는 에빈이 너무 멍청해서 단순한 잡심부름 말고는 시킬 게 없다고 생각했다.

"야, 너! 그림자!"

에빈이 멍청할 뿐 아니라 귀라도 먹었다는 듯 노예 담당자가 소리를 질렀다. 그의 뒤에서 웃음이 터져 나왔다. '그림자'는 그들이 개나 말을 부를 때 쓰는 이름이었다. 에빈의 얼굴이 수치심으로 벌게졌다. 모건 삼촌은 그의 이름마저 훔쳐 가 버린 것이다.

"넌 홀에 가서 골풀 돗자리를 치워라."

에빈은 매를 피할 생각에 벌떡 일어났다. 등은 어제 당한 채찍질로 아직도 쓰라렸다.

그레이트 홀에서 일하는 동안 에빈은 레이디 올디스가 새 시동들에게 그들의 역사에 대해 가르치는 것을 귀동냥하곤 했다. 에빈은 자기의 영어가 점점 늘고 있다는 것을 깨달았다. 전에도 라이왈론의 장원에 들르는 색슨 족 상인들과 그럭저럭 소통할 정도는 되었다. 하지만 지금은 폭넓게, 그리고 수사적 표현까지 풍부하게 배우고 있었다. 훈련을 받으러 웨식스 전역에서 이곳으로 온 시동들은 대부분 고향을 처음 떠난 칠팔 세 소년들이었다.

"아일랜드 더모트 왕의 궁정에 가 있는 내 아들들처럼 너희들도 교육을 받기 위해 멀리서 왔다. 힘들다는 것은 나도 안다. 하지만 여기에 온 건 행운이란다."

레이디는 소년들이 움츠리고 바짝 붙어 앉아 있는 긴 의자 앞을 서성거리며 말했다.

"너희들은 이곳에 소년으로 왔지만 남자로서 떠나게 될 것이다. 우선 훌륭한 태도를 배우게 될 것이야. 주군의 테이블에서 시중드는 법과 남자와 여자, 서로 다른 신분의 사람들을 대하는 법을 말이다. 그 다음에는 말을 타고 돌보는 법과 양손으로 잡는 큰 칼과 전투 도끼 다루는 법을 배우게 될 것이다."

소년들은 몸을 똑바로 가다듬고 서로 싱긋 웃었다. 모두 전사가 되고 싶었던 것이다.

"너희는 지휘관의 명령에 따르는 법도 배울 것이다. 또 너희는……."

레이디는 소년들이 모두 자기를 쳐다볼 때까지 잠시 말을 멈췄다.

"영국인이라는 게 무슨 의미인지도 배우게 될 것이다."

그녀는 걸음을 멈추고 한 소년에게 눈길을 주었다.

"영국의 역사에 대해 아는 것이 있느냐?"

갑작스런 질문에 얼어붙은 소년은 고개를 가로저었다.

순간 몸을 돌리던 레이디의 눈이 일하고 있던 에빈의 눈과 마주쳤다. 에빈은 재빨리 몸을 돌려 그녀를 못 본 척했다.

"색슨 족은 500여 년 전에 바다를 건너왔다."

레이디는 소년들에게 말했다.

"그들은 앵글 족이나 주트 족 등 다른 종족들과 함께 왔다. 여자들, 아이들과 함께 모든 재산을 커다란 배에 싣고 노를 저어 이 새로운 땅을 찾아왔지. 육지에 내린 그들은 에일스포드 전투에서 위대한 브리튼 족의 왕 보르티게론에 맞서 싸웠다. 전장은 피로 강을 이루었지. 그리고 색슨 족은 브리튼 족과 픽트 족을 웨일스와 스코틀랜드로 몰아냈다. 하지만 더 이상 멀리 몰아낼 수는 없었다. 브리튼 족 역시 훌륭한 전사이자 긍지 있는 종족이기 때문이다."

레이디가 에빈을 향해 빙그레 웃었다. 용기를 잃은 로마 인 이주자들이 패배한 후에 마침내 색슨 족을 저지했던 브리튼 조상들에 대한 찬사의 말이었다. 색슨 족과 마찬가지로 에빈이 속한 브리튼 족은 사나운 전사들이었다. 하지만 그들은 천성적으로 독립적이어서 단합된 군대를 이루지 못한 탓에 비옥한 남부와 동부 저지대를 하나 둘 잃었다. 에빈은 이미 이런 사실 대부분을 알고 있었다. 그뿐만 아니라 '고해왕'이라고 불리는 늙은 에드워드 국왕이 영국과 에빈이 사랑하는 웨일스를 다스리고 있으며 스코틀랜드의 말콤 왕과 우호적인 연대를 맺고 있다는 것도 알고 있었다.

"너희 민족은 긍지 있고 용기 있는 사람들이다. 그리고 무엇보다도 충성스럽다."

레이디는 다시 소년들 쪽을 보며 말했다.

"회의장의 테이블에서나 전장에서나 항상 너희의 주군께 신실해

라. 언젠가 너희들은 주군의 옆에서 싸우는 영예를 누리게 될 것이다. 주군이 퇴각을 명하기 전까지는 절대 전장에서 도망치지 마라. 수치는 전장에서 주군보다 오래 사는 자의 몫이다. 용기를 가져라, 사자처럼. 그리하면 해럴드 백작이 너희를 자랑스럽게 '부하'라고 부를 것이다."

곧 로마 인은 '6월'이라고 부르고 색슨 족은 달을 기리기 위해 '리타'라고 부르는 때가 되었다. 하지 전야가 일주일 남았을 때 에빈은 더욱 많은 이야기를 듣게 되었다.

어느 늦은 아침 물을 긷고 있는 에빈에게 요리사가 말했다.

"이놈아, 서둘러. 앞으로 두 주일 동안은 게으름을 부리면 용서하지 않겠다. 할 일이 아주 많거든."

어리둥절한 에빈의 표정을 보고 요리사가 덧붙였다.

"웨식스의 백작께서 이곳, 레이디의 영지에서 형제들과 수행원들에게 하지 축하연을 베푸신다는 걸 모른단 말이냐?"

마부에게 물을 갖다 줄 때는 마부가 소년들에게 이렇게 시키는 것을 들었다.

"사냥용 말을 데려다 운동을 시키거라. 최고의 상태로 만들어야 하니까."

양계장을 지나갈 때는 한 소녀가 푸줏간의 심부름꾼들이 손쉽게 붙잡을 수 있도록 통통한 닭들을 작은 울안으로 몰아넣는 것이 보였다.

대장장이가 뜨거운 쇳덩어리를 식힐 물을 떠오라고 했다. 에빈은 정오에 갈증을 풀려고 온 밭 일꾼들을 위해서도 물을 떠다 놓았다. 그러고는 소녀들이 솥을 닦느라 물과 모래가 필요한 부엌으로 동동거리며 돌아갔다. 어딜 가도 남녀노소 할 것 없이 긴장해서 바삐들 일하고 있었다.

점심 식사를 마치자 노예 담당자가 그레이트 홀 위층의 여자들 방에 물을 떠다 주라고 시켰다. 에빈은 또다시 깊은 우물에서 물을 길어 무거운 물통을 날랐다. 그레이트 홀에 간 에빈은 구석에 물지게를 내려놓고 좁은 나선형 계단을 올라 여자들 방으로 갔다. 양손에 든 물통의 물이 출렁거렸다. 그곳은 소년과 남자들에게는 금지 구역이었지만 에빈처럼 별 볼일 없는 벙어리 노예는 드나들어도 상관없었다.

"여기에 물을 부어라."

쭈글쭈글 나이 든 여자가 화덕 위에 걸려 있는 깊은 가마솥을 가리키며 말했다. 방 한가운데 있는 나무통을 본 에빈은 여자들이 목욕을 하려고 한다는 것을 깨달았다. 에빈의 얼굴이 이마에서 목까지 빨갛게 물들었다. 진한 수입 향수 내음이 코를 찔렀다. 벽에 박힌 못에는 깨끗하고 하얀 여자 속옷들이 걸려 있었다. 한구석에서 깔깔거리는 소리가 들렸다. 여자 아이들 몇이 에빈이 안절부절못하는 모양을 보고 있었던 것이다.

에빈은 이를 악물고 얼른 그곳을 벗어나려고 몸을 돌리다가 레이디와 부딪혔다. 여자들 방이라 그런지 레이디는 베일을 쓰지 않고 있었다. 레이디의 따스한 밤색 머리는 길게 땋여 뒤쪽에 동그랗게 말려 있었다. 티 하나 없이 맑고 부드러운 레이디의 얼굴은 여느 때처럼 자신감과 유머를 드러내고 있었는데 에빈은 그게 몹시 불편했다. 에빈은 첫날 이후 대여섯 번 레이디를 만났지만 그때마다 삼촌의 배신으로 느꼈던 쓰라림이 고스란히 되살아나곤 했다.

"잠깐!"

레이디가 말했다. 에빈이 당황하는 것을 보자 레이디는 빙그레 웃었다.

"산지에서 온 검은 머리 브리튼 인이 아니냐? 어떻게 지내느냐?"

'레이디는 내가 말을 못 한다는 것을 안다. 그런데 왜 나를 비웃는 걸까?'

에빈은 가만히 있었다. 고개를 숙이지도, 무릎을 굽히지도, 안다는 표시도, 존경의 표시도 하지 않았다. 그저 못 알아듣는 척할 뿐이었다.

"얘야, 내 앞에서는 바보인 척하지 않아도 된다. 네가 내 말을 아주 잘 알아듣는다는 걸 알고 있어. 그 악당들이 잘라 버린 건 네 혀지 머리가 아니니까."

레이디가 에빈을 찬찬히 뜯어보았다. 더러운 머리에서부터 채찍질에 찢어진 남루한 튜닉과 때가 잔뜩 긴 맨발까지.

"돌아서서 튜닉을 들어 보아라."

레이디가 명령했다.

에빈은 멈칫거렸다.

"어서 내 말대로 해라. 오늘은 할 일이 많아서 너를 달랠 시간이 없으니까."

에빈은 수치스러웠지만 따르지 않을 수 없었다. 이 권세 높은 여자에 대한 증오심이 부글부글 끓어올랐다. 에빈은 몸을 돌려 허리끈을 풀고 피로 얼룩진 뻣뻣한 튜닉을 들어 올렸다. 그녀의 눈길이 등에 새로 난 채찍 자국에 멈춘 것을 느낄 수 있었다.

"이런 식의 환영으로는 고드윈 가문에 대한 사랑의 불씨가 지펴질 수 없지. 그렇지 않겠느냐? 오늘은 노예 담당자가 시킨 일들을 마저 끝내라. 그리고 내일부터는 요리사를 도와라. 앞으로 며칠 동안 가축을 잡을 일이 많을 테니 너처럼 튼튼한 소년이 필요할 거야. 아마 그 일이 더 수월할 거다. 요리사는 화가 나도 나무 주걱으로 때리지 채찍질을 하지는 않으니까."

레이디는 말하면서 비꼬는 듯한 미소를 지었다.

다음 날 에빈은 닭들을 붙잡아 목을 부러뜨렸다. 닭들은 꼬꼬댁거리며 그의 손을 할퀴어 댔다. 닭털을 뽑는 지루한 일이 시작되자, 곧 부드러운 닭털들이 에빈 주위를 한가득 날아다녔다. 부엌 밖에서 일하던 에빈은 사람들의 기대감이 점점 부풀어 오르는 것을 보았다. 마구간지기 소년들은 따스한 여름 햇볕 아래 반짝거릴 때까지 말들의 털을 빗겼다. 문지기는 테이블들을 밖으로 내와 박박 닦았고 옷가지도 빨아 산들바람에 널었다. 저녁 식사 후에는 문지기가 에빈에게 새 튜닉과 반바지를 주며 무두장이에게 새 신발을 받으라고 했다.

주말이 되자 속삭임이 시작되었다.

"오늘 해럴드 님이 오실 거야!"

그레이트 홀에서 테이블 시중을 드는 시동들이 시작한 이 속살거림은 부엌으로 전해졌고, 그것은 문 밖에서 떠돌다가 말갈기를 땋고 있던 마구간지기 소년들에게까지 퍼졌다. 천 짜는 방에서 일하고 있는 여자들과 소녀들은 베틀 소리보다 더 큰 소리로 외쳤다. 아침나절 늦게는 밭에서 일하는 일꾼들까지 수런댔다.

"오늘 해럴드 님이 오실 거야!"

그날 아침 요리사와 의논할 게 있어 부엌에 들른 레이디 올디스가 에빈을 가까이 불렀다.

"오늘 밤 그레이트 홀에서 시동들과 함께 시중을 들도록 해라. 눈과 귀를 열어 놓고 품행을 조심해라. 네가 이미 많이 배웠다고 생각하지만 그래도 아직은 부족하니까."

에빈은 깜짝 놀랐다. 색슨 족이 다스리는 영국에서는 불구인 노예가 영주의 저택 안에서 시중을 드는 일이 거의 없었기 때문이었다. 주로 귀족들의 어린 자제들만이 시동의 자격으로 그레이트 홀에서 시중을 들었다. 그것이 시동 교육의 첫 단계였다. 시동들과 함께 시중드는 것은 생각도 못한 영예였다. 기쁜 마음에 여느 때 레이디의 앞에서 보이던 에빈의 굳은 표정이 풀렸다. 레이디가 빙그레 웃었다. 홀 밖으로 나가던 레이디가 부엌 문 위의 넓은 상인방 밑에서 에빈을 향해 몸을 돌렸다. 그 바람에 얼굴에서 베일이 펄럭였다.

"나를 실망시키지 않으리라 믿는다."

그날 관리인은 하루 종일 목이 쉬도록 소리를 질러 댔다.

"탁자와 긴 의자들을 날라 와."

그가 소리를 지르면 의자들이 방 한가운데로 와 놓였다. 가장 안쪽에 주빈석이 마련되고 보조 탁자들이 벽을 따라 죽 놓여지자 여자 노예들이 하얀 아마포를 펼쳐서 탁자 위에 곱게 깔았다. 시동들은 큰 창고의 상자에서 접시와 술잔, 상아 뿔잔 들을 가져왔고, 키가 큰 종자들이 해럴드 가문의 깃발은 물론, 웨식스의 모든 대가문들의 깃발을 달기 위해 서로의 어깨를 딛고 올라섰다. 백작의 깃발들, 즉 웨식스의 '황금 용'과 해럴드 자신의 깃발인 '전사'가 명예를 기리기 위해 내걸렸다. 하인들은 횃불과 기름등잔에 불을 밝히고 모닥불도 지폈다. 악사들은 자리를 잡고 앉아 하프의 현을 골랐다.

요리사가 등을 돌릴 때마다 에빈은 열린 부엌 문 틈으로 저 너머 마구간 마당을 엿봤다. 귀빈들이 속속 도착하고 있었다. 젊은 남녀들은 말을 타고 왔고 나이 든 사람들은 가마로 왔다. 오후가 되자 마구간이 꽉 찼고, 마당도 손님들의 말들로 북적였다. 에빈은 그레이트 홀 쪽에 맞닿은 안쪽 문틈으로 기대감에 찬 부유한 영국 귀족들이 여기저기 다니며 조용조용 이야기하는 것을 구경했다. 여자들은 리넨 드레스를 입고 값비싼 금 귀걸이를 하고 있었다. 허리띠는 흑옥색과 담청색 보석으로 반짝였다. 남자들은 백작이 도착하기를 고대하며 길고 두터운 콧수염을 만지작거리고 있었다.

탁자들이 제대로 자리를 잡자 시동 하나가 급히 위층의 레이디에게 올라갔다. 잠시 후 그레이트 홀의 열린 문 틈으로 스며든 장밋빛 햇살을 받으며 백조 목 레이디 올디스가 사르륵 내려왔다. 레이디의 염소 가죽 구두가 나무 바닥을 부드럽게 스치며 나아갔다. 그녀는 푸른 바다 빛 수입 실크 드레스에 하얀 리넨 망토를 걸치고 있었다. 망토의 목둘레와 소매 끝은 켈트식의 짙푸른 색 자수로 장식돼 있었다. 금 고리로 엮어 루비로 장식한 허리띠가 걸음을 옮길 때마다 우아하게 흔들렸다. 하늘하늘 비치는 베일을 고정해 주는 둥근 머리장식 또한 금에 루비가 박힌 것이었다. 레이디는 속눈썹을 까맣게 칠하고 투명한 뺨에는 볼연지를 발랐다. 하지만 희고 우아한 목에는 아무 장식도 없었다. 부엌 문가에 붙어 있던 에빈은 남녀 모두가 찬탄하며 속삭이는 것을 들었다.

"저기 봐. 백조가 온다."

"쉿. 백조 목 레이디가 지금 오고 있어."

레이디는 연약한 듯 아름다우면서도 태도가 꾸밈없이 당당하고 정숙해서 오래전부터 '백조'라는 별명으로 불렸다. 레이디는 주빈석에 마련된 자기 자리에 서서 주군이 들어오기를 기다렸다. 손님들도 서열에 따라 마련된 자리에 가서 섰다.

문지기의 뿔 나팔이 뿌우 울리자 위층에서 차렷 자세로 서 있던 트럼펫 주자들이 트럼펫을 불었다. 곧 그레이트 홀의 입구가 어두워지더니 고드윈의 네 아들들이 저녁 빛을 받으며 어깨를 나란히 하고 기둥처럼 우뚝 섰다. 지는 해를 받아 저택 안에 드리운 긴 그림자가 신비로운 실루엣처럼 보였다. 빛을 받은 그들의 머리칼은 구리처럼 번쩍거렸고, 부드럽고 뿌연 연기가 그들의 금발 머리를 후

광처럼 에워쌌다.

　에빈은 오랫동안 고대해 왔던 이 네 손님을 찬찬히 뜯어보았다. 에빈의 눈길이 왼쪽에서 두 번째 남자에게 쏠렸다. 에빈은 도무지 그에게서 눈길을 뗄 수가 없었다. 그 남자는 키가 제일 큰 것도, 가장 화려하게 차려입은 것도 아니었지만 고개를 똑바로 든 그의 태도에는 뭔가 위엄이 서려 있었다. 넷 중 가장 잘생긴 외모가 아니었음에도 그 남자의 밝은 머리칼과 금빛 콧수염을 본 에빈은 여자들이 금방 좋아할 만한 사람이라는 것을 알 수 있었다. 옷차림은 고급스럽기는 하나 지나치게 화려하지 않은, 그저 표백한 튜닉 차림이었다. 판자처럼 넓고 곧은 어깨에는 주름이 무릎까지 내려오는 진홍색 망토를 걸치고 있었다. 하얀 리넨 반바지 밑에는 짙은 색 대님을 묶었고 발목에는 아직도 박차를 달고 있었다.

　에빈의 눈길이 계속 그 남자의 얼굴로 향했다. 지성과 강인함을 풍기는 그의 생김새 때문이었다. 그에게는 자석처럼 사람을 잡아당기는 강력한 기운이 있었지만 오만한 기미는 전혀 없었다. 그는 홀 안을 둘러보았는데 어느 하나 무심히 지나치지 않았다. 눈가에는 주름도 있고 다 자란 자식들을 둘 만큼 나이도 들어 보였지만, 그 나이 대의 남자들처럼 지쳐 보이지는 않았다. 외려 쉽사리 속지 않는 사람 특유의 인상이 강했다. 주빈석에 있는 레이디를 보자 그의 입가에 미소가 번졌다.

　"진홍색 망토를 입은 분이 해럴드 고드윈슨 백작님이셔."

　시동 하나가 에빈에게 속삭였다. 에빈의 머릿속에는 오로지 이 생각뿐이었다.

'오……, 이분이 바로 웨식스의 백작이구나.'

모두들 오랫동안 아무 말이 없었다. 아니, 어쩌면 마법에 걸린 듯 백작에게 주의를 빼앗긴 에빈만 그렇게 느꼈는지도 모른다. 오로지 멜로디를 따라 흐르는 트럼펫 소리만이 홀 안을 가득 메운 손님들 사이에 내려앉았다.

시동이 다시 속삭였다.

"왼쪽에 있는 분이 동생인 토스티그야. '붉은 머리 토스티그'라고들 하지."

토스티그는 해럴드의 눈을 마주 볼 정도로 키가 컸지만 체격은 더 호리호리했다. 불타는 듯한 머리칼은 어깨까지 곧게 뻗어 있었고, 북부의 풍습대로 땋은 앞머리가 잘 어울렸다. 가장자리를 노란 구슬로 장식한 짙은 황록색 망토가 그의 머리칼을 한층 돋보이게 했다. 피부는 창백했고 깊은 밤색 눈동자는 조롱의 빛을 담고 있었다. 에빈은 토스티그가 어깨 뒤로 망토를 젖혀 손목에 찬 값비싼 금 팔찌를 교묘하게 드러내는 것을 지켜보았다. 토스티그는 홀 안을 한 바퀴 둘러보았다. 그리고 아름다운 여자에게 싱긋 웃으며 한쪽 눈썹을 천천히 올렸다.

해럴드의 다른 쪽에는 어깨가 넓고 다부진 남자가 서 있었다. 전사로 불리는 백작의 동생, 기르스 같았다. 키가 크고 가슴이 불룩한 그는 전투 도끼를 들고 전장에 나가야 마음이 편해지는 용감한 전사임을 암시하는 사각턱을 갖고 있었다.

막냇동생인 레오프와인은 기르스 옆에 서 있었다. 부드럽고 옅은 황갈색 머리를 눈까지 늘어뜨린 그는 가늘고 긴 팔을 허리에 댄 채 해럴드에게서 눈길을 떼지 않았다.

마지막 트럼펫 소리가 잦아들자 잘생긴 사냥개 한 마리가 토스티그에게 펄쩍 뛰어올랐다. 강아지 때부터 키워 준 토스티그를 알아보았던 것이다. 개는 노섬브리어 백작의 어깨에 발을 올렸다. 백작은 마음에서 우러나는 웃음을 터뜨리며 애정 어린 손길로 개를 토닥였다. 다른 형제들이 유쾌하게 따라 웃자 분위기가 화기애애해졌다.

주문이 외워졌고 이제 손님들은 마법에 걸렸다. 햇빛이 환한 밖에서 들어온 네 형제는 홀을 당당하게 걸어오다가 잠깐잠깐 멈춰 옛 부관에게 말을 걸거나 친구에게 인사를 건네곤 했다. 그들은 웃으며 농담을 나누었다. 횃불이 던지는 빛이 잔치 손님들 사이에 그림자를 너울거렸고 잔잔한 하프 연주가 실내에 흘렀다. 영국에서 가장 높은 귀족에 속하는 이들은 한여름 저녁을 마음껏 즐겼다.

에빈은 다른 시동들과 함께 손님들의 시중을 들며 술잔에 향기 그윽한 벌꿀 술을 부어 주었다. 사람들은 몇 잔만 마셔도 몽롱한 환상 속으로 빠져 들 것이다. 건장한 두 남자가 부엌에서 김이 펄펄 오르는 양고기와 돼지고기 요리가 가득 담긴 접시들을 어깨에 받아 연회장으로 날랐다. 빵 접시들도 탁자를 따라 옮겨졌다. 철 이른 딸기류와 과일 접시도 나왔다. 잔치에 온 사람들의 손끝은 곧 달콤한 즙으로 붉게 얼룩졌다.

주 요리 뒤에 건배가 이어졌다.

켄트에서 온 남자가 뿔잔을 높이 들고 외쳤다.

"고드윈의 아들들에게 축복을. 그들은 켄트에 평화와 번영을 가져다주었도다."

그러자 옆 자리 사람이 일어나 큰 소리로 외쳤다.

"해럴드 백작과 그 아우들을 위해. 그들의 위대한 부친, 그리운 고드윈을 위해."

해럴드는 감사의 뜻으로 허리를 굽히고 아버지를 기리기 위해 술잔을 들었다.

수많은 손님들의 박수와 함께 지지의 함성과 웃음이 울려 퍼지고 애정 어린 포옹이 이어졌다. 이어 해안 도시 도버에서 온 주 장관이 일어섰다. 그는 자기 앞에 놓인 뿔잔을 양손으로 든 채 시중꾼과 시동들이 빈 잔들을 채우는 것을 기다렸다. 마침내 잔이 모두 채워지자 그가 외쳤다.

"하느님께서 해럴드 백작에게 우리 남부 연안을 노르망디의 악당 윌리엄으로부터 보호할 힘을 주시기를!"

이야기 소리가 멈췄다. 벌꿀 술을 따르던 에빈은 주위의 손님들이 갑자기 심각해진 것을 보았다. 기르스는 턱을 꽉 다물었고, 토스티그는 불안한 표정으로 해럴드를 쳐다보았다. 백작에서 귀족, 상인, 노예에 이르기까지 그 자리에 있는 모든 사람들은 영국이 무서운 위험에 처해 있다는 것을 되새겼다. 지금 영국과 노르망디는 공식적으로는 평화기였지만 노르망디 공 윌리엄은 호시탐탐 영국을 집어삼킬 기회를 노리고 있었다. 에드워드 국왕 자신도 반은 노르만 족 혈통이었고 그곳에서 자랐다는 점에서는 완전한 노르만 인이었다. 조금 전까지 홀을 가득 채웠던 기쁨이 불안으로 바뀌어 버렸다.

해럴드는 의자를 뒤로 물리고 일어나 사람들의 불안한 얼굴을 바라보았다. 그는 한 마디도 하지 않았지만 참석한 모든 이의 주목을 끌었다. 그리고 에빈은 처음으로 귀중한 목소리, 가장 재능 있는 음유 시인의 목소리에 견줄 만한 그의 목소리를 들었다. 그의 목소리는 우렁찼지만 거칠지 않았고 음색이 풍부하고 신비한 느낌을 주었다. 말투 또한 자신감이 넘쳤고 두려움이 없었다.

"윌리엄 공을 위하여. 그가 오래도록 지배하기를."

백작이 잔을 들며 말했다. 경악하다 못해 굳어 버린 참석자들은 못 믿겠다는 표정으로 그를 응시했다. 해럴드 백작은 자리에 앉았다. 그러고는 똑바로 앉아 덧붙였다.

"노르망디에서."

벌꿀 술로 불콰해진 기르스가 웃음을 터뜨리며 "옳소!"라고 외쳤다. 뒤이어 동굴 같은 홀 안 여기저기에서 웃음소리가 터져 나왔다. 조금 전까지 모든 이를 사로잡았던 긴장감은 밧줄이 잘리듯 뚝 끊겼다.

에빈은 그토록 우아하고 편안한 말솜씨를 가진 해럴드를 다시 한 번 쳐다보았다. 그는 재치 넘치는 농담 한마디로 백성들이 왜 자기를 신뢰하는지 증명했다. 자기가 그들에게 좋은 인상을 심어 주었다는 것을 잘 알고 있는 해럴드는 눈길을 옆 자리의 레이디에게 돌렸다. 그는 레이디의 손 위에 자기 손을 얹고 귀에 뭐라고 속삭였다. 레이디는 미소 지으며 그의 눈을 바라보았다.

악사들이 하프를 뜯기 시작하자 탁자들이 뒤로 밀렸다. 영주들은 레이디들과 우아한 음악에 맞춰 춤을 추었고 에빈과 시종들과 시동들은 접시와 그릇을 깨끗이 치웠다. 곡예사들이 서까래 높이 공을 세 개, 네 개, 다섯 개까지 던지며 손님들을 즐겁게 했다. 서로의 어깨 위에 앉아 공을 앞뒤로 던지는 곡예사 무리가 환영처럼 보였다. 활활 타오르는 모닥불이 홀 안을 따뜻하게 비췄다.

곡예사들이 물러가자 해럴드 백작이 음유 시인들에게 시작하라는 신호를 보냈다. 손님들은 조용해졌다. 영국인들은 이야기를 통해 머나먼 옛 조상들에 대해 배웠다. 그들은 피가 난무하는 전투로 어렵게 얻은 땅을 다스리고, 경계심과 용기로 그 땅을 지켜 왔던 왕들과 여왕들, 옛 시대의 주교들에 대해 배웠다.

음유 시인이 색슨 족이 좋아하는 역사를 노래하면서 홀 한가운데로 걸어 나왔다. 키가 큰 음유 시인의 온몸이 이야기로 타올랐다. 표현력이 풍부한 시인의 손에는 왕과 귀족들이 선물한 반지들이 반짝였다. 그의 목소리가 저택 구석구석까지 울려 퍼졌다.

음유 시인은 937년의 역사를 노래했다.

애설스탠 왕은 전사들의 주군이며
고리를 내리는 분*이네.

동생 에드먼드 왕자와 함께

날카로운 칼날로 불멸의 영광을 누리고

브루난버의 전투에서 잘 벼려진 칼날로

에드워드의 아들들은 방패의 벽을 부쉈네.

보리수로 만든 둥근 방패를 깨부쉈네…….

원수들은 쓰러졌네…….

전장은 검붉은 피로 물들어 갔네.

음유 시인은 여기서 잠시 멈췄다. 이어지는 침묵은 그의 목소리
만큼이나 극적이었다. 에빈은 음유 시인이 너무도 부러웠다.

웨스트 색슨 족의 군대는

하루 종일 적군을 뒤쫓았네.

그들은 숫돌에 벼린 칼을 들고

도망자들을 맹렬하게 베었네…….

깃발과 깃발이 부딪히고 창과 창이 맞서고

사람과 사람이 싸웠네.

전장에서, 칼들이 서로 부딪히는 곳에서…….

그곳에서…… 나이 든 콘스탄틴은,

＊왕이나 주군을 뜻한다. 전투에서 이겨 고향으로 돌아온 전사들에게 팔찌(arm-ring)나 목걸이(neck-ring)를 내리곤 했기 때문에 '고리를 내리는 분'이라 칭했다.

잿빛 머리의 전사는 도망가기 시작했네.

대의라곤 없이

칼들이 서로 챙그랑댈 때 기뻐해야 했으나…….

그 살육의 현장에서

그는 어린 아들을 버렸네.

전투에서 얻은 상처로 갈가리 찢긴.

음식 접시를 치우며 이야기를 듣고 있던 에빈은 눈물이 흘러내릴까 봐 얼른 눈을 꽉 감았다. 저기가 자기 자리였다. 자기는 음유 시인이 되었어야 했다. 음유 시인이야 말로 자신이 그토록 오랫동안 꿈꾸어 온 바람이건만 이젠 결코 이룰 수가 없다. 개 목걸이를 목에 찬 그는 자기 이름조차 말할 수 없게 되었다. 에빈은 마지막 접시를 들기 위해 몸을 구부리다가 나이 든 사람이 옆 사람에게 속삭이는 소리를 들었다.

"참 슬픈 이야기야. 그렇지 않은가?"

에빈은 왜 자신이 이 모양이 돼야 했는지 분노가 치밀어 올라 입을 꽉 다물었다.

애슬니 수도원

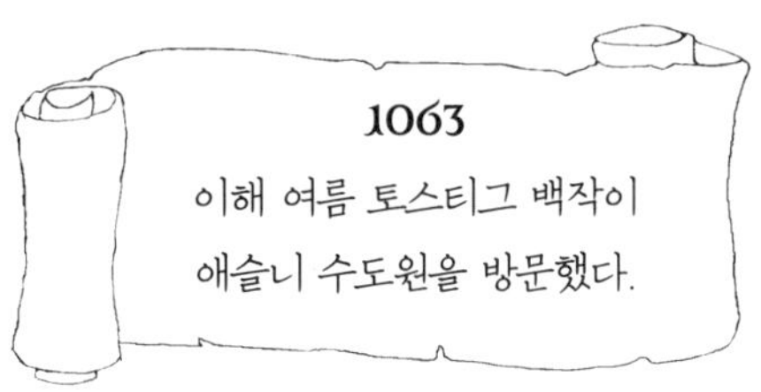

다음 날 에빈이 돌담 앞에 물통을 내려놓자 근위대원들이 모여들었다. 씻기도 하고 소문도 주고받으려는 것이었다. 그들은 에빈의 주위에서 하품을 하거나 시시한 이야기를 늘어놓았다.

"이제 곧 전투에 나가겠지요?"

어린 군사가 말했다.

"그래. 하지만 오래 끌진 않을 거야. 해럴드 백작은 지략이 뛰어나니까 래드노어 사람들이 그를 이겨 먹진 못할걸."

경험 많은 군사가 대답했다.

튜닉의 허리띠를 묶고 있던 다른 병사가 동의했다.

"그들을 겁낼 건 없어. 우리가 경계해야 할 사람이 누군지 말해 줄까? 바로 그 악당, 노르망디의 윌리엄이야."

"왜 그렇게 생각하는데요? 그 사람은 우리 백작님처럼 많은 군사들을 모을 수 없잖아요."

어린 군사가 물었다.

"하지만 그는 부자야. 그러니까 플랑드르나 브르타뉴에서 용병을 고용할 수 있어."

"그가 이끄는 기병을 보면 피가 얼어붙는다던데요?"

어린 군사가 부드러운 가죽 부츠의 끈을 묶으면서 말했다.

"네 피는 유난히 빨리 얼어붙지, 그렇지?"

주변에서 농담조의 말이 들렸다. 모두 웃음을 터뜨렸다.

"그가 어떻게 여기까지 와요? 전군을 태우고 영국 해협을 건널 만한 배가 없잖아요."

잿빛 콧수염이 난 나이 든 군사가 반바지를 끈으로 잡아매다가 고개를 들었다.

"아마 전쟁은 일어나지 않을 거야."

그는 무릎 위로 팔을 조심스럽게 구부렸다.

"늙은 에드워드 왕은 대를 이을 아들도 없고 후계자와 결혼시킬 딸도 없어. 일생 동안 대개 노르망디에서 지냈고 그 야릇한 사과술이나 마시는 사람들을 좋아했지. 왕께서 윌리엄을 후계자로 지명할 거라는 사람들도 있는데, 난 충분히 그럴 수 있다고 생각한다네."

군사 몇 명이 얼굴을 찌푸렸다.

"해럴드 백작을 후계자로 삼는 게 최선의 선택이야. 영국 사람에겐 영국인 왕이 좋으니까."

어떤 사람이 말했다.

"혈통으로 따지면 해럴드 백작님은 왕가의 적자가 아니야."

누군가가 말했다.

"하지만 그분의 누이가 우리의 왕비시고, 어머니도 덴마크 왕가 출신이잖아."

나이 든 군사가 대답했다.

"자네가 무슨 말을 하든 이러쿵저러쿵할 생각은 없어. 하지만 윌리엄은 분명 영국이 자기 거라고 생각할 거야."

에빈은 마지못해 그 자리를 떠났다. 그들의 동지애가 부러워서였다.

'내게는 말을 걸지 않는구나.'

에빈은 생각했다. 레이디의 영지에 온 지 두 달이 되었지만 사람들은 그에게 말을 걸지 않았다. 낮에는 사람들이 어깨로 밀치며 지나갔고, 밤에는 주사위 놀이를 하는 소년들이 그에게 등을 돌렸다.

여자들은 그에 대해 속삭였다.

"저 애는 저주받았어."

그들은 안 보이는 데서 말했다.

"마녀가 목소리를 뺏어 간 거야."

에빈은 이런 멸시 어린 말들에 대해 골똘히 생각하느라 부엌으로 가는 돌 문지방에 물이 떨어져 있는 것을 보지 못했다. 그러다 확 미끄러지면서 팔을 뻗은 채 넘어지고 말았다. 머리가 돌에 쿵 부딪혔다.

정신이 들어 보니 에빈은 나무 침상 위에 누워 있었다. 전에는 본 적 없는 작은 방 안이었다. 마침 의사가 흐느적거리는 에빈의 팔을 붙잡고 있었다.

"내 손을 밀어 볼 수 있겠니?"

에빈이 깨어난 것을 보더니 의사가 물었다.

에빈은 의사가 편 손바닥을 밀었다. 팔에 강렬한 통증이 느껴졌다.

"제 생각대로 뼈가 부러졌습니다."

의사가 사무적으로 말했다.

에빈의 뒤에서 시원스런 여자 목소리가 들려왔다.

"이 브리튼 인에게 우리가 뭘 해 줄 수 있지?"

레이디 올디스가 스르르 나타났다. 얼굴을 찌푸리는 바람에 투명한 피부에 주름이 졌다.

"제대로 낫게 하려면 여름이 끝날 때까지 아무 일도 시켜서는 안 됩니다. 마님의 노예 중에 이런 쓸모없는 놈이 있어 안타깝습니다."

의사가 송구스러워하며 말했다. 일을 할 수 없는 노예를 먹여 살리는 것은 귀찮은 일이었기 때문이다.

레이디는 입술에 손가락을 댄 채 깊은 생각에 잠겼다. 그녀는 인정이 넘치는 표정으로 에빈을 물끄러미 바라보았다. 에빈은 그녀가 차라리 다른 데를 봐 주었으면 했다. 레이디의 시선이 불편했다.

"이 아이를 르위스에게 보낼 생각이네."

마침내 레이디가 입을 열었다.

"르위스라뇨! 마님, 진짜 그러시렵니까?"

의사는 어이없는 표정이었지만 정중한 미소를 지으며 말했다.

"왜, 진짜 그러면 안 되는가?"

레이디가 시원스런 목소리로 되물었다.

의사는 더듬거렸다.

"어…… 저는…… 그저……. 마님, 르위스에게 보내는 건 마땅한 처사가 아닙니다."

의사가 엉겁결에 말을 해 버렸다.

에빈을 바라보던 레이디 올디스가 당당한 얼굴로 의사를 쳐다보았다.

"마그너스, 내 결정에 의문을 가지는 건가?"

"저는…… 음…… 물론 아닙니다, 마님. 그저, 음, 그저……."

"그저, 뭔가?"

에빈은 자기가 누워 있는 침대 양편에 서 있는 레이디 올디스와 의사의 말씨름에 귀를 쫑긋 세웠다.

'르위스가 누굴까?'

에빈은 궁금했다. 그는 천천히 한쪽으로 몸을 돌려 일어나 앉았다. 하지만 머리맡에서 오가는 말씨름에 귀를 기울이느라 팔을 다쳤다는 사실을 까맣게 잊고 그만 구부리고 말았다. 찌르는 듯한 고통이 몰려왔다. 레이디와 의사가 말을 멈추고 에빈을 바라보았다.

"마그너스, 이 아이에게 도꼬마리로 찜질약을 만들어 주겠나? 전에 백작님께서 무릎을 다치셨을 때 자네가 그걸 만들었던 게 기억나네."

"예."

의사는 어쩔 수 없다는 듯 대답했다.

"잠을 푹 잘 수 있는 약도 주겠습니다."

그는 약초와 연고가 든 서랍을 열었다. 그리고 화덕에 걸려 있는 가마솥에서 따뜻한 물을 떠 반죽을 개었다. 의사는 긴 리넨 조각에 약을 묻혀 에빈의 팔에 꽉 묶었다. 그러고 나서 에빈의 목에 붕대를 매고 부목을 댄 팔을 걸쳐 놓았다. 따스한 기운이 살 속에 스미자 에빈은 숨을 깊이 들이마셨다. 의사는 또 다른 그릇에 노란 약초 잎을 으깨고 이름 모를 액체를 섞어 물약을 만들었다.

"이걸 마셔라."

마그너스가 그릇을 에빈에게 내밀며 말했다.

"아주 쓸 거다."

에빈은 의심스러워하며 냄새를 맡아 보고는 그릇에 든 약을 마셨다. 쓰디쓴 약이 위장으로 내려가면서 구역질이 났다.

"이제는 편히 잠들 겁니다, 마님."

의사가 말했다.

레이디가 자애롭게 에빈의 머리를 토닥였다. 하지만 에빈이 움찔하자 손을 거뒀다.

"토스티그 백작이 내일 북부로 떠나네."

레이디가 마그너스에게 말했다.

"내일 이 아이를 애슬니까지 데려다 달라고 부탁하지."

에빈의 머리가 빙빙 돌기 시작했다. 의사가 에빈의 다른 쪽 팔을 잡아 빈 침대로 데려갔다. 에빈은 밀짚을 채운 매트리스에 몸을 깊이 묻었다. 눈꺼풀이 어찌나 무거운지 다시는 뜰 수 없을 것 같았다.

'르위스는 누굴까? 애슬니는 또 어디지?'

에빈은 궁금했다.

"그래. 지금 저 아이에게 꼭 필요한 사람은 르위스야."

레이디가 나가면서 말했다. 회의적인 의사보다는 자신에게 하는 말 같았다.

그러고 나서 모든 것이 암흑과 침묵으로 소용돌이쳤다.

다음 날 새벽 마그너스는 에빈의 팔에서 붕대를 풀어 보고는 자신의 의술에 만족스런 미소를 지었다.'그는 찜질약을 새로 바르고 다시 붕대를 감았다.

"왜 마님이 네게 이렇게까지 하시는지 모르겠다."

그가 에빈에게 말했다.

"네 몰골로 보아서는 누구에겐들 쓰임새가 있을 것 같지 않은데 말이야."

마당에서는 토스티그 백작의 부하들이 먼 여행을 떠날 채비를 하고 있었다. 그들은 말굽에서 진흙을 긁어내고 안장 끈을 꽉 조였다. 그들이 연 모양 방패를 안장 앞머리에 매달고 말에 오르자 말들이 흥분해서 발을 굴렀다.

레이디 올디스가 망토를 두르며 그레이트 홀에서 나와 에빈에게 양피지 두루마리를 건넸다.

"애슬니에 가거든 수도원장님께 드려라."

에빈은 그것을 냉담하게 쳐다보고는 튜닉 안에 잘 넣었다.

'애슬니는 어디지? 왜 당신은 나를 거기로 보내는 거지? 의사가 그토록 믿지 못하는 그 르위스라는 악당은 대체 누구야?'

레이디는 말에 오른 토스티그의 부하와 몇 마디 나누었다. 그가 소년을 애슬니까지 데려갈 예정이었다.

"이리 와라, 꼬마야."

젊은 근위대원이 말했다.

에빈이 등자에 발을 올리자 근위대원이 친절하게 성한 팔을 잡아서 끌어올려 주었다.

"무장 군대와 함께 말을 타는 건 처음이지?"

에빈이 고개를 끄덕이자 그가 말했다.

"걱정하지 마. 너는 애슬니에서 안전하게 지낼 거다. 전투를 하러 가는 건 우리니까."

해럴드 백작과 동생 토스티그가 그레이트 홀에 들어서는 것이 보였다. 해럴드는 머리를 숙이고 토스티그의 말에 심각하게 고개를 끄덕였다. 토스티그가 뭐라고 한마디를 던지고는 제 말에 제가 웃었다. 그의 말을 들을 수는 없었지만 웃음소리에서 뭔가 잔인한 게 풍긴다고 에빈은 생각했다.

에빈을 맡은 친절한 근위대원이 안장에서 몸을 돌렸다.

"지금 저분들은 작전 계획을 짜는 것 같아. 우리는 북부 웨일스의 위험한 무법자들에 맞서 전투를 하게 될 거야. 해럴드 님은 영국에 평화를 가져오려 하시는 거야. 웨일스 사람들은 분명 그분의 도움을 반길 거다."

토스티그 백작이 검은 말에 우아하게 올랐다. 마치 곡예사 같았다. 그가 말했다.

"날씨가 좋으면 일주일 후에 다시 뵙지요."

레이디 올디스가 한 발 앞으로 나와 토스티그의 말고삐를 잡았다. 마치 그가 떠나는 것을 원치 않는다는 듯.

"평화를 깨는 그자에게 화가 있기를. 그는 고드윈의 두 아들 사이에 갇히게 될 겁니다."

토스티그가 말하면서 얼굴에 드리운 아름다운 머리칼을 쓸어 올렸다.

"나는 남쪽에서부터 올라갈 거다. 그럼 우리가 그를 압박해서 잡을 수 있을 게야."

해럴드가 웃음기 없는 얼굴로 말했다. 토스티그는 레이디 쪽을 보았다.

"이 땅에서 가장 멋진 기사는 이제 떠나겠습니다."

토스티그가 손을 내밀자 레이디가 할 수 없다는 듯 고삐를 건네주었다. 토스티그는 나머지 정찰병들과 근위대원들에게 말에 오르라는 신호를 보내고 나서 애정을 담아 형에게 작별 인사를 했다.

그 순간 까마귀가 하늘에서 날아 내려왔다. 까마귀는 성난 목소리로 까악 까악 울부짖으며 토스티그 백작의 머리 위를 낮게 돌았

다. 어찌나 가깝게 빙빙 도는지 거센 날갯짓에 토스티그의 머리카
락이 날렸다. 까마귀가 지나가면서 백작의 얼굴에 그림자를 드리웠
다. 에빈은 그것을 보고 움찔했다.

'까마귀 그림자가 드리우는 건 이제 그만!'

참으로 불길한 징조였다. 그것은 언제나 불운을 예고했다. 에빈
은 이제 그것이 노인들의 한가로운 잡담에 불과한 게 아니라는 것
을 알고 있었다. 삼촌에게 일어난 일을 직접 보지 않았던가? 그런데
이상하게도 주변의 색슨 족들은 불길한 징조를 알아차리지 못하는
것 같았다.

해럴드가 답례의 인사를 하자 토스티그는 말에 박차를 가해 앞서
나갔다. 에빈은 별 의심 없는 해럴드의 얼굴을 엿보았다.

'아무것도 모르는구나.'

해럴드의 명령에 문이 활짝 열렸다. 노섬브리어 백작과 40명에
달하는 그의 부하들은 엑스 강 옆길을 따라 말을 달렸다. 에빈이 모
건 삼촌과 걸어왔던 바로 그 길이었다.

'아주 오래전 일 같아.'

에빈은 생각했다. 너무 오래전이라 마치 전생의 일 같았다. 에빈
은 고개를 돌려 해럴드 백작과 레이디를 마지막으로 힐끗 보았다.

젊은 근위대원은 아침 내내 이것저것 얘기가 많았다. 그는 웨식
스 출신이었는데 토스티그가 노섬브리어에 영지를 받았을 때 그곳
에 가 보기도 했다. 정오에 길을 멈추자 그가 자기 식량을 에빈에게
나누어 주었다.

“노섬브리어 사람들은 바이킹의 핏줄이지.”

근위대원이 빵을 잘라 에빈에게 건넸다.

“그들은 색슨계 백작 밑에서 사는 걸 불안해해. 토스티그 님을 외국인으로 여기거든.”

그가 우물우물 빵을 씹으며 말했다.

“하지만 점점 그분을 좋아하게 될 거야. 덤불에서 새들을 꼬여낼 정도로 매력적인 분이거든. 하지만 우리끼리 얘긴데, 꼬마야. 그분은 무자비한 주군이란다.”

그가 잠시 말을 멈췄다. 아무리 벙어리 소년 앞이라지만 너무 말을 많이 하는 건 현명치 못했다. 그는 잠시 조용히 있다가 화제를 바꿨다.

“이번에는 반드시 웨일스 땅에 평화가 오게 해야 해.”

식사를 마친 그들은 다시 말을 몰았다. 왼쪽으로 강이 잔잔하게 흐르고 있었다. 선두의 근위대원들이 목청껏 노래를 불렀다. 노래가 어찌나 난잡하고 길던지 웃으며 듣던 토스티그 백작마저 더 이상 못 듣겠다며 침묵을 명했다.

해질 무렵이 되자 습도가 높아졌다. 그들은 평지에 천막을 치고 정찰병을 세운 다음 모닥불 가에 누워 망토를 꼭 여몄다.

다음 날 아침 에빈은 극심한 고통에 이를 악 물었다. 차가운 땅바닥에서 밤을 보내는 바람에 부러진 팔에 냉기가 스며든 것이다. 팔이 금방 다친 것처럼 너무도 아팠다.

“어제 길을 많이 왔으니까 수도사들의 점심시간에 맞게 애슬니 수도원에 도착할 수 있을 거야."

착한 근위대원이 말했다.

발을 말 옆구리에 계속 대고 와서인지 정오가 되자 발마저 아팠다. 부러진 팔도 점점 더 욱신거렸다. 에빈은 성한 손으로 안장을 꼭 잡고 팔이 아닌 다른 데에 정신을 집중하려고 노력했다. 말의 리듬이나 말 냄새, 심지어 근위대원이 가끔 던지는 농담까지. 하지만 욱신거림은 점점 심해져 귀까지 울릴 지경이었다. 더 이상 못 참겠다는 생각이 든 순간 근위대원의 목소리가 고통을 갈랐다.

"저기 수도원이 보인다."

근위대원이 오른쪽의 작은 산꼭대기에 솟아오른 탑과 나무 벽을 가리켰다.

애슬니 수도원은 성당 소속이 아니었기 때문에 규모가 크지 않았다. 에빈이 흘깃 본 바로는 레이디의 영지보다 훨씬 작은 것 같았다.

토스티그와 부하들은 수도원 문으로 올라가는 좁은 길로 접어들었다. 일행은 아무 방해도 받지 않고 문을 통과할 수 있었다. 수도원에서 토스티그가 오기를 기다리고 있었기 때문이었다. 전날 밤 늦게 정찰병이 먼저 도착해 백작이 수도원에 들른다고 미리 알려둔 것이다.

들어가 보니 오른쪽에는 마구간이, 왼쪽에는 숙박 시설이 있었다. 말들을 마구간 쪽으로 몰고 가는 동안 에빈은 주변을 둘러보며 팔을 조심스럽게 감싸 안았다. 앞에 보이는 2층짜리 교회 건물의 나무 문에는 팔다리가 뻣뻣한 성자들이 거칠게 조각되어 있었다. 홍

예문이 있는 회랑은 교회와 연결되어 있었는데 지붕 달린 그 회랑을 따라가면 수도원의 숙소가 나왔다. 솔솔 풍기는 음식 냄새로 보아 부엌과 식당은 오른쪽에 있었다. 점심 식사를 하러 가는 수도사들의 행렬이 그들 옆을 지나갔다. 뒤를 돌아보던 에빈은 그 젊은 근위대원이 빙글거리는 것을 보았다.

"거봐, 우리가 점심시간에 맞게 도착할 거라고 했지?"

그가 말했다.

교회 문이 열리며 수도원장이 나와 토스티그를 껴안았다.

"어서 오십시오. 방문해 주셔서 정말로 영광입니다."

"아니, 아닙니다."

토스티그가 말했다.

"이렇게 환대해 주시니 오히려 저희가 감사드립니다."

"백작님과 부하 분들 모두 시장하실 겁니다. 어서 식당으로 가시지요. 요리사들이 기다리고 있습니다. 저는 잠시 후에 따라가겠습니다."

수도원장이 몸을 돌려 나가려는 순간 에빈은 레이디의 전갈이 생각났다. 그래서 얼른 달려가 시동들이 하는 대로 수도원장 앞에 무릎을 꿇고 양피지를 내밀었다.

수도원장은 레이디 올디스의 편지를 읽자마자 에빈을 진료소로 보냈다. 알프레드라는 어깨가 굽고 키 작은 수사가 에빈을 맞았다. 그는 우선 에빈을 배불리 먹인 다음 고통을 줄이기 위해 독한 벌꿀술을 주었다.

"그 팔에는 쉬는 게 제일이지."

알프레드 수사가 말했다.

에빈은 그 수도원에서 '리타'라고 불리는, 한여름의 몇 주를 보냈다. 에빈은 고양이처럼 햇볕을 받으며 앉아 있거나 가끔 알프레드 수사가 시키는 심부름을 했다. 그리고 밤에는 별을 헤아리며 이런 저런 생각으로 많은 시간을 보냈다. 어머니 생각이 났다. 어머니의 따스한 손길도 그리웠다. 그날 이후 처음으로 아버지 생각도 할 수 있었다. 아버지가 살해되고 자신이 불구가 된 후부터 에빈은 마음 속에서 아버지를 그려 낼 수가 없었다. 그러나 이제는 가끔 아버지의 모습을 되새겨보곤 했다.

'검은 머리에 잿빛 눈이었어. 양 뺨은 밝았지.'

하지만 그래도 아버지를 볼 수는 없었다. 어머니가 세상을 떠났을 때도 그랬다. 추억이 밀물처럼 밀려왔다. 아버지 옆에서 밭일하던 시절이 생각났다. 밭을 갈고 수확하는 고된 노동이었지만 아버지는 항상 노래를 하거나 이야기를 읊으며 즐겁게 일했다. 아버지의 목소리도 생각났다. 늘 깔깔거리던 어린 여동생들에 대한 정다운 추억도 스물거렸다. 어머니 등에 업혀 갸우뚱 밖을 보곤 하던 막내의 귀여운 모습도.

어느 어스름한 저녁 에빈은 동쪽 담 옆에 있는 과수원까지 걸어 갔다. 반쯤 익은 달콤한 사과 향기가 바람에 실려 왔다. 에빈은 사과나무 둥치에 기대 쉬다가 얼굴을 손으로 가리고 흐느꼈다. 자신이 사랑했던 사람들은 이제 영원히 가 버렸고, 행복한 삶도 끝나고 말았다. 자신도 죽은 셈이었다. 이제는 그저 '그림자'일 뿐이었다.

'정말 바보 같은 이름이야.'

에빈은 생각했다. 음유 시인이 되려는 꿈 또한 사라졌다. 이제는 물 긷는 아이로 살거나, 아무 일이든 시키는 일을 하며 사는 것에 만족해야 했다. 에빈의 얼굴이 눈물로 젖었다. 죽은 이들과 자신을 위한 눈물이었다.

'오늘 밤에는 울자. 그리고 내일부터는 새 삶을 살자.'

에빈은 생각했다. 사는 게 운명인 한, 삶이란 견뎌 내야 하는 것.

달이 머리 위까지 둥실 솟아오를 즈음 흐르던 눈물이 멈췄다. 그제야 흑흑거리지 않고 제대로 숨을 쉴 수 있었다. 그는 얼굴을 소매로 닦고 과수원의 향기를 뒤로 한 채 달빛을 따라 돌아갔다.

또다시 지루한 치료 과정이 시작되었다. 에빈의 팔과 마음은 둘 다 산산조각이 났다. 에빈은 마음의 상처보다 팔이 먼저 나으리라는 것을 미처 깨닫지 못했다. 에빈은 아침마다 알프레드 수사와 함께 교회 마룻바닥에 꿇어앉아 용기를 갖게 해 달라고 기도했다. 수도원의 고요함은 큰 위안이 되었다. 에빈의 마음도 천천히 아물기 시작했다.

"저번 도제는 내게 배울 수 있는 건 다 배워서 다른 수도원으로 떠났지. 이제 나도 친구가 있었으면 좋겠구나."

어느 날 알프레드 수사가 서까래에 컴프리 다발을 매달며 말했다.

"에빈, 약초에 대해 배워 볼 생각이 없니? 알다시피 약초야말로 건강의 비법이란다."

에빈은 고개를 끄덕였다. 그가 아는 거라곤 어머니와 여동생들이 아팠을 때 마을의 할머니가 해 준 몇 가지 치료법이 고작이었다.

알프레드 수사는 하얀 꽃이 핀 실워트를 따려고 에빈을 숲에 데려갔다. 바구니가 가득 채워지자 알프레드 수사가 외쳤다.

"저것 좀 봐! 저기 야생 마늘이 자라고 있구나."

수사는 그것을 캐기 위해 덤불을 비집고 올라갔다.

"옛날에, 로마 인들이 여기 살았을 때 말했지. 야생 마늘은 사나이에게 용기를 준다고."

그가 야생 마늘을 캐 바구니에 넣으면서 말했다.

"그 말이 진짜인지는 모르겠지만 근위대원 중에는 전투에 나갈 때마다 마늘 목걸이를 하는 사람도 있다고 하는구나. 내 생각엔 칼을 뽑아 들기 전에 기도부터 올리는 게 현명할 것 같은데 말이야."

에빈은 가끔 구석에 조용히 앉아 알프레드 수사가 밀랍 판에 글씨를 쓰는 것을 보곤 했다. 약초 장에 남은 약초는 무엇이고 어떤 것을 보충해야 하는지 기록하는 것이었다. 알프레드 수사는 매일 오후 에빈 팔의 붕대를 풀고 찬찬히 들여다봤다. 처음에는 마그너스 의사가 했던 대로 약초로 만든 찜질약에 리넨 조각을 담가 팔에 대 주었다.

몇 주가 지난 어느 날 알프레드 수사가 에빈의 팔을 톡톡 치며 말했다.

"얘야, 이제 멍이 다 사라졌구나. 실워트는 그런 데 참 잘 듣지. 내일은 샐비어를 써 보자. 다시 근육이 튼튼해지는 데 도움이 될 거야."

에빈이 자기 팔을 살펴보았다. 처음에는 보라색이었던 멍이 짙은 노란색으로 변하다가 없어져 버렸다. 하지만 피부는 한눈에 보기에도 허연 데다 다른 팔에 비해 훨씬 가늘었다. 에빈은 천천히 팔을 구부리고 살짝 주먹을 쥐어 보았다.

알프레드 수사가 빙긋 웃었다.

"걱정 마라. 샐비어가 그쪽 팔에도 요술을 부려 줄 테니. 많이 늦지는 않았거든. 근육이 약해지긴 했지만 완전히 상한 건 아니야. 옛말에도 있지 않니? '샐비어가 텃밭에서 자라고 있는데 어떻게 사람이 죽겠는가?' 맞는 말이지. 미카엘 축일까지는 팔이 다 나을 거다."

에빈은 알프레드 수사의 말이 맞기를 바랐다. 그리고 곧 팔 걱정이나 하고 있을 시간이 없게 되었다.

다음 날 저녁 식사를 알리는 종이 울리자마자 진료소 문이 활짝 열리더니 남자 셋이 들것에 실려 왔다. 들것을 운반해 온 사람 하나는 가장자리가 금색으로 장식된 보라색 튜닉을 입고 있었는데 손이 온통 피범벅이었다.

"이 사람들은 해럴드 백작의 근위대원입니다. 서쪽에서 전투가 있었는데 성 에설버트 수도원의 진료소도 다 찼습니다. 이들을 맡아 줄 수 있겠습니까, 수사님?"

그가 부상병들 쪽을 가리키며 말했다.

"물론입니다."

알프레드 수사가 말했다.

"그게 저희의 소명인 걸요."

부상은 심각했다. 두 사람은 칼과 도끼로 치명상을 입었고, 또 한 사람은 싸우다가 안장에서 떨어져 다리가 심각하게 부러진 상태였다. 에빈은 알프레드 수사가 부드러운 손길로 한 사람 한 사람 세심하게 진찰하는 것을 지켜보았다.

"얘야. 서까래에서 도꼬마리를 가져오고 불을 지펴라."

알프레드 수사가 차분하게 말했다.

"할 일이 많구나."

에빈과 알프레드 수사는 밤이 깊도록 부상당한 군사들을 돌봤다. 피에 젖은 튜닉을 잘라 내고 따스한 약초 물로 상처를 닦고 있는데 저녁 기도 종이 울렸다. 몇 시간 후에 마지막 기도 시간을 알리는 종이 울리고 수도원 전체가 잠자리에 들었다. 하지만 알프레드 수사와 에빈은 쉬지 않았다. 그들은 계속 더러운 상처를 닦아 내고, 부목과 리넨으로 부러진 다리를 고정시켰다. 멀리서 늑대의 울부짖음만이 들려올 뿐 사방이 조용해졌다. 에빈은 열이 끓는 군사 옆을 떠나지 않고 차게 적신 수건으로 이마를 닦아 주었다.

그 뒤 몇 주 동안 부상자들이 계속 들어왔다. 에빈은 상처 부위를 따스하게 하고 악한 정령들이 들어오지 않게끔 뒤틀린 무릎을 마사지하고 찜질약 바르는 법을 익혔다. 가끔 상처 자국이 아직 생생한데도 절뚝거리며 전장으로 돌아가는 부상병들도 있었다. 하지만 그보다 무덤 파는 일꾼들을 부르는 일이 훨씬 많았다. 묘지에 십자가가 하나 둘 늘어 갔다.

어느 날 오후, 에빈이 부상병의 다리를 부드럽게 안마해 주자 그가 고마워하며 말했다.

"꼬마야, 의사가 될 자질을 타고났구나."

에빈은 겸손하게 고개를 가로저었다.

"아니, 맞아."

그가 우겼다.

"야전 의사들보다는 네가 훨씬 낫다."

에빈이 싱긋 웃었다. 그는 부상자들에게 위안이 되고 수도원에서 자기 자리를 찾게 해 준 이 기술을 익힌 게 기뻤다.

어느 날 아침 수도사들이 모두 모여 수도원장의 지시를 듣는 자리에서 에빈의 이름이 불렸다. 에빈은 깜짝 놀랐다.

"그림자, 오늘은 문서 사자실로 가 자신을 유용하게 하여라."

수도원장이 기분 좋게 말했다.

"네가 새로운 일을 받게 되려나 보구나."

알프레드 수사는 그렇게만 말했다. 그리고 다들 회당에서 줄지어 나왔다.

에빈은 다른 수도사들의 뒤를 따라 문서 사자실에 들어섰다. 어두컴컴한 방에는 지난밤의 공기가 아직 차갑게 남아 있었다. 그곳은 화학 약품과 약초, 기름, 각종 분가루들이 내뿜는 기묘한 향으로 가득했다. 에빈은 수도사 하나가 덧문을 열어 이제는 세력을 잃은 늦여름의 햇빛을 들이는 것을 바라보았다. 여기서는 빛이라면 단 한 줄기라도 반가웠기 때문이었다. 모두들 책 더미와 양피지, 잉크 병, 깃털 펜이 쌓인 기다란 탁자 앞에 자리 잡고 앉아 하루 일을 시작했다.

그들의 소명은 지식을 지키는 것이었다. 한때 영국에는 책이 아주 많았다. 하지만 로마 인들이 섬에서 떠나가자 야만인들이 몰려와 아름다운 도서관들에 불을 질렀다. 수많은 책들이 화마에 휩싸여 흔적도 없이 사라졌다. 타지 않은 책들은 그대로 방치돼 곰팡이가 끼고 부스러져 먼지가 되었다. 바이킹들도 이 섬에 들어와 많은 수도원을 파괴했다. 그들은 금과 은으로 만든 수도원의 성배들을 훔치고 얼마 남지 않은 책들마저 불태웠다. 하지만 몇 년 후에 웨식스의 왕인 알프레드와 그의 전사들이 바이킹 무리를 영국 동부로 몰아냈다. 알프레드 대왕은 옛날 책들을 찾아내는 대로 베끼고, 새 책을 쓰게 했다. 또 앵글 족과 색슨 족의 역사를 기록하게 했다. 그래서 이제 수도원마다 연대기를 갖게 되었다. 연대기에는 전쟁과 죽음, 침략과 봉기, 누구의 아들이 어느 영지를 다스렸는지뿐만 아니라 날씨까지 세세히 기록되었다.

기도가 끝나자 수도사들은 전날 쓰다 만 부분부터 베끼기 시작했다. 한 수도사가 에빈을 구석으로 데려갔다. 거기에는 끝이 무뎌진 깃털 펜이 가득 담긴 바구니가 있었다. 수도사가 칼을 꺼내 에빈에게 촉을 깎는 방법을 보여 주었다. 에빈은 숨을 깊이 들이마셨다. 그 수도사처럼 꼼꼼하게 하나하나 다 깎으려면 한나절은 걸릴 것 같았다. 에빈이 바닥에 앉아 펜과 칼을 드는 순간 갑자기 문이 쾅 열렸다.

깜짝 놀란 에빈은 키 큰 젊은 수도사 하나가 문서 사자실로 급히 들어오는 것을 보았다. 그는 수도회의 전통에 따라 가운데 머리를 동그랗게 밀었는데 가장자리에 제멋대로 난 밤색 머리칼이 온 사방으로 곱실거렸다. 고양이 눈 같은 녹색 눈동자가 장난기로 반짝였고 얼굴에 비해 너무 큰 매부리코 때문에 우스꽝스런 분위기를 풍겼다. 안으로 뛰어 들어오는 순간 수도복이 마치 미치광이 마법사의 망토처럼 그를 휘감았다.

"형제들이여, 일은 잘 되십니까?"

그가 환하게 웃으며 소리쳤다.

모든 수도사들이 하던 일을 멈추고 고개를 들었다. 눈을 혹사하는 일에서 잠시 벗어나 기쁜 표정들이었다.

그 젊은이는 에빈 근처의 탁자로 다가와 서랍장을 열고, 귀한 금가루와 희귀한 안료가 든 항아리들을 꺼내 조심스럽게 탁자 위에 늘어놓았다. 그토록 값비싼 물감을 사용하는 것으로 보아 도제는 아닌 것 같았다. 에빈은 그 젊은이를 바라보았다. 그는 여느 수도사들과는 매우 달라 보였다. 매부리코와 제멋대로인 머리칼 덕분에 어릿광대처럼 보이지만 이마는 훤칠했다. 이는 현명한 사람이라는 표시였다.

그 수도사는 관찰당하는 것을 느꼈는지 양피지에서 시선을 들어 방 안을 둘러보다가 자기를 보는 눈길을 찾아냈다. 에빈은 홍당무가 되었다. 사람을 빤히 바라보는 것은 무례한 행동이었기 때문이다. 그 수도사는 뭔가 궁금한 게 있는 사냥개처럼 머리를 바짝 들고 에빈을 쳐다보았다.

“자네를 구석에 박아 놨군, 응?”

젊은 수도사가 친근한 어조로 말했다.

“괜찮다면 이리 오게. 내 탁자에는 자리가 넉넉하니까.”

그의 말투는 다른 색슨 족과 달랐다. 에빈에게 익숙한 말투였다. 잠시 머뭇거리던 에빈은 얼른 일어나 그 수도사의 긴 의자에 함께 앉아 널찍한 탁자 위에 깃털 펜들과 칼을 늘어놓았다.

잠시 후 젊은 수도사가 에빈에게 또 말을 걸었다.

“전에는 본 적이 없는데, 수도원에 새로 왔나?”

에빈은 입을 가리키고 설명의 뜻으로 칼을 들어 공중을 갈랐다.

“그럼 혀가 없는 건가, 친구? 말을 못 해?”

에빈은 고개를 끄덕였다.

“오……, 안됐군.”

가슴 아픈 듯한 목소리였다.

에빈은 그 수도사의 반응이 남들과 다른 것을 보고 마음을 놓았다. 그는 비웃는 표정으로 입술을 비틀어 올리거나 쓸모없는 노예니 어쩌니 하는 말을 하지 않았던 것이다.

“머리색이 검은 걸로 보아 브리튼 족이 아닐까 싶은데, 맞아?”

에빈이 고개를 끄덕였다. 그리고 칼을 들어 탁자 위에 놓인 밀랍판에 그럭저럭 사슴을 그려 넣었다. 라이왈론의 문장이었다.

“오, 라이왈론의 장원에서 왔어? 반갑네, 친구. 내 친척들이 그 근처 출신이야.”

수도자의 눈이 기쁨으로 반짝거렸다.

"고향도 아닌데 여기서 만나다니 신기하네?"

그 순간 수도원장이 들어왔다. 그는 수도원을 죽 돌면서 일이 잘 되어 가는지 확인하고, 특히 수도원에 새로 온 젊은이들이 꾸물거리지는 않나 살폈다. 수도원장이 나가자 제멋대로 생긴 그 수도사가 에빈을 쿡 찔렀다.

"네가 사람들이 '그림자'라고 부르는 그 친구야?"

에빈이 고개를 끄덕였다.

"그럼 넌 앞으로 할 일이 있어."

그가 말을 이었다. 에빈이 순종적으로 칼과 펜 하나를 다시 집었다.

"아니, 그게 아니고. 내 이름은 르위스야."

그가 자신을 소개했다.

"레이디 올디스가 널 여기로 보낸 거야."

문득 레이디 올디스와 의사가 나눈 한여름의 대화가 생각났다.

'아, 이 사람이 바로 마그너스가 그토록 못 미더워했던 르위스였구나.'

"글을 읽고 쓸 줄 아나?"

르위스가 물었다. 에빈은 고개를 가로저었다.

"그럴 줄 알았어. 글을 아는 사람은 드물지. 한동네 사람이니까, 내가 선물 하나 하지."

르위스가 마치 비밀을 나누는 스파이처럼 머리를 에빈의 머리에 가까이 댔다.

"내가 하는 걸 잘 봐. 곧 글자가 익숙해질 거야. 내가 읽고 쓰는 법을 가르쳐 줄게."

그가 에빈의 귀에 대고 속삭였다.

"라틴 어도 가르쳐 줄 수 있어."

르위스가 허세를 부리며 으쓱댔다.

"악당들이 네게 빼앗아 간 것을 이 르위스가 돌려주겠어. 물론 글을 읽거나 쓸 줄 아는 사람이 많지 않은 건 사실이야. 그러니 글을 안다 해도 네 생각을 알리려면 어차피 힘이 들긴 해. 하지만 이 기술이 있으면 너는 쓸모 있는 사람이 될 거야. 관리인들이 기록하는 것을 본 적이 있겠지?"

에빈은 레이디 올디스가 매우 존중하던 영지의 관리인이 생각났다.

르위스는 말없이 꼼꼼하게 일을 시작했다. 그는 앞에 양피지 두루마리를 펼치고 에빈이 자기가 일하는 것을 관찰할 수 있도록 비스듬히 앉았다. 그러고 나서 믿을 수 없을 정도로 우아하고 아름답게 글자를 써 내려갔다. 양피지와 잉크의 작은 세계로 빠져 든 사람 같았다. 에빈 눈에 그 일은 매우 쉬워 보였다. 마치 천사가 손길을 인도하듯 펜 끝에서 글자들이 물 흐르듯 흘러나왔기 때문이었다. 에빈은 그 수도사를 유심히 지켜보며 감탄했다. 르위스는 자기가 관찰당하는 것도 의식하지 못할 만큼 일에 몰입하고 있었다.

그날부터 에빈은 한시도 빠짐없이 르위스 곁에 붙어 있었다. 에빈은 수도사 숙소에 있는 르위스의 방으로 침대를 옮겼다. 식당에서도 르위스의 옆 자리에 붙어 앉았고, 문서 사자실에서도 탁자를 같이 썼다. 에빈은 말을 못 하니 조용했지만 르위스는 천문학에서부터 약초, 수도원 연대기에 기록된 역사에 이르기까지 모든 주제에 대해 쉬지 않고 떠들었다. 도서실에 있는 책들을 남김없이 다 읽은 르위스는 자비롭게도 에빈에게 그 모든 것을 떠먹여 주었다. 에빈은 미소를 짓고 고개를 끄덕이며 그의 말을 경청했다. 밤에는 낮에 배운 새로운 기술들이 꿈에 나왔다.

'성스러운 달' 9월의 첫 주가 지나자 모든 수도사들이 함께 추수에 나섰다. 에빈은 날마다 르위스와 함께 땀을 흘리며 내년에 그들의 빵과 죽이 되어 줄 보리를 거뒀다. 그달 말 성 미카엘 축일에는 아마를 베어 들판에 원뿔 모양으로 쌓아 놓았다. 그 다음 주에 에빈은 수도원 담장 안에 있는 사과나무에 올라갔다. 알프레드 수사의 말이 맞았다. 나뭇가지를 잡자 그의 팔이 다시금 몸무게를 지탱해 주었던 것이다. 그는 달콤한 향기가 풍기는 사과를 따서 르위스에게 던졌다.

비가 오는 날이면 에빈과 르위스는 두건을 뒤집어쓰고 따스한 문서 사자실로 재빨리 뛰어 들어갔다. 처음에는 르위스가 책을 펼쳐 다른 데다 베끼는 것을 어깨너머로 구경만 했다. 하지만 시간이 흐르자 르위스가 에빈에게 첨필과 밀랍 판을 건네주었다.

"이걸 베껴 봐."

르위스는 밀랍 판 제일 위에 몇 글자를 쓴 후 말했다.

펜을 받아 든 에빈은 밀랍 판이 깨알 같은 글자로 채워질 때까지 베껴 썼다. 가끔가다 르위스가 머리를 가로저으며 말했다.

"다시 해 봐."

르위스는 촛불에 데운 칼로 밀랍을 부드럽게 긁어서 에빈이 서툴게 쓴 글자들을 지웠다. 그러면 에빈은 또다시 베껴 썼다.

산허리의 나무들이 붉은색과 황금색으로 물들 때쯤 에빈은 낱글자들을 모아쓰기 시작했다. 에빈이 밀랍 판 위에 단어를 주욱 베껴 써서 옆으로 밀어 놓으면 르위스는 일을 하다가 고개를 들고 됐다고 고개를 끄덕이거나, 알아볼 수 없는 줄이 있으면 고개를 젓곤 했다.

몇 주가 지나자 필기체와 줄과 점들에 얽힌 비밀이 풀리기 시작했다. 에빈은 양피지를 들여다보며 생각했다.

'"올해에……."라고 씌어 있구나.'

나무들이 맨 팔을 흔들고 서리가 초원에 살짝 내려앉을 무렵, 에빈은 마침내 자신에게 기적이 일어난 것을 깨달았다. 앞에 펼쳐진 책에 이런 글이 보였던 것이다.

이해에 (1053) 고드윈 백작이 세상을 떠났다.
윈체스터에서 왕과 함께 지내다가 병을 얻었기 때문이다.

에빈은 '난 이게 무슨 뜻인지 알아.'라고 생각하며 손끝을 양피지에 조심스럽게 댔다. 그는 자기가 귀한 기술, 즉 마법이나 다름없는 재주를 익혔다는 것을 깨달았다.

'난 이걸 알아. 고드윈 백작은 해럴드의 아버지야. 난 읽을 수 있어.'

그토록 오랫동안 침묵의 담장 뒤에 갇혀 있던 소년에게 그것은 반갑기 그지없는 선물이었다. 이제 자기 목소리를 양피지에 쓸 수 있게 된 것이다!

어느 날 저녁 에빈과 르위스는 함께 쓰는 작은 방에서 필담으로 이야기를 나누었다. 르위스는 처음으로 입을 다물고 에빈이 쓴 글을 한 줄 한 줄 읽으며 고개를 끄덕였다. 이제 에빈은 질문을 할 수 있었다. 그는 배우고 싶은 게 너무도 많았다.

도서관에 있는 책들을 나도 읽을 수 있을까?

르위스가 "물론."이라고 대답했다.

에빈은 수도원에서 보내는 새 삶이 너무나 행복했다. 수도사들은 에빈이 함께 있는 것을 반겼고 그의 도움을 귀하게 여겼다. 에빈은 이제 가족을 찾은 것이다.

애슬니 수도원이 그리스도의 탄생을 축하한 지 일주일 후, 진홍색과 금색이 어우러진 옷을 입은 금발 머리 색슨 족 전령이 땀을 뚝뚝 흘리는 말을 몰며 문 안으로 들어왔다.

레이디 올디스의 부름

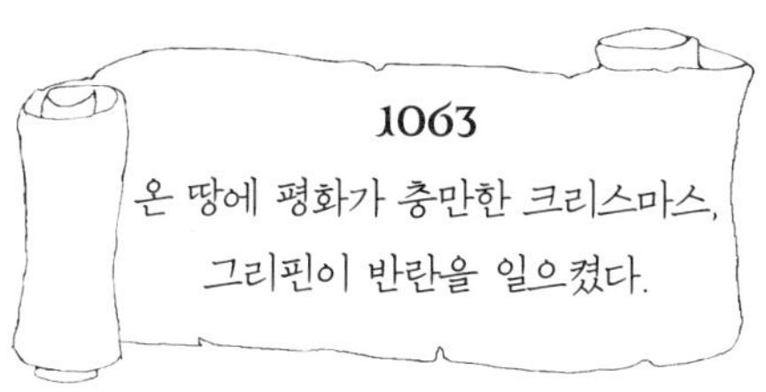

에빈과 르위스는 진흙투성이 전령이 말에서 내려 재빨리 말뚝에 말을 매는 것을 호기심 어린 눈으로 바라보았다. 창백하고 지친 모습의 전령은 수도원장을 뵙고 싶다고 청했다. 에빈과 르위스는 기쁜 마음으로 수도사 숙소 북쪽에 있는 수도원장의 거처로 그를 안내했다. 수도원장은 전령을 들이고 르위스와 에빈은 추운 밖에 둔 채 다시 문을 닫아 버렸다.

"옷 색깔을 보니 해럴드 백작 쪽이야."

르위스가 말했다. 에빈은 이마를 가볍게 쳤다. '더 자세하게 말해 줘요.' 또는 '무슨 말인지 모르겠어요.'라는 표시였다.

"더 이상은 나도 몰라, 에빈. 웨식스의 백작은 내게 비밀을 알려 주지 않거든. 하지만 한 가지는 가르쳐 줄 수 있어."

르위스가 웃으며 말하고는 좌우를 살폈다. 마치 에빈 외엔 아무도 못 듣게 굉장한 비밀을 말하려는 것 같았다. 에빈은 몸을 앞으로 숙였다.

"지금 당장 식당에 가지 않으면……."
그가 속삭였다.
"무지한 산골 브리튼 족 둘은 빵 부스러기도 구경 못 할걸."
에빈이 장난스럽게 그를 탁 쳤다. 둘은 길을 되돌아 식당으로 뛰어갔다.

식탁에서 음식 접시들이 치워질 즈음 수도원장이 그 전령을 거느리고 식당으로 들어섰다. 에빈보다 겨우 몇 살 위일 듯한 그 전령은 많은 색슨 족들처럼 어깨까지 물결치는 금발에 남청색 눈동자를 하고 있었다. 그는 달갑지 않은 무리에 와 있다는 듯이 머리를 약간 뒤로 젖혔다. 그러더니 주빈석으로 성큼성큼 가서 군대식으로 똑바로 섰다.

"그리핀이 다시 움직이고 있습니다."

전령은 간단히 말하고 그 말이 불러일으킬 불안감을 확인하려는 듯 잠시 말을 멈췄다. 놀란 수도사들이 입을 벌린 채 다른 수도사들을 쳐다봤다. 배우처럼 콧구멍을 큭 벌린 전령은 자기가 전한 말의 결과에 만족한 듯했다. 전령이 말을 이으려고 일단 숨을 깊이 들이마시고 있는데 수도원장이 불쑥 입을 열었다.

“교활한 돼지 같은 놈.”

수도원장이 뒷짐을 지고 서성거리며 말했다.

“기습의 이점을 노리고 겨울에 진격하는 거지.”

제대로 방해받은 전령은 말을 계속하려고 다시 숨을 깊이 들이마셨다.

“계속하게, 젊은이.”

전령이 말하려고 입을 벌리는 순간 수도원장이 또 끼어들었다.

“그리핀은 웨일스 바닷가 출신입니다.”

뿌루퉁해진 소년이 지그시 이를 물며 말했다.

“그런데 산속의 은광들을 무척 탐내고 있습니다. 그 은광들은 에드워드 국왕이 그에게 내린 영지에 속하지 않는 것입니다. 그는 지금 모든 것을 불태우며 광산을 향해 북행하고 있다고 합니다.”

‘안 돼! 카마던은!’

에빈은 생각했다. 르위스가 에빈의 어깨에 손을 얹었다. 이번에는 눈에 웃음기가 사라졌다.

“지금은 한겨울이지만 해럴드 백작께서 부하들을 대기시키고 있습니다. 서쪽 주의 농토가 전부 불타고 있으니 날이 풀릴 때까지 기다리진 않겠다고 하십니다. 저는 레이디 올디스의 분부로 여기 왔습니다. 레이디는 여러분의 기도를 부탁드리며 내일 아침에 ‘그림자’라는 사람을 데리고 엑서터로 되돌아오라고 하셨습니다.”

에빈은 연어가 펄떡이듯 깜짝 놀랐다.

‘엑서터로 오라고? 그 노예 오두막으론 돌아가고 싶지 않아!’

그는 레이디가 자기를 잊었기를, 수도사들과 함께 여기 머물 수 있기를 간절히 바랐었다. 에빈은 분노로 주먹을 꽉 쥐었다. 레이디에겐 자기의 분부를 받들 노예가 정말로 하나 더 필요하단 말인가?

그날 밤 회칠한 작은 방으로 돌아간 에빈은 분노에 휩싸여 무릎을 꿇고 밀랍 판 위에 글을 휘갈겨 썼다. 르위스는 즐거움과 약간 짜증이 섞인 표정으로 에빈의 어깨 너머로 그것을 바라보았다.

르위스가 큰 소리로 첫 줄을 읽었다.

"나는 돌아가지 않겠어."

르위스가 에빈의 얼굴을 보려고 움직였다. 그러자 촛불 밝힌 방에 그의 거대한 그림자가 일렁거렸다.

"에빈, 우리의 목숨은 우리 것이 아니야. 네가 이 모든 것을 견뎌냈으니 말인데……."

심각한 나머지 르위스의 녹색 눈이 가늘어졌다.

"이 수도원의 다른 사람들은 몰라도 너는 꼭 알아야 할 게 있어."

르위스는 화가 나서 입술을 꽉 물고 잠시 말을 멈췄다.

"나는 수도사야. 나는 수도원장님에게 복종하지. 나는 하느님의 뜻에 따라 이 수도원으로 왔으니 그분이 내 주인이야. 하지만 넌 세상에서 살 운명이야. 하느님께서는 해럴드 백작을 이 땅의 주인으로 삼으셨어. 그러니 해럴드가 네 주인이야. 너한테는 해럴드를 섬기는 게 곧 하느님을 섬기는 거야."

에빈은 비웃으며 다시 밀랍 판 위에 몸을 구부렸다. 그의 칼이 판 위를 날다시피 글자를 새겼다. 에빈이 르위스가 볼 수 있게 판을 들었다.

"물 긷는 소년으로?"

르위스가 읽었다.

"오, 알겠다. 악마가 좋아하는 죄, 바로 자부심 때문이군. 넌 여전히 네가 자유민이며 음유 시인이라는 환상을 품고 있구나? 물을 긷기엔 네가 너무 중요하다, 이거지? 물 긷는 일은 사람들에게 생명과 건강을 가져다주는 일이 아닌가?"

에빈은 다시 휘갈겨 썼다.

"그래, 그들은 네 종족이 아니라고? 말해 봐, 에빈. 네 종족은 어디에 있지?"

르위스가 날카롭게 말했다. 에빈을 이해시키기 위해 필요하다면 얼마든지 잔인해질 것이다.

"네 종족은 단조롭기만 한 카마던에 있어. 그건 너의 예전 삶이었지. 너는 더 이상 카마던의 에빈이 아니야. 더 이상 자유롭지도 않고. 넌 이제 말 못 하는 '그림자'야. 나는 하느님이 왜 이렇게 하셨는지 몰라. 하지만 지금은 해럴드를 섬기는 게 네 의무라는 건 알아. 그리고 만약 해럴드의 레이디한테 물 긷는 소년이 필요하다면 그게 바로 네 소명이야. 그리고 넌 성스러운 자부심, 즉 하느님을 섬기는 그 자부심으로 그 소명을 받들어야 하는 거야."

르위스는 다시 방 안을 서성거리며 손가락으로 앞머리를 쓸어내렸고, 마음이 상한 에빈은 밀랍 판에 몸을 숙이고 있었다.

"알고 있어?"

르위스가 방법을 바꿨다.

"넌 해럴드의 레이디에게서 받은 것들에 대해 아직 한 번도 감사의 표시를 한 적이 없어. 레이디는 너를 갤리선의 노예로 보내거나 주석 광산에서 두더지처럼 굴을 파게 할 수도 있었어. 하지만 그분은 네게 먹을 것과 입을 것을 주셨지. 친절한 말씀도 해 주셨을 거고, 분명."

르위스는 작은 방의 한쪽 끝까지 갔다가 되돌아섰다. 그의 그림자가 뒷벽 가득 깔렸다.

르위스가 에빈의 팔을 가리키며 말했다.

"그 뼈가 부러졌을 때 그분은 자기 의사에게 널 치료하게 했어. 마그너스는 귀족을 치료하는 의사지, 농노나 돌보는 무지한 산파가 아니야."

에빈은 머리를 가로젓고 르위스에게서 몸을 돌렸다. 그러나 르위스는 쥐를 쫓는 래트 테리어처럼 에빈을 따라갔다. 그리고 소년의 어깨 위로 몸을 구부리고 속삭였다.

"그분은 널 내게 보내 읽고 쓰기를 배우게 하셨어. 내가 너를 가르친 것은 그분의 분부 때문이었어. 그게 바로 네가 그분에게서 가져온 전갈이었다고!"

에빈이 천천히 고개를 들었다.

'왜 레이디는 내가 글을 배울 수 있도록, 그토록 나를 배려하셨을까?'

에빈은 앞으로 가서 손가락을 르위스의 이마에 댔다.

"확실하냐고? 그래, 이 바보야. 내가 그 전갈을 읽었잖아."

르위스가 말했다. 눈이 밝게 타오르고 있었다.

"난 그분의 저택에서 십 년 동안 일했어."

르위스가 말을 이었다.

"난 그분 아드님들의 놀이 친구이자 주빈석의 시동이었지. 나도 너처럼 고아야. 하지만 그분은 나를 자기 자식처럼 대해 주셨어."

르위스는 잠시 말을 멈추더니 추억이 떠오르는지 웃음을 터뜨리며 고개를 가로저었다. 그러고는 혼잣말처럼 말을 계속했다.

"그분은 나의 수호자셨어. 내가 애슬니에 가는 게 하느님의 뜻이라고 느꼈을 때 그분은 축복으로 나를 보내 주셨어. 수도사가 되기엔 너무 어리석다고 모두들 비웃었지만, 그분은 나를 격려해 주셨지. 그리고 내가 따라가기 쉽도록 이곳에 길을 마련해 주셨어."

르위스는 침대에 걸터앉은 에빈 옆에 앉았다.

"돌아가, 에빈. 레이디 올디스는 네게 큰 친절을 베푸셨어. 이번엔 네가 감사하는 마음으로 돌아갈 차례야. 네가 여기서 익힌 것들을 그분께 보여 드리도록 해."

그날 밤 에빈은 그 작은 방의 초가지붕을 오랫동안 바라보다가 겨우 잠이 들었다.

'내가 글을 배울 수 있게 해 주신 분이 바로 레이디였구나. 그런데도 난 그분께 그토록 무례했다니.'

다음 날 에빈과 전령이 엑서터에 도착한 것은 차가운 겨울 해가 기울어 갈 무렵이었다. 레이디의 영지는 엑서터로 가는 길목에 있었다. 강가에 있는 레이디의 영지가 눈앞에 나타나자 에빈은 정문을 향해 말을 재촉했다. 하지만 전령이 거만하게 말했다.

"아니야. 우리는 먼저 시로 가게 되어 있어."

에빈은 영문도 모른 채 강 하류 쪽 엑서터로 말을 몰았다. 그들은 궁수용 화살 구멍들 아래 다이아몬드 모양의 타일로 장식된 아치형 문을 향해 질주했다.

"엑서터로 오는 자들은 누구냐?"

망루의 경비병이 대답을 요구했다.

젊은 전령은 오만할 정도로 당당하게 인사를 하고 손목에 찬 굵은 은팔찌를 보여 주었다. 거기에는 해럴드의 문장인 '전사'가 새겨져 있었다. 팔찌를 본 경비원이 문을 열어 주라고 명령했다. 에빈과 전령은 말을 몰아 인기척 없는 어두운 시장 거리를 질주했다. 자갈에 부딪혀 울리는 말발굽 소리 외엔 사방이 조용했다. 저녁이라 가게들은 이미 문을 닫았고 위층의 방에서는 희미한 등잔 불빛이 새어 나왔다. 에빈은 상인들과 그들의 아내, 아이, 하인들이 식탁 앞에 모여 앉아 저녁 식사를 하거나, 주사위 놀이나 구슬치기를 하는 광경을 상상했다.

모퉁이를 돌아 다른 길에 접어들자 드문드문 낀 살얼음 때문에 말이 미끄러지곤 했다. 에빈은 전령을 따라 직물 상인들의 거리로 내려갔다. 그들이 문 닫힌 마지막 마구간을 지나가자, 길은 커다란 광장으로 이어졌다. 그 끝에 거대한 3층짜리 홀이 있었다. 그 건물은 그가 본 홀 중에서 가장 컸다. 회반죽을 바른 돌들을 가지런히 붙인 초석은 사람 가슴팍 높이였고 초석 위에 떡갈나무와 장식 벽토로 만든 윗벽이 있었다. 각 층마다 어마어마한 대들보들이 보였는데 떡갈나무가 그 이음매를 사선으로 버티고 있었다. 크림색 회칠을 한 중간 층의 외벽은 아치들로 장식되어 있었다. 꼭대기 층은 장식 벽토와 들보로만 이뤄져 있었다. 화살 구멍이 난 벽으로 에워싸인 지붕에는 망루가 높이 솟았는데, 그것은 영국 해협에서 오는 남쪽 길을 향해 있었다. 망루 위의 겨울 하늘에는 보름달이 둥두렷이 떠 있고 수정 같은 별들이 주위에서 반짝였다.

"빨리 와라."

전령이 뒤를 돌아보며 에빈을 챙겼다.

"색슨식 홀은 한 번도 본 적이 없지?"

에빈은 주저하며 전령을 따라 말을 몰았다. 말이 성큼성큼 걸음을 옮길 때마다 어깨에 늘어진 에빈의 머리칼이 날렸다.

홀 뒤쪽에 마구간이 있었다. 말굽 소리에 해럴드의 마구간지기들이 추위 속으로 나왔다. 에빈은 얼른 말에서 내려 고삐를 건네주고, 다섯 걸음쯤 앞서 기다리고 있는 전령을 뒤따라갔다. 전령이 또다시 홀의 뒷문을 지키고 있는 위병에게 해럴드의 '전사'가 새겨진 팔찌를 보여 주자, 이번에도 별다른 질문 없이 문을 통과할 수 있었다. 두 사람은 추운 계단을 올라 방으로 갔다. 전령은 문을 두드리고 대답을 기다렸다.

"들어오너라."

전령은 에빈을 방으로 들여보내고 나가라는 명령을 받았다. 그는 황급히 에빈을 지나쳐 밖으로 나갔다. 에빈은 그 오만한 소년이 조심스럽게 계단을 내려가는 소리가 들리자 기뻤다.

방은 콩알만 한 르위스의 방보다는 훨씬 컸지만 불의 온기를 유지할 정도로 아담했다. 한쪽 벽에는 사냥 장면이 묘사된 두터운 자수 태피스트리가 걸려 있었고 그 왼쪽에는 벨벳 커튼이 조그만 취침용 벽감을 가리고 있었다. 에빈의 앞에 놓인 중앙 탁자에는 양피지 두루마리가 펼쳐져 있었고 상아 뿔잔과 은제 촛대 두 개가 펼쳐진 두루마리의 귀퉁이를 누르고 있었다. 탁자 건너편에는 꿀색이 도는 금발 머리 남자가 서 있었는데 등 뒤의 불빛 때문에 생긴 그의 그림자가 앞에 있는 양피지에 드리웠다. 전령을 내보낸 남자는 탁자 가장자리에 손을 얹고 앞으로 몸을 숙이며 양피지를 자세히 들여다보았다.

그때 화톳불에 손을 쬐고 있던 레이디 올디스가 백작의 넓은 어깨 뒤편에서 한 발 앞으로 나섰다. 그녀는 처음 봤을 때처럼 피부가 투명했고 약간 야위고 지쳐 보이긴 했지만 눈길은 따스했다. 해럴드 혼자 쓰는 방이라 레이디는 화려한 곱슬머리를 풀어 헤치고 있었다. 그녀의 짙은 밤색 머리채가 등 뒤로 물결쳤다. 레이디가 빙그레 웃으며 말했다.

"참으로 반갑구나. 크리스마스 축제 마지막 날 네가 돌아와서 기쁘다."

마주 미소를 보내는 에빈의 양 볼이 환해졌다.

그때 백작이 눈을 들었다. 에빈은 백작이 말없이 자기를 자세히 관찰하는 것을 느꼈다. 지금 에빈은 에드워드 국왕 다음가는 웨식스 백작과 함께 작은 방에 있다. 하지 축제 때, 그리고 팔이 부러져 애슬니 수도원으로 떠날 때 동생 토스티그와 헤어지는 백작을 먼빛으로 본 적이 있지만 이렇게 가까이 있기는 처음이었다. 왜 백작의 근위대원들이 그토록 그를 존경하는지 단박에 이해가 갔다.

맑고 지적인 백작의 눈이 에빈을 매처럼 날카롭게 관찰했다. 눈동자는 폭풍을 앞둔 바다처럼 청회색을 띠었고 밤에 잠을 못 이루었는지 눈 밑에는 주름이 져 있었다. 팔은 근육으로 단단했고 팔꿈치에서 손목까지는 정맥이 울끈불끈 솟아 있었다. 한쪽 손목에는 단검으로 생긴 하얀 흉터가 있었다.

해럴드의 주군인 에드워드 국왕은 군대를 이끌기엔 너무 노쇠했고, 젊은 시절에도 칼 드는 것을 편하게 느끼는 유형은 아니었다. 그랬다. 나라의 안전은 해럴드에게 지워졌고 그는 자신의 의무를 기꺼이 받아들였다. 웨식스의 상징인 '황금 용'과 자신의 '전사' 깃발을 들어야 하는 사람은 바로 그였다.

오랫동안 달려와서 지친 데다 도중에 아무것도 먹지 못해서 배가 고팠지만 에빈은 어깨를 펴고 똑바로 서서 백작을 마주 보았다. 아버지가 그렇게 하기를 바랄 것만 같았다.

"너를 여기로 부른 것은 크리스마스 축제를 즐기는 것 말고 다른 이유가 있다."

해럴드가 말했다.

"그리핀이 다시 칼을 들었다. 지난주에는 놈이 내 수하의 브리튼 족 정찰병 둘을 잡아 목매달아 버렸지. 그들은 그곳을 살피는 내 눈이자 귀였다. 그 땅과 그곳 사람들에 대해 잘 알고 있었으니까. 그들이 네 종족, 맞느냐?"

에빈이 고개를 끄덕였다.

"이리 오너라."

탁자로 다가간 에빈은 새 양피지에 그려진 지도의 외곽선만 보고도 그곳이 자기 고향이라는 것을 알아차렸다. 속에서 찬 기운이 쭈뼛 올라왔다.

"여기는 칼리언 시다. 네 종족이 사는 곳과 멀지 않지. 그리핀이 이곳을 통과했다."

백작이 산속의 어느 관문을 가리켰다.

"이 두 지점 사이의 지형이 어떤지 알려다오. 내가 군대를 데리고 이곳을 통과할 수 있겠느냐?"

에빈은 지도를 자세히 들여다보았다. 알고 있는 곳이었다. 전에 가워에 있는 시장에 몇 번 가 본 적이 있었다. 그리핀이 부하들과 통과했던 산속의 관문은 그 늙은 돼지가 택했을 유일한 통로였다.

해럴드는 부드러운 양피지를 따라 손가락을 짚었다.

"기마대가 여기를 일렬로 통과할 수 있겠느냐? 혹시 나무가 너무 빽빽하게 우거진 숲은 아니냐?"

백작이 에빈에게 깃털 펜을 건네면서 덧붙였다.

"레이디 말로는 네가 말을 할 수 없다니, 그림을 되도록 자세히 그려야 한다."

에빈은 펜을 잡고 칼리언을 나타내는 점 위에 정확하게 썼다.

　고지 초원.

에빈은 전에 아버지와 함께 사냥을 나갔다가 그 근처에서 야영한 적이 있었다. 문득 해럴드가 자신을 응시하고 있는 것을 깨닫자 펜을 달리던 에빈의 손가락이 멈췄다.

"고지 초원."

백작이 소리 내어 읽었다.

"호, 이거 어린 학자가 나타나셨군그래."

백작이 한쪽 눈썹을 올리며 레이디를 바라보았다.

"네가 글을 안다는 이야기는 듣지 못했구나."

그러고는 다시 에빈을 보며 말했다.

"더 써 보거라."

에빈은 지도 옆에 있는 작은 밀랍 판을 들고 조심스럽게 글자를 새겼다.

　저를 애슬니에 보내 주신 레이디께 감사드립니다.

　그곳에서 르위스 수사가 글을 가르쳐 주었습니다.

에빈이 백작에게 판을 건넸다. 백작이 또다시 소리 내어 읽었다.

에빈은 무릎을 꿇고 레이디의 망토 자락에 입을 맞췄다. 레이디 올디스가 우아하게 에빈을 일으켜 세웠다.

"수도원에서 공부를 열심히 했구나."

그녀가 부드럽게 말했다.

해럴드는 걱정스러운 듯 콧수염을 톡톡 두드렸다. 백작은 이 낯설고 위험한 지역에서 싸우려는 모양이었다. 무지는 패배를 가져올 수도, 많은 부하들의 생명을 앗아갈 수도 있다.

"더 써 봐라."

해럴드가 명령했다.

"이 두 지점 사이의 지형에 대해 아는 것을 전부 말해 보거라."

에빈은 손이 저릴 때까지 계속 썼다. 강으로 둘러싸인 좁은 늪지대에서부터 고향 사람들이 '거인의 탁자'라고 부르는 길 북쪽의 커다랗고 평평한 바위에 이르기까지 아는 것은 모조리 썼다. 낮은 산 속에 자리 잡은 라이왈론의 장원에 대해서도 쓰고 그곳을 지도에 표시했다. 또 숲이 울창한 지역과 모건 삼촌과 함께 그리핀의 아들들로부터 도망칠 때 건넜던 시내도 표시했다. 최대한 기억을 되살려 전에 숨어들었던 비밀 동굴, 즉 안에 커다란 방이 있는 그 동굴로 가는 숲길도 묘사했다.

해럴드 고드윈슨은 에빈의 어깨 너머로 내려다보았다. 그는 때때로 질문을 던지거나 몇 마디 건네기도 했다. 기병들이 이곳을 통과할 수 있는가? 군사들이 몇 명이나 이 동굴에 들어갈 수 있는가? 시내의 폭과 깊이는 어느 정도인가? 만약 얼음이 깨질 경우에는 어느 지점에서 건너는 게 좋은가? 이곳은 걸어서 건널 수 있는 곳인가? 백작이 지도를 여기저기 짚으며 물어보는 바람에 잉크가 채 마르지 않은 부분들이 번졌다.

레이디 올디스는 방문 앞에 있던 호위병에게 에빈이 쓸 새 밀랍 판들을 더 가져오게 했고, 에빈이 피곤해하는 것을 보고는 음식과 마실 것도 가져오게 했다. 해럴드는 초가 거의 다 닳을 때까지 끝없이 질문을 해댔고 에빈은 머릿속에서 꺼낼 수 있는 정보는 모두 꺼냈다. 에빈은 고개를 끄덕이거나 가로젓기도 했고, 때로는 글로 쓰기도 했다. 밤이 깊어 가자 불 옆에 앉아 수를 놓던 레이디 올디스도 자수를 내려놓고 눈을 감았다. 에빈은 글자를 하도 많이 써서 손이 저렸고 지도는 잉크 얼룩으로 점점 번졌다. 하지만 백작은 여전히 더 많은 정보를 요구했다. 이곳은 색슨 족에게 우호적인가? 이 맘때면 여기처럼 눈이 자주 내리는가?

촛농을 흘리던 초들이 아예 밀랍 덩어리로 녹아 버리고 방문을 지키던 호위병이 교대한 후에야 해럴드가 말했다.

"얘야, 정말 많은 정보를 주었구나."

지도들을 말던 백작이 레이디 쪽으로 몸을 돌렸다. 올디스가 의자에서 뒤척였기 때문이었다.

"그대여, 크리스마스 잔치를 이렇게 빨리 방해할 생각은 없었소. 하지만 이 아이가 내게 준 정보로 판단하건대 난 내일 떠나야 할 것 같소. 이 깜짝 게임에는 두 사람만 참가할 수 있소. 그리핀은 자신이 에드워드 국왕의 법 위에 올라설 수 없다는 것을 알아야만 하오."

그 말을 듣는 순간 에빈의 가슴이 저렸다. 그리핀은 분명 아들들과 함께 있을 것이다. 두 번 다시 그들을 보지 않기를 얼마나 기도했던가. 하지만 르위스의 말이 그의 마음속에서 메아리쳤다.

'해럴드를 섬기는 게 네 의무야.'

어떻게 보면 어려운 일도 아니었다. 에빈은 해럴드 백작에게 끌렸기 때문이었다. 부드러운 어조와 장중한 위엄이 어우러진 목소리를 가진 그에게.

에빈은 다시 한 번 펜을 들고 이렇게 썼다.

영주님, 영주님을 섬길 수 있도록 저를 전장에 데려가 주십시오.

해럴드가 그 간청을 소리 내어 읽고는 에빈 뒤에 있는 레이디에게 빙그레 웃어 보였다. 이번 전투는 근위대 중에서도 최정예 대원들만 차출해 돌격과 매복 위주로 진행될 것이었다. 무기 훈련을 전혀 받지 못한 산골 소년은 제 한 몸뿐 아니라 다른 사람들까지 위험에 빠뜨릴 수 있었다. 해럴드가 고개를 가로저으며 뭐라고 말하려는데 레이디가 그녀의 입술에 손가락을 댔다. 그녀의 눈은 허락하라고 간청하고 있었다. 해럴드는 자기의 약점에 빙긋 웃었다. 그녀에게는 맞설 수가 없었기 때문이었다.

"소원대로 하라."

백작이 사랑하는 여인과 앞에 있는 이상한 소년에게 동시에 말했다.

"그곳에서 나를 잘 보필할 것 같구나. 그런데 난 너를 '얘야'라고 부르고 싶지 않다. 네 이름을 써 보도록 해라."

에빈의 첨필이 부드러운 밀랍 위에 닿았다.

에…… 빈…… 카마……

그러다 그의 손이 잠시 멈췄다. 르위스의 말이 생각나서였다. 지금이 새 삶을 시작할 기회였다. 에빈은 방금 썼던 것을 긁어 버리고 조심스럽게 다시 썼다.

저는 '그림자'라고 합니다.

그날 밤 에빈은 해럴드의 방 아래 있는 그레이트 홀에서 시종들과 근위대원들과 같이 잤다. 아침이 되자 해럴드의 집사가 가장자리가 금색으로 장식된 두터운 진홍색 튜닉을 갖다 주었다. 에빈은 머리 위에서부터 튜닉을 뒤집어썼다. 어른용 튜닉이라 길이는 무릎까지 내려왔고 어깨선은 팔까지 처졌다. 에빈은 튜닉에 어울리는 진홍색 허리띠를 두 번 둘러 옆에 꽉 묶었다. 그리고 어제 그 젊은 전령이 한 것처럼 허리 옆에 장식 술을 늘어뜨렸다.

집사가 웃음을 터뜨렸다.

"좀 큰 것 같구나. 하지만 매서운 바람이 불면 그 옷이 필요할 게다."

그러더니 에빈에게 식량이 든 작은 가방과 늑대 가죽 망토를 주었다.

광장 밖의 서쪽 하늘은 여전히 짙은 포도주 색 어둠에 싸여 있었지만 동쪽은 분홍빛으로 밝아 오고 있었다. 참새들이 처마에 숨긴 둥지에서 짹째굴거렸다. 에빈은 근위대원들은 거의 말을 하지 않고, 하더라도 작은 소리로 속삭인다는 것을 알아차렸다.

에빈은 계속 카마던을 생각했다.

'어쩌면 모건 삼촌을 볼 수 있을지도 몰라.'

혹시 삼촌이 내 몸값을 지불하고 자유를 되찾아 주지 않을까? 그렇게 생각하는 건 지나친 바람일까? 에빈은 한숨을 쉬고 자신의 어리석음에 고개를 저었다. 내가 감히 그것을 바랄 수 있을까? 다시 전처럼 자유를 얻는 게 가능할까?

주로 노련한 근위대원들로 이루어진 기병 이백 명이 우레와 같은 소리를 내며 행군을 시작했다. 열두 명쯤 되는 요리사들과 종자들, 민첩한 정찰병 몇 명도 함께였다. 이 부대는 해럴드가 믿는 소수 정예군이었다. 농부나 양치기, 장사꾼들이 해마다 일정 기간을 복무하는 민병대는, 그 수는 수천에 달했지만 서툴고 느렸다.

해럴드가 말했다.

"아니, 그리핀은 민병대로 상대하기엔 너무나 빠르고 교활하지. 그 멧돼지들을 잡으려면 신속하고 영리해야 해."

엿새째 아침, 종자들이 모닥불에 흙을 덮는 동안 해럴드는 정찰병과 지휘관 들을 모아 회의를 열었다. 해럴드가 딱딱한 땅에 쭈그리고 앉아 뾰족한 막대기로 지도를 그리는데, 날이 추워 입에서 하얀 입김이 나왔다. 해럴드의 지시가 떨어지자 정찰병 셋이 나는 듯 말에 올라타더니 산지로 달려갔다. 그들의 임무는 해럴드의 군대를 기꺼이 자기네 홀이나 헛간에 받아들여 줄 접경 지역의 우호적인 지주들을 찾는 것이었다. 그들은 또한 어느 마을의 술집에 가야 그리핀의 움직임에 관한 정보를 얻을 수 있는지도 알고 있었다.

하지만 그리핀을 찾는 데 지략은 거의 필요하지 않았다. 일단 웨일스 땅 깊숙이 들어서자 날마다 "지평선에 연기가 난다!"는 외침이 들렸던 것이다. 그들은 불타 버린 마을의 매캐한 연기와 피비린내를 따라 행군을 계속했다.

에빈은 르위스에게 그의 마을이 이미 불타 버렸고 살아남은 사람들은 산속으로 흩어져 버렸다는 것을 전해야 할 일이 괴로웠다. 잿더미로 변한 친구의 어릴 적 집 앞에 선 에빈은 화가 나서 숯이 되어 버린 나무 조각을 확 던져 버렸다.

그러나 다음 날은 더욱 가슴 아픈 일이 기다리고 있었다.

해럴드의 지략

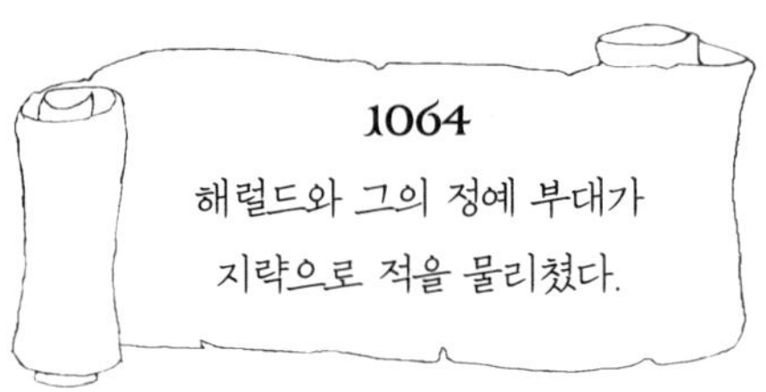

다음 날 아침 에빈이 말 안장을 올리고 있는데 해럴드가 불렀다.

"그림자, 내 옆에서 말을 몰거라. 카마던에 가까이 가고 있는데 정찰병이 이 일대에 대해 아는 게 별로 없구나. 이제 네가 정찰병 노릇을 해야겠다."

아침나절에 그들은 장이 서는 작은 읍, 가워에 이르렀다. 말을 몰면 라이왈론의 장원까지는 한나절이 채 안 되었다. 에빈은 손가락을 녹이려고 북슬북슬한 말갈기에 손을 넣으며 앞으로 무엇을 보게 될지 생각했다.

"일부러 가워를 통과하는 거다."

해럴드가 설명했다.

"분명 그리핀은 첩자를 심어 놨을 거야. 내가 그를 쫓고 있다는 것을 알게 하고 싶다."

해럴드는 부하들을 작은 무리로 나누어서 실제 숫자보다 적게 보이도록 지시했다. 계략이었다.

갈림길로 접어들기 전의 마지막 언덕에 오르자 가워에서 장사꾼들의 떠들썩한 외침과 사람들의 웅성거림이 들려왔다. 물건을 바꾸기 위해 수많은 사람들이 시끌벅적 칠일장으로 모여들었던 것이다. 길 아래쪽으로 세찬 바람이 불었지만 사람들은 아랑곳하지 않았다. 싸움과 노략질이 가워를 할퀸 흔적은 없었다. 주말이라선지 거리마다 물건을 사고파는 사람들로 북시글했다. 직물 상인은 목청을 높여 "플랑드르 모직이요."를 외쳐 댔다. 앞으로 좀 더 가 보니 탁자에 쌓여 있는 안장들이 부유한 손님들의 눈길을 끌고 있었다. 주전자 장수는 냄비와 프라이팬을 동시에 땡땡 두들겨 댔고, 여자들은 그쪽으로 남편들을 잡아끌었다. 해럴드가 장사치 한둘과 이야기를 나누는 바람에 행군이 한동안 지체되기도 했다.

그날 오후, 가워를 떠난 지 한참이 지났을 때 매캐한 연기 냄새가 났다. 숲을 벗어나자 지평선에서 연기가 구름처럼 올라오며 동쪽으로 느리게 흩어지는 것이 보였다. 에빈은 급히 말을 몰아 앞서 갔다. 마지막 산 위로 올라서자 차마 볼까 두려워하던 광경이 펼쳐졌다. 폐허가 된 라이왈론의 장원에선 연기가 모락모락 나고 있었고 다 무너진 방책은 검게 그을린 나무토막 더미로 변해 있었다. 숯 더미가 된 오두막들과 작업장에는 아직도 빨간 불씨가 남아 있었다.

에빈은 말을 달려 전에 시를 외우러 자주 가곤 했던 선반처럼 생긴 바위를 지나 질주하며 마을로 올라갔다. 에빈은 앞으로 몸을 숙이고 더욱 세게 말을 몰았다. 그러다 갑자기 고삐를 확 잡아당기자 말이 비틀거리며 멈춰 섰다. 마당에는 시체들이 나뒹굴고 있었다. 남자들, 여자들, 어린애들까지. 겨우 농기구로 무장하고 침략자들에게 맞섰다가 모두 죽임을 당한 것이다.

에빈이 안장에서 휙 뛰어내렸다. 에빈은 시체들 사이로 미친 듯이 뛰어다니며 알프레드 수사가 가르쳐 준 대로 맥박이나 얕은 숨을 확인했다. 한 명이라도 숨이 붙어 있기를 바랐지만 헛된 기대였다. 그리핀은 동정심이라곤 눈곱만큼도 없었던 것이다.

그레이트 홀 입구였던 곳에 시체 두 구가 뒹굴고 있었다. 얼굴을 돌려 보니 한 사람은 그의 영주였던 라이왈론이었다. 옆에는 라이왈론과 함께 죽은 자가 누워 있었다. 남아서 싸우려는 용기를 가졌던 그 사람은 보통 키에 반짝이는 검은 머리칼의 남자였다. 무릎을 꺾고 시신을 돌려 보기도 전에 에빈은 그가 모건 삼촌이란 것을 알았다. 숨을 거둔 잘생긴 얼굴은 평화로워 보였다. 피부는 창백했고 눈은 마치 꿈을 꾸듯 살짝 감겨 있었다.

에빈은 삼촌의 몸을 안았다. 비록 자기를 배신했지만 친절할 때도 있었고 늘 매력적인 사람이었다. 얼굴에 달라붙은 삼촌의 머리칼을 다시 매만지는 순간 에빈은 자기가 오래전에 삼촌을 용서했다는 것을 깨달았다. 지난봄 내내 끓어올랐던 격분은 이제 사라졌다. 오로지 마지막 친척을 잃은 슬픔에 가슴이 저밀 뿐이었다.

'이제는 완전히 혼자구나.'

에빈은 생각했다. 그리고 자유를 얻을 마지막 기회도 모건 삼촌과 함께 사라졌다는 것을 깨달았다.

"그자를 아느냐, 그림자?"

에빈을 물처럼 감싸고 있던 정적을 깨며 해럴드가 물었다.

에빈은 자기 옆에 백작이 있는 것을 보고 깜짝 놀랐다. 해럴드의 검은 말이 마당으로 들어오는 소리를 듣지 못했던 것이다. 에빈은 아무것도 느낄 수 없었다. 백작의 질문이 느릿느릿 머릿속에 전달되었다……. 그 자를 아느냐? 에빈은 단도를 꺼내 흙 위에 썼다.

삼촌. 마지막 친척.

"모두 세상을 떠나서 안됐구나. 엄청난 불행이다."

에빈은 해럴드의 따스한 손이 어깨를 두드리는 것을 느꼈다. 왠지 백작의 기가 조금이나마 자기에게 스미는 것 같았다.

그제야 마치 꿈에서 깨어나듯 철커덕거리는 소리가 들렸다. 말을 탄 근위대가 폐허가 된 마당에 들어와서 주위를 에워쌌던 것이다. 굴레가 부딪히는 소리와 안장이 삐거덕거리는 소리 외엔 조용했다. 아무도 입을 열지 않았다. 무장조차 하지 않은 사람들이 난도질당한 모습은 처참했다. 훈련받은 전사라면 도저히 용서할 수 없는 불명예스런 행동이었다.

해럴드군의 대장인 하콘 역시 표현력이 풍부한 입을 꾹 다물었

다. 혐오감에 그의 입이 닫혔던 것이다. 이 서른 살 난 다부진 청년
은 말에서 내려 명령을 기다렸다.

해럴드가 먼저 에빈을 향해 말했다.

"그림자, 매장을 하기엔 땅이 너무 얼었다. 그러니 죽은 자들을
태워야만 한다. 오늘 밤에 화장을 하자. 나중에 사제를 모셔 와 이
곳을 정화하기로 하고."

그날 밤 화장을 끝내고 온 에빈은 딱딱한 땅에 누워 자다 깨기를
반복했다. 주위에 죽은 자들의 영혼이 느껴졌다. 자정 무렵에 잠이
깬 에빈은 일어나 앉아 집사가 준 늑대 가죽 망토를 걸쳤다. 해럴드
와 하콘 대장이 모닥불 앞에 쭈그리고 앉아 정찰병인 듯한 사람에
게 질문을 하고 있었다. 땅에 펼쳐진 지도가 바람에 펄럭였다. 해럴
드는 그것을 가리키고 나서 빙 돌려 북쪽을 가리켰다. 정찰병이 고
개를 끄덕였다. 웅얼거리는 소리만 들렸다. 해럴드가 별로 감추는
것 없이 이런저런 몸짓을 했지만 무슨 뜻인지 읽어 낼 수가 없었다.
에빈은 다시 어깨를 구부리고 눈을 감았다.

동트기 전의 회색 빛 속에서 하콘 대장이 자고 있는 군사들을 깨
우는 소리를 들었다. 하콘은 군사들 중 반을 모아 말했다.

"빨리 준비하라. 우리는 가워로 되돌아간다."

군사들이 웅성거렸다. 적이 그토록 가까이 있는데 추격을 포기하
다니! 해럴드답지 않았다.

"아니, 그게 아니다."

대장이 병사들의 의구심을 눈치 채고 말했다.

"우리 중 일부는 그리핀이 쫓아오도록 길을 따라 돌아가는 척할 것이다."

군사들이 그럴 줄 알았다는 표정을 주고받으며 웃었다. 이것이 그 동안 많은 전투를 치르면서 해럴드가 보여 준 방식에 더 가까웠다.

잠시 후 해럴드가 군사들 사이를 오갔다. 잠을 못 자 눈이 부었지만 머리는 깔끔하게 뒤로 넘겼고 눈은 매처럼 경계심으로 번쩍였다. 해럴드도 이제 마흔을 넘긴 나이라 안장 위에서 보낸 지난 며칠은 과거의 어떤 날들보다 영향이 컸다. 에빈은 해럴드의 왼쪽 다리가 편치 않다는 것을 알아차렸다. 하지만 백작은 전혀 고통스런 기색을 내비치지 않았다. 이마는 매끈했고 입가에는 미소가 감돌았다.

"그림자."

해럴드가 에빈의 팔을 잡아 한옆으로 데리고 갔다.

"백 명쯤 들어갈 수 있는 동굴 얘길 했었지? 정찰병들이 이곳 지리에 익숙하지 않으니 네가 안내해야겠다."

두려움이 에빈을 휩쌌다. 그곳에 가 본 적이라곤 모건 삼촌이 자기를 구해서 데려갔던 그때뿐이었다. 게다가 그때는 한밤중이었고 고통과 열 때문에 반쯤 정신을 놓은 상태였다. 그곳을 다시 찾아낸다는 것은 불가능했다! 매서운 돌풍이 목을 때리자 에빈은 몸을 오스스 떨었다. 그것은 불가능한 요청이었다. 하지만 해럴드는 부탁하는 것이 아니었다. 그저 이렇게 말했을 뿐이다.

"네가 안내해야겠다."

해럴드의 계획이 뭔지는 몰랐지만 에빈은 모든 게 그 동굴을 찾아내는 데 달려 있다는 것을 본능적으로 감지했다. 숨이 콱 막혔다. 자기 손에 백 사람의 목숨이 달려 있는 것이다. 만약 자기가 그 동굴을 찾아내지 못한다면 그야말로 재앙이다. 어쩌면 또 다른 학살이 일어날 수도 있다.

'왜 웨식스의 백작은 나에게 모든 것을 걸었을까? 왜 다른 종족 출신의 노예를 그토록 신뢰하는 거지?'

에빈은 대답을 기다리며 뚫어져라 쳐다보는 백작의 눈길을 느끼고는 할 수 없이 고개를 끄덕였다.

해럴드가 에빈의 어깨를 토닥였다.

"좋아. 자, 이제 말에 올라라. 맨 앞 줄, 내 옆이 네 자리다."

그러더니 해럴드는 하콘 대장이 군사 반을 모아 놓고 서 있는 곳으로 성큼성큼 걸어갔다.

"여기 있네. 며칠 동안 내 역할을 해 주게."

백작이 대장에게 깃털 장식이 달린 자기 투구를 건넸다.

"하지만 내 명성을 더럽히지는 말게."

백작이 장난스럽게 덧붙였다.

하콘은 빙그레 웃으며 투구를 받아 자기 머리에 썼다. 그제야 군사들은 상황을 이해했다. '해럴드'와 그의 부하들은 퇴각할 것이다. 그러면 그리핀은 자기 군대가 매복의 위험에 빠지지 않고 안전하게 좁은 길을 통과할 수 있을 거라고 착각할 것이다. 그동안 진짜 해럴드는 나머지 군사와 함께 동굴에 숨어 기다리는 것이다.

백작의 특징인 붉은 깃털 장식 투구를 쓴 하콘 대장은 놀랄 만큼 백작과 닮아 보였다. 그는 책략을 완벽하게 하느라 해럴드의 유명한 검은 종마 '천둥'에 올라탔다. 그의 부하들도 얼른 말에 올라 말머리를 남쪽으로 돌려 대장의 뒤를 따랐다. 만족스럽게 그 광경을 보던 진짜 해럴드는 빌린 말을 북쪽으로 향했다.

그들은 아무 말 없이 말을 몰았다. 에빈은 한때 라이왈론의 양 떼가 풀을 뜯던 목초지를 가로질러 비탈을 올라 숲으로 들어갔다. 숲의 정적이 반가웠다. 온 정신을 모아야 했기 때문이다. 모건 삼촌은 그날 밤 어디로 말을 몰았던가? 기억하기론 좁고 울창한 숲 속 길을 따라 북쪽으로 갔다가 동쪽으로 갔었다. 하지만 그때는 봄이라 숲이 온통 새로 돋은 풀 천지였지만, 지금은 한겨울이라 맨땅이나 다름없었다. 에빈은 애써 기억을 모아 처음에는 북쪽으로 그 다음에는 동쪽으로 길을 안내했다. 시내가 나왔다. 모루 모양의 돌을 보니 전에 건넜던 곳이 확실했다.

에빈은 이제 좀 더 자신이 붙었다. 그는 약 200미터 가량 떨어진 상류로 도로 건너가 깊은 숲 속으로 들어가는 사슴 길을 찾아냈던 게 생각났다. 하지만 얼마 되지 않아 완전히 방향 감각을 잃고 말았다. 길이 사라져 버렸다. 에빈은 고삐를 꽉 쥐고 초조하게 두리번거렸다. 다시 그 길을 찾아낼 수 있을까 걱정스러웠다.

그들은 숲이 우거진 산비탈을 계속 감아 올라갔다. 매서운 바람이 망토와 모직 튜닉을 때리고 잎 하나 없는 나뭇가지들이 머리 위에서 흔들렸다. 최근 내린 눈으로 땅은 군데군데 하얬다. 에빈의 주먹은 추위로 터서 피가 났다. 백 명의 기병들이 오로지 자신을 의지해 뒤를 따르고 있었다.

전에는 동굴에 이르기 직전에 좁은 골짜기를 따라갔던 것 같은데 그런 골짜기는 보이지 않았다. 에빈은 멈췄다. 뒤따르던 사람들도 모두 멈췄다. 들리는 소리라곤 뼛속까지 스며드는 추위에 지친 기병들이 등자에서 발을 쭉 뻗는 바람에 안장이 삐거덕거리는 소리뿐이었다. 엎친 데 덮친 격으로 태양이 두터운 구름 뒤로 숨어 버렸다. 그래서 에빈은 지금 북동쪽으로 향하고 있는지 방향을 가늠할 수가 없었다. 그리핀은 이곳의 지형을 잘 아는 게 분명했다. 아마 동굴의 존재도 알고 있을 것이다. 어쩌면 그리핀의 정찰병들이 이미 그들을 보았는지도 모른다.

에빈은 다른 기병들처럼 등자에서 일어나 숲 속을 이쪽저쪽 살폈다. 딱딱하게 얼어붙은 땅에는 찍찍거리는 쥐 떼처럼 바람에 굴러온 낙엽들이 덮여 있었다. 왼쪽 비탈에는 비스듬히 쓰러진 나무 둥치에 나뭇잎이 잔뜩 쌓여 있었다. 적지를 통과하는 중이었으므로 군사들은 한 마디도 하지 않고 조용히 있었다.

그 순간 기이한 일이 일어났다. 구름에 난 아주 작은 틈으로 햇살 한 줄기가 숲 속을 비춘 것이다. 그 은빛 줄기는 에빈의 어깨 뒤에서 내려와 나무 덤불에 내리꽂혔다. 에빈은 서늘해졌다. 이것은 무슨 징조일까? 그는 나무 사이로 말을 몰아 빛이 내리꽂힌 곳으로 갔다. 바로 그곳에 그 길이 있었다. 돌투성이 좁은 골짜기와 닿아 있는 가파른 비탈도 보였다.

　에빈이 몸을 돌려 따라오라고 손짓을 하자 해럴드가 근위대원들을 거느리고 말을 몰아왔다. 좁은 골짜기로 들어가는 경계에서 그들은 속도를 줄이고 말들의 발밑을 조심시켰다.

　마지막 사람이 햇살이 비춘 곳에 도착할 무렵, 앞장섰던 에빈이 동굴의 입구를 찾았다.

　"아주 잘 해냈다. 정찰병 소질이 있구나."

　해럴드가 말에서 내리며 에빈에게 말했다.

　에빈은 말을 근처 나무에 묶고 동굴 안으로 기어 들어갔다. 해럴드가 그 뒤를 따랐다. 에빈은 해럴드에게 모건 삼촌과 함께 숨어 있던 위쪽의 작은 방을 보여 주었다. 그리고 입구로 되돌아가 횃불을 가져와서 첫 번째 방을 지나 좁은 경사면을 내려가며 동굴의 나머지 부분을 살폈다. 숲 속의 칼바람을 맞고 온 터라 안의 공기가 한층 따뜻하게 느껴진 에빈은 모자를 벗었다. 에빈은 횃불을 들고 해럴드를 안내했다. 거친 양쪽 벽을 따라 똑똑 떨어지는 물방울이 불빛을 받아 보석처럼 반짝였다.

　두 번째 방에 이르자 에빈은 횃불을 머리 위로 들어 커다란 동굴 속을 밝혔다. 빛은 동굴 천장에서 반사되며 안쪽으로 움푹 들어간 데마다 어두운 틈을 남겼다. 오른쪽에 늘어선 종유석들이 수정 막대처럼 반짝거렸다. 에빈의 기억대로였다. 공간은 해럴드의 군사들이 숨어 있을 만큼 넉넉했던 것이다. 백작은 등을 쭉 펴고 걸어 다녔다. 그리고 동굴 구석의 작은 물웅덩이 옆에 쭈그리고 앉아 손가락 끝으로 물을 찍어 핥아 보았다.

다시 밖으로 나간 해럴드는 정찰병 둘을 따로 불렀다. 그들은 해럴드의 지시에 고개를 끄덕이고는 말을 타고 도로 내려갔다. 어둠이 산에 깔리기 전에 군사들은 안장과 굴레, 연 모양 방패와 활과 화살, 도끼와 칼 등의 무기들을 끌어내렸다. 그러고는 짐말에서 식량 자루를 내려 안쪽 방으로 옮겼다. 해럴드는 군사 다섯을 골라 말을 산속 깊은 곳으로 몰고 가게 했다. 그들은 모자를 귀까지 내리고 망토를 단단히 여민 뒤 추위 속에서 길을 떠났다. 나머지는 동굴 안으로 들어가 횃불 옆에서 주사위 게임을 하며 빵과 사과를 먹었다. 보초를 서기 위해 순번을 정하고 난 뒤 오랜 기다림이 시작되었다.

동굴을 찾아내 안도하긴 했지만 에빈의 머릿속은 그리핀과 그의 아들들에 대한 생각으로 꽉 차 있었다.

'그들이 이 근처에 있을까? 복수하겠다고 한 것을 기억하고 있을까? 물론 기억하고 있을 거야.'

에빈은 그런 인간들일수록 제 형제의 죽음에 대해서는 용서치 않는다는 것을 알고 있었다. 에빈 자신은 아무 죄도 없었지만 그들은 에빈에게 책임을 돌렸다. 모건 삼촌도 틀림없이 그들이 죽였을 것이다. 식량을 배분받은 후에 에빈은 어두운 구석에 홀로 앉았다. 온갖 생각으로 머릿속이 복잡했다.

칼을 뽑아 들고 해럴드의 옆에서 싸우고 싶어 몸이 근질근질한 군사들은 점점 지루해하며 전투 계획을 물었다. 하지만 해럴드는 그저 이렇게 말했다.

"지금은 일단 기다려라."

그렇게 사흘이 지나자 근위대원들이 불평을 늘어놓기 시작했고, 해럴드마저 가만히 있지 못하고 서성거렸다. 정찰병은 아직 아무 소식도 물어 오지 못한 상태였다. 그의 정체가 발각 났을 가능성이 커져 갔다. 군사들은 몸을 뒤틀었고 상한 빵과 사과를 먹는 것도 지겹다는 듯 주사위 놀이를 하다 싸우기도 했다. 사슴이나 멧돼지라도 사냥하고 싶어 했지만 해럴드는 그것도 금지시켰다.

"아직 때가 아니다."

해럴드가 엄격하게 말했다.

자정이 되었다. 보초를 교대할 시간이었다. 해럴드는 두 교대자에게 자라고 했다.

"잠이 오지 않는구나. 너희 대신 내가 동굴 입구에서 보초를 서겠다."

해럴드가 비탈을 기어 올라간 후 군사들은 저분처럼 훌륭한 주군 밑에서 불평이나 늘어놓았으니 자신들이 참 바보 같았다고 속삭였다.

"저분이 언제 자기가 싫어하는 일을 우리에게 시킨 적이 있었나?"

사람들이 코를 골고 몸을 뒤척이는 소리로 동굴 안이 가득해지자 에빈도 해럴드가 올라간 위쪽 방으로 기어갔다. 어둠 속에서 서서히 다가오는 악몽의 환영 때문에 잠을 이룰 수 없는 것은 물론 동굴 속의 퀴퀴한 공기에 속이 울렁거렸던 것이다.

동굴 입구는 밤공기가 바로 들어와서 더 추웠다. 에빈의 얼굴에 한기가 스쳤다. 그는 위쪽 방의 뒷벽에 풀썩 주저앉았다. 해럴드가 앉아 있는 입구에서 6미터 가량 떨어진 곳이었다. 백작은 어둠 속을 바라보며, 혹시라도 움직이는 게 있는지 경계하고 있었다. 에빈은 감히 더 다가가지 못하고 가슴을 무릎에 대고 망토로 몸을 꼭 감쌌다.

에빈은 잠드는 게 두려웠지만 동굴 벽에 머리를 기대고 눈을 감았다. 피곤한 소년은 머리가 빙빙 도는 것을 느끼며 잠에 사로잡혔다.

그리핀의 아들들이 길에 서 있는 그에게 다가왔다. 비가 내린다. 비가 목으로 방울방울 떨어진다. 단검이 높이 들린다. 발버둥.

에빈은 헉헉거렸다. 눈을 뜨고 나니 먹물을 푼 듯한 어둠 속이라 뭐가 뭔지 알 수 없었다.

'이건 그냥 꿈일 뿐이야.'

에빈은 숨을 깊이 들이마신 뒤 부르르 떨며 숨을 내쉬었다. 지난 봄부터 계속 똑같은 악몽을 꿨던 것이다. 에빈은 그냥 꿈일 뿐이라고 자신을 위로하며 활시위처럼 팽팽하게 긴장된 어깨의 힘을 뺐다.

해럴드는 여전히 아무 움직임 없이 제 위치를 지키고 있었다. 어둠 속을 노려보며 쭈그리고 앉은 모습이 꼭 와락 덮칠 순간을 기다리는 살쾡이처럼 보였다. 그가 빼든 칼에 달빛이 반짝였다. 순간 동굴 바로 옆에서 툭 하고 가지 부러지는 소리가 났다. 해럴드는 순간적으로 튀어 올라 암흑 속으로 돌진했다. 낙엽이 발밑에서 와스

슥거리며 쿵 소리가 나더니 곧이어 신음 소리와 격투 소리가 들렸다.

에빈은 겁에 질려 얼어붙은 나머지 꼼짝도 할 수 없었다. 뭔지 모를 공포심이 전신을 휘감았다. 그리핀이 아들들과 군사들을 데리고 온 걸까? 그 길을 따라 동굴까지 온 걸까?

또 한 번 쿵 소리가 나더니 땅바닥에 내동댕이쳐진 사람의 신음이 이어졌다. 해럴드에겐 자기가 필요하다. 가서 도와줘야만 한다. 레이디가 자기를 보냈고 르위스는 해럴드를 잘 섬기라고 했다. 하지만 에빈은 두려움에 심장이 조여 오고 핏줄에서 용기가 사라지는 것을 느꼈다. 팔다리가 뻣뻣하게 굳으며 숨이 가빠 왔다. 폐를 꽉 조이는 고통이 몰려왔다. 밖에서 싸우는 소리가 위쪽 방에 메아리쳤다. 두 남자가 숨죽여 싸우는 소리는 계속되었다. 어린 나뭇가지가 휘어졌다가 확 튕겨지는 소리와 함께 누군가가 땅에 쿵 넘어지는 소리가 들렸다. 그러더니 절박한 속삭임이 들렸다.

"오, 주군이시여. 접니다."

잠시 침묵이 사방을 감쌌다. 그러더니 나직한 웃음소리가 들렸다. 잠시 후에 동굴 입구가 어두워지며 두 형체가 안으로 들어왔다. 해럴드는 '침입자'의 어깨에 다정하게 팔을 감고 있었다. 그들은 동굴 바닥에 무너지듯 앉으며 나직하게 낄낄거렸다.

"오, 주군이시여. 정말이지 죽는 줄 알았습니다."

해럴드의 정찰병이 숨을 돌린 후에 말했다.

"자네가 그리핀의 부하인 줄 알았네. 왜 약속한 대로 휘파람을 불지 않았지?"

백작이 튜닉의 목에 붙어 있는 낙엽을 털어 내며 물었다.

"주군이시여, 털어놓겠습니다."

지친 정찰병이 당황스러워하며 말했다.

"사실은 여기가 동굴 입구인 줄 몰랐습니다. 동굴이 산허리로 한참 올라가야 있다고 생각했습니다."

잠시 말이 멈췄다. 조금 후에 정찰병이 다시 말을 이었다.

"그 벙어리 아이가 여기 와 본 게 딱 한 번이었다고 말씀하셨지요. 그런데 별로 헤매지도 않고 찾아냈으니……. 비록 말은 못 해도 대단히 똑똑한 아이인 것 같습니다. 동굴로 오는 길은 미로나 다름없었거든요."

"음, 그래. 그 애한테 내 시중을 들게 할 생각이네."

그러더니 해럴드는 화제를 바꿨다.

"자, 그럼 이제 그리핀이 어떻게 움직이고 있는지 말해 보게."

"그는 곧 백작님의 처분에 맡겨질 것 같습니다."

정찰병이 계속 말을 이었지만 에빈은 더 이상 대화를 들을 수 없었다. 수치심에 몸 둘 바를 몰랐기 때문이다. 해럴드는 자기에 대해 좋은 평가를 내려 주었다. 하지만 자기가 얼마나 겁쟁이였는지 그분은 모른다. 에빈은 그 정찰병과 동굴 안에서 깊이 잠들어 있는 근위대원들에 대해 생각해 보았다. 그들은 기꺼이 해럴드를 위해 목숨을 바칠 사람들이었다. 오직 자신만이 겁쟁이의 심장을 갖고 있었다. 그 정찰병이 색슨 족이라고 해서 자신이 용서되는 것은 아니었다. 만약 그가 그리펀의 부하였다면 해럴드는 죽은 목숨이었을 테니까. 그리펀의 아들들이 자기를 '토끼'라고 부른 것은 옳았다. 에 빈은 동굴 아랫방으로 조용히 내려가며 생각했다.

'그게 바로 나야. 눈을 커다랗게 뜬 겁쟁이 토끼.'

동틀 녘이 되자 해럴드가 자고 있는 군사들을 깨웠다.

"때가 되었다. 그리펀이 우리가 친 덫으로 들어오고 있다. 그는 오늘 여기서 멀지 않은 좁은 길을 따라 남쪽으로 갈 것이다. 자, 서둘러 갑옷과 무기들을 챙겨라."

부대원들은 무거운 쇠사슬 갑옷을 입고 원뿔 모양 투구를 쓴 다음 코 가리개를 내리고 턱 끈을 단단히 묶었다. 그리고 무기를 챙기기 시작했다. 어깨 위에 화살 통을 메고 활시위를 팽팽하게 당기는가 하면 칼과 단검을 칼집에 넣고 단단히 조였다.

해럴드가 에빈에게 말했다.

"갑옷 입는 것을 도와다오."

에빈은 깜짝 놀랐다. 그것은 종자가 할 일이다. 자기는 천한 노예가 아닌가.

하지만 에빈은 얼른 해럴드가 갑옷을 놓아둔 곳으로 가서 무거운 쇠사슬 갑옷을 끌어냈다. 에빈이 옷을 높이 들어 해럴드가 팔을 끼울 수 있게 펼치자 겹쳐 있는 사슬들이 달랑거렸다. 웨식스의 백작은 가슴 아래쪽의 가죽 죔쇠를 매고 나서 손을 내밀어 지난번에 하콘에게 빌린 투구를 받아 금발 머리 위에 썼다. 쇠로 된 이마 가리개와 코 가리개로 덮인 얼굴에는 불굴의 정신이 담겨 있었다. 동굴 속의 흐릿한 빛 아래 드러난 마른 턱과 광대뼈는 엄격해 보였다. 마치 채석장의 돌을 깎아 놓은 것 같았다. 휘어진 콧방울은 늑대의 코처럼 불끈거렸다. 머뭇머뭇하던 에빈은 칼날에 '기른그라스'라고 새겨진 우아한 칼을 해럴드에게 올렸다. 보석 박힌 칼자루가 반짝였다. 해럴드는 기른그라스를 옆구리의 칼집에 넣었다. 그러고는 날이 넓적한 도끼를 허리띠에 찼다.

에빈이 보기에 백작의 근육과 뼈에는 색슨 인의 모든 힘이 뭉쳐 있는 것 같았다.

'이래서 모두들 이분을 위해 기꺼이 죽으려고 하는구나.'

에빈은 생각했다.

근위대원 하나가 '전사' 깃발을 가져와 펼치자 진홍색 바탕에 금으로 수놓은 전사가 드러났다. 그 전사는 기른그라스와 비슷한, 두 손잡이 칼을 들고 있었다. 이 깃발은 전장에 꽂힐 것이었다.

"모두 준비되었나?"

해럴드가 기수들에게 물었다.

"예."

"자, 그럼 전투를 위해 가슴에 용기를 가득 불어넣자."

밖에 나와 보니 아직도 별들이 잔잔하게 빛나고 있었다. 그러나 병사들이 해럴드와 기수의 뒤를 따라 산을 오르며 서쪽으로 진군하자 점차 동이 터오기 시작했다.

침묵 속에서 행군한 지 한 시간쯤 흘렀을 때 늑대가 울부짖는 소리가 숲의 정적을 갈랐다. 에빈은 밤 짐승인 늑대가 밝은 날 우는 게 이상하다고 생각했다. 해럴드가 그 소리를 듣느라 고개를 돌리자 기수가 북서쪽을 가리켰다. 해럴드가 동의의 뜻으로 고개를 끄덕였다. 일행은 길을 벗어나 소리가 들린 쪽으로 접어들었다. 나머지 근위대원들도 바짝 뒤를 따랐다.

200미터가량 갔을 때 늑대 울음소리가 다시 공기를 갈랐다. 해럴드는 말 머리를 다시 그쪽으로 틀었다. 그들은 어린 가지를 잡아 가며 조심스럽게 협곡을 내려가기도 하고, 암벽을 올라가기도 했다.

세 번째 늑대 울음이 한겨울의 고즈넉함을 갈랐다. 이제 그 소리가 상당히 가까이 들렸다. 해럴드는 발길을 재촉했고 뒤따르는 부하들의 쇠사슬 갑옷이 달그락대는 소리도 더욱 커졌다. 그들은 소나무가 뒤덮인 산꼭대기에 올라섰는데 좁은 골짜기와 맞은편의 다른 소나무 산이 내려다보였다. 나무 꼭대기의 빽빽한 녹색 솔잎 사이로 진홍색과 금색이 반짝 빛났다. 해럴드의 정찰병이 시선을 끄느라 망토를 펄럭인 것이었다. 정찰병은 고개를 들고 또다시 늑대처럼 울부짖었다.

멀리서 그 정찰병이 재빨리 가지를 타고 내려오는 것이 보였다. 그는 낮은 산을 급히 내려와 골짜기를 건넜다. 바위와 바위를 뛰어넘는 몸놀림이 늑대보다 민첩했다. 마침내 정찰병이 해럴드 부대가 서 있는 곳까지 올라왔다.

"백작님."

정찰병이 자기가 내려온 나무 쪽을 가리키며 말했다.

"하콘 대장님이 나머지 부하들을 데리고 저쪽에서 기다리십니다. 그리핀이 지금 북쪽에서 오고 있습니다."

해럴드는 백 명의 근위대원들이 모두 자기를 볼 수 있도록 바위 꼭대기로 올라갔다.

"그대들은 국왕 전하의 뜻을 받들어 각 지방의 평화와 안전을 위해 열심히 싸웠다. 그대들은 또한 나를 위해 열심히 싸웠다. 그대들의 노고는 내가 잘 안다. 나는 그대들이 지난날 입은 부상도 익히 봐 왔다."

백작은 잠시 말을 멈췄다.

"내가 웨식스와 에드워드 국왕 전하의 왕국 전역에서 세력이 크다는 소리를 듣는다면, 이는 모두 그대들 덕분이다. 전하께서 전에 말씀하셨다. '해럴드, 그대는 다른 모든 이들의 위에 있네.' 내가 대답했다. '아닙니다, 전하. 저는 제 부하들과 어깨를 나란히 하는 것 이상을 원하지 않습니다. 그들이 없다면 저는 아무것도 아닙니다.'"

해럴드는 부하들의 얼굴을 차례로 응시했다. 대부분이 오랫동안 자기와 함께 고생한 사람들이었다.

"이제 우리는 그리핀과 맞설 것이다. 이 지역은 그에게는 익숙한 땅이요, 우리에겐 낯선 곳이다. 그러나 두려워 말라. 하느님의 성 십자가에 힘입어 우리가 그를 이겨 낼 것이다. 오늘 하루가 저물면 엑서터와 윈체스터, 도버와 런던의 제 침대에서 잠을 청한 사람들은 스스로를 하찮게 여길 것이다. 왜냐하면 그들은 오늘 이 자리에 우리와 함께 있지 않기 때문이다. 그리고 약탈자 무리로부터 백성을 보호하는 데 아무 역할도 하지 못했기 때문이다."

해럴드는 산등성이 너머로 군사들을 이끌었다. 구불구불한 산길은 가파른 언덕들로 둘러싸인 작은 초원으로 이어졌다. 거기에 하콘과 그가 거느리는 근위대원들이 있었다.

"반갑군, 친구여."

해럴드가 하콘에게 말했다.

하콘은 커다란 입을 벌리며 푸짐하게 웃었다.

"주군의 책략이 맞아 떨어졌습니다. 그리핀이 덫으로 들어오고 있습니다."

"성공한다면 다 하느님이 도우신 덕이지."

해럴드가 대답했다.

"자, 이제 자네 부하들과 얼른 숨게."

하콘 대장은 즉시 부하들을 이끌고 산꼭대기 너머에 있는 숲 속에 숨었다. 길에서는 보이지 않는 곳이었다.

해럴드가 에빈에게 말했다.

"이 나무에 올라가서 눈과 귀를 기울여라. 그리고 나중에 '애슬니 연대기'에 오늘 전투에 대해 쓰도록 해라."

에빈은 나무에 기어 올라갔다. 바늘 같은 잎들이 삐죽삐죽한 나뭇가지 사이에 앉을 곳을 찾아낸 에빈은 해럴드가 부하들을 그 무시무시한 방패 벽 뒤로 세우는 것을 지켜보았다. 군사들은 방패를 턱 위까지 치켜들고 서로 어깨를 맞댔다. 그들은 삼십여 명씩 세 줄로 정렬했다. 만족한 해럴드는 기른그라스를 빼들고 절대 뚫리지 않는 그 벽 한가운데 자리 잡았다.

곧 그리핀이 아들들과 군사들을 거느리고 좁은 길을 통해 우레처럼 몰려왔다. 그는 굳은 땅에 꽂힌 '전사' 깃발과 대열을 갖추고 선 해럴드와 군사들을 보았다. 당황한 그리핀이 말고삐를 잡아당기며 팔을 올려 퇴각 신호를 했다. 그 순간 그리핀은 자신들이 덫에 걸렸음을 알아차렸다. 하콘과 그의 수하 백 명이 물샐틈없는 방패 벽을 또 하나 쌓아 길을 막아 버렸던 것이다.

"해럴드, 난 네가 두렵지 않다."

그 우두머리가 증오에 차 외쳤다.

"여긴 내 땅이다. 게다가 우리는 너희보다 훨씬 많다. 여기서 나와 맞서다니 어리석구나."

웨일스 인들은 재빨리 말에서 내려 말들을 철썩 때렸다. 겁에 질린 말들이 가파른 등성이 위로 허둥지둥 달아났다. 앞뒤를 막은 색슨 족 부대가 웨일스 인들을 압박하기 시작했다. 앞쪽은 해럴드가, 뒤쪽은 하콘이 지휘하고 있었다. 그리핀은 무거운 칼을 뽑아 들고 구석에 몰린 멧돼지처럼 무시무시한 첫 일격을 날렸다. 칼은 칼에 부딪혀 쨍그랑거리고 방패에 턱 막히기도 했다. 다친 군사들이 울부짖으며 무릎을 꺾었다. 얼어붙은 땅에 그들의 피가 쏟아졌다.

해럴드는 권위를 가지고 부하들을 이끌었다. 단 한 번의 명령에도 오른쪽 날개가 공격하거나 왼쪽 날개가 바짝 좁혀 들며 돌았다. 에빈은 훈련된 근위대원들의 모습이 그저 놀라울 뿐이었다. 그리핀이 어느 색슨 인의 칼 아래 넘어지는 순간, 해럴드 쪽에서 승리의 함성이 일었다. 대장이 죽은 것을 본 웨일스 인들이 도망가기 시작했다. 그들은 돈 때문에 그리핀을 따랐지 충성심에서 따른 것은 아니었다.

"도망치게 내버려 둬라!"

부하들 몇이 추격하려고 방패 대열을 이탈하자 해럴드가 명령을 내렸다.

"내가 원하는 것은 오직 그리핀과 그의 아들들뿐이다."

그리핀의 군사들이 허겁지겁 산 위를 기어올라 숲 속으로 도망쳤다. 그리핀의 두 아들 역시 달아났다. 에빈은 그들을 알아보았다. 그들이 공포에 사로잡힌 나머지 투구를 벗어 던지고 무거운 방패도 내동댕이쳤기 때문이었다. 해럴드가 그들을 뒤쫓았다. 이것이 그가 약속했던 처벌이었다.

그리핀의 검은 머리 아들이 사나운 짐승처럼 몸을 홱 돌려 해럴드를 칼로 내리쳤다. 하지만 칼은 빗나갔다. 그 틈을 이용해 해럴드가 그를 칼로 푹 찔렀다. 빠르고 치명적인 일격이었다. 그는 그 자리에서 쓰러졌고 팔을 한 번 부르르 떨더니 흐느적거리며 뻗어 버렸다.

아버지와 동생이 칼에 맞는 것을 본 금발 머리 아들은 분노에 차 몸을 돌렸다. 해럴드는 부하들의 보호를 받지 못하고 홀로 비탈에 서 있었다. 그리핀의 아들은 뱀처럼 조용히 해럴드 뒤로 살금살금 올라와서 일격을 가하려 했다. 그를 볼 수 있는 건 나무 위에 앉아 있는 에빈뿐이었다. 에빈의 가슴이 모루를 때리는 망치처럼 쾅쾅

뛰었다. 해럴드는 방패를 들 틈도 없이 뒤에서 내리치는 일격에 쓰러지리라. 지난봄 이후 한 번도 목소리를 내 보지 못했던 에빈은, 삼촌 앞에서 말을 하려고 할 때마다 너무도 수치스러웠던 에빈은, 미처 생각할 새도 없이 다급하게 울부짖었다. 정찰병이 냈던 늑대 울음소리같이 찢어질 듯한 울부짖음이 새어 나왔다.

촛불을 훅 불어 끌 만큼 짧은 순간에 눈길을 위로 돌린 해럴드는 에빈이 뒤에서 다가오는 적을 가리키는 것을 보았다. 그 웨일스 인이 도끼를 높이 들고 요란한 소리를 내며 내리치려는 순간 해럴드가 몸을 돌렸다. 해럴드는 펄쩍 뒤로 물러나며 방패 모서리로 그 도끼를 받아 냈다. 해럴드가 들고 있던 가죽과 나무로 만든 방패는 퍽 하는 소리를 내며 쓸모없는 조각으로 흩어졌다. 다음 순간 도끼가 아래로 떨어졌고 해럴드는 칼로 적을 내리쳤다. 그리핀의 아들은 날카롭게 비명을 지르며 무릎을 꺾고 죽어 넘어졌다.

해럴드는 한숨을 깊이 쉬고 아래쪽의 초원을 휘 둘러보았다. 이제 그가 이끄는 색슨 족 병사들이 초원을 장악했다. 그들은 반란자들을 패주시켰다. 그리핀과 그의 아들들이 죽었으니 웨일스 족의 노략질도 이제는 끝났다. 영국인들은 투구를 벗고 기뻐하며 땅바닥에 방패를 쾅쾅 부딪쳤다.

"물러가라! 물러가라!"

그들이 발을 구르며 포효하자 한 줌도 안 되는 마지막 반역자들마저 도망질쳤다.

해럴드는 칼을 칼집에 넣고 에빈을 불렀다.

“이번에도 네 도움이 컸다. 다른 사람으로 인해 네가 졌던 빚은
이제 다 탕감되었다. 네 목의 노예 고리는 오늘 밤에 벗겨질 것이
다. 너는 자유를 얻었다.”

웨식스
웨스트민스터
켄트
보산햄
헤이스팅스
페번지
보랭
퐁티외
생 발레리
외
루앙
바이외
노르망디
몽생미셸
센 강
쿠에농 강
렌
브르타뉴

난파

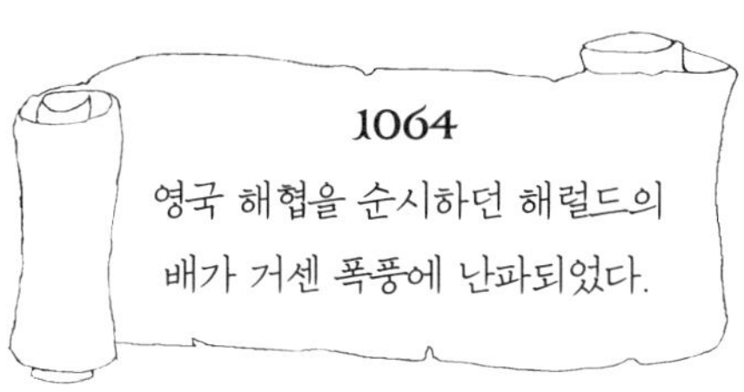

1064년 봄 웨일스 전투가 끝났다.

에빈은 르위스에게서 산지 사람들이 다시 돌아와 마을을 재건하고 있다는 소식을 들었다. 에드워드 국왕은 수염이 하얗게 세긴 했어도 아직 건강했고 가끔 해럴드와 사냥을 나가기도 했다. 전처럼 해럴드의 우람한 동생 기르스가 이스트 앵글리어를 다스렸고, 상냥한 레오프와인이 켄트와 런던을 차지했다. 그리고 매력적이지만 늘 무례한 토스티그는 노섬브리어를 다스렸다. 전보다 더 큰 세력과 권위를 가진 해럴드는 완만하게 경사진 목초지와 비옥한 평야가 있는 풍요로운 웨식스를 다스렸다. 웨식스의 북쪽인 머시어의 산지와 골짜기는 아직 풋내기인 알프가의 아들, 젊은 에드윈이 차지했다.

애슬니로 돌아온 에빈은 몇 달 동안 '카마던 전투'라고 불리게 된 해럴드의 웨일스 전투를 연대기에 자세하게 기록했다. 에빈은 이 작업을 즐겼다. 이 일을 하는 동안에는 자기가 말을 못 한다는 장애를 느끼지 못했다. 에빈은 생각을 양피지에 쏟아 내고 눈앞에서 잉크가 마르는 것을 즐거운 마음으로 바라보았고, 이 일로 수도사들의 인정도 받게 되었다. 수도사들은 웬만큼 성실하지 않고는 글을 익힐 수 없다는 것을 잘 알고 있었기 때문이다. 왕국의 역사를 보존하는 것은 가치 있는 일이었다. 에빈이 쓴 것을 어깨 너머로 바라보던 르위스는 만족스럽게 고개를 끄덕였다.

"좋아. 이제는 우리 후손들이 지난날 일어난 일들에 대해 알게 될 거야."

수도사들은 밭을 갈고 갓 태어난 아기 양들을 보살폈다. 사과나무에는 다른 해보다 유달리 새하얀 꽃들이 몽글몽글 피어났고, 여느 때보다 일찍 돌아온 제비들이 즐거운 여름을 예고하고 있었다. 영국은 평화로웠다. 어리석게도 에빈은 앞으로도 늘 이러리라고 생각했다.

봄이 다 지날 무렵의 어느 날, 에빈은 백작의 호출을 받고 다시 남쪽으로 길을 떠났다.

에빈이 엑서터의 거리들을 달리고 있을 때 해럴드는 자기 방 탁자에 체스 판을 놓았다. 맞은편에 앉은 토스티그가 커다란 주머니를 뒤집어 털자, 나무로 조각된 체스 말들이 탁자 위로 굴러 떨어졌다. 토스티그는 생각에 잠긴 채 그것들을 하나하나 판에 놓았다.

"국왕 전하는 어떻게 지내십니까?"

토스티그가 가장 큰 말인 '킹(왕)'을 집으면서 물었다.

"전하야 잘 지내시지."

해럴드는 동생의 재치에 살짝 즐거움을 느끼며 대답했다.

"올여름에 있을 해군 순시를 무사히 마치고 돌아오라고 기원해 주시더구나."

"좋은 소식이군요."

토스티그가 자기 칸에 '킹'을 놓으며 말했다. 그러고는 흩어져 있는 말 중에서 여자 형상을 집었다.

"왕비께서는 어떠신지요?"

토스티그가 긴 속눈썹 밑으로 해럴드를 슬쩍 보며 물었다.

"마지막으로 뵈었을 때는 건강하시더구나. 하지만 여전히 자식이 없는 걸 슬퍼하시지."

해럴드가 '킹'을 체스 판 위에 놓으며 말했다.

"널 매우 보고 싶어 하신다. 너도 알다시피 그분은 너를 가장 아끼시니까."

"시간만 허락되면 요크로 올라가는 길에 런던에 들를 생각입니다. 저도 왕비님을 무척 뵙고 싶으니까요."

토스티그가 대답했다.

"자, 그럼 이제 내가 물어볼 차례구나."

해럴드가 앞에 있는 말들 중에서 '비숍(주교)'을 보며 물었다.

“요크의 올드레드 대주교님은 어떠하시냐?”

토스티그가 애정 어린 웃음을 지었다.

“머리는 꽤 많이 세셨는데도 눈썹은 여전히 짙고 거뭇거뭇하십니다. 잘 지내십니다. 다음 달에는 함께 사냥을 가기로 했답니다.”

토스티그는 손바닥 위에 ‘비숍’을 올려놓고 이리저리 돌리며 그 조각 솜씨에 감탄하고는 판 위에 놓았다. 그의 태도가 상냥해졌다.

“성당 학교는 대주교님의 지도 아래 숫자도 늘고 많이 알려지고 있지요. 올드레드 주교님이 계속 이렇게 일하신다면 이 나라는 책을 읽는 사람들로 꽉 차게 될 겁니다. 그분은 학식도 있고 신앙심도 깊지만 지나칠 정도까진 아니랍니다. 북쪽 사람들은 그분을 존경하지요.”

“그럼 너도 그분의 충고를 구하는 게 현명하겠구나.”

해럴드가 말했다.

토스티그는 고개를 가로저었다. 불타는 듯한 붉은 머리칼이 이국에서 온 새의 깃털처럼 반짝였다.

“아이요. 그분이 나더러 세금을 삭감하랍니다. 세금이 백성들에게 너무 과하다나요? 난 그럴 수 없다고 말했지요.”

“아이요!”

해럴드가 웃으면서 맞수의 사투리를 흉내 냈다.

“이제는 말투가 제법 북쪽 사람 같구나.”

“색슨 족이 쉽게 배울 수 있는 사투리지요. 하지만 노섬브리어 사람들은 여전히 날 외지인으로 여겨요. 그들의 불신감을 이겨 낼 수가 없습니다. 그들이 날 의심스런 눈길로 보고 있다는 건 잘 알고 있어요."

"세금을 좀 낮추면 친구들이 많이 생길 것 같은데."

해럴드가 조언했다.

"제게 필요한 건 친구들이 아닙니다."

토스티그가 '비숍'을 탁 내려놓으며 무뚝뚝하게 말했다. 그는 다음 말을 집어 해럴드 앞에 내밀며 말했다.

"제게 필요한 건 기사들이죠. 그리고 튼튼한 성채도요."

토스티그가 '룩(요새)'을 옮겼다.

해럴드는 아무 말 없이 자기의 '킹' 앞에 '폰(군사)'들을 늘어놓았다. 이 고집덩어리 백작이 이런 기분일 때는 충고해 봤자 소용없었다.

계단에서 발걸음 소리가 들려오더니 곧이어 문이 열리며 에빈이 나타났다.

"어서 오거라, 그림자."

해럴드가 말했다.

에빈이 성큼성큼 안으로 들어왔다. 여기 돌아온 것도, 다시 웨식스의 백작 가까이 온 것도 기뻤기 때문이다. 그러나 해럴드의 손님을 본 에빈은 그 자리에 굳어 버렸다.

'토스티그! 까마귀 그림자가 드리웠던 사람. 더는 보고 싶지 않았는데.'

에빈은 해럴드의 동생에 대한 불신감을 떨쳐 낼 수가 없었다.

토스티그가 체스 판에서 얼굴을 들더니 말했다.

"형님의 '폰'이 왔군요."

"이젠 '폰'이 아니다."

해럴드가 대답했다.

'나이트(기사)'에 약간 못 미칠 뿐이지."

에빈은 존경의 표시로 해럴드 앞에 한쪽 무릎을 꿇었다.

"머리를 색슨 족처럼 잘랐구나."

해럴드가 따뜻하게 데운 벌꿀 술을 떠올리게 하는 풍부한 테너 목소리로 말했다.

"잘 어울린다. 이제 여자들이 너에게 눈길을 주겠구나."

"제 눈에는 색슨 족처럼 보이지 않네요."

토스티그가 차갑게 받아쳤다.

"키가 너무 작고, 머리도 까맣군요. 형님, 저 애는 쫓아내고 좀 더 나은 놈을 얻는 게 낫겠습니다."

"저 말에 너무 마음 쓸 것 없다, 그림자. 노섬브리어 백작이 오늘은 좀 신랄하구나. 너를 부른 이유는 내 종자였던 아이가 이제 열여덟 살이 넘었기 때문이다. 그는 이제 어른이 되었으니 제 아비를 섬기러 돌아갈 것이다. 그래서 새 종자가 필요하다. 마침 레이디 올디스가 널 추천하더구나."

'레이디 올디스가 널 추천하더구나.'

에빈은 백작의 말을 도무지 이해할 수 없었다.

"넌 앞으로 이곳에 머물며 종자 훈련관 밑에서 여러 가지를 배우게 될 거다."

해럴드가 말을 이었다.

"그가 말 타는 법과 칼과 도끼, 활 쓰는 법을 가르칠 게다. 네가 원한다면 말이야. 나는 올여름 항해를 떠날 예정이다. 너는 나를 수행하며 롱쉽*의 이모저모에 대해 배우게 될 거야. 넌 어린 농사꾼에서 서기가 되었고, 이젠 전사의 기술을 익힐 기회를 갖게 되었다. 전사의 삶은 명예로운 것이다. 하지만 결정은 너한테 달렸다. 네게 명령하고 싶지는 않구나."

에빈은 양 볼이 붉어지는 것을 느꼈다. 이런 말을 듣게 되리라고는 꿈에도 생각하지 못했다. 그저 레이디의 홀에서 다시 일하라고 불려 온 줄 알았던 것이다.

"지금 내 종자가 되어 달라고 부탁하고 있는 것이다. 너는 내게 충성의 서약을 해야만 한다. 현명한 사람이라면 가볍게 그리 하지 않지. 서약은 특별한 방식으로 너를 내게 묶는 것이기 때문이다. 내겐 적들이 많다. 너는 내 적들이 곧 너의 적이라는 것을 기억해야만 한다. 나에겐 그리핀 따위는 상대도 안 될, 훨씬 강력한 적들이 있다. 우선 노르웨이의 하랄 하드라다가 있지. 그는 죽이는 즐거움을 위해 싸우는 자다. 또 노르망디 공 윌리엄도 있다. 영토를 확장할 야욕에 사로잡힌 그는 에드워드 국왕의 친척으로 호시탐탐 우리 땅을 노리고 있다. 둘 다 하찮은 그리핀과는 비교할 수 없을 정도로

---

*바이킹 등이 쓰던 폭이 좁고 긴, 갤리선 비슷한 배.

위험한 상대이다. 네가 지난겨울 카마던에서 겪은 전투는 전투랄 것도 없지.

너는 진심으로 나를 섬기고, 내 적을 너의 적으로 삼고, 내 친구들을 네 친구들로 여기겠느냐?"

에빈은 해럴드가 위험을 과장하지 않았다는 것을 알고 있었다. '서약은 너를 특별한 방식으로 내게 묶는 것이다.'라는 말이 유독 마음속에서 메아리쳤다. 에빈은 그것이 진실임을 알고 있었다. 훌륭한 종자는 자기 주군의 오른팔이 된다. 종자는 주군의 무기들을 날카롭게 벼리고 갑옷을 깨끗이 닦으며 주군의 말을 빗질한다. 여행을 하거나 전장에 나갈 때 짐을 챙기고 주군의 방식대로 모든 것이 잘 준비되었는지 확인하는 게 바로 종자였다. 이제 해럴드를 위해 이 모든 것을 할 수 있다.

에빈은 심장이 멈춘 것만 같았다. 그는 해럴드가 정찰병을 적으로 착각해 몸싸움을 벌일 때 동굴 안에서 자기가 겁에 질려 한 행동이 생각났다. 자신이 얼마나 겁쟁이인지는 에빈 자신만이 알고 있었다. 이제 겁쟁이에서 벗어나 용감하게 해럴드를 수행할 수 있을까?

에빈이 머리를 끄덕여 동의의 뜻을 나타내자 해럴드가 빙긋 웃었다.

"좋다. 이제 종자 훈련관에게 가거라. 그에게 많은 것을 배우게 될 것이다."

에빈이 나가자 토스티그가 '폰'을 움직이며 심술궂게 말했다.

"형님의 새 종자는 말을 거의 못 하는 아이로군요."

해럴드는 체스 판에서 고개를 들지 않았다.

"어리석게 횡설수설하거나 불평을 늘어놓는 것보다는 훨씬 낫지. 너도 침묵은 금이라는 속담을 알지 않느냐."

해럴드도 '폰'을 앞으로 움직이고, 토스티그의 두 번째 말에 맞서 '나이트'를 옮겼다. 토스티그는 '비숍'을 집은 채 가늘게 눈을 뜨고 체스 판을 바라보더니 곧 '비숍'을 제자리에 내려놓고 대신 '나이트'를 옮겼다. '폰'이 여기서 잡히고 '룩'이 저기서 상대에게 넘어갔다. 토스티그는 웃으면서 두 번이나 다른 '룩'을 전진시켜 해럴드의 '킹'을 압박했다. 하지만 해럴드는 그때마다 토스티그가 예측하지 못한 작전으로 위기를 피해 나갔다. 웨식스의 백작은 조심스럽게 말을 두었지만 때로는 적수가 놀랄 정도로 과감한 수를 놓기도 했다. 하지만 그렇게 해도 해럴드는 동생을 공격할 수가 없었다. 오히려 그 자신이 수세에 몰렸다. 왜 수를 둘 때마다 토스티그가 자기를 쫓는 것 같을까? 토스티그가 그토록 공격적으로 나온 것은 이번이 처음이었다.

맞수는 둘 다 침묵에 빠져 차례가 돌아올 때마다 어떤 수를 둘지 고심했다. 덧문을 닫지 않은 창문에서 들어오는 빛이 점점 희미해지고 있었지만 두 사람 다 느끼지 못하는 것 같았다.

"예전보다 훨씬 잘 두는구나."

한 시간이 흐른 뒤 해럴드가 말했다.

"내가 형님보다 잘 둔다고 말해 주시면 좋을 텐데요."

토스티그가 대답했다.

그래도 수많은 게임의 달인인 해럴드가 자기의 '킹'이 궁지에 몰리게 놔둘 리 없었다. 그는 매번 토스티그의 수를 받아넘겼고 노섬브리어 백작의 좌절감도 점점 커져 갔다.

"지겨워서 더는 못 하겠어요."

마침내 토스티그가 말했다. 그는 자리에서 일어나 오랫동안 창밖을 바라보았다.

"그만두다니, 너답지 않구나."

불편한 침묵이 흐른 뒤 해럴드가 말했다.

토스티그는 탁자로 돌아왔다. 하지만 두 사람 다 남은 게임을 즐기지 못했다. 지루하게 시간을 끈 뒤에야 게임은 비기는 것으로 끝이 났다.

늦봄에서 초여름 사이, 에빈은 난생처음으로 굉장한 집중력을 발휘해 훈련을 받았다. 다른 종자들과 함께 긴 칼 잡는 법, 즉 더 큰 힘을 내기 위해 엄지로 칼자루를 잡는 법을 배웠다. 또 방패를 사용하는 법과 적의 공격을 막아 내는 법을 익혔다. 들판에 나가 짧은 활과 화살로 짚 인형을 맞추는 연습도 했다. 오후에는 말을 어찌나 몰아 댔는지 나중에는 무릎의 움직임만으로도 말에게 명령을 내릴 정도가 되었다. 가끔 젊은 근위대원들이 몸싸움과 백병전을 가르치러 오기도 했다.

밖에서 훈련할 수 없을 정도로 어둑어둑해지면 레이디 올디스의 교육이 시작되었다. 레이디가 에빈과 다른 종자들을 따로 데리고 가서 시동 시절에 했던 예의범절 교육을 계속했던 것이다.

"신사는 숙녀가 먼저 앉은 다음에 앉는다. 컵은 함께 쓰지만 각자 한쪽으로만 마셔야 한다. 이렇게……."

레이디 올디스가 시범을 보이면 종자와 시동 들이 그 주변으로 몰려섰다.

"신사는 파트너인 숙녀에게 가장 맛있는 음식을 권한다. 그리고 손님들이 주인의 식탁에 앉아 있는 동안에는 모든 불평은 미루어 놓는다."

시간이 쏜살같이 흘러갔다. 에빈은 기대만큼은 아니었지만 키도 자랐고 어깨도 넓어졌다. 매일 훈련하다 보니 근육도 단단해졌다. 에빈은 젊은이들 중에서 가장 힘이 센 것도, 무기를 가장 잘 다루는 것도 아니었지만 웃음거리가 되지 않을 정도의 기술은 익혔다.

영국인들에 대한 감정도 변했다. 해럴드가 그들을 사랑했으므로 에빈 또한 그들을 사랑하게 되었다. 그들의 전통적 믿음은 자기도 지켰고, 그들의 영웅은 자기도 존경했고, 그들의 적은 자기도 미워했다.

해럴드는 전에 했던 말을 지켰다. 그해 여름 영국 해협 순시에 에빈을 데리고 간 것이다. 그들은 안전한 만에서 돛을 올렸다. 하지만 백작의 날렵한 새 배가 항구를 떠난 지 불과 한 시간 만에 하늘이 어두워지며 갑작스레 폭풍이 일었다. 서쪽에서 몰아치는 돌풍에 거대한 돛이 앞뒤로 팽팽하게 튕겼다. 영국의 초록 해안은 짙은 안개 속에 묻혀 버렸다.

바람은 시시각각 더욱 거세졌다. 차가운 바람이 귓전에서 으르렁거리며 에빈의 머리칼을 마구 때리는 통에 나중엔 에빈의 얼굴이 얼얼해졌다. 파도는 노란 거품을 일으키며 녹색 산맥만큼 엄청난 크기로 몰아쳤다. 배를 때리는 파도의 힘이 점점 더 거세져 갔다. 키잡이가 뱃고물에서 고함지르며 명령을 내렸지만 에빈의 귀엔 아무것도 들리지 않았다. 그만큼 바람 소리가 엄청났다. 그러더니 억수 같은 비가 쏟아졌다. 젖은 머리칼이 이마와 목에 달라붙고 빗방울이 눈과 등으로 줄줄 흘러들었다. 온 사방이 비와 안개에 가려 수평선이 보이지 않았다. 그들은 어디로 가야 할지 몰랐다. 제 길에서 어느 정도나 벗어났는지, 어디로 흘러가고 있는지도 모르는 채 산처럼 밀려드는 파도에 부딪혔다. 해럴드는 배가 솟구쳤다 떨어지는 와중에도 여기저기 비틀비틀 다니며 사람들을 안심시키려 애썼다. 그렇게 몇 시간이 지난 뒤 근위대원 하나가 백작의 발밑에 무릎을 꿇었다.

"육지입니다!"

흐릿한 저녁 어스름이 깔릴 무렵 뱃머리 오른쪽으로 삐죽삐죽한 바위가 어렴풋이 보였다. 엄청난 파도에 하릴없이 이리저리 흔들리던 배가 그 바위에 내동댕이쳐졌다. 우지끈 부서지는 소리와 함께 배 오른쪽에 구멍이 나 배가 떡 벌어져 버렸다. 물이 갑판으로 쏟아져 들어옴과 동시에 배는 순식간에 한쪽으로 기울었다. 이어지는 파도가 그들을 폭포처럼 덮치며 여섯 명을 쓸어 가 버렸다. 에빈이 물속에서 허우적거리는 사람 중 가장 가까운 이에게 로프의 한쪽 끝을 던졌다. 하지만 연이은 파도가 거센 폭포처럼 그들을 덮치는 바람에 에빈마저 차가운 물속으로 내동댕이쳐지고 말았다. 바다가 그의 얼굴을 뒤덮어 버렸다. 차가운 바다 속으로 깊이 가라앉으면서 위쪽의 빛이 점차 흐릿해 보였다. 부츠에 물이 가득 차며 점점 무거워졌다.

'이렇게 죽는 거구나. 어둠 속에서, 뼛속까지 파고드는 추위 속에서.'

폐가 곧 터질 것만 같았다.

순간 갑자기 엄청난 힘이 그를 물 위로 끌어올렸다. 파도에 얼굴이 들락날락거렸다. 에빈은 콜록거리면서 공기를 마시려 애썼다. 파도가 에빈의 머리를 때리며 물 위로 날카롭게 솟아오른 바위들 쪽으로 그를 밀어냈다. 하지만 에빈을 끌어올렸던 힘이 그를 계속 안전하게 지켜 주었다. 누군가가 튜닉의 목을 잡았다. 젖은 모래색 금발. 해럴드였다. 배는 흔적도 없었다.

"물에 맞서 버둥거리지 마라."

해럴드가 숨차하며 주의를 주었다.

"파도에 몸을 맡겨라. 그러면 파도가 우리를 해안까지 데려다 줄 것이다."

에빈은 수평선 쪽으로 머리를 쳐들었다. 기름에 적신 횃불에서 나오는 불빛 몇 개가 깜박였다. 폭풍에 흥분해 히힝거리는 말들의 소리가 들린 것도 같았다. 잠시 후 파도가 그들을 해안까지 밀어 주었다. 에빈은 발밑에 조약돌을 느꼈다. 해럴드는 마지막으로 온 힘을 다해 어린 종자를 단단한 땅으로 끌어올렸다.

에빈은 젖은 조약돌 위에 누워 있었다. 시간이 많이 흐른 것 같았다. 밑에 단단한 땅이 있다니 감사할 따름이었다. 마침내 몸을 굴려 일어나 앉아 보니 여덟아홉 명 정도가 주위에 보였다. 노잡이 몇 명이 살아남았고 근위대원 네다섯이 물을 뱉어 내며 손과 무릎으로 기어 왔다. 그중에 하콘이 보이자 반가운 마음이 들었다.

에빈은 주변을 둘러보았다. 헤이스팅스 근처 어디거나 멀리 동쪽으로 떨어진 도버 시 근처 어디인 듯했다. 영국 남쪽 해안가 사람들은 모두 색슨 족이고 해럴드의 관할 아래 있다.

에빈은 추워서 사시나무 떨 듯했다. 황혼이 별 한 점 없는 깜깜한 밤으로 바뀌어 갈 즈음 말이 히힝거리는 소리가 들렸다. 언덕 저 위에서 말 탄 사람들이 한 줄로 서서 이쪽을 관찰하고 있었다. 횃불을 든 사람도 있었다. 사람들을 보자 에빈은 매우 기뻤다. 하지만 그들이 앞으로 다가왔을 때 에빈은 그들의 머리가 색슨 족보다 짧다는 것을 알아차렸다. 몇몇은 에빈이 한 번도 본 적 없는 길고 뾰족한 모자를 쓰고 있었다.

해럴드는 움츠리지 않고 그들을 똑바로 바라보며, 그들이 보내는 의심의 눈초리를 되받아 보냈다. 비록 바닷물에 젖어 옷은 축 늘어지고 뒤엉킨 머리칼이 얼굴을 텁수룩하게 덮고 있었지만 부하들한테는 존경심을, 적들에게는 공포심을 불러일으키는 힘과 위엄은 여전했다.

"여기는 어디이며, 그대들의 주군은 누구인가?"

백작이 맨 앞의 말 탄 자에게 물었다.

노르망디 공 윌리엄

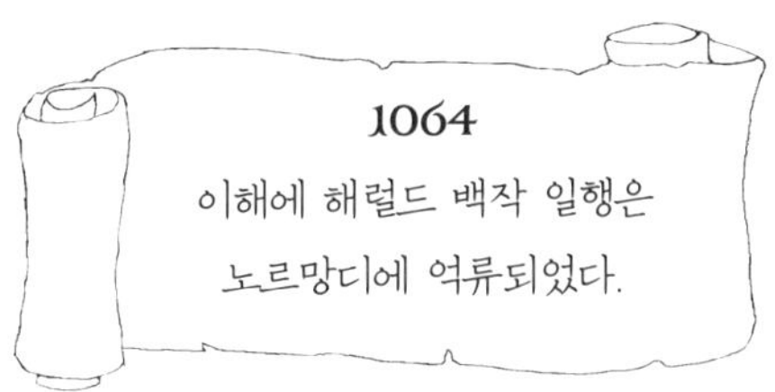

가늘고 긴 코에 입이 작은 그 젊은이는 동료들에게 몸을 돌려 이 상한 언어로 무슨 말인가를 지껄였다. 그의 말이 끝나기가 무섭게 다들 웃음을 터뜨렸다. 부드러운 그 언어는 떨림이 있었다. 혀를 굴 려 발음하는 영어나, 입술을 오므려 모음을 발음하는 에빈 종족의 말과는 매우 달랐다.

하콘과 살아남은 근위대원 몇 명이 해럴드를 빙 둘러싸며 단검을 빼들었다. 더 무거운 무기들은 배와 함께 바다 밑으로 가라앉아 버 렸기 때문이다. 말 탄 자들도 칼집에서 긴 칼을 빼거나 활시위에 화 살을 메겨 색슨 족을 겨누었다. 한눈에 보아도 그들이 해럴드의 부 하들보다 훨씬 많았다.

"단검을 버려라."

해럴드가 부하들에게 말했다.

"이건 무모한 싸움이 될 거다. 이들이 해를 끼칠 것 같지는 않구나. 이 야만적인 해안에서는 난파당한 사람들을 환대하는 관습도, 죽이는 일도 없는 모양이다. 내 생각엔 몸값을 내야 이들이 만족할 것 같다."

근위대원들은 발밑의 돌 위에 단검을 던져 해럴드의 말에 복종했다. 해럴드가 손목의 금팔찌를 빼서 우두머리로 보이는 자에게 던지며 말했다.

"너희 주군에게 가서 이것이 웨식스의 백작인 해럴드의 선물이라고 전해라."

금팔찌는 그가 세력 있고 부유한 사람이라는 것을 증명해 주었다. 에드워드 국왕은 백작의 안전한 귀환을 위해 상당한 액수를 지불해 줄 것이다.

"저것으로 한동안 우리의 안전을 살 수 있을 거다."

해럴드가 부하들에게 나직하게 설명했다.

욕심 사납게 해럴드의 금팔찌를 만지작거리던 우두머리의 얄따란 입술이 벙싯 벌어졌다. 그는 한 줌밖에 안 되는 색슨 족들을 에워싼 동료들에게 소리를 지르며 뒤따라오라는 시늉을 했다. 해럴드는 부하들의 마음을 다시 다독거렸다.

"지금 우리는 '비둘기처럼 순결하고 뱀처럼 지혜로우라.'는 거룩하신 말씀을 따를 수밖에 없다."

먼젓번 무리가 미처 시야에서 사라지기도 전에 두 번째 무리가 급히 말을 몰고 나타났다. 그중 오래된 흉터가 한쪽 눈썹을 갈라놓은 풍채 좋은 남자가 해럴드를 잡은 무리에게 다가가더니 아까 그 이상한 언어로 이야기하고는 그들을 해산시켰다. 그는 경계하는 눈초리로 해럴드를 흘깃 바라보고는 말을 휙 돌려 해럴드 일행을 서쪽 길로 안내했다.

"저자는 퐁티외의 가이 백작이다. 용감하긴 하지만 피 속에 명예라곤 한 방울도 흐르지 않지."

해럴드가 에빈에게 속삭였다.

5킬로미터 이상을 간 후에야 산꼭대기에 세워진 어두운 성채가 어렴풋이 보였다. 돌로 지은 그 성채는 에빈이 본 색슨 족 성들에 비해 훨씬 거대하고 튼튼해 보였다. 그들은 성 주변을 흐르는 폭넓은 해자 위에 놓인 도개교를 건넜다. 몇 번 고함이 오가더니 내리닫이 격자 철문이 올라갔다. 영국인들은 자기들을 잡아가는 자들을 앞질러 안마당을 지나 우뚝 솟은 본성의 탑으로 향했다. 그곳에 이르자 낯선 자들이 에빈 일행을 찌르며 좁은 나선형 계단을 내려가게 했다. 지하 감옥으로 향하는 계단이었다. 이들은 빠져 나올 틈도 없는 차갑고 축축한 돌벽에서 풍기는 지독한 곰팡내에 질식할 지경이었다.

간수들은 탑의 중심부에 있는 철문을 열었다. 그리고 숨긴 무기가 있는지 하나하나 조사한 뒤에 해럴드 일행을 거칠게 안으로 밀어 넣었다. 문이 쾅 닫히는 소리가 메아리치더니 빗장이 철커덕 걸

렸다. 뒤이어 간수들이 그 이상한 말로 떠드는 소리가 들렸다. 해럴
드가 그 말을 주의 깊게 들었다.

"내 생각엔 여기가 보랭 성인 것 같구나."

간수들이 사라지자 해럴드가 말했다.

"퐁티외의 가이 백작이 장악하고 있지. 그는 윌리엄 공의 가신
이다."

"그럼 이제 큰일 아닙니까, 주군?"

낙담한 하콘이 헝클어진 머리칼을 손으로 쓸어내리며 물었다.

해럴드는 지하 감옥에 빙 둘러 있는 긴 나무 의자에 앉아 서글픈
미소를 머금었다.

"그럴 수도 있고 아닐 수도 있지. 우리가 잡혔다는 소식이 얼마나
빨리 전해지는지 기다려 봐야겠다. 내 생각에 가이 백작은 영국의
백작 몸값으로 금을 얼마나 받을 수 있는지 에드워드 국왕에게 알
아보려 할 거다. 성자들께서 돌봐 주시면 곧 영국 땅을 밟을 수 있
을 게야."

해럴드가 아픈 다리를 앞으로 쭉 뻗었다. 그러고는 부하들에게도
앉으라는 시늉을 했다.

"자, 일단 좀 쉬고 나서 다시 기운을 차려 보자."

부하들이 주저앉았다. 냉기가 뼛속에 스며들며 허기진 배가 꼬르
륵거렸다. 만약 성자들이 돌봐 주지 않으면 어떻게 될지 아무도 감
히 입 밖에 내지 않았다.

에빈 역시 춥고 기진맥진한 상태였다. 이가 딱딱 부딪혔다. 그는

부들부들 떨리는 몸을 젖은 튜닉으로 꼭 감쌌다. 하얗게 질린 얼굴로 팔을 마구 휘젓다가 결국 바다에 삼켜진 사람들이 떠올랐다. 다행히 해럴드가 물 위로 끌어올려 주지 않았더라면 자기의 처지도 그들과 다를 바 없었을 것이다. 에빈은 상처가 벌어진 노잡이의 팔에 야전 붕대를 묶어 주는 해럴드를 바라보았다. 그러다가 돌 하나를 집어 벽에 하얀 글자를 가늘게 새기고는 백작을 건드려 그것을 보라는 시늉을 했다.

제 목숨을 구해 주셔서 감사합니다.
그 은혜에 기쁘게 보답하겠습니다.

해럴드는 그 글을 엄숙하게 쳐다보았다. 그리고 부하들을 부드럽게 다독여 그들의 마음을 갉아먹는 두려움을 가라앉혀 주었다. 사람들은 지칠 대로 지쳐 하나 둘 잠에 빠졌다.

사흘째 되는 날 육중한 감옥 문 저편에서 간수들의 긴장한 듯한 말소리가 들렸다. 해럴드는 좌절감에 고개를 가로저었다.

"무슨 말인지 통 못 알아듣겠구나. 곧 누군가가 오기를 기다리는 모양이다."

"특사가 몸값을 가지고 오는지도 모르지요."

하콘이 희망에 차서 푸짐하게 웃으며 말했다.

"기르스나 에드워드 국왕이라 해도 상당한 금액을 모아 여기까지 보내기엔 너무 일러. 잘 모르겠구나."

해럴드가 콧수염을 만지작거리며 나직하게 말했다.

나흘째 되는 날 이른 아침, 간수들이 해럴드 일행을 일으켜 세워 계단으로 몰고 갔다. 며칠 만에 보는 햇빛에 눈이 부셨다. 험상궂은 가이 백작은 포로들을 보자 흉터 있는 눈썹을 치켜올리며 최대한 으르렁대는 표정을 지었다. 가이 백작은 타고 갈 좋은 노르만 말을 내주고 예절 바른 통역자를 붙여 그들을 노르만과의 경계에 있는 도시인 외로 데리고 갔다. 외 시에 도착한 그들은 또다시 성탑에 갇혔고 하염없이 기다려야 했다.

다음 날 정오 무렵 높이 나 있는 작은 창문을 통해 안마당의 조약돌 위를 달각거리는 말발굽 소리가 들려왔다. 요란스런 굴레 소리와 함께 사람들이 말에서 내리며 먼지를 터는 소리가 들렸다. 바깥에서 누군가 낮고 굵은 목소리로 으르렁거렸다. 에빈이 간수들에게서 들었던 부드러운 언어와는 도무지 어울리지 않는 목소리였다. 그리고 침묵이 흘렀다. 불안한 죄수들이 귀를 쫑긋해 봤지만 허사였다. 시간이 아주 천천히 흐르는 듯했다. 하콘조차 말없는 분노로 주먹을 꽉 쥐며 무너지듯 긴 의자에 주저앉았다.

계단에서 덜커덕거리는 소리가 들렸다. 많은 사람들이 좁은 돌계단을 내려오는 것 같았다. 문 밖에서 아까 그 으르렁대던 목소리가 들렸다. 자기가 명령을 내리면 곧장 이행되는 게 당연하다는 듯한 느낌을 드러내는 어조였다. 빗장이 벗겨지고 철문이 열렸다.

등 뒤에서 빛을 받으며 거대한 몸집의 사나이가 문 안쪽으로 들어섰다. 그는 전사의 자세로 발을 넓게 벌리고 손을 옆구리에 댔다.

멧돼지 털처럼 뻣뻣한 연주황색 머리칼은 아주 짧았는데 목 뒤로 바짝 올려 면도가 되어 있었다. 쇠사슬 갑옷은 굉장히 값비싸 보였고 허리에 찬 긴 칼의 손잡이에는 루비가 정교하게 장식되어 있었다. 그의 체구에 비하면 뒤에 있는 간수들은 난쟁이 같았다.

덤불 같은 눈썹 밑의 연한 색 눈동자가 누군가를 찾는 듯 에빈 일행을 하나하나 살폈다. 눈초리가 해럴드 백작에게 멎었다.

“누가 웨식스의 해럴드요?”

그가 교회의 공통어인 라틴 어로 말했다.

해럴드가 몸을 쫙 펴고 앞으로 나섰다. 비록 키는 이 낯선 사람보다 손바닥 두 개를 펼친 것만큼 작았지만 해럴드 또한 운동선수처럼 날렵하고 당당한 체격이었다. 에빈은 바닷물에 젖어 뻣뻣해진 옷과 헝클어진 머리에도 해럴드의 위엄이 조금도 사라지지 않은 것을 보고 자랑스러웠다.

“에드워드 국왕의 백작을 찾는 이는 누구요?”

해럴드가 위엄에 찬 목소리로 물었다.

“에드워드 국왕의 사촌이오.”

쏜살같이 답이 날아왔다. 그러나 낯선 자의 으르렁거리는 소리는 순식간에 부드러워졌다.

“나, 노르망디 공 윌리엄은 에드워드 국왕의 충실한 종인 웨식스의 해럴드를 환영하오. 무례하게 대접한 점 사과하겠소. 가이 백작 또한 내 노여움을 알았으니 안심하시오. 우리는 환대의 관습에 무지한 야만인이 절대 아니오. 만약 당신과 당신 부하들이 괜찮다면,

그렇기를 진정 바라지만, 여기서 당장 나갑시다."

다른 근위대원들과 달리 라틴 어를 아는 하콘은 안도의 한숨을 푹 내쉬고 벙긋 웃었다. 하지만 여느 때처럼 조심스러운 해럴드는 공손하게 고개를 숙였다. 그의 태도에 경계심이 묻어났다.

'주군은 경계하고 계시구나.'

에빈이 생각했다.

공작의 다음 말을 듣자 하콘의 얼굴에서 웃음이 싹 사라졌다.

"이제 당신은 내 보호 아래 있소."

공작이 말했다.

"당신에게 그 보호가 자비롭기를."

붉은 머리 공작은 이를 드러내며 싱긋 웃었지만, 말 속에 든 뼈는 말할 것도 없이 '내 보호'라는 표현이었다.

그 순간 에빈은 해럴드가 감지한 것이 무엇인지 깨달았다. 자기들은 모두 위험한 게임에 사로잡힌 것이다. 우리들은 그저 저쪽에서 이쪽으로 넘겨진 것에 불과한가? 지배자들은 자주 포로들을 놓고 영리한 게임을 했다. 귀족이 사악한 자들에게 걸려 일생을 죄수로 보내는 경우도 드물지 않았다.

해럴드가 부하들에게 몸을 돌려 영어로 말했다.

"이제 우리는 윌리엄 공의 손님이다. 그대들은 종족의 명예를 저버리지 않도록 처신하라. 그래야 색슨 족은 자부심 있고 올바른 사람들이라는 말을 듣게 될 것이다. 하지만 질문을 받으면 신중하게 답하고, 필요한 것 외엔 말하지 말라."

그러고는 윌리엄 공에게 공통어로 말했다.

"귀하의 환대를 감사히 받아들이겠습니다."

그리하여 긴장된 여름이 시작되었다. 그들은 곧 루앙에 있는 공작의 성채로 출발했다. 에빈은 맨 앞에 선 해럴드의 옆에서 말을 달렸고, 하콘과 다른 근위대원들은 일행의 가운데서 말을 몰았다. 첫날 일행은 한 줄로 서서 넓은 잎을 가진 떡갈나무와 너도밤나무, 자작나무 들로 둘러싸인 노르망디의 숲 속을 구불구불 통과했다. 노르만 기사들은 언제나 손을 칼집에 올려놓은 채 경계를 늦추지 않았다. 에빈은 그들이 해럴드를 적으로 여긴다는 것을 알아차렸다.

이틀째 되던 날은 밀과 보리가 넘실대는 밭길을 지나갔다. 완만한 언덕 위에는 양들이 떼 지어 있었다. 아기 양들이 어미를 찾아 메에 메에 울었다. 오후에 그들은 여름 장을 찾아 여행하는 대상들과 마주쳤다.

'풍족한 땅이구나.'

에빈은 생각했다.

얘기하기를 좋아하는 공작은 끊임없이 말을 늘어놓았다. 그는 많은 질문을 던졌지만, 해럴드는 정치적인 이유를 들어 대부분 슬쩍 넘겼다. 해럴드가 너무 조용해서 자신의 기대에 못 미치자 윌리엄은 에빈에게 고개를 돌려 물었다.

"종자, 때가 되면 네 국왕의 군대에 들어갈 것이냐?"

에빈은 자기가 벙어리라는 시늉을 했다.

"제 종자는 말을 하지 못합니다."

해럴드가 설명했다.

윌리엄은 혐오스런 표정으로 고개를 돌렸다.

"내 주위에 불구자가 있는 건 참지 못하겠소."

사흘째 되는 날 정오, 일행은 이글이글한 프랑스의 태양 빛을 받으며 루앙에 도착했다. 루앙에 들어서자마자 눈에 들어온 것은 공작의 분노를 샀던 자들의 머리였다. 공작이 경고의 의미로 성문 앞에 달아 놓게 한 것이었다. 피투성이 머리들 뒤로 보이는 도시의 성벽은 엑서터보다 한층 드높이 솟아 있었다. 군사들이 문을 순찰하고 성벽 위에서 보초를 서고 있었다.

루앙은 남을 전혀 믿지 않는 남자에 의해 엄중하게 요새화되어 있었다. 그 안의 도시는 성난 벌집처럼 윙윙거렸다. 거리마다 상인들, 거래상들, 가난한 농부들, 군인들이 넘쳐났다. 쥐들이 악취 나는 쓰레기 더미를 헤집고, 개들은 먹이를 찾아 온 거리를 쏘다녔다. 모퉁이마다 거지들이 떼 지어 구걸하고 있었다. 색슨 족을 초대해 놓고 자기 공국의 나쁜 점에 대해서는 눈을 감은 공작은 매우 즐거워하며 도시의 놀라운 광경들을 가리켰다.

"친애하는 해럴드 백작, 내 시장에 대해 어찌 생각하시오? 시장마다 이탈리아의 고급 가죽, 팔레스타인 성지에서 온 무화과와 기름, 스페인산 모직 등 갖가지 상품들이 넘치고 있소."

해럴드는 공손히 답하고 다시 유일한 방어 수단인 침묵으로 돌아갔다.

그들은 그런 식으로 노르망디에 온 것을 환영했다. 장대한 실루

엣이 감방 문을 꽉 채웠던 그때부터 윌리엄 공은 매우 부드럽게 예의를 갖춰 해럴드를 대했다. 그러나 늘 약간 비아냥거리는 데다 슬쩍슬쩍 기만까지 곁들이는 바람에 그 부드러움은 참기 힘들 정도였다. 에빈은 공작에게 가까이 갈 때마다 소름이 끼쳤지만 그런 일은 자주 일어났다. 해럴드의 종자로서 그는 늘 해럴드의 옆을 지켜야 했고, 윌리엄 공이 해럴드를 시야에서 벗어나게 하는 일은 거의 없었기 때문이다.

에빈은 탈출을 갈망했다.

'몰래 빠져나갈 방법이 있다면……. 우리가 자유를 되찾을 수 있도록 영국 해협으로 데려다 줄 고기잡이 몇 명을 매수할 수 있다면 얼마나 좋을까.'

하지만 윌리엄 공은 한 줌밖에 안 되는 영국인들을 끊임없이 경계했다.

공작은 날마다 쉰 목소리로 물었다.

"웨식스의 백작, 나와 함께 식사해 주시겠소?"

그때마다 해럴드는 대답했다.

"공이 즐거우시다면."

고통스런 식사 시간마다 에빈은 해럴드의 의자 뒤에 서서, 백작의 식사량이 얼마나 적은지 지켜봐야 했다. 해럴드는 노르만 인들이 '사이다'라고 부르는, 사과로 만든 이상한 음료를 마셨다. 해럴드가 그것을 얼마나 싫어하는지는 에빈만이 알고 있었다. 그는 해럴드가 고향의 따뜻한 벌꿀 술을 참으로 그리워할 거라고 짐작했다.

늦여름의 어느 날 그들은 식탁 앞에 한가하게 앉아 있었다. 공작의 홀이 시끌벅적한 이야기로 넘쳐나던 중, 노르만 전령 하나가 급히 달려와 제 주군 앞에 무릎을 꿇고는 조그만 소리로 소식을 전하기 시작했다.

"크게 얘기해라. 웨식스의 백작 앞에서는 숨길 게 없다."

공작이 사납게 말했다.

전령은 잔뜩 주눅이 들어서 가져온 소식을 되풀이했다.

"어……. 주군이시여. 지금 브르타뉴에서 봉기가 일어났습니다. 브르타뉴의 코난 공작과 그의 백성들이 주군의 지배에 맞서 반란을 일으켰습니다."

순간 공작이 어찌나 세게 의자에 기댔는지 나무가 삐거덕거렸다. 분노로 얼굴색이 확 바뀐 공작은 눈썹이 맞붙을 정도로 인상을 찌푸렸다. 이를 악무는 바람에 턱 근육이 팽팽해졌다.

공작의 부인 마틸다가 그의 팔에 자그마한 손을 댔다.

"나쁜 소식이네요."

그녀는 근심으로 눈이 동그래져서 말했다.

공작은 부드럽게 댄 그녀의 손에서 팔을 거칠게 휙 빼고는 고함을 치려고 숨을 몰아쉬다가 해럴드가 옆에 있다는 것을 깨닫고 멈췄다. 그는 술잔을 들고 잔 속을 물끄러미 바라보며 곰곰이 생각에 잠겼다. 그러더니 찌푸린 얼굴을 펴고 입술을 비틀며 잔인한 미소를 지었다.

"아니, 전혀 나쁜 소식이 아니오, 부인. 오히려 손님들께 아름다운이 땅을 좀 더 보여 드릴 기회가 될 수 있겠다는 생각이 드는군."

공작이 느릿느릿 교활하게 말했다.

"귀찮긴 하지만 이번 일은 우리에게 이득이 될 것이오. 나는 내 손님이 북쪽 지방에서 가장 유능한 장수라고 생각하오."

공작이 해럴드에게 눈길을 돌렸다.

"물론 그대께선 동료들을 이끌고 전장에 나갈 특권을 거절하지 않으시겠지요. 군사적인 문제를 조언해 주시는 것은 물론이고요."

자기 주군만큼 상황 판단이 빠른 에빈은 깜짝 놀란 해럴드가 여느 때처럼 능숙하게 받아넘기지 못하는 것을 보았다. 그러나 해럴드는 곧 평정을 되찾고 "공이 즐거우시다면."이라고 말하듯이 고개를 숙였다.

공작이 의자를 거칠게 뒤로 뺐다.

"좋소, 그럼 그렇게 하지요. 우리는 내일 서쪽으로 갈 거요. 물론 그대의 종자가 그대를 수행할 거요. 하지만 나머지 부하들은 여기 있는 게 낫겠소. 나는 반역자에게는 칼을 쓰지요. 내 손님들이 불필요한 위험에 처하지 않기를 바라오."

공작은 해럴드에게 거짓으로 고개를 숙여 보이고 성큼성큼 나가 버렸다.

그날 밤 해럴드는 비단과 벨벳 휘장이 쳐진 작은 방에서 뭔가 곰곰이 생각하며 앉아 있었다. 에빈이 백작의 부츠 끈을 풀고 발에서 부츠를 벗겼다.

"그림자, 윌리엄은 교활하고 위험한 자다. 그는 내가 브르타뉴 전투에서 죽기를 바라고 있어. 그는 영국 땅과 에드워드 국왕의 왕좌를 갈망하지. 내가 죽으면 그는 영국 백성들의 등을 딛고 올라설 길을 차지하게 될 거다. 우리는 지금 위험한 늪을 통과하고 있어. 살아서 고향 땅으로 돌아가려면 온갖 기지를 다 발휘해야 할 게야."

에빈은 부드러운 가죽 부츠를 해럴드의 의자 옆에 두고 그의 얼굴을 올려다보았다. 눈 밑 주름은 더욱 깊어졌고, 눈길은 막연했다. 에빈은 백작이 자신들 앞에 열려 있는 여러 행동 방향에 대해 생각하고 있다는 것을 알았다. 그러나 끔찍하게도 선택의 여지는 거의 없었다.

"하느님의 성 십자가에 힘입어."

해럴드가 몽상에서 깨어나며 나직하게 말했다.

"만약 이것이 우리가 영국으로 안전하게 돌아가도록 이끄시는 하느님의 뜻이라면, 우리는 그리할 것이다. 설사 우리가 여기서 죽는 것이 그분의 뜻이라 해도 우리는 용기 있게, 명예롭게 그리해야만 한다. 그렇지 않느냐?"

해럴드가 에빈을 똑바로 바라보았다.

"지난 수년간 많은 소년들이 나를 섬겼다. 이제 나는 엄숙하게 말한다. 내가 지금까지 가장 귀히 여긴 것은 너의 조용한 반려와 사려 깊은 행동들이었다. 앞으로도 나와 함께하겠느냐?"

에빈이 고개를 끄덕였다. 사실 충성을 서약하기 전부터도 에빈의 마음은 해럴드에게 헌신하겠다는 열망으로 가득했다. 에빈은 일어나 해럴드가 의자에 던져 놓은 망토를 똑바로 펴며 생각했다. 그리핀과 그의 아들들이 죽어 쓰러졌을 때 자기는 얼마나 어리석었던가? 이제는 안전하다고, 더 이상 나에겐 적이 없다고 생각하지 않았던가! 에빈은 해럴드에게 충성 서약으로 묶인 그의 종자이므로 백작의 적은 곧 자신의 적이었다. 참으로 이상했다. 새 적들이 훨씬 강한데도 그는 더 이상 공포감에 휩싸이지 않았다. 에빈이 조용한 태도를 가진 백작을 자기 아버지, 정말로 그리운 아버지나 다름없다고 여기는 마음이 점차 강해졌다. 비록 미래는 불확실하고 어쩌면 죽게 될지라도. 에빈은 그날 밤 깊고 평화로운 잠을 잘 수 있었다.

다음 날 영국 해협 전역에 어두운 구름이 깔렸다. 노르망디는 짙은 안개로 덮여 새벽이랄 것도 없었다. 이른 아침 종소리가 우렁차게 울려 퍼지자 에빈은 일어나 옷을 입고, 해럴드의 승마복을 꺼냈다. 서쪽 저 멀리에서 천둥이 콰르릉거리는 소리가 들렸다. 하루 종일 폭우가 내릴 것을 예고하는 소리였다. 에빈이 루앙의 초가지붕들 너머를 쳐다보며 지친 주군을 깨워야 하나 망설이고 있는데 문을 두드리는 소리가 들렸다.

에빈이 윌리엄 공의 시종을 맞아들였다. 그가 말했다.

“빨리 서두르라 하십니다. 공작은 지금 떠나려 하십니다.”

해럴드가 일어나자 둘은 곧 마당으로 나가 빌려 온 말에 올랐다. 그들은 말을 채찍질하며 거세게 몰아 대는 윌리엄 공을 따라 센 강의 다리를 건넜다. 기병과 보병이 섞인 노르만 군대가 반란군과 맞서기 위해 도시를 벗어나 서쪽으로 향했다. 브르타뉴까지 일주일 걸리는 행군이 시작된 것이다. 떠난 지 한 시간이 채 되기도 전에 비가 내리기 시작했다. 보슬비로 시작한 비는 곧 거센 폭우로 변했다. 비는 하루 종일 내렸고, 밤에도 그 다음 날에도 그치지 않았다. 하지만 공작은 매우 고달파하는 부하들의 모습을 보고도 전혀 마음을 쓰지 않았다.

주말이 될 무렵 빗발이 가늘어졌다. 그들이 쿠에농 강변에 도착했을 때는 강물이 엄청나게 불어 있었다. 강물은 거품을 일으키며 거칠게 흘렀고 부러진 나뭇가지들이 물길을 막고 있었다.

"여기서 강을 건너는 것은 너무 위험합니다."

윌리엄의 정찰병이 보고했다.

"걸어서 건널 만한 여울은 24킬로미터 정도 상류에 있습니다."

"내 분노는 시시각각 커져만 가고 있다!"

길이 늦어지는 데 무작정 화가 난 윌리엄이 대답했다. 그는 잔인하게도 지친 말의 고삐를 당겨 박차를 가하며 상류 쪽으로 달렸다.

몇 시간이 걸려 다음 여울에 도착했을 때 공작의 얼굴은 격노로 벌겋게 달아올랐다. 강물이 여전히 높았던 것이다. 보병 두 사람이 공작의 조바심을 눈치 채고, 용감하게도 물살이 어느 정도인지 알아보겠노라 했다.

"이곳도 여전히 위험합니다."

정찰병이 주의를 주었다.

"건너게 하라."

윌리엄이 대답했다. 그의 눈초리는 보병들이 거센 물살 속으로 들어가기를 재촉했다. 그는 자기 부하들에게서 잠시 눈길을 거두고 해럴드를 보았다.

"노르만 인들은 서쪽에서 가장 뛰어난 병사들을 키우지요. 전투에 대한 그들의 열망이 얼마나 큰지 보시오."

그 순간 군사 하나가 미끄러지며 흐르는 물살에 휩쓸렸다. 윌리엄이 말 위에 앉아 있는 바로 그 지점이었다. 군사의 머리가 순간 누런 물 위로 솟구쳤다. 공포에 휩싸인 그 군사가 도와달라고 비명을 지르기에 충분한 시간이었다.

윌리엄은 자기 군사가 강을 건너려다 실패했다는 데 당황한 모습이었다.

"바보 같으니! 발 하나 제대로 디딜 줄 모른단 말인가!"

하지만 해럴드는 듣지 못했다. 노르만 군사가 물에 휩쓸리는 것을 보자마자 말에서 펄쩍 뛰어내려 물가로 급히 뛰어갔던 것이다. 미처 생각할 겨를도 없이 에빈도 주인을 따랐다. 두 사람은 물에 떠내려가는 군사를 잡으러 강변을 따라 달렸다. 해럴드가 뛰어가면서 허리띠를 풀어 물에 빠진 군사에게 던질 차비를 했다. 그의 머리가 다시 물 위로 나왔다. 에빈은 눈을 홉뜬 군사의 모습에 깜짝 놀랐다. 이제는 혼자 헤엄쳐 나올 상황이 아니었다.

해럴드가 급히 허리띠를 에빈에게 던지더니 거센 물살 속으로 뛰어들었다. 그러고는 축 처져 무거워진 윌리엄의 군사를 붙잡아 물 위로 끌어올렸다. 물속에서 뒤엉킨 두 사람이 하류 쪽으로 휩쓸려 내려가기 바로 직전에 에빈이 허리띠 한끝을 던졌다. 에빈은 다른 한끝을 자기 허리에 감고, 해럴드와 그 노르만 인이 격류에 휩쓸리기 전에 강변의 어린 나뭇가지를 꽉 잡았다. 그 바람에 그의 양손이 다 벗겨졌다. 에빈이 물살의 힘에 모두가 끌려가는구나 생각한 찰나 해럴드가 발 디딜 곳을 찾았고, 노르만 군사와 자신을 안전하게 끌어냈다.

창백해진 노르만 인은 죽은 듯이 축 늘어져 있었다.

'너무 늦었어.'

에빈은 생각했다.

하지만 해럴드는 그의 몸을 돌려 등을 두드렸다. 반응이 없었다. 해럴드는 자기도 숨이 가빴지만 계속 두드려 댔다. 윌리엄과 다른 노르만 인들이 말에서 내려 다가왔다. 무리가 해럴드를 둘러쌌다. 해럴드는 군사의 생명을 구하려는 노력을 포기하지 않았다. 순간 군사의 몸이 격렬하게 떨리더니 목구멍에서 꾸르륵 소리가 터져 나왔다. 캑캑거리는 소리와 함께 군사의 가슴이 벌렁벌렁 움직였다. 삼켰던 강물을 모두 토해 내고 오랫동안 구역질을 한 연후에야 그 군사의 얼굴에 핏기가 돌아왔다.

노르만 인들은 죽은 자를 다시 살려 낸 이 영국인에게 큰 감동을 받았다. 이 사람이 다 죽어 차가워진 자기네 동료를 물에서 끌어냈다. 이제 그 동료는 살아 있다. 자기들 눈앞에서 숨을 몰아쉬며. 그들은 해럴드의 용기와 힘에 감명 받았고, 외국인, 게다가 비천한 군사에게 보인 그의 관심에 감동했다.

"이 영국인의 용기는 참으로 놀랍구나."

그들이 말했다.

윌리엄 공은 냉소적으로 고개를 가로저었다.

"그대에겐 에드워드 국왕 전하의 남부 연안을 지켜야 하는 막중한 책임이 있소. 그런데 한낱 노르만 군사 따위를 위해 목숨을 걸다니. 현명치 못한 처사였소, 나의 친구여."

해럴드가 고개를 들었다. 노르만 인 하나가 물이 뚝뚝 떨어지는 그의 튜닉 위에 망토를 걸쳐 주었다.

"공의 말씀은 옳지 않습니다."

해럴드가 말했다. 에빈은 해럴드가 자기를 포로로 삼은 자에게 처음으로 마음에서 우러난 말을 하는 것을 보았다.

"현명한 장수는 자기를 위해 기꺼이 목숨을 거는 부하들이 없다면 혼자 힘으로는 아무것도 할 수 없다는 것을 알고 있소."

윌리엄 공은 경멸하는 표정으로 한쪽 눈썹을 올리고 성큼성큼 발길을 옮겼다.

노르만 궁정에서의 서약

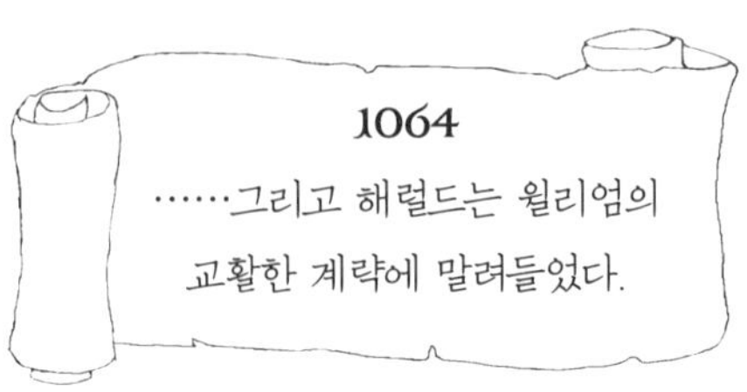

그 사건 후 공작의 군사들은 해럴드를 지극히 존경했고, 윌리엄은 감히 이 영국인 손님을 노르만 인들과 브르타뉴 인들의 싸움에 몰아넣지 못했다. 공작은 협상의 여지도 주지 않고 신속하게 반란을 제압했고, 필요 이상으로 많은 피를 보았다. 루앙으로 돌아가는 길에 윌리엄은 해럴드에게 한 마디도 건네지 않았지만 쿠에농 강에서 있었던 일을 생각하면 이상할 것도 없었다. 해럴드의 영웅적인 행동 덕에 잠시 안전해지긴 했지만 에빈은 그 때문에 공작이 해럴드를 증오하지는 않을까 걱정스러웠다.

"저자의 침묵이 염려되는구나, 그림자."

며칠이 지난 어느 저녁나절, 공작의 과수원에 앉아 있던 해럴드가 말했다.

"그자는 교활해. 여기서 포로 신세로 있는 건 꿈틀거리는 이집트 코브라를 붙잡고 있는 것과 마찬가지다. 그는 목적을 이루기 위해 반드시 무력이나 계략을 쓸 게다."

해럴드는 눈을 지그시 감고 피곤한 머리를 작은 사과나무에 기댔다.

아침이 되자 부하들과 떠날 채비를 하라는 전갈이 느닷없이 해럴드에게 전해졌다. 이번 목적지는 본느빌-쉬르-투크로 윌리엄 공작의 귀족들이 자문 회의를 요청해 온 곳이었다.

해럴드가 그 말을 하자 하콘은 즐거운 표정으로 싱긋 웃었다.

"본느빌-쉬르-투크라……. 항구 도시군요. 그자는 우리를 데리고 있는 게 지겨워진 데다, 감히 우리의 몸값을 요구해 사촌인 에드워드 국왕 전하를 성가시게 할 생각을 못하는 겁니다. 마침내 고향으로 돌아가게 되었군요."

"자네 말이 맞았으면 좋겠군."

해럴드가 어깨에 망토를 걸치며 말했다.

"그러나 어찌 그자를 신뢰할 수 있겠나."

윌리엄이 한 모든 행동은 하콘의 추측을 입증해 주는 듯했다. 그들은 이틀 동안 화려한 행렬을 지어 서쪽으로 갔고, 가는 길마다 군중의 환영을 받았다.

마침내 리지외에 도착한 그들은 강을 오가는 널찍한 배에 올랐다. 가는 길 내내 윌리엄은 해럴드가 옆에 있어야 한다고 우겼다.

배에 오른 윌리엄은 루앙으로 돌아올 때 입을 꾹 다물었던 것과는 달리 하나 마나 한 이야기를 끝없이 떠들어 댔다. 해럴드는 부하들의 안전을 우려해 제스처 게임에서 자신이 맡은 역할을 다했다. 공작의 농담에 싱긋 웃기도 하고 온화하게 한담도 나누었지만 되도록 정보는 주지 않았던 것이다.

"작년 가을 영국은 풍성한 추수를 거두었겠소. 저녁 식탁이 풍성해야 나라가 강한 법이오. 굶주린 백성들은 국가가 자기들을 지켜 주기 어렵다는 걸 알게 되는 법이지요."

공작이 요란한 목소리로 말했다.

"영국인들에겐 먹을 것이 넉넉합니다. 저희에게 보여 주신 공의 관심에 감사드립니다."

해럴드가 대답했다.

"아, 그리고 영국 땅에는 숲이 많더군요. 배나 요새를 지을 목재가 남아돈다고 생각하오. 그대에겐 페번지에 나무로 쌓은 훌륭한 요새가 있다고 알고 있소만."

그런 요새는 없었다. 돌로 쌓은 고대 로마의 성채가 폐허로 남아 있을 뿐이었다. 해럴드는 윌리엄이 정찰병들의 보고를 확인하려고 자기를 떠보고 있다는 것을 눈치 챘다. 침략군이 상륙하기 가장 좋은 장소를 알아내려는 것이었다. 그러나 현명한 해럴드가 쉽게 속아 넘어갈 리 없었다.

"에드워드 국왕은 훌륭한 분이시지요. 전하는 해안가에 많은 요새를 쌓아 백성을 보호하고 계십니다."

"아, 물론 그렇겠지요. 영국이 적에게 침략당한다면 크나큰 재앙일 겁니다."

윌리엄이 호탕하게 말했다.

다른 훌륭한 장군들처럼 해럴드도 방어할 때와 공격할 때를 잘 알고 있었다. 해럴드가 처음으로 대화를 이끌었다. 자기에게 불리한 부분은 비껴 나가며 윌리엄을 경계하려는 목적으로 이렇게 물은 것이다.

"공께서는 브르타뉴 봉기의 원인이 무엇인지 털어놓지 않으셨습니다. 그곳의 백작이 백성들을 잘못 다스렸던가요?"

에빈은 윌리엄 공이 빳빳하게 굳는 것을 보았다. 해럴드가 공작이 다스리는 땅의 약점들을 그토록 솔직하게 말하는 건 이번이 처음이었다. 윌리엄의 얼굴이 분노로 벌게졌다.

"노르만의 민감한 현 상황을 너무 가벼이 말씀하시는군."

공작의 목청이 커졌다. 분노가 폭발하기 일보직전이었다. 하지만 그 순간 공작의 어조가 짐짓 겸손한 즐거움으로 변했다. 마치 사람들의 신망을 얻고 있는 데다 말솜씨까지 좋은 이 백작에 대한 복수 정도야 미룰 수 있다는 듯한 태도였다.

"그것은 사소한 문제였소. 그것으로 고민하실 것은 없소이다."
윌리엄이 말했다. 그러고는 갑자기 벌떡 일어나더니 흔들림 없이 뱃머리 쪽으로 걸어가서 한참을 서 있다가 자기 손님에게 돌아왔다.

배가 한가롭게 떠가는 동안 에빈은 버드나무 가지가 기다란 손가락처럼 물속에 드리워진 강변을 마주 보았다. 첫 단풍들이 노란색,

진홍색의 작은 배처럼 나무 그늘로 미끄러졌다. 연어 한 마리가 잔잔한 물에서 펄쩍 뛰어오르자 물방울이 사방으로 튀며 잔물결이 일었다.

"곧 목적지에 이르게 될 거요."

윌리엄이 말했다.

그들은 본느빌-쉬르-투크의 외곽에 있는, 가죽 만드는 지역을 지나갔다. 썩어 가는 동물의 시체 냄새가 온 마을에 진동했다. 에빈은 루앙에 있는 성의 좁은 복도와 그곳에 속박된 시종들의 방에서 들은 속삭임을 떠올렸다. 윌리엄이 평범한 무두장이의 손자라는 얘기였다. 이 무두장이에게는 '에를레브'라는 사랑스런 딸이 있었는데 그녀의 미모가 로베르 공작의 마음을 사로잡았다. 로베르 공작은 에를레브에게서 얻은 아들 윌리엄을 후계자로 인정하긴 했지만 끝내 에를레브와 결혼하지는 않았다. 그래서 공작의 적들은 공작의 등 뒤에서 그를 '사생아 윌리엄'이라고 불렀다.

곧 잔잔한 강을 따라 높이 솟은 도시의 탑들이 보였다. 바다 갈매기들이 우는 소리가 귓가에 닿았다. 고리버들로 짠 커다란 빨래 바구니를 든 여자들이 길을 따라 강으로 내려가고 있었다. 이미 많은 여자들이 비누칠한 빨래를 헹구느라 치마를 걷고 물속에서 절벅거리고 있었다. 덤불 위에는 젖은 튜닉, 망토, 헐렁한 드레스 들이 널려 있었다. 어린 소녀들은 어린 동생들을 돌보면서 깔깔거리기도 하고 노래도 불렀다.

"다음 굽이를 돌면 항구가 나올 거요. 거기서 그대는 재미있는 것을 보게 될 것이오."

윌리엄이 말했다.

에빈은 그에게 차가운 눈길을 던졌다. 윌리엄의 체격은 무척 위협적이어서 장교들과 전령들뿐 아니라 그의 아내인 마틸다까지도 그 앞에서 움츠러들었다.

'해럴드와 있을 때는 저러지 않는데.'

에빈은 생각했다. 사람들은 정직하고 두려움 없이 웨식스의 백작을 대할 수 있었다. 에빈은 긴 의자의 방석 위에 앉은 해럴드를 바라보았다. 백작은 노를 앞뒤로 저을 때마다 햇빛을 받아 반짝이며 떨어지는 물방울을 골똘히 바라보고 있었다.

키잡이의 명령에 따라 왼쪽 노잡이들은 노를 들어 올리고, 오른쪽 노잡이들이 노를 죽죽 저어 커다란 배의 뱃머리를 강굽이 근처 동쪽으로 돌렸다. 배가 완전히 방향을 틀고 난 뒤 왼쪽 노잡이들이 다시 노를 젓자 항구와 도시가 눈에 들어왔다. 바다 갈매기들이 고깃배 주변을 날고 온종일 잡은 뱀장어와 청어가 해안으로 실려 오고 있었다. 그때 돛을 높이 단 영국의 롱쉽이 에빈의 눈에 들어왔다.

하콘이 벌떡 일어났다.

"보십시오, 주군. '웨이브 라이더'호입니다!"

해럴드도 일어나 물에 반사되는 햇빛을 피하느라 눈에 손 그늘을 만들었다. 진짜로 웨이브 라이더호였다! 갑판 위에 늘어선 색슨 족들은 백작이 무사한 것을 보고 환호성을 질렀다.

에빈의 눈에서 눈물이 솟구쳤다. 고국 사람들을 다시 보자 너무도 반가웠기 때문이다. 그는 푸른 물속에 텀벙 뛰어들어 배까지 헤엄쳐 가고 싶었다. 그만큼 영국으로 돌아가고 싶은 마음이 가득했다. 해럴드도 가슴이 벅차올라 에빈의 어깨에 팔을 얹었다.

"우리는 곧 축하연을 열게 될 것이다."

해럴드가 나직하게 말했다.

"보시오. 내가 그대를 그대의 백성들에게 무사히 데려다 주었잖소."

윌리엄이 말했다.

"대단히 감사합니다."

해럴드가 의례적으로 답했다.

"영국에 도착하면 에드워드 국왕 전하께 공이 베푸신 호의를 말씀드리겠습니다."

"하루빨리 영국에 돌아가야 한다고 너무 서둘러 우리를 떨쳐 버리지는 말았으면 하오. 그대를 위해 노르만 땅에서 마지막 연회를 베풀 계획이니 말이오. 이곳에 그대가 만나 주었으면 하는 사람들이 있소."

해럴드는 머뭇거렸다. 그는 한시바삐 이 위험한 노르망디 공작에게서 벗어나고 싶었다. 자기를 윌리엄 공의 진짜 손님으로 여길 만큼 어리석은 해럴드가 아니었다. 아니, 그와 부하들은 여전히 볼모 신세였다. 웨이브 라이더호에 탄 사람들이 무기를 갖지 않은 노잡이들과 반백의 물길잡이, 콧수염도 안 난 어린 키잡이라는 것을 깨달은 순간 모든 상황이 명백해졌다.

"그대를 오래 붙잡아 두진 않겠소. 그저 우리의 우정의 끈을 단단히 묶고자 할 뿐이오."

공작이 약속했다.

"공이 원하신다면."

해럴드가 말했다.

다들 배에서 기다리기로 하고 백작과 에빈만 윌리엄의 연회에 가게 되었다. 윌리엄과 그의 시종은 물가에서 멀지 않은 고지대에 있는 공작의 홀로 이들을 데려갔다. 홀의 문들은 물론, 길고 좁다란 덧문들도 활짝 열어 놓아 안으로 쫙 들어온 햇살에 먼지가 둥둥 떠다녔다.

모두 안으로 들어서자 트럼펫 연주자가 뿌우 트럼펫을 불었다. 그와 동시에 노르만 인들이 공작과 그의 손님들 쪽으로 고개를 돌렸다. 그들은 모두 뒤로 물러서 공작이 지나갈 길을 터 주었다. 해럴드가 에빈을 데리고 그 뒤를 따랐다.

노르만 인들은 차례로 공작에게 다가와 아첨 섞인 인사를 했다. 우선 '바이외의 주교'라고 불리는 윌리엄의 배다른 동생, 뚱뚱한 오도가 다가왔다. 비죽 내민 입술에 게게 풀린 눈. 에빈은 그토록 주교답지 못한 사람은 처음 보았다.

"형님께서 브르타뉴 인들을 무찔렀다는 소식을 듣고 기뻤습니다."

그가 말했다.

다음으로 역시 배다른 동생인 모르탱의 로베르가 인사를 올렸다.

그의 뒤에는 윌리엄의 조언자이자 집사인 윌리엄 피츠오스번이 있었다. 윌리엄의 전폭적인 신임을 받고 있다는 자였다. 그는 공작의 집안을 돌보고 모든 땅을 관리했다. 비록 청춘은 다 스러져 짧은 머리칼이 반백으로 변했지만 피츠오스번은 전사의 차가운 눈빛을 가지고 있었다.

연이어 노르망디의 유력한 가문들을 대표하는 얼굴들이 나타났다. 리샤르 피츠길베르, 유 다브랑쉬, 유 드 몽포르, 그리고 루앙의 대주교인 마우릴리우스였다.

해럴드는 공국의 유력한 사람들에게 소개될 때마다 미소를 지으며 인사했다. 억지 미소였지만 기품은 여전했다. 그들은 윌리엄에게 군사와 배와 말들을 대 줄 능력이 있는 인물들이었다. 해럴드에게 노르망디의 부와 힘을 보여 주어 감탄하게 만드는 게 공작의 계획이었고, 해럴드는 그의 목적을 잘 알고 있었다. 이는 따뜻한 이별이 아니었다. 공작은 볼모에게 겁을 주고, 자기를 섬기는 귀족들을 즐겁게 하기 위해 사로잡힌 장수를 구경거리로 만들었던 것이다. 수입 비단으로 지은 옷을 차려입은 노르만 지주들의 긴 행렬이 끝나자 공작이 말했다.

"자, 그럼 식사를 시작하지요."

시종 한 무리가 부엌에서 음식을 날랐다. 양고기와 돼지고기, 소금에 절인 뱀장어, 빵, 치즈, 사과, 남부의 살구, 그리고 여느 때처럼 노르만 사이다가 나왔다.

에빈은 안절부절못했다. 오직 항구에 있는 배 생각뿐이었다. 하지만 해럴드는 침착했다. 그는 느긋하게 식사를 하며 음식들을 칭찬했다. 자기를 향한 질문에도 모두 대답했다. 심지어 사이다까지 마셨다.

식사가 끝나자 건배가 시작되었다. 윌리엄 공이 해럴드를 자기가 가장 신뢰하는 동맹이자 영국 문제에 대한 조언자로 소개했기 때문에 따스하고 공손한 인사가 이어졌다. 해럴드는 똑바로 앉아 그 모든 행사를 예의 바르게 치렀지만, 에빈은 점점 허둥거리며 어서 웨이브 라이더호에 오르기만을 간절히 바랐다.

마침내 공작이 일어나 잔을 들며 말했다.

"지난 두 달간 우리는 영광스럽게도 웨식스의 해럴드 백작과 함께하는 즐거움을 누렸소. 친구를 떠나보내기가 참으로 아쉽소이다. 나는 나 자신과, 우리 가족과, 노르망디의 영주들을 대표해서 영국과 보다 긴밀한 유대를 맺고자 하오. 우리는 사촌인 에드워드 국왕 전하와 사랑의 유대로 맺어지기를 원하오. 그래서 나는 내 딸 아가타와 웨식스의 해럴드 백작과의 약혼을 선포하며 경건히 기뻐하는 바이오."

해럴드의 얼굴에서 핏기가 싹 가시며 두 팔의 기운이 스르르 빠지는 듯했다. 약혼이라니! 이를 거절하면 윌리엄과 그의 딸을 모욕하는 게 될 것이고, 그러면 저들은 절대 그냥 넘어가지 않을 것이다.

"이 유대를 더욱 공고히 하기 위해 해럴드 백작은 영국 내의 내 사람이 되고 내게 세금을 바치며 나를 주군으로 섬기는 데 동의했소. 친애하는 나의 사촌 에드워드가 세상을 떠나면 나는 영국의 왕좌에 앉을 거요. 해럴드 백작은 이 약정을 공식적으로 확인하기 위해 여러분들이 증인으로 지켜보는 앞에서 충성 서약을 하게 해 달라고 했소. 충성 서약이 끝나면 우리 모두 그가 고향에 무사히 돌아가기를 기원합시다."

윌리엄이 옆에 있던 시동에게 손짓을 해 그를 홀 밖으로 내보냈다. 잠시 후에 소년은 서약을 할 때 쓰이는, 보석으로 장식된 성자의 유골함 두 개를 가지고 돌아왔다.

"지난 두 달간 나는 웨식스의 백작이 고귀한 인품을 지녔다는 것을 알게 되었소. 그는 진실만을 말하오. 그리고 내가 이야기한 모든 사항에 그가 동의했다는 말을 그대들은 들었소. 그러니 나의 형제들, 친구들, 동맹자들 앞에서 구태여 서약까지 할 필요는 없소. 하지만 우리가 이 일을 논의할 때 해럴드는 서약을 하겠다고 우겼소. 이것은 해럴드를 보호하고자 함이오."

윌리엄은 손을 가슴에 얹고 짐짓 생색을 내며 말했다.

"노르망디의 공작에게는 그런 보호가 필요 없지만."

윌리엄이 껄껄거리는 소리가 홀 안을 울렸다.

"친애하는 백작, 두려워할 필요 없소. 내 사랑하는 딸 아가타를 다른 남자와 혼인시키지는 않을 테니까."

오! 에빈은 분노로 몸을 떨었다. 그는 탁자 위로 펄쩍 뛰어올라 외치고 싶었다.

"거짓말쟁이! 저자가 한 말은 다 거짓말입니다!"

에빈은 자기가 혀를 빼앗긴 그날을 저주했다. 그러나 목소리가 있든 없든 해럴드가 이 배신을 고스란히 참아 내도록 그저 옆에 서 있기만 할 수는 없었다. 이 사악한 공작을 영원히 침묵하게 할 방법이 없지 않았던 것이다. 에빈은 식사하는 동안 해럴드가 썼던 작은 단도를 응시했다. 그것은 바로 앞의 식탁보 위에 놓여 있었다. 재빨리 행동한다면 해럴드를 이 속임수에서 구해 낼 수 있을 것이다.

'해럴드를 위해 공작을 죽이고야 말 테다.'

에빈은 그럴 수 있는 방법을 알고 있었다. 하콘에게 배우지 않았던가? 에빈이 반짝이는 칼을 잡으려 손을 내밀었다. 하지만 해럴드가 얼른 소년의 손목을 꽉 잡았다.

오직 한 사람만이 영국인과 그의 어린 종자 사이에 일어난 일을 보았다. 윌리엄은 조금도 머뭇거리지 않고 연설을 이어가면서도 눈은 해럴드가 에빈의 손목을 잡고 있는 탁자 쪽을 보며 깜박거렸다.

"그렇소, 친구들이여! 이 영국인들은 내게 매우 소중한 분들이 되었소."

윌리엄이 우람한 가슴을 내밀며 말했다.

에빈은 자기가 정말로 돕고 싶은 사람의 손아귀에 무력하게 잡혀 있었다. 해럴드에 맞서 몸을 뻗대느라 그의 양 볼이 빨개졌다. 단검이 아주 가까이에 있었기 때문이다.

동굴 같은 홀 안의 노르만 인들은 여전히 아무 눈치도 채지 못했다. 사과 접시가 노르만 인들의 시선에서 에빈의 손과 단검을 가려 주었다. 배를 한껏 채운 윌리엄의 귀족들은 이제 나른해졌다. 그들은 결코 공작을 구하러 제때 주빈석까지 달려올 수 없을 것이다. 해

럴드가 손의 힘을 풀지 않는 바람에 에빈의 손가락이 점점 차가워
지며 저려 왔다. 그동안 윌리엄은 백작의 장점들을 두서없이 단조롭
게 늘어놓고 있었다.

마침내 해럴드가 머리를 약간 뒤로 기대고 에빈에게 속삭였다.

"지금은 때도 아니려니와 장소도 아니다. 하느님께서 이 사악한
짓의 증인이시다. 일단 영국으로 돌아가는 것에 만족하자. 이 부정
한 공작이 결코 영국 땅에 발을 디디지 못하게 되는 것을 두고 보자
꾸나."

에빈에게 말을 하면서도 해럴드의 눈은 윌리엄의 연설을 듣고 있
는 노르만 귀족들과 지주들을 살피고 있었다. 그들의 눈은 모두 공
작을 향해 있었다.

그러고 나서야 해럴드는 에빈을 똑바로 보았다. 마침내 종자는 복
종의 뜻으로 고개를 끄덕였다. 안심한 백작이 꽉 잡고 있던 손을 놓
았다.

"우리의 영국인 친구들이 하루바삐 돛을 올려 고향으로 가고 싶
어 한다는 것을 잘 알고 있소. 그래서 이 공식 행사가 끝나면 곧바
로 보내 드릴 예정이오."

윌리엄이 아이의 팔을 잡듯 해럴드의 팔을 잡아 성골함으로 이끌
며 말했다. 이 서약은 강요된 것이므로 법적으로 백작을 구속할 수
는 없다. 하지만 그것이 자의에 따른 서약이 아니라는 것을 밝힌다
면 해럴드는 부하들을 위험에 빠뜨리게 될 것이다. 에빈은 해럴드
가 한 손은 오른쪽 함에, 다른 손은 왼쪽 함에 얹는 것을 무력하게

지켜보았다. 해럴드는 간신히 알아들을 정도의 작은 소리로 윌리엄이 정한 조건들을 되풀이했다. 이것은 하느님 앞에서 생명을 걸고 하는 서약이었다. 해럴드는 서약 위반자는 영원한 불길에 처해진다는 것을 잘 알고 있었다.

"사람이라면 서약을 가벼이 여겨서는 안 된다."

해럴드가 전에 에빈에게 했던 말이다. 이제 해럴드는 영국의 백성들을 위해, 그리고 이곳 노르망디에 자기와 함께 있는 사람들의 안전한 석방을 위해, 윌리엄이 한 말을 되풀이하면서 파들거리는 손을 함 위에 살짝 얹었다.

"나, 웨식스의 백작 해럴드 고드윈슨은 노르망디의 공작 윌리엄을 나의 주군으로 맞을 것을 엄숙히 맹세합니다. 나는 에드워드 국왕 전하께서 자손 없이 돌아가신다면 윌리엄을 영국 왕위의 합법적인 후계자로 인정하겠습니다. 나는 윌리엄 공작의 딸 아가타와 약혼한다고 서약합니다. 또한 윌리엄 공작의 왕위 계승을 위해 나의 힘과 부를 사용할 것이며, 도버 성에 있는 공작 관할 기사들의 요새 관리 비용을 맡겠습니다. 하느님과 모든 성자들이시여, 저를 보호하소서."

윌리엄은 휘황찬란하게 보석이 박힌 함들을 높이 들고 그 모습을 모두가 볼 수 있도록 몸을 돌렸다. 그리고 함의 뚜껑을 열어 먼저 해럴드에게, 그 다음에는 자기의 봉신들에게 보여 주었다. 순간 해럴드는 몹시 놀랐다. 다른 사람들이라면 어리석게도 지나쳐 버렸을 것이다. 그러나 웨식스의 백작은 어리석은 사람이 아니었다. 함 안에는 성자가 입었던 옷 조각이 아니라 성자의 유골이 들어 있었다. 유골에 대고 한 서약의 구속력이야말로 가장 컸다.

해럴드의 얼굴이 재처럼 창백해지면서 마치 독약을 마신 듯 고통스런 표정이 되었다.

'이러다 돌아가시겠다.'

에빈은 생각했다.

해럴드는 자신의 행동에 대해 혼란스러워하며 그 자리에 마냥 서 있기만 했다. 기독교도로서 그는 알고 있었다. 서약을 위반하면 그의 영혼은 용서받지 못할 위험에 빠지고, 그의 나라는 노르망디와의 전쟁을 피할 수 없을 것이다. 그러나 그 따위 서약을 지킨다면 그것은 자기 백성을 배신하는 일이 된다.

아까는 해럴드가 에빈이 칼을 낚아채려는 것을 감지했다. 이번에는 에빈이 백작의 고통을 함께 느꼈다. 에빈은 얼른 백작의 옆으로 가서 오른손으로 해럴드의 팔을 잡고 왼손으로 주먹을 쥐어 자신의 심장 위에 댔다. 그것은 용기를 가지라는 색슨 족의 신호였다.

해럴드는 다시금 당당하게 섰다. 그러고는 '초대한 사람'에게 작별 인사 한 마디도 없이 에빈과 함께 연회장을 나가 버렸다.

추방된 토스티그 백작

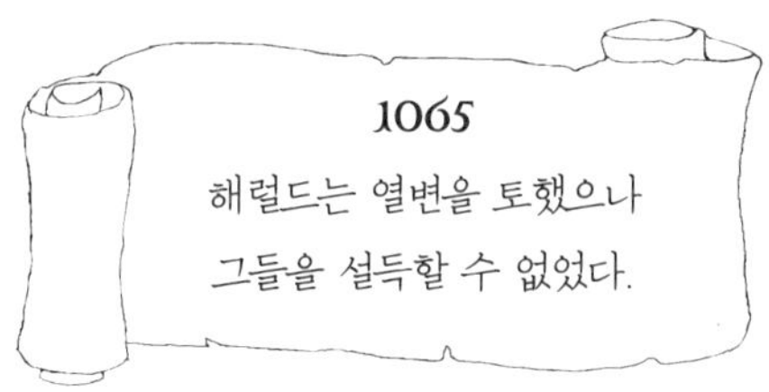

영국으로 돌아오자마자 해럴드는 런던에 있는 국왕을 방문했다. 에드워드 왕은 새로 건축 중인 장엄한 웨스트민스터 성당의 마지막 세부 사항을 감독하고 있었다. 돌로 지은 그 성당은 런던의 초가지붕들 위에 높이 솟아 있었다.

그들이 국왕의 방에 틀어박혀 몇 시간에 걸쳐 논의를 하는 동안, 에빈은 사람들로 붐비는 홀과 부산스런 궁전의 복도들을 돌아다녔다. 왕과 해럴드는 점심 식사 때에야 모습을 드러냈다. 해럴드는 사람들에게 그 끔찍한 폭풍우 이야기를 해 주었다. 출생으로 보나 교육으로 보나 에드워드 국왕은 반은 노르만 인이었기 때문에 외교적인 이유로 해럴드의 이야기는 진실과는 조금 다를 수밖에 없었다.

윌리엄은 난파한 선원들을 자비롭게 맞아 준 주인이었을 뿐이었다.

그날 늦게 해럴드와 에빈은 도시 북쪽을 향해 약 24킬로미터쯤 말을 몰았다. 백작은 길들여지지 않은 말을 무자비할 정도로 빠르게 몰았다. 그들은 어마어마하게 큰 떡갈나무들이 빽빽이 들어선 칠턴 숲을 질풍처럼 뚫고 지나갔다. 길에는 가을의 첫 단풍들이 부드럽게 쌓여 있었다. 월샘에 도착해 열린 문을 통과하니 백조 목 레이디 올디스가 창백한 볼 위로 눈물을 흘리며 홀에서 달려 나왔다.

해럴드의 말에 다가온 레이디가 쉰 목소리로 부르짖었다.

"오, 내 사랑! 당신이 돌아가신 줄 알았어요……. 나중에야 볼모로 잡혀 계시다는 소식을 들었답니다. 전 무슨 말을 믿어야 할지 몰랐어요."

해럴드는 몸을 구부려 조심스럽게 그녀를 안아 안장 위에 앉혔다. 그는 그녀의 귀에 달콤하게 속삭였다. 콧수염이 그녀의 볼을 스쳤다. 그녀는 더 이상 아무 말도 하지 않고, 어린 소녀처럼 그의 목에 팔을 둘렀다.

해럴드가 레이디와 함께 있는 며칠 동안은 언제나 웃음소리와 음악이 흘렀다. 남몰래 힘들어하는 백작의 얼굴을 본 것은 에빈뿐이었다.

성스러운 달 9월도 거의 끝나갈 무렵 에빈은 애슬니 수도원에 다녀와도 좋다는 허락을 받았다. 너무도 르위스가 보고 싶었다. 에빈은 그곳에 머무는 동안 사과 따는 일을 도우며 공부를 더 할 계획이었다.

에빈은 상인들 무리에 끼어 서쪽으로 떠났다. 가을 안개가 나무가 우거진 산허리를 감돌며 골짜기 아래까지 퍼져 가고, 가랑비가 주룩주룩 내렸다. 긴 여행이었지만 안개 속에서 어렴풋이 애슬니의 탑이 모습을 드러내자 에빈의 피곤함은 씻은 듯이 사라졌다. 방문객들이 다가오는 것이 보이자 종소리가 울려 퍼졌다. 에빈을 본 르위스는 친구를 말에서 내려 으스러져라 껴안았다.

계절은 쏜살같이 지나갔다. 가을은 영국의 산을 황금빛과 밤색으로 물들이며 급히 저물어 갔고, 마침내 마지막 남은 빨간 사과들도 저장실에 들어갔다. 그리고 겨울이 왔다.

에빈은 문서 사자실에서 진홍색 망토를 꼭 여미며 추위에 맞서 글씨 연습을 하고, 수도원 연대기에 해럴드가 노르망디에서 보낸 여름을 기록했다. 크리스마스 철이 끝날 무렵엔 알프레드 수사를 도와 진료소에서 사람들을 돌보며 지냈다. 어깨가 굽은 수사는 그에게 치료법과 약초에 대해 가르쳐 주었다.

마지막까지 남아 있던 눈마저 봄볕에 녹자 에빈은 해럴드가 주화 제조를 감독하고 있는 엑서터로 돌아왔다. 이미 엑서터로 돌아와 있던 하콘은 에빈에게 무기 다루는 법과 말 타는 기술을 더 가르쳐 주겠다고 약속했다. 농부들이 하루에 세 번 소젖을 짜는 때라고 해서 색슨 족이 '세 번 젖 짜는 달'이라고 부르는 5월이 되자, 에빈은 연습 상대와 들판에 나가 칼을 받아치고, 방패로 밀고, 장검을 휘두르는 연습을 했다.

다시 가을이 되자 해럴드와 에빈은 노샘프턴에 있는 해럴드의 성으로 떠났다. 레이디 올디스가 그들을 기다리고 있었다.

"키가 한 뼘은 더 자랐구나."

말을 마구간으로 데려가는 에빈을 보며 레이디가 감탄했다.

에빈은 싱긋 웃으며 인사했다. 그는 애슬니를 좋아했고 르위스를 사랑했다. 하지만 자기가 있을 자리는 여기였다. 잘하든 못하든 해럴드의 옆 자리가 자기가 있을 곳인 것이다.

해럴드가 에빈의 어깨를 토닥이며 말했다.

"요리사가 식사를 줄 마음이 있는지 한번 가 볼까?"

그들이 그레이트 홀로 향하는 오솔길을 걸어가는데 좁은 통로를 지키던 보초가 외쳤다.

"주군님, 북쪽에서 많은 사람들이 말을 타고 오고 있습니다!"

"이리 와라, 그림자. 누가 오고 있는지 봐야겠다."

해럴드가 말했다.

그들은 좁은 통로로 이어진 사다리를 올라 영지의 갈색 벌판을 내려다보았다. 저 멀리서 넨 강이 띠처럼 구불거리며 사라졌다. 강 너머 약 3킬로미터 떨어진 곳에서 검은색 옷을 입은 사람들이 말을 급히 몰며 달려오고 있었다. 그들이 노샘프턴의 성벽 가까이 이르렀다.

"에드윈 백작이군요. 그렇지 않습니까, 백작님?"

보초가 말했다. 해럴드는 정오의 햇살을 피해 눈가에 그늘을 만들고는 눈을 가늘게 뜨고 말 탄 자들을 살펴보았다.

"맞다. 에드윈 백작이구나. 옆에 있는 사람은 동생인 모르카고.

내가 잘못 보지 않았다면 말이야."

에드윈은 머시어의 백작인 고 알프가의 아들이자 후계자였다. 십대를 갓 넘긴 나이지만 그는 결코 어리석은 젊은이가 아니었다. 에드윈은 훌륭한 조언자들을 옆에 두고 머시어를 현명하게 다스렸다. 아버지 대에서 좀 서먹서먹한 일들이 있었지만 해럴드와 에드윈은 잘 지내 왔다.

"주군님, 보소서. 저분이 대군을 이끌고 오십니다."

보초가 가리켰다.

에드윈의 등 뒤로 머시어의 깃발들이 유유히 날리고 그 뒤로는 노섬브리어의 푸른색 깃발들이 흩날리고 있었다. 기병들은 둥근 방패와 도끼로 무장한 병사들을 이끌고 있었다. 수천에 이르는 대부대였다. 에드윈이 팔을 높이 들어 대군을 멈추었다. 그리고 신뢰의 표시로 동생 모르카만을 데리고 앞으로 말을 달려 나왔다.

해럴드는 사다리를 내려가 정문에서 그들을 맞았다.

"에드윈 백작. 마지막으로 봤을 때는 아직 소년이었는데 이제는 남자가 되었구려. 어서 불 가로 갑시다. 그리고 그대가 가져온 소식을 들려주시오."

"저희가 가져온 소식은 매우 우울합니다."

에드윈이 말에서 내리며 말했다.

젊은 백작은 키가 크고 호리호리했으며 머리는 굴뚝새의 깃털처럼 부드러운 갈색이었다. 그는 너무 빨리 성장해 버린 사람 특유의 진중한 표정을 하고 있었는데 이마에는 근심스런 주름살이 한 줄

나 있었다.

“제 아우와 저는 백작님의 조언이 필요합니다.”

모르카도 말에서 내렸다. 그는 에드윈만큼 크지 않았고 가슴도 넓지 않았다. 그것은 시간이 해결해 줄 것이다. 가는 머리칼 사이로 귀 끝이 삐죽 보였다.

모두 방으로 들어간 뒤 에빈이 물러가려고 몸을 돌렸을 때였다.

“아니다, 그림자. 그냥 여기 있어라.”

해럴드가 말했다. 에드윈은 에빈 앞에서 말하기를 주저했지만 해럴드가 “무슨 일이 있었소?”라고 묻자 입을 열었다.

“올해 노섬브리어는 수확이 형편없었습니다. 폭우가 오래 내리는 바람에 수확한 보리의 상당량이 헛간으로 들어가기도 전에 밭에서 썩어 버렸지요. 사람들에겐 간신히 겨울을 날 정도의 식량밖에 없습니다. 그런데 토스티그 백작은 자비를 구하는 백성들에게서 고개를 돌렸습니다. 오히려 수확세를 전보다 훨씬 무겁게 물렸지요. 노섬브리어의 여자들과 아이들은 굶주리는데, 그는 팔에 금 장신구를 차고 가장자리에 모피를 덧댄 망토를 입습니다. 결국 토스티그 백작이 국왕 전하와 함께 사냥을 가려고 남부로 떠난 지난주, 노섬브리어 사람들이 반란을 일으켰습니다.”

그때 더 젊고 혈기 왕성한 모르카가 이야기를 이었다.

“그들은 토스티그의 근위대원들을 죽이고 그의 보물과 무기고를 약탈했습니다. 해럴드 백작님, 양쪽 모두 많은 피를 흘렸습니다.”

“저희는 반란을 옹호하러 여기 온 게 아닙니다.”

에드윈이 끼어들었다.

"하지만 이번 반란은 오랫동안 고통 받고 좌절한 끝에 일어난 일입니다. 에드워드 국왕께서는 노섬브리어 사람들의 울부짖음에 귀를 기울이지 않으셨습니다. 전하는 토스티그를 너무도 아낀 나머지 그가 저지른 불의에는 눈을 감으십니다. 해럴드 백작님, 저희의 말에 거짓이 없다는 것을 잘 아시지요? 노섬브리어 사람들은 완고하고 성급합니다. 그들은 토스티그를 추방한다고 선언하고, 모르카에게 자기들의 백작이 되어 달라고 했습니다."

에드윈이 잠시 쉬고는 다시 말을 이었다.

"그들은 토스티그가 돌아오면 죽여 버리겠다고 합니다."

해럴드가 젊은 모르카에게 몸을 돌렸다.

"그래, 그대는 뭐라고 대답하시었소?"

"저는 이것은 중대한 문제이며 지혜와 힘을 갖춘 분들의 조언이 필요하다고 했습니다. 국왕께서는 이 일을 반란으로 여기실지 몰라도, 저희는 정의라고 여깁니다. 저는 그들의 제안을 받아들여, 우리 머시아 민병대를 노섬브리어 민병대에 합세시킨 목적을 이루는 쪽으로 마음이 기울고 있습니다. 저희와 동맹을 맺은 웨일스 쪽도 뜻을 함께하고 있습니다."

"무장하지 않고 그대들끼리만 내게 왔으니 나도 그대들에게 해를 끼치지 않겠소."

해럴드가 말했다.

"그러나 그대들의 이야기는 매우 심각하오. 나는 내 동생 토스티그가 추방당하게 놔둘 수는 없소."

"해럴드 백작님. 우리가 백작님께 나쁜 뜻을 품고 있다면 여기에
오지도 않았을 겁니다. 그러나 우리 이웃인 노섬브리어 사람들은 십
년이란 긴 세월 동안 토스티그의 탐욕과 잔인함 때문에 고통을 겪
었습니다. 에드워드 국왕은 우리의 애원에 귀를 막았습니다. 우리
땅에서 우리가 이방인처럼 느껴질 정도입니다. 하지만 에드워드 국
왕은 백작님과 절친하십니다. 백작님의 누이가 왕비님이시니까요.
그러니 백작님께서 우리를 위해 한 말씀 해 주실 수 있을 겁니다.
백작님은 법을 잘 아십니다. 그것이 실현될 수 있다는 것을 아시기
때문입니다. 이 분쟁은 백작님의 힘으로 해결될 수 있습니다."

"나는 내 동생에게 반하는 말은 할 마음이 없소."

해럴드가 무뚝뚝하게 말했다.

"토스티그가 쫓겨나면 고드윈 가문이 약화될까 봐 걱정하시는
것 같군요."

에드윈이 대답했다.

"하지만 그렇지 않습니다. 백작님과 기르스, 레오프와인은 웨식스
와 이스트 앵글리어, 그리고 런던의 주들을 지배하고 있습니다. 만
약 국왕 전하께 말씀드려 정당한 평화를 중재해 주신다면, 우리는
백작님의 일에 관한 한 언제나 동맹자가 될 것을 맹세하겠습니다."

"백작님도 그자가 없는 편이 훨씬 나으실 겁니다."

모르카가 말했다.

해럴드가 격노하며 그쪽으로 눈길을 돌렸다.

“아직 그대가 어리니까 이번에는 용서하겠네, 모르카. 하지만 두 번 다시 내 앞에서 그따위 말은 꺼내지 말게!”

그러고는 다시 부드러운 어조로 돌아와 에드윈에게 덧붙였다.

“토스티그에 대한 그대의 비난에 진실이 있다는 것을 나도 아오. 괜찮다면 옥스퍼드에서 다 함께 만날 수 있도록 토스티그와 국왕 전하를 초대하겠소. 더 이상 피를 흘리지 않도록 피차 노력해야 하오. 나는 우리가 평화를 중재하러 옥스퍼드로 가는 동안 선의를 증명하기 위해 그대의 부하들에게 식량을 대 주겠소. 단 그대의 부하 대부분이 여기 남아 있어야 한다는 조건이오. 동포들끼리 서로 싸우는 것은 잘못된 일이오. 그러면 영국 전체가 약해질 뿐만 아니라 결국 외적의 먹이가 되고 만다오.”

에드윈은 동생과 눈길을 교환하고는 말했다.

“말씀대로 하겠습니다.”

에드윈과 모르카가 나간 후 해럴드가 말했다.

“그림자, 양피지와 잉크를 가져오너라. 내 전갈을 써서 브리트포드에서 사냥 중이신 에드워드 국왕께 은밀히 전해라.”

에빈은 노샘프턴 창고의 가장 좋은 양피지에 급송 문서를 써서 접고는 해럴드가 봉투 위에 뜨거운 밀랍을 떨어뜨리고 인장을 누르는 것을 지켜보았다.

에빈은 서신을 전령 바구니에 넣고 무릎을 꿇어 해럴드의 축복을 받은 다음 마구간으로 달려갔다. 이미 하콘과 기병대가 말에 안장을 올려놓고, 그를 호위하기 위해 기다리고 있었다.

　　에빈 일행은 급히 말을 몰아 사흘을 달린 뒤에 브리트포드 사냥터의 숙소에 도착했다. 키 크고 마른 체격에 눈 덮인 나뭇가지처럼 머리가 새하얀 에드워드 국왕이 에빈과 하콘을 맞았다. 노르만 전령들이 주빈석에서 왕을 둘러싸고 있었다. 그들을 보고 노르만 인임을 직감한 에빈은 순간 주저했다. 공허한 아첨 말고는 능한 게 없는 사람들이었다. 국왕이 이 노르만 인들을 제 동포보다 아낀다는 소문이 사실인 것 같았다.

　　토스티그는 왕의 옆에 앉아 있었다. 그 유명한 붉은 머리에는 둥근 금장식이 얹혀 있었다. 에빈은 기억하고 싶지 않았지만 그 불타는 머리칼이 까마귀의 날개 아래에서 흩날렸던 일을 떠올리지 않을 수 없었다.

　　'저자는 저주받은 자야.'

　　에빈은 생각했다.

　　토스티그는 마치 에빈의 마음을 읽을 수 있다는 듯 느긋한 표정으로 쳐다보면서 왕이 말할 때만 그쪽으로 눈길을 돌렸다.

　　"하콘이라, 내 알지."

　　왕은 사슴 고기를 나무 쟁반 위에 내려놓고 냅킨으로 우아하게 입을 닦았다.

　　"해럴드가 내 오른팔이듯 하콘은 해럴드의 오른팔이지. 그런데 이 새 종자는 누구인고?"

　　왕이 에빈에 관해 물었다.

　　"이 아이는 해럴드의 벙어리 종자인 그림자입니다."

토스티그가 비웃으며 말했다.

"해럴드는 불구자 노예 편에 안부를 전하는군요."

에빈의 얼굴이 분노로 달아올랐다. 그는 왕 앞에 꿇어앉아 해럴드의 서신을 올렸다.

왕은 그것을 들고 속으로 천천히 읽었다. 그리고 토스티그의 손에 서신을 넘겨주며 말했다.

"자네와 관련된 일이네."

에빈은 양피지를 훑어 내리는 토스티그의 눈을 지켜보았다.

여전히 잘생기고 오만한 토스티그는 에빈이 이 년 전 여름날 저녁, 레이디 올디스의 홀에서 처음 보았을 때 이후로 전혀 변한 데가 없었다. 에빈은 '백작님은 변하셨는데.' 하고 생각했다. 백작의 머리카락은 회색으로 변했다. 그리고 아픈 쪽 무릎이 전보다 쑤신다며 괴로워했다.

하지만 토스티그는 여전히 젊고 어리석어 보였다. 그는 자기 백성인 노섬브리어 본토박이들은 물론 자기를 위해 죽은 충성스러운 근위대원들에게도 아무 관심을 보이지 않았다. 그는 오직 자기의 보물과 자존심만 생각했다.

"전하."

토스티그가 국왕에게 애원했다.

"제게 군대를 주십시오. 그러면 겨울 눈이 날리기 전에 이 반란을 제압하겠습니다. 노섬브리어 사람들이 제멋대로 습격하게 놔두면 안 됩니다."

"그렇다, 토스티그."

왕이 부드럽게 말하며 양피지를 도로 가져와 해럴드의 메시지를 다시 읽었다.

"해럴드가 현명한 조언을 하는구나. 내 생각에도 이 나라를 내전으로 몰고 갈 수는 없다."

갑자기 왕이 격렬하게 기침하기 시작했다. 기침이 끔찍한 경련으로 이어지자 왕은 몸을 앞으로 숙이고 가슴에 머리를 묻었다. 그리고 헐떡거리면서 모피를 댄 튜닉의 타이를 풀었다. 캑캑대는 마른 기침 소리는 마치 조약돌을 맞비비는 것 같았다. 에빈은 알프레드 수사의 진료소에서 그런 기침 소리를 들은 적이 있었다. 그는 그 기침의 의미를 알고 있었다. 에드워드 국왕의 병세는 매우 심각했다.

"전하께 벌꿀 술을 갖다 드려라."

토스티그가 명령했다.

잠시 후에 왕은 자세를 바로 했다. 여느 때의 창백한 얼굴이 격심한 기침으로 벌게졌고 눈에는 눈물이 그렁그렁했다.

"고맙네, 토스티그."

왕은 쉰 목소리로 말하고 대령된 벌꿀 술을 한 모금 마셨다.

"나는 이제 괜찮네."

왕이 잠시 말을 멈추자 토스티그와 하콘, 에빈, 그리고 노르만 특사들이 걱정스럽게 그를 쳐다보았다.

"별것 아닐세."

왕이 그들을 손짓으로 밀어냈다.

"가서 내일 옥스퍼드로 떠날 준비들이나 하게."

엿새 후 해럴드가 옥스퍼드에 도착한 국왕 일행을 맞이했다. 에드윈과 모르카는 막사에서 근심스럽게 기다리고 있었다.

"해럴드 형님은 제 편이지요?"

토스티그가 싱긋 웃으며 물었다.

"우리가 함께 노섬브리어의 반역자들을 무찌르면 모든 게 바로잡힐 겁니다."

그는 형을 껴안았다.

"그래. 나는 네 편이지. 그러나 나는 이 땅의 평화도 원한다. 나는 노섬브리어에 맞서 칼을 들지 않을 것이다."

해럴드가 대답했다.

그 말을 들은 토스티그는 팔을 떨어뜨리고 뒷걸음질을 쳤다. 그의 콧구멍이 벌름거렸다.

"형님의 말씀이 화살처럼 가슴에 박히는군요."

그는 쓰디쓰게 말하고 나가 버렸다.

그날 늦게 국왕의 자문단인 위탄의 의원들이 무리 지어 도착했다. 동쪽으로는 런던과 도버에서 온 사람들도 있었고, 윈체스터에서부터 북쪽으로 올라온 사람들도 있었다. 링미어의 세인*들과 첩스토우의 주 장관도 왔다.

---

*주군에 대해 충성과 봉사의 의무를 지고 있던 전사.

발그레한 해넘이와 별이 총총한 밤이 내일 날씨가 화창할 것을 예고했다. 해럴드는 옥스퍼드의 홀에서 멀지 않은 자연 원형 경기 장에서 야외 회의를 열자고 제안했다. 다음 날 아침, 안전을 확보하기 위해 서로 볼모들을 맞바꾸고 난 자문 위원들은 강을 굽어보는 산허리에 자리 잡고 앉았다.

해럴드가 먼저 말했다.

"우리는 폭력을 위해 모인 것이 아닙니다. 더욱이 정의를 추구하러 모인 것도 아닙니다. 우리가 모인 이유는 왕국의 영원한 평화를 위해서입니다. 우리가 서로 싸운다면 우리는 산에서 길을 잃은 양들과 다름없는 처지가 될 테고, 그러면 영국을 멸망시키러 해안을 넘어오는 늑대들의 손쉬운 먹이로 전락하고 말 것입니다. 그렇습니다. 친구들이여, 저는 영국이라고 말하고 있습니다. 비록 우리가 앵글 족과 색슨 족, 주트 족과 바이킹, 서쪽으로는 브리튼, 북쪽으로는 픽트 족으로 나뉘어 있긴 하지만 말입니다. 우리는 많은 종족들로 이루어졌지만 켄트의 늪지대부터 카마던의 바위 해안에 이르기까지, 남으로는 헤이스팅스, 북으로는 그레이트 월에 이르기까지 같은 법의 지배를 받는 한 민족이 되었습니다. 그런데 지금 노섬브리어 사람들이 자신들을 다스리는 백작에 대한 불만을 가지고 우리 앞에 왔습니다."

해럴드는 객관적인 입장을 지키느라 토스티그의 이름을 직접 말하거나 동생이라고 부르는 것을 자제하고 있었다. 에빈은 부드럽게 굽이치는 산 아래 펼쳐진 들판과 강에 맞닿은 초원을 바라보았다.

눈부신 가을의 마지막 빛깔이 화려하게 펼쳐져 있었다. 이제 겨울이 되면 온 세상이 회색으로 변할 것이다. 머리 위로는 찌르레기 떼가 남쪽을 향해 날아가고 있었다.

다시 모임으로 얼굴을 돌린 에빈은 주변 사람들을 자세히 보았다. 에드윈은 나이에 비해 한층 무게 있는 태도로 해럴드의 말을 경청하고 있었고, 모르카는 형의 옆에 기대 있었다. 둘은 잠시도 떨어지지 않으려 했다. 에드워드 왕은 자기를 위해 특별히 가져다 놓은 의자에 앉아 가늘고 마른 손을 무릎 위에 편안히 놓고 있었다.

언짢은 얼굴로 생각에 잠긴 토스티그는 왕의 의자 뒤에서 서성거리다가, 앉으라는 에드워드의 손짓을 받았다. 토스티그는 어쩔 수 없이 앉으며 손가락의 반지들을 신경질적으로 돌렸다. 토스티그는 상처 받은 자존심 때문에 왕국을 내전으로 몰고 가려 하지만, 형은 온갖 방법과 세력과 웅변을 동원해 그 가능성을 피하려 하고 있었다. 해럴드의 용기와 무욕은 그 자신을 돋보이게 했다. 그가 가장 걱정하는 것이 백성의 안위라는 게 분명해지고 있기 때문이었다.

"노섬브리어의 세인들이여, 그대들에게 호소합니다. 무기를 내려 놓고 그대들의 백작께 반란을 용서해 달라고 청하시오. 그도 그대들처럼 법에 속박되어 있으니 무거운 세금으로 빚어진 고통을 기꺼이 덜어 줄 것이오."

그러나 모든 노섬브리어 사람들이 한꺼번에 불만스런 고함을 질렀다.

"왕국이 이런 식으로 분열되면 어떤 위험이 초래될지 그대들은 모르고 있소."

해럴드가 경고했다.

"우리가 이렇게 서로 싸우는 것을 알면 적들은 비웃으며 '영국인들은 스스로 다스릴 줄 모르는구나. 그러니 우리가 저들을 다스려주어야 한다.'라고 말할 것이오. 그들은 우리 백성을 살육하고 여자와 아이들을 노예 시장에 끌고 갈 것이오. 우리 땅은 피로 물들고 하늘은 통곡 소리에 찢길 것이오……."

"토스티그는 무도한 자입니다. 그를 우리의 백작으로 받아들일 수 없습니다."

어느 용감한 세인이 외치자 동료들이 찬동하며 고함쳤다.

해럴드가 조용히 하라는 의미로 손을 들자 그들은 입을 다물었다.

"이 반목은 해결될 수 있소. 방법은……."

노섬브리어 인 하나가 또 끼어들었다.

"해럴드 백작님, 우리는 십 년 동안이나 목소리를 높였습니다. 하지만 토스티그는 들으려고도 하지 않았습니다. 우리 모두는 한마음으로 모르카를 우리의 백작으로 모시길 원합니다. 비록 젊지만 그분이라면 잘 다스릴 거라고 믿습니다."

해럴드가 간곡하게 청했고 북부인들도 해럴드를 존경했지만, 그들은 자신들의 결정을 바꾸려 하지 않았다.

해럴드는 국왕과 자문 의원들을 바라보며 말했다.

"참으로 슬프지만 노섬브리어의 세인들은 토스티그를 반대하는 마음으로 뭉쳐 있는 것 같습니다. 저는 한 사람 때문에 많은 이들이 피를 흘리는 것을 원치 않습니다. 비록 그 사람이 제 혈육이라도 말입니다. 저는 모르카가 국왕 전하와 자기 백성들의 이익에 부합하는 행동을 할 거라고 믿습니다. 그들의 원대로 하시라고 조언드립니다."

토스티그가 벌떡 일어나자 그 서슬에 머리카락이 뒤로 날렸다. 그가 외쳤다.

"제가 불명예스러운 추방을 당하게 생겼는데, 이 왕국에서 두 번째 자리를 차지하고 있는 형님이 어떻게 이럴 수가 있습니까?"

하지만 아무도 토스티그에게 관심을 보이지 않았다. 그 순간 에드워드 국왕이 격렬하게 기침을 하기 시작했기 때문이다. 종자 하나는 의사를 부르러, 하나는 벌꿀 술을 가지러 허둥지둥 뛰어갔다.

토스티그는 이 혼란을 이용해 모르카에게 들이댔다.

"이 못된 놈아. 네 백작령에서 잘 먹고 잘 살아라. 내 하느님께 맹세하마. 그 자리에 그렇게 오래 있지는 못할 것이다."

욕설을 들은 모르카는 침착성을 잃고 귀뿌리까지 벌게졌다. 토스티그는 그런 그를 휙 지나가 버렸다.

"동생!"

해럴드가 사람들을 밀어제치며 무리 속을 뚫고 가는 토스티그를 불렀다.

노섬브리어의 세인들은 격노한 토스티그에게 길을 터 주었다. 해럴드는 군중들이 흩어진 길을 뒤따라갔다. 토스티그를 따라잡은 해럴드는 일단 동생을 막으려고 어깨에 손을 댔다. 하지만 토스티그

는 도전적으로 몸을 홱 돌리고는 밤색 눈동자를 이글거리며 떨리는
목소리로 말했다.

"손대지 마! 해럴드, 이건 당신 책임이야. 그 지혜롭고 고귀하신
혓바닥이 얼마나 오래가나 두고 보겠어!"

토스티그는 몸을 비틀어 빼고는 자기 아내와 아이들, 충성스러운
가신 몇 명을 데리고 사라져 버렸다.

에빈은 해럴드가 낙담하며 돌아서는 것을 보았다. 해럴드의 얼굴
은 실망감으로 찌푸려져 있었다. 그는 분열을 원하지 않았다. 하지
만 만약의 경우도 생각해서 따로 예비해 둔 게 있었다.

에빈은 무리들을 둘러보던 웨식스의 백작이 마침내 찾고 있던 얼
굴을 발견했다는 것을 알았다. 어떤 젊은이가 해럴드의 눈길을 되
받았다. 그의 옷은 잘 맞았으나 화려하지도, 고급스럽지도 않았고,
얼굴도 매서운 눈 위의 길고 가는 둥근 눈썹 외엔 평범했다. 어느
무리에나 쉽사리 녹아들 얼굴이었다. 그는 해럴드의 신호를 기다리
고 있었다. 웨식스의 백작이 고개를 끄덕이자 그도 둘 사이를 가득
메운 사람들 너머로 고개를 끄덕여 보였다. 그리고 발뒤꿈치를 빙
그르 돌리더니 토스티그가 간 길을 뒤따라갔다.

토스티그가 떠나자 노섬브리어 사람들은 승리의 함성을 외쳤고
모르카를 말에 올려 승리자의 행진을 하게 했다. 그들은 이제 좀 안
정된 국왕에게 감사의 뜻을 보이며, 법을 지키는 백성이 되겠다고
약속했다.

그날 늦게 전령이 해럴드의 방문을 두드렸다. 에빈은 해럴드의

소지품 몇 가지를 여행 가방 속에 챙겨 넣는 중이었다. 해럴드는 말 없이 방 한구석에 앉아 있었다. 허락을 받고 들어온 전령이 말했다.

"국왕께서는 토스티그 님이 추방되어 상심이 크십니다. 하지만 내전을 피한 데 대해 백작께 감사의 뜻을 전하라 하셨습니다. 또한 백작께서 당신을 런던까지 배행하고, 크리스마스 축제 때 열릴 웨스트민스터 성당 봉헌식 때 옆에 있으라 하셨습니다."

"말씀을 기꺼이 따르겠네."

해럴드가 대답했다. 장례식의 종소리가 얼마나 빨리 고요한 런던의 새벽을 깨 버릴지 모르는 채.

새 국왕 해럴드

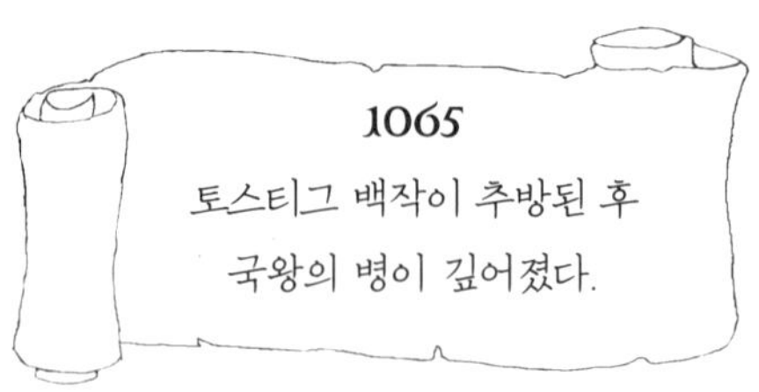

"천천히 가거라. 전하께서 힘들어하신다."

런던으로 돌아가는 길에 해럴드가 시종들, 전령들, 근위대원들로 이루어진 긴 행렬의 앞에서 말을 타고 가는 자들에게 외쳤다.

그들은 템스 강 옆길을 택했다. 강은 바다로 우아하게 흘러들었다. 마지막 가을 낙엽들이 유리같이 매끄러운 수면을 노란색과 갈색, 밝은 진홍색으로 점점이 물들이며 살랑살랑 흘러가고 있었다. 수많은 연어 떼가 자기가 태어난 고요한 물로 돌아가 알을 낳으려고 물길을 거슬러 올라갔다. 연어들이 퍼덕일 때마다 강물이 반짝였다.

하지만 행렬 가운데 잔잔한 템스 강의 아름다움을 알아차리는 이는 드물었다. 왕이 자주 기침을 했기 때문이다. 헐떡거리던 왕은 결국 백마에서 내려 휘장을 친 가마로 옮겨 탔다. 웨스트민스터 궁에 이르자 왕은 자기 방으로 가서 왕비와 노르만 인 어의의 보살핌을 받았다.

왕이 편안해진 것을 보고 마음이 놓인 해럴드는 에빈을 데리고 길을 떠났다. 해마다 웨식스의 모든 도시와 마을을 방문하는 것이 관례였기 때문이다. 백성들과의 연대를 새로이 하고, 재판소에 들러 분쟁을 해결하고, 각 주의 추수 상황을 직접 보기 위해서였다.

겨울 눈발이 몰아치기 전에 그들은 서둘러 남동쪽 도버로 향했다. 그 다음에는 해안 길을 따라 헤이스팅스와 보산햄, 그리고 해럴드가 소년 시절에 살았던 내륙의 윈체스터를 차례로 방문했다. 그들은 그곳에서 일주일간 머무르다 엑서터로 길을 떠났고, 12월 1일에는 브리스틀을 향해 출발했다. 바람이 점점 매서워지며 비가 내릴 조짐을 보였다. 비는 땅에 닿자마자 얼어붙을 것이다. 에빈은 날씨가 바뀌면서 해럴드가 점점 더 절뚝거리는 것을 눈치 챘다.

브리스틀에 도착할 즈음 해럴드의 몸 상태가 더 이상 감추기 힘들 정도로 악화되었다. 그는 주 장관의 시끄러운 그레이트 홀에서 멀리 떨어진 조용한 방에 박혔다. 움직일 때마다 아픈 무릎에 극심한 고통이 뒤따랐다.

에빈은 판 위에 이렇게 썼다.

저는 약에 대해 조금 배웠습니다.

"그러면 네가 할 수 있는 것을 해 다오."

해럴드가 이를 악물며 말했다.

에빈은 산파를 찾았다. 가까스로 의사소통에 성공해 필요한 약초
와 붕대를 얻은 에빈은 부엌에서 뜨거운 물을 가지고 위층 손님방
으로 돌아왔다. 해럴드는 손으로 얼굴을 감싸고 탁자 위에 엎드려
있었다. 에빈이 방 안에 들어가자 해럴드는 두 손을 얼굴에서 늘어
뜨렸다. 고통으로 잔뜩 일그러진 표정이었다.

"오, 너라서 다행이구나."

해럴드가 안도의 한숨을 쉬며 말했다. 다른 사람에게 이런 모습
을 보이는 건 견딜 수 없었다.

간신히 의자에 도로 앉은 해럴드는 덩굴손 모양으로 조각된 의자
등에 머리를 기대고 눈을 감았다.

주군이 이토록 고통스러워하는 것은 처음이었다. 에빈은 재빨리
말린 약초를 바숴서 뜨거운 물속에 넣었다. 약초 물에 리넨 조각을
적셔 조심스럽게 주군의 아픈 무릎에 붙이던 에빈은 고통의 원인이
어디 있는지 알게 되었다. 해럴드의 다리 안쪽에 제대로 아물지 않
은 상처가 심하게 곪아 번지고 있었던 것이다.

'도끼에 맞은 상처구나.'

공포에 질려 그 상처를 바라보는데 해럴드가 눈을 떴다. 그는 소
년이 놀란 것을 보고 간신히 웃어 보였다.

"오래전에 생긴 상처다. 날씨가 사납거나 말을 오래 타면 여전히
쑤시는구나."

에빈은 해럴드가 그 상처를 용감하게 견뎌 내는 걸 보며 당황했다. 늘 겁과 의심을 동무 삼는 자신과 비교되었던 것이다. 에빈은 정말로 해럴드 같은 사람이 되고 싶었다. 에빈은 동굴에서의 그 밤에 그랬듯이 자기가 겁쟁이 근성에서 벗어나지 못할까 봐 걱정스러웠다.

에빈은 그들이 개발한 간단한 수화로 오랫동안 고민해 오던 질문을 던졌다.

"어떻게 하면 용기가 생깁니까?"

해럴드는 곧바로 이해했다.

"두려움이 없는 상태가 용기는 아니다. 가장 용감한 전사도 때론 두려움에 몸을 떠는 법이다. 누구라도 죽음에 맞서거나, 자기가 견딜 수 있다고 생각하는 것 이상의 고통을 참기란 쉽지 않다. 바보같이 부적을 지니고 다니는 노인들이나 어리석은 젊은 근위대원들의 말에 솔깃하지 말거라."

해럴드가 앞으로 다가와 에빈의 목에 달린 가죽 끈을 가리키며 말했다. 용기를 갖기 위해 시골 사람들이 달고 다니는 부적이 흔들리고 있었다.

"마늘을 갖고 다닌다고 용감해지는 건 아니다, 애야!"

해럴드가 빙긋 웃으며 말했다.

"사람에게 용기를 불어넣어 주는 요술 약초 따윈 없단다. 용기란 네가 하는 일이 필요한 일이라는 것을 알고 있는 것이다. 그림자, 너 자신을 의심하지 마라. 네 마음속에는 네가 알고 있는 것보다 더 큰 용기가 있단다."

그날 밤 해럴드는 몇 주 만에 처음으로 푹 잤다. 이틀이 지나고 몇 번 더 치료를 받자 무릎이 몸무게를 지탱할 수 있게 되었다. 이 주일이 채 지나기도 전에 서걱거리는 서리가 들판과 길거리를 덮었다. 해럴드와 에빈은 근위대원 스무 명의 호위를 받으며 런던으로 떠났다.

그들은 크리스마스 축제와 성당 봉헌식에 맞춰 런던에 도착하기 위해 길을 재촉했다. 전국에서 몰려든 사람들이 성당 앞 광장에서 감탄을 늘어놓고 있었다. 왕은 14년 전 성당의 기초석을 놓았고, 그 뒤 은화란 은화는 다 털어 이 성당을 짓는 데 쏟아 부었다. T자 모양 성당의 양 날개가 교차하는 수랑 위의 중앙 탑은 런던의 기와지붕들과 초가지붕들을 저 밑에 거느리고 마치 하늘을 찌를 듯 드높이 치솟았다. 탑에서 울려 퍼지는 쇠종 소리가 아래서 와글거리는 소리를 삼켜 버렸다. 성당 외벽에는 새하얀 관을 쓴 성인 상들이 줄지어 늘어서 있었다.

"저기, 성 베드로가 계시구나. 열쇠 꾸러미를 드신 분 말이다."

해럴드가 그 성당의 수호성인을 가리키며 말했다.

"저분은 최초의 영국인 순교자이신 성 알반이시다. 그리스도에 대한 신앙을 고백했다고 로마 인들한테 죽음을 당하셨지. 저쪽에 책과 깃털 펜을 들고 계시는 네 분이 복음서를 쓰신 분들이다."

그들은 대성당의 계단을 올라 어두컴컴한 안으로 들어갔다. 에빈은 두건을 벗고 눈을 가늘게 뜬 채 기다란 중앙 회중석을 바라보았다. 제단을 향해 나아가자 사람들이 곧 웨식스의 백작과 그 종자와 근위대원들에게 길을 터 주었다. 에드워드 국왕은 계단 발치의 왕좌에 앉아 있었다. 그는 노르만 스타일의 우아한 긴 로브에 얼룩 담비 털을 댄 망토를 두르고 있었다. 옆에 서 있던 왕비가 왕의 망토 깃을 목 가까이까지 올려 주자 푹 꺼진 눈과 백발을 누르고 있는 왕관밖에 보이지 않았다.

올드레드 대주교가 성당 봉헌을 마치자 국왕은 궁전의 방으로 돌아가 더 이상 사람들 앞에 나타나지 않았다. 내실로 들어오라는 허락을 받은 해럴드는 며칠 동안 몇 차례에 걸쳐 왕과 논의하는 시간을 가졌다. 그동안 에빈은 궁전 복도를 쏘다녔다. 크리스마스 기간이었지만 그레이트 홀은 고요했다. 왕이 많이 편찮으니 여느 때처럼 이 시기의 왁자지껄한 즐거움을 누리려는 사람이 없었다. 시종들은 불안해하며 속삭거렸고 영국 본토박이들이 불신하는 노르만 특사들은 자기들끼리 뭉쳐 있었다.

새해는 사납게 울부짖는 바람 소리와 함께 시작되었다. 모두들 실내에만 있었다. 왕은 계속 자기 방에 틀어박혀 있었고, 특사들과 근위대원, 시종들은 그레이트 홀 안에 있었다. 가끔 의사가 모습을 보이긴 했지만 사람들의 질문에는 대답하지 않았다. 새해 초닷샛날, 에드워드 왕이 세상을 떠났다. 국왕의 서거를 알리는 조종 소리가 웨스트민스터 성당의 탑에서 울려 퍼졌다.

에빈은 궁정에 있던 노르만 인들이 급히 모여 밀담을 나누는 것을 의심스런 눈길로 지켜보았다. 에빈은 무리 속을 빠져 나가는 한 남자를 뒤따르기로 마음먹었다. 그 노르만 인은 통로와 뒷방들을 거쳐 살금살금 국왕의 마구간으로 향했다. 그리고 말에 안장을 얹고 남쪽 길로 사라졌다.

'윌리엄 공작에게 가는구나. 지금 우리에게 왕이 없다는 것을 알리러 가는 거야.'

에빈은 생각했다.

왕비는 슬픔에 잠겨 통곡했다. 남편은 왕위를 이을 아들조차 내려 주지 않고 세상을 떠난 것이다. 해럴드가 왕비를 끌어안고 위로해 주었다. 웨식스의 백작은 베일 쓴 왕비의 머리를 어루만지는 한편 좌중을 지휘하며 명령을 내렸다. 색슨 족 세인들은 해럴드의 지휘를 열렬히 환영했지만 노르만 인들은 불만스럽게 지켜볼 뿐이었다.

"사람을 보내서 자문 회의 의원들을 모셔 오너라. 지금 그분들이 꼭 여기 계셔야 한다."

해럴드가 말했다. 전령들은 절을 하고 뛰어나가 새 국왕을 뽑는 선거에 반드시 필요한 조언을 주고, 투표권을 행사할 나라의 큰 어른들을 모시러 전국으로 흩어졌다.

"올드레드 대주교도 오시게 하라."

해럴드가 말했다.

다른 전령이 임무를 수행하러 급히 나갔다.

다음 날 시종들은 에드워드 왕의 몸을 씻겨서 성유를 바르고 가장자리에 모피를 덧대 금실로 누빈 옷들을 차례로 입힌 다음, 왕실 보물 창고에서 가져온 최고급 리넨으로 감쌌다. 에드워드 왕의 시신을 뉘인 방에서부터 장례 행렬이 시작되었다. 운구자들은 휘장을 치지 않은 가마를 어깨에 메고 궁전의 방들을 통과했다. 거리는 통치자를 마지막으로 보려는 사람들로 미어터졌다. 고해왕 에드워드는 생전의 원대로 웨스트민스터 성당 내 성 베드로 제단 앞에 묻혔다.

마지막 기도가 끝나고 시체가 묘 안으로 들어가자 해럴드가 에빈의 어깨에 손을 얹고 속삭였다.

"이제 에드워드 왕의 그레이트 홀에서 자문 회의가 열릴 것이다. 새 국왕을 선출하기 위해서지."

자손 없이 죽은 왕은 나라의 재앙을 예고했다. 예전에는 백작이 백작에 맞서 일어나 저마다 더 큰 세력을 차지하려고 다퉜다. 그 결과 왕국은 쇠약해지고 외적들이 노리는 손쉬운 먹잇감이 되었다. 상황이 하루빨리 안정되려면 새 국왕이 영국에서 가장 존경받는 성직자 올드레드 대주교에게서 왕관을 받아 쓰고 기름 부음을 받아야 했다.

그날 오후 늦게, 자문 회의 참석자들이 진흙이 튄 승마복을 입은 채로 속속 도착했다. 맨 먼저 크리스마스 기간 동안 런던에 머물렀던 도버의 에드릭이 동생 에드먼드를 거느리고 그레이트 홀로 들어섰다. 다음에는 앨프릭이 도착했다. 서쪽 지역에서 허둥지둥 왔지만 그 역시 지난번에 런던에 왔다 간 참이었다. 두 시간 후에는 에드울프가 그레이트 홀의 문을 열어젖히고 일리에서부터 배행한 수행원들을 무뚝뚝하게 물리쳤다. 안장에서 방금 내린 터라 그에게서 말 냄새가 풍겼다.

에드울프가 망토에서 말 털을 터는 동안 올드레드 대주교와 노섬 브리어의 여러 세인들이 들어왔다. 올드레드는 다른 사람들에 앞서 그레이트 홀 안으로 성큼성큼 들어섰다. 광대뼈가 튀어나온 당당한 체격과 다부진 손을 보면, 수도사라기보다는 반백의 장군이라는 게 훨씬 어울렸다. 그는 스스로를 '하느님의 군인'이라 불렀다. 움푹 들어간 대주교의 짙고 현명한 눈은 노르만의 피가 반 섞인 국왕의 서거 소식에 아무 감정을 드러내지 않았다. 그는 마치 아버지처럼 해럴드의 어깨를 팔로 감싸 안으며 한구석으로 데리고 갔다. 해럴드에게 남몰래 할 말이 있었던 것이다.

한 시간쯤 후에 해럴드의 동생인 기르스와 레오프와인이 함께 들어섰다.

"그림자, 밖에서 기다려라. 곧 다시 부르겠다."

해럴드가 말했다.

자문 회의 참석자들이 자리에 앉자 해럴드는 시종들을 물리고, 모든 문의 빗장을 질렀다.

국왕의 시종들과 함께 문 밖에서 기다리는 에빈의 귀에 숨죽인 소리들이 들렸다. 기르스의 낮은 목소리가 들렸지만 내용이 뭔지는 알 수 없었다. 해럴드의 목소리는 발음이 분명하고 커서 더 멀리까지 들렸다. 지루해진 시종들은 따뜻한 불 가를 찾아 부엌으로 흩어졌다. 에빈만이 결론을 기다리며 복도에 남아 있었다.

'어떻게 자리를 뜰 수 있담? 누가 새 국왕이 될까?'

에빈은 기대감으로 속이 팽팽해지며 궁금증이 일었다.

"일이 다급하니……."

해럴드의 말이 들렸다.

그러자 가지각색의 어조와 빠르기를 가진 목소리들이 엉클어지며 낮게 우르릉거렸다. 다시 해럴드의 목소리가 들렸다.

"아니요. 한시가 급합니다. 전혀……."

해럴드가 말할 때마다 한두 사람이 칼을 빼들 듯 끼어들어 동의하지 않는다는 뜻을 내비쳤다. 말이 아니라 어조로 알아차릴 수 있었다. 에빈은 서둘러 결정하라고 요구하는 해럴드의 목소리가 들릴 때마다 불신과 안심시키는 척하는 미소들을 상상했다. 하지만 기르스가 해럴드 편을 들자 그 논의의 무게가 다른 편을 압도하기 시작했다. 계속 침묵을 지키던 레오프와인도 의견을 함께했다.

곧 올드레드 대주교가 입을 열자 침묵이 그레이트 홀을 지배했다. 에빈이 제 숨소리마저 들을 수 있을 정도였다. 자문 위원들은 올드레드가 권력에는 아무 관심도 없으며, 오로지 백성들의 안위만을 마음속 깊이 새기고 있다는 것을 알고 있었다. 올드레드는 공정하고 지혜로웠으므로 모두들 그를 존경했다. 그는 한 사람을 다른 사람 위에 세우거나 한 가문을 다른 가문과 대립시키는 권력 중개인이 아니었다.

에빈은 귀를 문에 바짝 대고 대주교가 하는 말을 들으려고 온 신경을 모았다.

"에드워드 왕의 유일한 후계자는 대륙 어딘가에 있는 아주 어린 사촌뿐이오. 그는 통치 교육을 받지도 못했고 영어조차 모르오. 한

낱 소년에 불과하지요. 그를 찾으려면 몇 주가 걸릴 테고, 또 그를
안전하게 데려와 왕으로 기름 부음을 내리려면 몇 주가 더 걸릴 것
이오. 다른 친척은 노르망디의 윌리엄이오……."

욕설이 허공을 갈랐다. 뒤이어 누군가가 그 증오스런 노르만 인
에 대한 분노를 내뿜는 바람에 컵이 벽에 부딪히는 소리가 들렸다.

"그리고 우리 모두는……."

대주교는 차분히 말을 이었다.

"그가 영국인에게 애정이 없다는 것을 알고 있소. 그는 오로지
자기 이익을 위해 이 나라를 약탈하려는 마음뿐이오. 안 되지요. 나
는 윌리엄을 왕으로 기름 부음 내려 줄 수 없소.

그리고 마지막으로 노르웨이의 하랄 하드라다가 있소. 격하고 용
서를 모르는 성품 때문에 '험악한 조언자'라고 불리는 사람이오. 그
는 여러 해 전에 우리 하디커누트 왕과 노르웨이의 마그누스 왕이 맺
은 약속을 근거로 영국 왕좌가 자기 것이라는 빈약한 주장을 다시 할
지도 모르오. 하지만 내 보기에는 그도 영국인에 대한 사랑이 없소.
물론 우리 백성들도 다시 바이킹의 통치를 받으려 하지 않을 것이오.
그러니 안 되지요. 나는 하랄 하드라다를 추천할 마음이 없소.

나는 여러분을 대신하여 주장하오. 영국에서 태어나 자랐고, 강
력한 통치를 할 만큼 연륜이 있으면서도 앞으로 이 나라를 오랫동안
잘 다스릴 수 있을 정도로 앞날 또한 많이 남은 분이 계시오. 그분은
필요하다면 전쟁터에서 우리를 통솔할 수 있다는 것을 이미 증명했
으며 평화를 지키는 방법 또한 아는 분이시오. 법에 대한 그분의 지

식은 잘 알려져 있고, 외교력으로도 명망이 높은 분이시오. 그분의 지혜나 공명정대함을 의심하는 이들에게 나는 그분이 이 나라와 사랑하는 동생 중 하나를 선택해야 했던 지난가을, 내가 그분 편을 들었다고 말하고 싶소. 나는 해럴드를 지지하오. 나는 해럴드가 왕위에 올라야 한다고 주장하오. 해럴드는 지금 영국의 희망이오.”

잠시 침묵이 흐르다가 한 사람이 반대 주장을 했다. 억양으로 보아 노섬브리어 세인인 듯했다. 하지만 그는 곧 저지당하고 말았다. 올드레드의 현명한 답변에 모든 참석자가 납득했기 때문인 듯했다.

“백작이 왕위에 오른다는 게 드물긴 하나 전에도 그런 적이 있었소.”

대주교가 설명했다.

“모계 쪽으로는 덴마크 왕가와 관련이 있고, 국왕 전하를 오랫동안 섬긴 해럴드 백작이야말로 최선의 선택이라 할 수 있소.”

찬성하는 소리들이 홀 안을 울렸다. 더 열광적인 사람들도 있었다. 어쨌든 모두가 해럴드 고드윈슨이 자기들의 왕이 되어야 한다는 데 동의했다.

발자국 소리가 나더니 무거운 떡갈나무 문이 활짝 열렸다. 해럴드였다. 에드워드 왕의 장례식을 치르느라 여전히 수수한 옷차림인 영국의 새 국왕은 에빈이 알고 있던 것보다 훨씬 키도 크고 어깨도 곧아 보였다. 얼굴의 주름살은 사라졌고 왕좌를 위해 태어나 이제야 제자리를 찾은 듯 예전보다 훨씬 당당하고 훌륭해 보였다. 위엄에 눌린 에빈이 어설프게 한쪽 무릎을 꿇었다.

해럴드는 에빈의 튜닉 목에 손을 대 그를 일어나게 했다. 새 국왕은 호탕하게 웃고는 에빈의 아버지가 뭔가 기쁜 일이 생기면 자주 그랬던 것처럼 양손으로 소년의 얼굴을 감쌌다.

"어서 가서 물건을 챙겨라. 해가 뜨자마자 노섬브리어로 출발할 것이니."

어둠이 고요한 도시를 감싸고 겨울바람이 텅 빈 홀과 왕궁의 방에 걸린 태피스트리를 흔들던 그날 저녁, 사람들이 갓 내린 눈 속을 뚫고 웨스트민스터 성당으로 모여들었다. 얼마 전 그곳에서 봉헌식과 장례식을 보았던 사람들이 이제 국왕의 대관식을 보기 위해 온 것이다.

부속 예배당에서 어떤 형상 하나가 들어와 제단 앞에 무릎을 꿇었다. 어렴풋한 밀랍 촛불 빛에 실루엣만 드러난 그의 몸은 마치 무아지경에 빠진 듯 움직임이 없었다. 그가 기도하느라 머리를 숙이자 목까지 드리워진 금발이 앞으로 쏟아졌다.

제단으로 향하는 계단을 다 오른 올드레드 대주교는 몸을 돌려 자기 앞에 무릎 꿇은 남자를 정면으로 바라보았다. 향 복사가 은제 향로를 흔들자 은은한 연기가 일었다. 향기는 신성한 성당을 가득 채우고 점차 사람들의 머리 너머로 흩날렸다. 올드레드 주교는 왕에게 그의 나라에 대한 의무를 지우는 전통 의식을 시작했다.

"고드윈슨의 아들, 해럴드여. 그대는 영국의 국왕이 되겠는가?"

"예."

"그대는 이 나라와 모든 백성을 사랑하고 보호하겠는가?"

“예.”

“그대는 안으로는 음모에서, 밖으로는 침략에서 이 나라를 보호하겠는가?”

“예.”

“그대는 자문 회의와 왕국의 백작들의 권고를 받아들여 현명하게 다스리겠는가?”

“예.”

“그러면 나는 그대에게 국왕 해럴드 2세로 기름 부음을 내리노라.”

올드레드는 작은 성유 단지 안에 손가락을 넣었다가 해럴드의 이마에 십자가를 그었다.

“하느님께서 그대를 해악에서 지켜 주시기를, 아멘.”

대주교는 무한한 경외심을 보이며 진주가 박힌 왕관을 복사에게서 받아 고개를 숙인 해럴드의 머리에 얹었다.

해럴드는 몸을 일으켜 그의 백성, 사랑하는 영국인들을 보았다. 무리에 선 에빈은 새 국왕의 얼굴에서 고통과 영광이 교차하는 것을 보았다.

해럴드는 그날 저녁 늦게 올드레드와 기르스, 레오프와인을 만났다. 에빈은 무엇 때문에 주군이 고통스러워하는지 금방 그 실마리를 찾았다.

“내일 나는 노섬브리어로 출발할 예정이네.”

불 앞에서 손을 녹이며 해럴드가 말했다.

"그곳 사람들은 형님을 냉랭하게 대할 겁니다."

기르스가 주의를 주었다.

"토스티그의 잔인함을 아직 생생하게 기억하고 있는 곳이니까요."

옅은 금발 머리가 얼굴에 그늘을 드리운 레오프와인이 방금 시작한 체스 게임에서 얼굴을 들었다.

"형님, 꼭 가셔야 합니까? 지난 몇 주 동안 그 지역에서 살육이 있었다는 것을 아시지요. 그들은 고드윈슨 가문을 조금도 좋아하지 않습니다."

"아니네, 친구들이여."

해럴드가 말하기도 전에 올드레드 주교가 입을 열었다.

"전하가 옳으시네. 노섬브리어 인들과 머시어 인들은 새 국왕을 만나 보는 게 좋아. 국왕이 북부를 방문한 건 꽤 오래전 일일세. 에드워드 왕께서는 언제나 북부인들이 당신 쪽으로 오게 하셨지. 해럴드 왕께서 제일 먼저 저들을 찾아가면 저들은 기뻐할 걸세."

올드레드가 해럴드를 바라보았다.

"에드윈과 모르카를 두려워하실 필요는 전혀 없습니다. 작년 가을 그들은 모든 일에 전하의 편이 되겠다고 서약했으니까요."

"내가 가장 보고 싶은 사람이 에드윈과 모르카입니다."

해럴드가 불에서 몸을 돌려 대주교를 바라보며 말했다.

"그들의 누이는 아직 결혼하지 않았지요?"

에빈은 여행에 필요한 해럴드의 옷들을 나무 함에 넣다가 고개를 들었다. 해럴드의 말에 머리가 혼란스러워졌다.

‘그들의 누이는 아직 결혼하지 않았지요?’

에빈의 갑작스런 움직임이 해럴드의 눈길을 끌었다. 에빈의 얼굴에 드러난 충격의 표정이 새 국왕의 화를 자아낸 것이 분명했다. 해럴드가 이렇게 말했기 때문이다.

“그림자, 이제 됐다. 그만 물러가라. 오늘 밤에는 그레이트 홀에서 종자들과 자도 좋다.”

에빈이 놀란 눈으로 주군을 응시했다. 하지만 해럴드는 돌같이 차가운 표정 뒤에 속마음을 숨기고 나가라고 손짓했다. 화가 난 에빈은 문을 닫고 나오며 입을 꾹 물었다. 해럴드가 자기를 이토록 무뚝뚝하게 대하기는 처음이었다. 소년은 잠을 제대로 이루지 못하며 불편한 밤을 보냈다.

다음 날은 춥고 맑았다. 해럴드는 올드레드와 에빈, 단단히 무장한 근위대원을 거느리고 런던을 떠났다. 말들은 은색으로 덮인 산하를 요란하게 달리며 허연 콧김을 내뿜었다. 아침나절에 월샘에 닿은 그들은 말에게 물을 먹이기 위해 얕은 시냇물의 얼음을 깼다. 해럴드는 사람들에게 그곳에 머물러 있으라 한 다음, 레이디 올디스의 영지로 말을 몰았다. 에빈은 국왕이 떠날 때 입을 꽉 다물었다.

‘도대체 어떤 배신을 꾀하고 있는 걸까?’

하루 종일 에빈의 피가 끓어올랐다. 겨울 공기가 찼지만 그의 얼굴은 분노로 이글이글했다.

‘아아! 이토록 분노를 내뿜고 싶을 때 목소리를 낼 수 없다니, 정말 비참하군. 주군은 레이디에게 뭐라고 했을까? 그분의 사랑을 배

신한 걸까? 다른 여자와 결혼할 생각일까?'

사람들은 빵과 치즈로 간단하게 저녁 식사를 했다. 국왕이 침묵 속에서 식사했으므로 감히 아무도 입을 열려 하지 않았다. 에빈은 식탁 끝에 앉아 자기 몫을 깨작거렸다.

그들은 곧 손님방으로 자러 갔다. 올드레드는 수도사들의 숙소로, 근위대원들은 식당으로, 해럴드는 수도원장 전용 손님방으로 갔다. 에빈은 해럴드를 따라가 떨떠름한 기분으로 자기의 의무를 다했다. 너무도 실망스러웠다. 주군은 모든 면에서 완벽하다고 생각했었다. 신실함이야말로 색슨 족의 가장 큰 미덕 아니었던가? 어떻게 해럴 드가 자기 자식들을 낳아 준 여자를 배신할 수 있단 말인가?

해럴드는 에빈이 진흙투성이 승마 부츠를 벗겨 불 옆에 놓을 때 까지 말없이 앉아 있었다. 에빈이 왕의 진홍색 망토를 접어서 의자 에 걸쳐 놓고 깃털 장식 투구에서 진흙 얼룩을 닦아 낸 다음 탁자 위에 놓았다. 이 모든 일을 하는 동안 에빈은 해럴드의 얼굴을 한 번도 쳐다보지 않았다.

"난 네가 무슨 생각을 하는지 잘 안다, 그림자. 그리고 무슨 설명 을 해도 네가 납득하지 않으리라는 것도 알고 있다. 레이디는 네 은 인이고 그녀의 명예를 지키는 것이 네 의무다. 그러나 나는 에드윈 과 모르카의 여동생과 결혼할 생각이다. 네가 이미 추측했다시피 말이다."

에빈이 증오하는 눈빛으로 그를 올려다보았다.

"그런 식으로 날 쳐다보는 건 정당하다. 내가 다른 여자를 왕비로 맞으면 분명 레이디 올디스는 수치를 당하게 될 테니까. 사실 그녀보다 더 왕비의 명예에 합당한 사람은 없다. 그녀는 어려운 시기에 늘 내 편이 되어 준 사람이기 때문이다.”

왕의 얼굴이 어두워지며 딱딱하게 굳었다. 훤한 이마가 눈에 그늘을 드리워서, 눈이 마치 텅 빈 동굴처럼 보였다. 그는 조금의 흔들림도 없이 차갑게 목소리를 낮추었다. 에빈은 한 번도 그런 목소리를 들어 본 적이 없었다. 왕이 냉정하게 말을 이었다.

“나는 예쁜 소녀를 보면 영주에게 가서 ‘영주님, 이 여자가 마음에 듭니다. 이 여자를 아내로 주십시오.’라고 말할 수 있는 시골 소년이 아니다. 내게는 그런 자유가 없다. 이제 나는 국왕이고 더 이상 사적인 감정에 따라 행동할 수 없다. 나는 모든 백성에게 최선이 되는 일을 해야만 한다. 남쪽의 국왕이 북쪽의 왕비를 맞으면 많은 백성을 가진 나라로 통합된다. 이해가 안 되느냐, 그림자? 결혼 동맹은 수많은 생명을 구할 것이다.”

에빈은 혼란스러워서 머리를 가로저었다.

“네가 영국을 위해 모든 것을 희생할 마음이 없다면 가거라.”

해럴드가 냉정하게 말했다.

“이게 내가 해야만 하는 일이다. 내가 나 자신에게 요구하는 것 이상의 것을 네게 하라고 하지는 않겠다.”

‘이 분은 내가 생각했던 것보다 훨씬 더 고통스러워하시는구나. 레이디에게 상처를 주려는 게 아니라 백성을 보호하기 위해 그러시는 거였어.’

에빈은 탁자 위의 밀랍 판을 가져와 "레이디는 어떠십니까?"라고 썼다. 온종일 레이디 걱정뿐이었던 것이다.

해럴드는 눈을 지그시 감았다. 다시 눈을 떴을 때 그 눈은 청회색 바다처럼 반짝였다.

"레이디는 강한 전사의 용기를 갖고 있다. 그녀는 이 일이 영국에 지속적인 평화를 가져다주리라는 데 동의했다."

그는 말을 멈췄다.

"그림자, 오해 말거라. 레이디는 관습상 내 아내다. 허나 그것은 약속으로 맺어진 게 아니다. 법과 교회의 시각으로 보면 나는 자유롭게 결혼할 수 있다. 올디스가 내게 왔을 때 그녀는 이 점을 알고 있었지. 나는 정치적 결혼을 위해 언제나 자유가 필요했다. 레이디는 상인의 딸이고 그녀에게는 군대가 없다. 하지만 에드윈과 모르카의 누이는 고귀한 태생이다. 내겐 그녀의 형제들과 그들의 군대가 필요하다. 이 결혼은 영국을 하나로 묶어 줄 것이다.

나는 이제 둘이다. 하나는 왕이요, 다른 하나는 해럴드 개인이다. 이 결혼은 해럴드 개인을 위한 것이 아니다. 해럴드는 여전히 레이디 올디스와 맺어져 있고 그녀는 지금도 내 마음의 첫째 자리에 있다. 하지만 나는 더 이상 나 자신이나 올디스만 생각할 수는 없다."

해럴드는 눈을 부비고 헝클어진 머리를 손가락으로 쓸어내렸다. 그러고는 통나무 하나를 불에 얹고 화로 앞 긴 의자에 앉았다. 불꽃이 너울거리며 그의 얼굴에 온기를 불어넣고, 머리카락과 콧수염을 밝혀 주었다.

"네가 떠나고 싶다면 너를 놓아 주마. 언제든 애슬니로 돌아가도 좋다. 하지만 나는 너를 동료로 귀히 여기며 너의 재주를 높이 사고 있다. 서기들은 갑옷을 간수할 줄 모르고, 종자들은 글에는 까막눈이다. 너는 내 상처를 치유해 주고 진정시켜 준다. 네가 없으면 나는 잘 지낼 수가 없다. 그런데 나는 너에 대해 여전히 아는 게 없구나. 그림자, 나는 네 아비가 널 위해 지어 준 이름조차 모른다."

에빈은 해럴드가 말하는 동안 자기가 주먹을 꼭 쥐고 있었다는 것을 깨달았다. 왕은 그와 속마음을 나누었다. 남자로서 가슴속에 간직하고 싶은 비밀을 털어놓을 정도로 에빈을 신뢰했던 것이다. 그는 에빈에게 보여 주었다. 그 역시 자기가 원하는 것을 언제나 할 수는 없는, 다른 사람들과 똑같은 존재임을.

에빈은 몸을 굽혀 불 가의 재 위로 손가락을 가져갔다. 그리고 오랫동안 마음속에 간직해 온 비밀을 나누었다.

저의 이름은 에빈입니다.

첩자가 가져온 소식

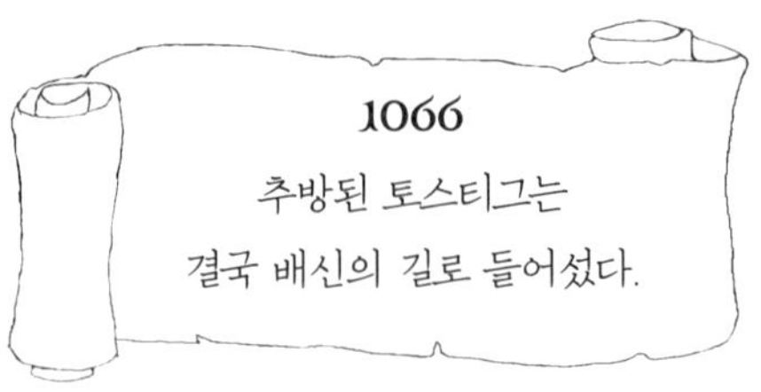

크리스마스를 시작으로 열두 번째 밤인 십이야는 오래전에 지났고, 새 국왕의 통치를 축하하는 연회들도 드디어 끝났다. 에빈과 기독교 국가 영국의 모든 사람들은 사순절 금식이 시작되면 몇 주 동안 허리띠를 졸라맬 것이다. 사순절은 예수가 광야에서 40일 동안 금식하고 시험받던 것을 기리기 위해 부활 주일 40일 전부터 속죄하는 기간으로 한 해 중 가장 배고픈 때였다.

태양이 하늘에 머무는 시간이 길어짐에 따라 산허리에서 눈이 녹아내리며 얼음처럼 차가운 물줄기가 흘렀다.

에빈은 해럴드 왕 옆에 남기를 택했다. 여전히 색슨 족 틈에서는 스스로를 외부인이라고 느꼈고, 용기가 부족한 것도 마음을 괴롭혔지만, 자기가 있을 곳은 국왕의 옆이라는 마음이 강했기 때문이다.

북부에서 가장 큰 상업 도시인 요크에서 국왕의 예의와 너그러움은 모든 북부인들을 사로잡았다. 그중에는 수줍은 미소로 해럴드의 결혼 제안을 수락한 에드윈과 모르카의 여동생도 있었다. 그녀는 아직 어렸다. 얼굴이 작고 턱이 뾰족했으며, 키는 해럴드의 어깨에도 못 미쳤다. 사람들은 그 결혼을 응낙했고 애정을 담아 그녀를 '어린 왕비'라고 불렀다.

이 결혼이 온 나라를 통합시킬 것이라는 해럴드의 예측은 옳았다. 그러나 그는 에빈에게 자기 마음은 여전히 올디스에게 가 있다고 이야기했다. 올디스는 어린 시절부터 그와 운명적으로 엮여 있었으며 재치나 재능 면에서 자기와 거의 대등하다는 것이다. 해럴드는 새 왕비를 행복하게 해 주기 위해 할 수 있는 것을 하겠지만, 그를 기쁘게 해 줄 수 있는 여자는 단 하나뿐이고 그 여인은 남부의 영지 월샘에 살고 있었다.

그러니 결혼 협상이 타결되고 북부 명사들과의 기나긴 회의가 끝나자마자 국왕이 수행원들에게 남부로 가자고 명령한 것은 에빈에게 전혀 놀랄 일이 아니었다. 왕비는 자기의 터전인 북부에 남아 있기로 했다.

그들은 남부로 말을 몰았다. 하늘에는 무거운 구름만이 낮게 드리워져 있었다. 바람이 몰아치는 황량한 들판에는 모든 것이 회색과 자줏빛만이 보였다. 황조롱이 한 마리가 그들 머리 위를 높이 맴돌았다. 깃털이 마치 화살촉이 줄지어 있는 것 같았다.

그러나 해럴드는 말을 다급히 몰며 눈앞에만 시선을 주느라 하늘은 보지 못했다. 그는 자기가 있고 싶은 곳이 어디인지 알고 있었다. 에빈은 해럴드의 명마인 천둥과 보조를 맞추며 말을 몰았다. 이레 후 그들은 월샘에 도착했다.

일단 문을 들어서자 국왕은 자주 웃었다. 레이디 올디스는 언제나처럼 그를 감동시켰고 즐겁게 해 주었다. 그들은 과수원을 오래오래 산책하면서 풍성한 수확을 약속하는 새싹들을 들여다보았다. 레이디는 해럴드에게 보석 세공인들의 새 공방을 보여 주었다. 그곳에서는 장인들이 탁자 위에 몸을 구부리고 금은 조각들을 요리조리 맞춰 가며 여러 왕국들 사이에서 영국의 이름을 날려 주는 브로치와 핀, 보석 박힌 머리빗 들을 만들고 있었다. 오후가 되면 레이디는 해럴드를 마구간으로 데려가 갓 낳은 망아지들이 비틀거리며 서 있는 것을 함께 보곤 했다. 에빈은 주군이 레이디와 있을 때면 발걸음이 가벼워지고, 근심이 가시는 것을 보았다.

이 주일이 지나 런던의 본거지로 돌아왔을 때 해럴드의 미소는 이전 같지 않았다. 에빈은 주군의 변화를 눈치 채지 않을 수 없었다. 이제 영국 국왕으로 돌아온 그는 늘 진지했고 백작 때부터 지고 온 무거운 책임감에서 절대 벗어나지 못했다. 지배자의 운명을 타고 태어나 그렇게 길러진 해럴드는 운명이 정해 준 역할을 받아들였다. 이전의 그는 농담도 하고 체스 게임을 하거나 숲으로 사냥을 나가기도 했다. 그러나 이제는 하루 종일 지도를 들여다보거나 식량과 무기 비축 목록을 꼼꼼히 살피기에 바빴다. 그는 오로지 전쟁

가능성에 대해서만 말했다. 머릿속에서나 입을 열 때나 늘 동생 토스티그만 떠올리는 것 같았다.

"나는 토스티그에 대한 소식을 기다리고 있다."

어느 날 아침 해럴드가 말했다. 런던의 법정에서 몇 가지 송사를 처리한 뒤였다.

"토스티그는 아내의 고향 플랑드르에 겨울 숙소를 만들었다는구나. 그녀의 영지가 거기 있지. 아마 토스티그는 거기에 터를 잡고 만족하게 될 거다."

에빈은 탁자에 놓인 새 판에 이렇게 썼다.

그는 자만심이 강합니다. 이 치욕을 참지 않을 것입니다.

왕은 그것을 읽고 서글픈 웃음을 지어 보였다.

"사람을 보는 눈이 있구나."

해럴드 왕은 창 쪽으로 걸어가 도시를 응시하다가 저 멀리 물살이 빠르게 흐르는 강을 바라보았다. 그곳에는 새 전함들의 골조가 항구에 줄무늬 그림자를 드리우고 있었다. 왕은 창 양쪽에 손을 대고 자기의 도시를 물끄러미 바라보았다.

"나는 토스티그가 두렵다."

해럴드가 말했다. 목소리가 너무 낮아서 에빈은 거의 알아들을 수 없었다.

"그리고 나는 그가 염려된다."

관습적으로 그래왔듯 해럴드 왕은 사순절 기간 동안 온 나라에 '왕의 평화'를 선언했다. 다투던 자들은 죽음의 고통에 무기를 내려놓았다.

"기도 기간 중에는 어떤 살인 행위도 없게 할 것이다."

해럴드가 말했다. 영국에선 평화가 유지되었지만 해럴드는 자신의 세력이 미치지 않는 곳곳의 혼란에 대해 골똘히 생각하지 않을 수 없었다. 동생은 무슨 계획을 꾸미고 있을까?

일주일간 비가 내리고 난 어느 오후, 세인들이 해럴드에게 지도와 무기고 목록으로 뒤죽박죽인 탁자에서 벗어나기를 간곡히 권했다.

"지금은 사냥할 시간이 없다."

왕이 고집했다. 하지만 세인들도 주장을 굽히지 않았다.

"그래, 너희 말이 맞을지도 모르겠다."

자기가 누그러질 때까지는 세인들의 성화가 그칠 것 같지 않자 마침내 왕이 말했다. 그는 지도를 둘둘 말고 시종을 불렀다.

"내 말에 안장을 얹어라. 오늘 사냥하러 가겠다."

한 시간 후 에빈은 사냥 일행의 뒤에서 말을 몰고 있었다. 맥박이 점점 빨라지며 기분이 흥겨워졌다. 그들은 말을 천천히 몰아 문을 통과하고, 도시의 성벽을 지나고, 풀들이 아직 갈색 옷을 입고 있는 들판을 건너갔다.

길은 거대한 떡갈나무 두 그루가 양쪽에 서 있는 숲으로 이어졌다. 떡갈나무 가지마다 새싹이 가득했다. 나무에는 왕실의 표지가 새겨져 있었다. 불법 침입자들과 밀렵자들에 대한 경고의 의미였다.

국왕의 숲은 소나무와 너도밤나무들 몇 그루 외엔 오래된 떡갈나무들 천지였다. 산들바람이 가지들을 살랑살랑 흔들며 바닥에 춤추는 그림자를 드리웠다. 그들은 길을 따라 숲 속 깊숙이 들어갔다. 개똥지빠귀가 짝을 찾아 노래하자 숲 속 어디선가 그에 응답하는 소리가 들렸다. 낮은 곳으로 갈수록 길이 점점 폭신해져 말의 발이 푹푹 들어갔다. 축축한 흙냄새가 짙게 올라왔다. 매잡이가 개 네 마리를 앞세우고 길을 안내했다. 개들은 저마다 끈을 팽팽히 당겼다. 개들의 짧고 검은 털들이 단단한 근육 위로 물결쳤다. 통나무와 바위 앞에만 서면 긴장해서 코를 킁킁거리던 개들이 곧 냄새를 맡고 시끄럽게 짖어 대기 시작했다.

"냄새 맡았다아!"

매잡이가 큰 소리로 외치며 개들을 놓아 주었다. 사냥개들은 쓰러져 있는 나무들을 펄쩍 뛰어넘고 산허리를 오르며 여기저기 쑤석거렸다. 오래된 낙엽들이 흩날렸다. 날카롭게 짖는 소리가 울창한 나무들 사이로 메아리치다가 숲 속으로 사라졌다.

"이랴!"

말 탄 이들의 외침과 함께 추격이 시작되었다. 그들은 낮은 나무가지 밑으로 몸을 홱 구부리기도 하고, 쓰러져 있는 나무 둥치 위로 말을 솟구쳐 몰기도 하며 개들을 뒤따랐다.

해럴드 왕은 천둥의 목에 납작 엎드렸다. 망토가 뒤로 흩날렸다. 왕이 곧 일행의 앞에 서자 다른 사냥꾼들은 그를 뒤따라 퍼져 나가

며 나무와 덤불 속으로 흩어졌다. 그들은 거친 고함으로 말을 독려
하며 덤불을 짓밟고, 사방에 물을 튀기며 도랑을 뛰어넘었다.

에빈도 타고 있는 밤색 말의 고삐를 늦추어 기운찬 말이 숲 속 길
을 마음대로 달리게 했다. 따가닥 따가닥 뛰어갈 때마다 말의 긴 목
이 울룩불룩거렸고 말갈기가 뒤로 날리면서 에빈의 양손을 때렸다.
사냥개들이 짖는 소리가 다시 커졌다. 왼쪽 저 앞인 것 같았다. 에
빈은 고삐를 바짝 잡아당겨 개들 쪽으로 말을 돌렸다. 멀리서 사람
들의 고함 소리와 매잡이가 매들을 부르는 소리가 들렸다.

갑자기 멧돼지 한 마리가 에빈 바로 앞의 덤불을 뚫고 나타났다.
멧돼지의 작은 눈은 분노로 이글이글거렸고, 머리를 앞뒤로 흔들
때마다 엄니에서 버글버글 거품이 일었다. 멧돼지는 사람 주먹만큼
이나 큰 발로 땅을 퍽퍽 파헤쳤다. 멧돼지의 옆쪽에서 화살 세 대가
날아들었다. 모두 명중했지만, 그 짐승은 쉽사리 죽을 것 같지 않았
다. 에빈은 심장이 쿵쿵대는 것을 느끼며 안장에서 굳어 버렸다. 밤
색 말은 겁에 질려 히힝거리며 앞발을 솟구쳤다. 공격을 하려던 멧
돼지는 공중에 뜬 발굽들을 피하기 위해 마지막 순간 방향을 틀었
다. 황급히 나무가 우거진 곳으로 뛰어든 멧돼지는 나타났던 순간
만큼이나 재빨리 사라져 버렸다. 에빈은 쿵쿵대는 가슴으로 달아나
는 짐승을 바라보았다.

"이보게. 자네는 단검을 빼들었어야 해."

에빈 바로 가까이에서 웬 목소리가 들렸다.

"멧돼지는 말 따위야 금방 받아 버리지. 그랬다면 자네는 성질 못

된 짐승과 위험한 격투를 벌이게 되었을 거야.”

안장에서 몸을 돌리니 팔을 뻗을 정도로 가까운 거리에 백마를
탄 남자가 있었다. 두려움에 얼어붙은 모습을 누군가에게 들켰다는
게 수치스러웠다. 남자는 처음 보는 사람이었는데 해럴드의 부하들
이 입는 진홍색과 금색 옷을 입고 있었다. 머리색만 보면 금발 머리
색슨 족도 검은 머리 웨일스 족도 아니었지만 어느 쪽이라고 해도
큰 무리는 없을 것 같았다. 얼굴은 평범해 보였다. 그러나 검고 표
현력이 풍부한 길고 둥근 눈썹은 흥미로움을 자아내는 동시에 교양
있는 분위기를 풍겼다.

그 남자는 에빈의 진홍색 튜닉을 바라보고는 알겠다는 미소를 지
으며 한쪽 눈썹을 위로 올렸다.

“나를 네 주군께 데려다 다오. 그분이 듣고자 하시는 소식을 갖
고 왔다.”

그가 말했다.

그의 태도에는 위엄이 있었으나 그는 해럴드의 친족도, 귀족 태
생도 아니었고, 왕의 부하 중 하나일 뿐이었다.

에빈은 그제야 생각이 났다. 전에 잠깐 본 적이 있었지만 이 사람
이 바로 그인 줄은 몰랐다. 그는 옥스퍼드에 모였던 무리 중에 있었
다. 강가에서 자문 회의가 열리고 토스티그가 추방당했던 바로 그
때, 사람들 저 너머에서 해럴드에게 공손하게 고개를 숙이고 분노
하며 떠나는 토스티그를 뒤따라갔던 바로 그 남자였다. 해럴드가
그토록 오래 기다렸던 첩자가 드디어 나타난 것이다.

에빈은 존경의 뜻으로 고개를 숙이고 사냥개들이 맹렬하게 짖어
대는 다음 언덕으로 황급히 말을 몰았다. 낯선 이는 에빈의 옆에서
말을 달리며 더 이상 아무 말도 하지 않았다. 사냥꾼 일행을 쫓아와
보니 왕 옆에 멧돼지가 거친 숨을 몰아쉬고 있었다. 아까 그 멧돼지
였다. 목표물에 꽂힌 화살 세 대 중 두 대에 해럴드의 깃털이 달려
있었다. 에빈은 자랑스러웠다. 천둥에서 뛰어내린 왕은 긴 단검을
꺼내 더 이상 고통당하지 않도록 멧돼지의 목을 찔렀다. 멧돼지는
한 번 그르렁거리더니 그대로 쓰러져 버렸다.

"꽤 큰 놈이군."

해럴드가 일행을 올려다보며 말했다.

그 낯선 사람이 왕에게 신호를 보내자 해럴드는 즉시 피 묻은 단
검을 닦아 칼집에 넣었다.

"자, 멧돼지를 가져가게."

그가 말했다.

"지금 얘기를 나누어야 할 사람이 와 있으니."

해럴드는 천둥의 등에 휙 올라타며 에빈에게 자기를 따르라고 손
짓했다. 왕은 그들을 숲 속의 조용한 빈터로 데려갔다. 키 큰 소나
무들로 둘러싸인, 아무도 밟지 않은 작은 풀밭이었다. 모두 말에서
내리자 왕은 소나무 발치에 툭 튀어나온 커다란 바위 위에 앉으라
고 손짓했다.

"오랫동안 소식이 없어 자네가 죽은 건 아닌가 걱정했네, 소케
틸."

왕이 그 남자에게 말했다.

"아닙니다, 전하. 떠나려 할 때마다 토스티그 백작이 새로운 계획을 세우는 바람에 늦었습니다. 그의 의도를 확실히 알아보는 게 나을 거라 생각했습니다."

"내 동생은 어떤가?"

왕이 물었다.

"잘 지냅니다. 하지만 좋은 소식은 그것뿐입니다."

소케틸이 송구스러워하며 말했다.

해럴드는 바위 위에 편히 앉았다. 첩자는 할 말이 많은 것 같았다. 소케틸이 숨을 깊이 들이마시고 말을 이었다.

"지난가을, 토스티그 아내의 오빠인 플랑드르의 발드윈 백작은 여동생에 대한 사랑 때문에 그를 환영했습니다. 토스티그는 거기서 전하에 대한 불만을 위로받았습니다. 그는 자기가 전하 때문에 치욕을 당했다고 생각합니다. 에드워드 국왕의 서거 소식과 아울러 전하께서 왕위에 선출되었다는 소식을 듣자 토스티그는 사나운 짐승처럼 분노를 터뜨렸습니다. 그리고 한 달 후 전하께서 에드윈 형제와 동맹을 맺었다는 상선들의 보고를 받고는 어찌나 분통을 터뜨렸는지 아무도 감히 가까이 갈 수 없을 정도였습니다. 그는 사람들이 다 잠든 긴긴 밤 내내 잠도 이루지 못하고 발드윈 백작의 홀에서 서성거렸지요."

해럴드는 손으로 얼굴을 받치고 땅바닥을 물끄러미 바라보았다. 꼭 다문 입을 보고 에빈은 왕이 실망했다는 것을 알았다. 소케틸은 잠시 말을 멈추었다. 에빈이 보기에 이 첩자는 나머지 소식을 전하고 싶지 않은 것 같았다. 하지만 곧 지시받은 대로 해럴드를 섬기는게 옳다고 결심한 듯 다시 입을 열었다.

"속이 숯덩이가 된 토스티그는 전하께 복수하겠다고 맹세했지요. 전하의 동생은 돌아오겠다고 결심했습니다. 그는 지금 위험한 음모를 꾸미고 있습니다. 그리고 자기 말을 들어 주는 사람이면 누구에게나 한탄을 늘어놓습니다.

플랑드르에서 그는 아무것도 숨기지 않았습니다. 그는 여러 번 자기 문제 쪽으로 대화를 이끌어 갔습니다. 식사 중에는 '내 형이 나를 기만했소. 나는 해럴드를 쳐서 원래 내 것을 되찾을 것이오.'라고 말하곤 했습니다. 발드윈의 젊은 기사들 옆을 지나가게 되면 그들에게 '나는 군대를 모으고 있다. 내게 합류하라. 그러면 그대들에게 영국의 땅을 주겠다.'라고 하기도 했지요.

그와 함께하겠다고 약속한 사람들도 있었지만 많지는 않았습니다. 발드윈은 그에게 자기는 영국에서 전쟁을 치를 자금이 없다고 말했습니다. 배 몇 척을 내 주곤 그걸로 끝이었지요.

토스티그는 좌절해서 전하의 사촌 스베인 왕을 만나러 동쪽의 덴마크로 항해했습니다. 저는 간신히 배의 일꾼 자리 하나를 얻었지요. 토스티그는 덴마크에 가서도 같은 주장을 하며 더 많은 군사들과 배들을 달라고 애걸했습니다.

그는 스베인 왕에게 말했습니다.

'만약 전하께서 위대하신 카누트 대왕처럼 영국 땅을 점령하기

위해 덴마크 군대를 동원하신다면 제가 영국에서 가진 모든 것을 전하께 드리겠습니다.'

하지만 젊은 스베인 왕은 이 말만 했습니다

'나는 카누트 대왕의 그릇에 한참 못 미치는 사람이라 노르웨이에 맞서 내 나라를 지키는 것만도 벅차오.'

그러자 토스티그는 잔뜩 화가 났습니다. 그는 어린애처럼 앞으로 다리를 쭉 뻗은 채 입을 꽉 닫고, 자기를 위로하는 사람에게도 고개를 돌려 버렸지요."

갑자기 소케틸이 말을 돌렸다.

"있는 그대로 말씀드리는 것을 용서하십시오, 주군."

"아니네, 소케틸. 달리 어쩌겠나. 계속하게."

왕이 말했다.

"그 뒤 저는 토스티그가 이렇게 말하는 것을 들었습니다. '만약 친구들이 나를 돕지 않겠다면 나는 그들의 적에게 가겠다. 스베인이 그토록 노르웨이 인들을 두려워한다면 나는 노르웨이 인들을 동맹으로 삼겠다.' 그래서 그는 노르웨이를 향해 돛을 올렸고 저는 런던행 배를 탔습니다."

잠시 침묵이 흐르고 해럴드가 말했다.

"노르웨이의 하랄 하드라다가 영국을 탐내고 있다는 것은 모두들 잘 알지. 내 동생 토스티그는 남의 마음을 잘 잡으니 분명 노르웨이 인들을 설득해서 침략군을 모을 거야. 아직 중요한 문제 두 가지가 남아 있군. 그가 상륙할 장소는 어디며, 그 시간은 언제인가 하는 점인데……."

봄바람이 소나무 꼭대기 사이로 구슬프게 한숨을 쉬고, 구름이 갑자기 빨라져 해를 가리는 바람에 세 사람의 그림자는 점차 흐릿해지다 사라져 버렸다.

"그건 제가 답을 드릴 수 없는 문제입니다, 전하."

소케틸이 말했다. 그리고 길고 둥근 눈썹을 근심스럽게 찌푸렸다.

스탐포드 브리지 전투

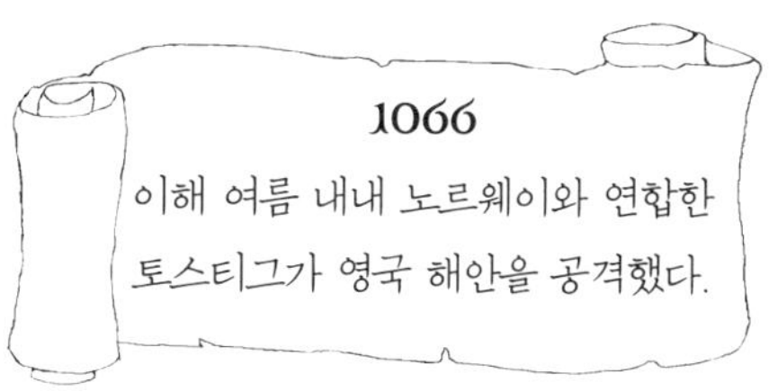

그 후 몇 달은 까막잡기 놀이나 마찬가지였다. 눈을 가린 채 언제, 어디로 상륙해서 들이닥칠지 모르는 공격을 기다리는 상태였던 것이다. 그러나 이것은 단순한 게임도, 아이들의 놀이도 아니었다. 토스티그는 해럴드의 죽음을 원하며 게임에 임했고 그 상으로 왕국을 원했다. 하지만 해럴드는 토스티그의 살기 어린 장난에 멍하니 당하려 하지는 않았다. 그는 어떤 식으로든 끝나겠거니 하며 마냥 기다리지 않고, 날마다 영국을 방어할 계획을 세웠다.

해럴드는 런던에 사령부를 설치했다. 지리적 중심지에 대도시라는 점이 이상적이었던 것이다. 템스 강은 영국 대부분의 지역과 런던을 연결해 주었고, 여러 나라에서 온 상인들이 화물은 물론 귀중한 정보를 들여오는 곳이었다. 이곳은 이제 해럴드에게 충성하는 도시였다. 에드워드 왕이 세상을 떠난 다음, 그를 따르던 대부분의 노르만 인들이 떠나 버렸기 때문이다.

런던에 있는 동안 국왕은 에빈에게 국가의 중요한 전언들을 맡겼다. 곧 온 궁정이 해럴드가 이 종자를 어떻게 대하는지 잘 알게 되었다. 이제는 복도를 지나가는 에빈을 놀리는 사람도 없고, 밤에 천둥을 마구간으로 데려갈 때 침을 뱉는 소년들도 없었다.

아니, 여전히 외롭긴 했다. 귀족 가문 출신의 다른 종자들은 에빈을 주사위 놀이나 씨름에 끼워 주는 법이 없었다. 하지만 에빈은 외부인으로 남는 데 점차 익숙해졌다. 그는 검은 머리색과 창백한 피부 때문에 자신이 금발 머리 색슨 족들과 확연히 달라 보인다는 것을 알고 있었다. 그들은 에빈을 국왕의 종자로 존중했지만, 결코 따스하게 대해 주지는 않았다.

사순절의 마지막 주간인 수난 주간이 지난 어느 날 저녁, 영국 대 가문들의 깃발이 빠짐없이 걸린 그레이트 홀에서 모두가 식사를 하고 있을 때였다. 쥐처럼 생긴 수도사가 해럴드에게 지붕 꼭대기의 망루로 와 주십사고 청했다. 에빈도 홀을 나가는 왕을 뒤따랐다. 그들은 나선형 계단을 올라 하늘에 닿을 듯한 망루에 이르렀다. 망루는 네 명이 들어가기에 넉넉했다.

"저곳입니다, 전하."

수도사가 두려움에 몸을 떨며 위를 가리켰다.

거품 같은 하얀 꼬리 세 개를 늘어뜨린 커다란 불덩어리*가 별이 총총한 밤하늘을 수놓고 있었다. 보름달만큼이나 큰 불덩어리에서 나오는 빛이 온 런던을 밝혔다. 에빈은 목이 뻣뻣해질 정도로 하늘을 올려다보았다. 그렇게 이상한 별은 처음이었다. 아마 일생에 한 번 보기도 힘들 것이다.

르위스가 애슬니의 도서관에서 그런 별 그림을 보여 준 적이 있었다. 그것은 무어라 말할 수 없을 정도로 아름다웠지만 불길한 징조였고, 이 별이 죽음과 왕국의 몰락을 예언한다고 말하는 사람들도 있었다.

해럴드 왕은 불안에 떠는 수도사의 어깨를 탁 두드리며 안심시켰다.

"여보게, 수사. 하늘이 우리를 저토록 눈부시게 해 주니 얼마나 고마운가. 내 통치가 시작되는 것을 하늘이 축하해 주는군."

하지만 그날 이후 해럴드 왕은 왕국을 방어하기 위해 더욱 노력했다.

늦은 봄, 왕실은 가끔씩 지나가는 소나기를 맞으며 남쪽 도버로 향했다. 해럴드는 그곳에서 롱쉽 다섯 척을 새로 지으라고 명령했다. 해럴드가 석묵처럼 새하얀 절벽들이 바다로 튀어나와 있는 젖은 모래 위에 성한 쪽 무릎을 꿇자 배 대목들이 그의 어깨 너머를 바라보았다.

"떡갈나무 조타기와 함께 노걸이 열여섯 개를 만들어라."

＊헬리 혜성을 말함.

해럴드가 모래 위에 대강 그림을 그리며 말했다.

"경험 많고 해전에 능한 전사들이 무장을 하고 배에 탈 것이다."

그들은 헤이스팅스와 포츠머스로 갔다. 그곳에서 해럴드는 더 많은 배를 지으라고 명령했다. 엑서터에 가서는 화폐 주조공들에게 새 은화를 만들라 명했다. 그들은 에드워드 왕의 초상이 있는 낡은 은화 틀을 부수고 새 틀을 만들었다. 틀의 한쪽에는 진주 박힌 왕관을 쓴 해럴드의 초상이, 다른 쪽에는 라틴 어로 '평화'를 뜻하는 'PAX'라는 낱말이 새겨졌다.

해럴드는 하콘을 장군으로 삼았다. 하콘은 자신을 해럴드의 개인 경호원이라고 여겼지만, 군대를 훈련시키거나 해럴드를 대신해 멀리 떨어진 외곽 지역까지 돌아다녀야 했다. 최근 그는 엑서터에 와 있는 해럴드를 만나기 위해 이스트 앵글리어에서 돌아왔다.

"나는 모든 주의 민병대 수가 정확히 얼마나 되는지 알고 싶다. 모든 남자들을 민병대에 소집해야 할지도 모르겠군."

해럴드가 하콘과 함께 말들을 점검하면서 말했다.

해럴드가 울타리에 기대 지켜보는 동안 마구간지기들이 말고삐를 잡고 울타리 주변을 돌며 말을 빨리 걸렸다. 하콘은 때때로 말들을 길들일 때가 되었는지 보려고 자리에서 뛰어내려 암말의 이빨이나 수말의 발굽을 검사했다.

"주는 모두 삼십여 개 이상입니다, 전하."

하콘이 울타리로 다시 올라가며 말했다. 그러고는 동정을 구하는 듯한 표정으로 에빈을 보며 덧붙였다.

“난 남은 생을 안장 위에서 보내게 될 것 같구나.”

에빈이 싱긋 웃었다. 하콘은 심각한 상황을 밝게 하는 재주가 있었다.

“각 주의 장관이 모든 것을 파악하기로 되어 있지.”

해럴드가 계속했다.

“나는 전투에 참가할 수 있는 열여섯 살 이상 된 소년들의 수와 그들이 손쉽게 다룰 수 있는 무기가 뭔지 알고 싶네.”

마구간지기가 절뚝거리는 말을 앞으로 끌고 오자 해럴드가 저리로 가라고 손짓했다.

“해안가 주들부터 시작하게. 그들이 침략자의 칼을 가장 먼저 느낄 거야. 반드시 대비하고 있어야 해.”

“전하는 토스티그가 두렵지 않으시지요? 용맹하긴 하지만 그의 재능은 전하에 비할 바가 못 됩니다.”

하콘이 말했다.

해럴드가 놀라면서 말들에게서 시선을 옮겼다.

“난 그 누구보다 토스티그가 두렵다네.”

그가 딱딱한 표정으로 말했다.

“훌륭한 장수는 외적을 지략으로 이길 수 있네. 만약 운명이 자기 편이라면 말이야. 하지만 내 지략은 토스티그를 못 당한다네. 어린 시절 우리는 같은 스승들 밑에서 배웠네. 젊은 시절에는 같은 전장에서 싸웠고. 그는 내 생각은 물론 내가 어떻게 나올지도 잘 알고 있다네.”

"하지만 토스티그가 돌아오면 그는 공격적으로 싸워야 합니다. 그건 어려운 일이지요. 그러나 우리는 방어선을 유지하기만 하면 됩니다."

하콘이 주장했다.

"그래, 하콘. 맞는 말이야. 하지만 먼저 공격할 수 있다는 게 그의 이점이라네. 그는 시간과 장소를 택할 수 있지. 하지만 우리는 언제나 대비하고 경계해야만 해. 이 땅의 남자들을 소집해서 적절한 수의 민병대를 꾸릴 수는 있겠지. 하지만 우리가 그들의 식량을 댈 수 있는 기간이 얼마나 될까? 농부들이 제 밭을 놔두고 얼마나 나와 있을 수 있다고 생각하나? 여름 내내 작물을 돌보지 않고 내버려 둘 수는 없지. 양들도 양치기 없이 내버려 둘 수는 없지 않은가."

'언제, 어디로……. 그것이 문제로구나.'

에빈은 생각했다.

해럴드는 토스티그가 공격할 거라는 것을 안다. 그가 노르웨이의 강력한 군주 하랄 하드라다와 동맹을 맺었다는 것도 안다. 하지만 언제, 어디로 공격해 올지는 모르고 있다. 다시 겨울이 올 때까지 모든 해안을 순찰한다는 것은 불가능하고 토스티그의 계획을 알아내기 위해 첩자를 보내기엔 너무 늦었다. 그래서 신경을 갉아먹는 기나긴 경계가 시작되었다.

세 번 쫓 짜는 달인 5월에 해럴드가 두려워하던 소식이 날아들었다. 노르망디에서 돌아온 영국 상인 하나가 윌리엄 공작이 배들을 건조하고 있으며, 자기를 섬길 의무가 있는 기사들을 전부 소집하고 있다는 소식을 전한 것이다.

전갈을 들은 해럴드는 한숨을 깊이 내쉬었다. 그릇이 작은 사람이라면 홀로 근심을 떠안고 사람 많은 홀에서 나갔을 것이다. 하지만 해럴드는 또렷한 목소리로 말했다.

"남쪽 해안을 따라 경계 병력을 배로 강화하고 새니트 섬부터 엑스머스에 이르기까지 영국 해협의 경계 또한 강화하라. 노르만의 개들로부터 우리의 측면을 방어할 것이다."

그러고는 노르만 인의 침입이 한낱 군일거리에 지나지 않는다는 듯 음유 시인을 불러 낭송을 시작하게 했다.

그날 밤 해럴드는 세인들을 회의에 소집했다. 세인들의 조언에 차례로 귀를 기울이고 나서, 해럴드는 모두가 기다리던 경계령을 내렸다.

"다들 경계하라. 적들이 역병처럼 우리를 향해 밀려오고 있다. 토스티그는 잠복해 있다."

왕이 발걸음을 옮기며 느릿느릿 말했다.

"어디로 들어올지는 모른다. 하지만 그는 공격의 기회를 노리고 있다. 그는 분명 하랄 하드라다와 함께 쳐들어올 것이다. 게다가 그 위험한 노르망디 공작 또한 칼을 날카롭게 갈며 우리 해안으로 쳐들어올 배들을 건조하고 있다. 그대들은 이제 고향으로 돌아가라. 가서 그곳 사람들을 경계시켜라. 그들의 도끼를 벼리게 하고 올해는 여자들이 씨를 뿌려야 한다고 말하라."

왕국은 예견된 공격 때문에 긴장했다. 모든 주의 남자들이 아내

와 아이들에게 작별의 입맞춤을 했고, 민병대의 줄이 늘어나기 시
작했다. 대장장이들은 나라를 지킬 도끼와 창끝을 버리느라 이른
아침부터 저녁 어스름까지 뜨거운 풀무 앞에서 땀을 흘렸다. 마을
의 영주들은 보리와 밀을 절약해 군량을 준비했고, 국왕의 근위대
원들은 민병대에게 전투 훈련을 시켰다.

그리고 기다렸다.

그로부터 머지않은 어느 날, 보초들이 와이트 섬의 항구로 들어
오는 토스티그의 배들을 발견했다. 토스티그가 노략질을 일삼고 있
다는 이야기를 들은 해럴드가 군대를 이끌고 급히 달려갔지만 교활
한 동생은 동쪽으로 배를 몰아 파도 너머로 사라져 버렸다.

실망한 해럴드가 런던으로 돌아왔다. 이제 소식은 날마다, 때로
는 시시각각으로 들어왔다. 이번에는 토스티그의 작은 함대가 서섹
스 해안에 나타났다. 그의 부하들은 헤이스팅스를 공격하고 다시 배
로 도망가 버렸다.

다음 날 군사가 말을 급히 몰고 달려와 토스티그가 영국 남동부
인근의 샌드위치를 점령했다고 보고했다. 해럴드 왕은 근위대원들
과 민병대를 이끌고 켄트까지 말을 달렸지만 시의 광장에 닿았을
때 토스티그는 이미 사라져 버린 뒤였다. 거리에선 여자들이 통곡
하고 있었다. 토스티그의 군사들이 온갖 것을 남김없이 노략질한
데다 수많은 사람들을 납치하고, 저항하는 사람들은 죽여 버렸던
것이다.

“아이고, 차마 눈 뜨고 볼 수 없었어요, 전하.”

한 여자가 베일 끝자락으로 눈물을 닦으며 울부짖었다.

"그놈이 제 동생과 조카 둘을 창으로 위협하고, 남자들을 몽땅 항구로 끌고 가서 강제로 배에 태워 가 버렸어요. 배가 예순 척은 되어 보였어요."

해럴드는 해안에 서서 텅 빈 바다를 응시했다. 갈매기들이 머리 위에서 끽끽거렸다. 끌려간 뱃사람들의 아내와 아이들이 왕의 말을 들으려고 모여들었다.

"성 십자가에 힘입어, 하느님께서 내게 힘을 주신다면 반드시 그들을 구해 내겠다."

해럴드가 말했다. 모두들 국왕의 말을 믿고 집으로 돌아갔다.

"토스티그와 대화할 수 있으면 좋으련만."

다른 이들이 항구를 떠나자 해럴드가 에빈에게 나직하게 말했다. 해럴드는 눈을 가늘게 뜨고 밝은 수평선을 바라보며 이미 한참 전에 시야에서 사라진 배들을 찾았다. 지난 몇 주 동안 쌓인 피로가 고스란히 얼굴에 드러났다. 눈 밑은 거무스레했고 몸은 피곤하고 수척해 보였다. 오랫동안 고된 일을 해 온 사람들과 다를 바 없었다.

"그러면 토스티그에게 칼을 내려놓으라고 설득할 수 있으련만."

바다를 보던 에빈이 주군에게로 눈길을 돌렸다. 동생에 대한 사랑으로 이렇게 눈이 멀다니! 그자는 불만을 밀어 놓으니 차라리 이 나라를 폐허로 만들어 버릴 인물이라는 것을 모르시는 건가?

"네 생각은 어떠하냐, 에빈?"

왕이 물었다.

에빈은 거품이 이는 바닷물이 발까지 차오르는 곳에서 젖은 모래
에 몸을 구부렸다. 그리고 작은 조개껍질을 들어 이렇게 썼다.

그를 죽이셔야 합니다.

해럴드는 그 문장을 잠시 응시했다. 그러더니 비난하는 눈길로
에빈을 보았다. 여느 때와는 달리 제왕의 권위를 던진 목소리로 해
럴드가 속삭였다.
"하지만 그는 내 동생이다."
파도가 밀려와 그 문장을 쓸어 버렸다. 에빈은 다시는 그따위 것
을 쓰지 않겠다고 결심했다.

그 후 몇 주 동안, 해럴드를 격파하고 자기의 영지를 되찾기 전에
는 토스티그의 분노가 수그러들지 않으리라는 것이 분명해졌다. 샌
드위치를 친 토스티그는 번햄 강이 소금기 있는 늪지대를 거쳐 바
다로 흘러 들어가는 지역인 노퍽을 공격했다. 곧이어 험버 강으로
간 그는 남쪽 기슭에 머무르며 그 지역의 지형을 알아보려고 부하
들과 함께 내륙 깊숙이 들어갔다. 그러나 이때 에드윈 백작과 그곳
민병대들이 평지에서 많은 군사들을 잡아들였고, 토스티그는 망신
만 당한 채 간신히 배로 도망쳤다.
그 후 배신자들이 요크셔에 상륙하려 시도했지만 소용없었다. 이
제는 '노섬브리어 백작'으로 불리는 젊은 모르카가 토스티그와 작은

접전을 벌인 끝에 샌드위치에서 끌려간 뱃사람들을 구해 냈던 것이
다. 토스티그의 배는 겨우 열두 척만 남아 도주했다. 그는 북쪽의
스코틀랜드로 피신해 여름 동안 친구인 말콤 왕의 보호를 받았다.

'리타'라 불리는 6월이 되었다. 여자들과 아이들은 밭에서 열심
히 일했다. 한여름의 안개 낀 날들이 이어졌고 여전히 기다리는 날
들이 계속됐다. 그리고 '잡초의 달' 8월이 되었다. 햇빛이 가장 강
렬하게 내리쬐는 시기였다. 일손이 너무 모자라 들판에서 마구 자
라난 엉겅퀴들이 농작물을 휘감았다. 중부에서 온 사람들은 고향에
서 멀리 떨어진 남부 주둔지에서 불만을 토해 냈다.

"여기 이렇게 마냥 앉아 있는 동안 우리 밭은 다 시들어 가고 있
어."

그들이 말했다.

병참 장교가 국왕을 알현했다.

"창고의 군량이 점점 줄어들고 있습니다. 더 이상 민병대를 먹일
수가 없습니다."

그러자 해럴드 왕은 모든 수도원에 파발을 보냈다. 수도사들은 남
는 식량을 민병대에 보냈고, 때로는 자신들 것마저 보내기도 했다.
그 결과 수도사들 자신은 굶주리게 되었지만 국왕은 군대를 계속
유지하고 경계를 할 수 있었다. 그러나 그것도 넉넉하지는 않았다.

해럴드는 민병대를 해산시킬 수 없었다. 잘 훈련된 근위대가 있
지만 인원이 너무 적어 근위대만으로는 곧 들이닥칠 침략군과 맞설
수 없었던 것이다. 남아 있는 작물을 추수할 남자들이 필요하다는

보고가 매일같이 들이닥쳤다. 하지만 해럴드는 그들을 놓아 주려 하지 않았다.

"위험은 아직 지나가지 않았다."

잡초의 달이 끝나고, 성스러운 달 9월이 시작되었다. 잡초를 이겨 낸 작물들은 거두어 줄 일손을 기다리며 들판에서 썩어 갔다. 민병대의 복무 기간이 끝났지만 해럴드는 여전히 그들을 해산시키려 하지 않았다. 이제는 군사들이 드러내 놓고 불만을 터뜨렸다. 자기들은 의무 기간을 다 채웠다는 것이다.

"아직 잠들 때가 아니다."

해럴드가 말했다.

언제나처럼 토스티그는 교묘히 해럴드의 눈을 피해 있었다.

기르스가 런던으로 돌아와 국왕과 전략을 논의했다.

"토스티그는 스코틀랜드에서 때를 기다리고 있습니다."

"그래, 안다. 하랄 하드라다의 군대가 합류하기를 기다리고 있는 게 분명해. 우리는 민병대를 계속 대기시켜야 한다."

"그 계획은 실패할 겁니다."

기르스가 반대했다.

"민병대를 몇 달씩이나 더 대기시킬 수는 없습니다. 그들은 대부분 군인이 아니라 농부들입니다. 전하는 이미 그들의 복무 기간을 연장했습니다. 이제 그들을 고향으로 보내 추수를 하게 해야 합니다. 벌써 건초를 모을 때입니다. 그렇게 하지 않으면, 백성들은 겨울 동안 굶주리게 됩니다. 침략군이 상륙도 하기 전에 민병대를 동원해 대기시키는 것은 전례가 없는 일입니다."

"만약 내가 민병대를 해산시키면 토스티그는 하랄 하드라다를 후군으로 해서 쳐들어올 것이다. 그럼 이 땅은 쑥대밭이 되겠지."

해럴드가 씁쓸하게 말했다.

"토스티그와 하드라다는 우리 모두가 전장에서 죽임을 당하기 전까지는 만족하지 않을 것이다. 그 다음에는 노르망디의 윌리엄이 바다를 건너와 우리 뼈를 깨끗하게 거두겠지."

마침내 성스러운 달의 둘째 주, 왕이 큰 결심을 했다. 며칠 남은 추수기 동안 민병대를 고향으로 돌려보내기로 한 것이다.

에빈은 국왕과 근위대원들과 함께 '전사' 깃발을 든 기수를 앞세우고 도버로 향했다. 국왕은 군사들에게 추수를 하러 고향으로 돌아가도 좋다고 발표했다. 해안가 모든 도시에 민병대가 해산되었다는 전갈을 보낸 후, 해럴드는 함대를 런던으로 보내 잠복해 있으라고 명령했다. 그날 해럴드는 도버에 머무르며 군사들이 봇짐을 짊어지고 내륙의 고향으로 떠나는 것을 걱정스럽게 지켜보았다.

해 질 녘에 왕과 에빈은 하얀 절벽이 내려다보이는 망루에 올라갔다. 에빈은 난간에 기대어 파도가 밀려와 부서지고 갈매기들이 끼룩끼룩대는 소리를 듣고 있었다. 차가운 바람이 햇볕에 탄 얼굴을 시원하게 어루만져 주었다. 마지막 햇살이 수평선을 피처럼 벌겋게 물들였다. 그들은 영국 해협 건너편의 노르망디와 그 이웃 플랑드르와 퐁티외를 바라보았다. 배로 반나절이면 건널 수 있을 만큼 가까운 거리였다.

갑자기 바람이 북서풍에서 남풍으로 바뀌었다. 늦여름의 따뜻한 산들바람이 남쪽에서 사납게 불어오는 차가운 바람으로 바뀐 것이다. 파도가 흰 거품을 일으키며 점점 거세게 밀려오더니 나중에는 귀가 먹먹할 정도로 콰르릉거리며 해변을 강타했다.

에빈은 입술을 오므리고 휘파람을 불며 비가 올 것 같다는 시늉을 해 보였다.

“그래. 맞다, 에빈. 폭풍이 몰려오고 있구나. 무릎이 쑤시는 것을 보니 알겠다.”

왕이 성한 다리 쪽에 몸무게를 실으며 말했다.

“함대가 런던까지 무사히 닿게 해 달라고 기도해야겠다.”

하지만 운명은 해럴드의 함대가 런던에 무사히 도착하는 것을 허락하지 않았다. 남쪽에서 먹구름이 일더니 자정이 되자 파도가 거세게 휘몰아쳤다. 먼 바다로 나갔던 배들은 타닛 섬에서 셰피 섬에 이르는 해안을 따라 침몰했다. 다음 날 아침, 널빤지와 부러진 돛들이 켄트 해안으로 밀려왔다. 해럴드는 근위대원들을 모아 런던으로 말을 달리며 왜 하느님이 자기에게 등을 돌렸을까 생각했다.

런던에 들어서자 정찰병 두 명이 그들을 맞이했다.

“전해 드릴 게 있습니다, 전하.”

정찰병들이 거품을 뚝뚝 떨어뜨리는 말을 달려 해럴드 앞으로 왔다.

“토스티그가 다시 돛을 올리고 하랄 하드라다와 함께 스코틀랜드를 출발했습니다."

"배가 몇 척이나 되던가?"

왕이 물었다.

"함대는 모두 삼백 척이며 배마다 군사로 꽉 차 있습니다."

이어 기병들이 급히 해럴드 앞으로 왔다.

"전하, 적들이 영국 동부 해안으로 내려가 험버 강 어귀로 들어섰습니다. 그들의 배는 내륙 깊은 곳에 있는 리칼 쪽을 향하고 있습니다. 요크에서 반나절도 안 되는 거리입니다."

해럴드는 스스로에게 이야기하듯 이렇게 말했다.

"토스티그가 이번에는 바이킹 해적들처럼 공격했다가 도망가지는 않을 거다. 뒤에 군대가 버티고 있으니까."

해럴드가 천둥을 급히 몰아 왕궁으로 향했고 에빈과 나머지 부하들이 뒤를 따랐다. 나무들이 휙휙 스쳐 지나갔다. 일행은 안장에 몸을 잔뜩 낮췄다. 바람이 얼굴을 휘갈겼다. 해럴드가 에빈에게 몸을 돌렸다.

"그가 언제, 어디로 공격할지 알아내야 했는데 이제 그 답을 알게 되었구나."

더 이상 나쁜 소식은 없을 것이다. 해럴드의 해군 대부분은 바다 밑으로 가라앉았고, 민병대는 해산해서 여기저기 고향 땅으로 흩어졌고, 군량도 부족했다. 해럴드는 나라를 지키겠다고 맹세했다. 하지만 지금 그는 무력했다. 그러나 포기하지는 않을 것이다.

"하느님의 도우심으로 반드시 적을 물리치겠다."

런던의 그레이트 홀에 닿자 해럴드 왕이 말했다.

그리고 말에서 내리기도 전에 열두 명의 기병들을 런던 근처의 각 주에 보내 전투 대원들을 소집하라는 전갈을 전했다. 그런 다음 다른 전령들에게 "레오프와인 백작에게 가라.", "내 동생 기르스를 찾아와라."라고 소리쳤다. 곧 전투 복장을 갖춘 근위대원 오백 명이 어깨에 방패를 멘 채 런던의 그레이트 홀 밖에 도열했다.

군대는 저 멀리 천둥 치는 쪽을 향해 기나긴 행진을 시작했다. 도시 북쪽에서 온 레오프와인은 자기 근위대원들과 지역 민병대를 거느리고 뒤에 붙었다. 한밤중이 되자 횃불을 밝힌 기르스가 이스트 앵글리어에서 온 부대를 이끌고 갈림길에서 그들을 맞았다. 북쪽으로 갈수록 군대의 규모가 점점 커졌다. 요크로 가는 옛 로마 가도를 따라가자, 전투에 나갈 준비를 갖추고 기운찬 말에 올라탄 세인들이 나타났다. 그 뒤에는 그들의 마을과 도시, 농촌에 딸린 사람들이 따르고 있었다.

그들은 어마어마하게 큰 떡갈나무들이 있는 칠턴 숲을 가로지르는 '어민 스트리트'라는 포장도로를 따라갔다. 숲을 벗어난 그들은 초원을 통과한 후에야 잠을 자기 위해 멈췄다. 다음 날에는 넨 강이 통과하는 브론스월드 숲으로 들어가서 해가 진 뒤에도 행진을 계속했다. 나흘째가 되어서야 그들은 아픈 발을 끌고 늪지대인 링컨셔를 통과해 요크 쪽으로 방향을 잡을 수 있었다.

"우리는 지금 노섬브리어 땅을 밟고 있다."

험버에 도착하자 해럴드가 말했다.

그는 에드윈과 모르카 백작을 찾으러 미리 정찰병을 보냈다.

일요일 밤에 태드캐스터에 도착한 그들은 별빛에 의지해 막사를 세웠지만 거의 쉬지 못했다. 지친 정찰병이 한밤중에 도착해 곧바로 국왕의 막사로 안내되었다. 새벽하늘이 물들기도 전에 해럴드가 전 막사에 명령을 내렸다.

"에드윈이 요크에 있다. 당장 출발해야 한다."

죽은 듯 잠들었던 군사들은 벌떡 일어났다. 새벽빛이 채 퍼지지 않은 이른 아침이었지만 그들은 요크를 향해 출발했다. 그리고 얼마 후 요크 성벽 밖에 급하게 세워진 막사에서 구질구질한 모습을 한 에드윈의 군대와 만났다.

국왕이 도착했다는 소식을 들은 에드윈이 줄무늬 막사에서 나타났다. 잠을 못 자 눈이 퀭했다. 허리춤을 잡은 손은 벌벌 떨리고 다 죽어갈 듯 안색이 나빴다.

왕은 마음을 단단히 먹었다.

"무슨 일이 일어났소?"

"모르카와 저는 토스티그와 노르웨이 인들이 영국에 상륙했다는 소식을 들었습니다. 저희는 근위대원들과 머시어와 노섬브리어의 세인들, 마을 사람들로 대부대를 꾸렸습니다. 요크에서 모여 강을 따라 행군해 게이트 풀포드의 마을에 닿았습니다. 그들은 거기서 저희를 기다리고 있었습니다."

기운이 다 빠진 에드윈이 말했다.

"곧 전투가 시작되었습니다. 처음에는 우리가 강하게 밀어붙여

적의 대열이 후퇴했습니다. 그런데 하랄 하드라다가 그의 '랜드 웨이스터' 깃발 주위에 군사를 결집시켜 압박하는 바람에 우리는 얻었던 것을 잃었습니다. 그는 우리 군대를 늪지대로 밀어 넣었고, 마치 으르렁거리는 개들처럼 백병전이 벌어졌습니다. 살육이 어찌나 심했는지 노르웨이 인들은 쓰러진 시체들을 딛으며 발을 적시지 않고도 늪지대를 걸어 다녔습니다. 양편 다 엄청난 손실을 입었고, 부상자들이 도처에서 비명을 질러 댔습니다.

저희는 간신히 늪지대를 빠져 나와 요크로 퇴각해서 대열을 정비하고 다시 싸웠습니다. 그 즈음 주 장관과 요크의 원로들에게서 항복하자는 말이 나왔습니다. 올드레드 대주교님은 반대하셨지요. 모르카와 저는 차라리 죽기를 택했습니다. 하지만 전투가 잠시 소강 상태로 접어들자 많은 사람들이 하드라다에게 항복했습니다."

"얼마나?"

해럴드가 물었다.

"모르겠습니다. 아마 수백 명은 될 겁니다. 그들은 비열한 배신자들입니다."

에드윈이 낮은 목소리로 말했다.

"노르웨이 인들은 이 도시의 평화를 보장한다며 볼모들을 잡았습니다. 그러고 나서 자기편도 많이 잃었기 때문에 일단 여기를 떠나 강 하류에 있는 배로 돌아갔습니다. 제가 듣기로 지금 그들은 요크에서 더 많은 볼모들을 데려가기 위해 아침에 스탬포드 브리지로 진군할 계획이라고 합니다. 요크가 적의 손에 떨어지면 모든 것을 잃습니다."

진이 빠진 에드윈은 얘기를 끝내고 양손으로 얼굴을 감쌌다.

해럴드는 이 나이 어린 백작에겐 자신을 추스를 시간이 필요하다는 것을 알고 있었다. 에드윈의 부하들이 그토록 피곤하고 낙담한 백작의 모습을 보는 것은 바람직하지 않았다. 에드윈이 얼굴에서 손을 떼자 왕은 그를 강기슭 아래로 데려갔다. 몇 분 후 에드윈은 어깨를 쫙 편 당당한 모습으로 다시 나타났다. 수염 한 올 없는 얼굴에서 지친 기색은 사라졌고 다시 부하들을 똑바로 바라보았다.

해럴드는 보급 마차에 뛰어올라 낙담한 에드윈의 부하들을 바라보았다. 그리고 막사 전체에 들리도록 큰 소리로 말했다.

"그대들의 백작인 머시어의 에드윈은 백성들을 용기와 힘으로 지켰다. 그는 도끼로 많은 노르웨이 인들의 피를 흘리게 했고 적을 혼란에 빠뜨렸다. 그는 불타는 심장으로 공포에 질린 하랄 하드라다에 맞서 즉각 무기를 잡았다. 알다시피 하랄은 살아 있는 가장 위대한 바이킹 전사로 저 잔인한 스티클레슈타트 전투에서 싸우고, 콘스탄티노플까지 가서 조에 황후의 바랑 인 시위대에서 복무한 자다. 그는 시실리와 북아프리카 일대에서는 공포의 대상이다. 또 흑해 인근에서 많은 사람들을 살육하고 북부로 돌아와 덴마크 땅을 피로 물들인 인물이다.

그러나 우리는 그를 물리칠 것이다. 그는 우리의 맞수가 되지 못한다. 이곳은 우리의 땅이며 그는 이 땅을 차지하지 못할 것이다."

에드윈과 모르카의 군사들은 전투에 지쳐 누워 있었다. 해럴드의 군사들 역시 먼 길을 행군했기 때문에 쏟아지는 잠을 이기지 못하고 땅바닥에 드러누워 있었다.

해럴드는 지쳐서 줄줄이 누워 있는 군사들을 연민의 눈길로 바라보았지만 지금은 그들이 열망하는 휴식을 줄 수 없었다. 그는 소리를 높였다.

"만약 우리가 재빨리, 그리고 우리의 조상들처럼 교묘하게 행동한다면 '랜드 웨이스터' 깃발 아래 똬리를 튼 그 독사를 잡게 될 것이다."

군사들이 천천히 머리를 들고 귀를 기울였다.

"노르웨이 인들이 우리 영국 땅을 더럽히고 있는데 우리가 자고 있을 수는 없다."

해럴드가 유려한 테너 목소리로 말했다.

"우리가 이 외적들을 물리치지 않는 한 휴식은 있을 수 없다. 스탐포드 브리지까지는 10킬로미터도 안 된다. 자, 그들의 칼에서 우리 형제들의 피가 마르기 전에 서둘러 떠나자."

왕은 서 있는데 자신들은 쉬고 있는 게 부끄러워진 근위대원들은 벌떡 일어나 갑옷을 단단히 여미고, 투구를 쓰고, 턱 밑의 끈을 당겨 맸다. 궁수들은 화살을 세웠고, 보병들은 재빨리 물통을 채웠다. 간격을 두고 일렬로 선 병사들은 이미 말에 올라 대열을 이끄는 근위대원들을 뒤따랐다. 에드윈과 모르카를 옆에 거느린 해럴드 왕은 천둥을 몰며 앞으로 나아갔다.

노르웨이 인들은 겨우 10킬로미터 조금 떨어진 곳에 있었다. 그들은 더웬트 강을 따라 임시로 세운 진영에서 한가로이 거닐고 있었다. 그곳에는 삼백 척이나 되는 거대한 함대가 사악한 뱀처럼 끝도 없이 정박해 있었다. 아직 이른 아침이었지만 막사는 햇볕에 금방 달라올랐다. 사기가 끝까지 오른 노르웨이 인들은 노래를 하거나 무용담을 늘어놓으며 자기 자랑을 하기도 했다. 게이트 풀포드에서의 승리를 축하할 이유는 충분했다. 영국을 배신한 백작 토스티그가 자기가 잃었던 영지 노섬브리어의 땅을 마음대로 골라 가지라고 약속했기 때문이다.

하랄 하드라다 군의 반 이상은 스탐포드 브리지로 진군해 요크 시에서 더 많은 볼모들을 데려오라는 명령을 받았다. 날이 너무 더워서 대부분의 군사들은 쇠사슬 갑옷을 벗어던지고 무거운 방패를 뒤에 두고 온 상태였다. 겁낼 게 무엇이랴? 우리는 영국 북부의 연합군을 물리치지 않았던가? 해럴드 고드윈슨 왕은 저 멀리 떨어진 남부 해안에 있지 않는가? 그리고 무적의 하랄 하드라다가 우리를 지휘하고 있지 않는가? 그들은 패배한 영국인들에게서 볼모들을 넘겨받으러 스탐포드 브리지까지 가볍게 몇 킬로미터를 갔다 올 생각이었다.

토스티그는 하랄 하드라다에게서 선물 받은 새 안장에 우아하게 올랐다. 그가 흐뭇하게 웃으며 말했다.

"노섬브리어의 볼모들을 데려오기 좋은 날이군요."

우람하게 생긴 노르웨이 왕이 오만하게 웃었다.

"내가 볼모들을 잡아들이는 게 처음은 아니지."

"물론 아니지요."

토스티그가 새 동맹에게 아첨을 떨었다.

"전사로서 전하의 명성은 그 누구보다 널리 알려져 있습니다. '하드라다'라는 이름은 공포 그 자체지요. 전하의 '랜드 웨이스터' 깃발이 전장에 날리면 적들은 힘없이 우는 아이들처럼 움츠러듭니다."

그들은 강과 경계를 이루고 있는 길을 따라 말들을 느릿느릿 걸렸다. 파란 하늘 위로는 찌르레기 떼가 남쪽으로 날아가고 있었다. 토스티그는 햇빛을 피해 눈을 가리며 새들을 훔쳐봤다.

"아직까지는 너무 덥군."

하랄 하드라다가 팔뚝으로 이마를 쓱 문지르며 말했다.

토스티그에겐 동맹의 불평이 들리지 않았다. 자기는 오로지 형인 해럴드를 멸망시키고 잃었던 모든 것을 다시 찾겠다는 일념으로 반역자의 길을 걷기 시작한 터였다.

햇빛 때문에 잠시 눈을 감고 있던 토스티그에게 느닷없이 오늘처럼 무덥고 숨 막히던 어린 시절의 어느 날이 떠올랐다. 그때 그는 무술을 연마하느라 해럴드와 모의 전투를 하고 있었다. 둘 다 아직 소년이었다. 토스티그가 숨 막힐 듯 답답한 더위에 쓰러지자 해럴드는 동생의 약한 모습이 엄격한 아버지 고드윈의 눈에 띄일까 봐 동생을 어깨에 둘러메고 뒷길로 집까지 돌아왔다.

토스티그는 몽상을 털어 내고 매섭게 말했다.

"해럴드는 예전의 그가 아닙니다. 제가 영지를 잃은 것은 그의 탓이니 저는 그것을 되찾겠습니다. 이제 요크의 그레이트 홀로 돌아갈 날도 머지않았습니다."

"그렇게 될 걸세, 붉은 머리 토스티그여."

거대한 노르웨이 인이 싱긋 웃었다.

토스티그는 앞에 있는 흙길을 훑어보았다. 더웬트 강을 건너는 낡은 나무다리가 보였다. 스탐포드 브리지는 이제 얼마 남지 않았다. 노섬브리어 인들과 항복 조건을 협상하고 그들에게서 볼모들을 받으리라. 이제 정말 얼마 남지 않았다. 이미 군의 선봉은 좁은 다리를 건너고 있었다.

그때 토스티그가 멀리서 이는 먼지구름에 눈길을 돌렸다. 그는 냄새를 맡으려는 사냥개처럼 코를 치켜들었다. 먼지구름이 가까워지면서 진홍색 깃발들이 점점 뚜렷해졌다. 방패의 금속 테두리와 쇠사슬 갑옷에 닿아 반짝이는 햇빛이 그의 눈을 찔렀다. 그는 옆에 선 노르웨이 왕을 돌아보았다.

"영국군이 다시 뭉쳤습니다! 리칼로 퇴각해서 갑옷과 무기를 가져와야 합니다."

토스티그가 겁에 질려 말했다.

"퇴각할 필요 없네. 저들은 패전군의 잔당일 뿐이니까."

하드라다가 대답했다.

"아닙니다. 그 이상입니다. 지원군을 청해야 합니다."

토스티그가 말했다. 그는 '전사' 깃발을 보았던 것이다. 누가 그 군대를 이끄는지 알고 있었으므로 심장이 벌렁거렸다.

노르웨이 인은 이 영국인의 걱정에 피식 웃었다.

"이보게, 구태여 그렇게 하고 싶다면 지원군을 보내라고 하겠네. 하지만 리칼의 배로 후퇴하지는 않을 거야. 내 부하들은 적절할 때 합류해야 하는 거라고."

하지만 앞에 오는 군대의 규모를 보는 순간, 노르웨이 인들 사이에서 대혼란이 일어났다. 대체 어디서 나타난 것일까? 불과 며칠 전에 영국군을 패배시키지 않았던가? 왜 우리는 갑옷을 놓고 오는 어리석은 행동을 했던가?

노르웨이 군대는 재빨리 다리에서 퇴각했다. 하랄 하드라다와 토스티그가 말에서 내려 전투태세를 갖췄다. 그러나 노르웨이 왕이 부하들에게 방패 벽을 쌓으라고 몰아 대는 일은 간단치가 않았다.

"대체 용기는 어디다 내팽개친 거냐?"

하랄이 고함쳤다.

영국군은 적을 알아보고 함성을 질렀다. 그 가운데 기병 한 무리가 노르웨이 인들에게 평화를 제안하려고 앞으로 달려 나왔다. 그들을 이끄는 금발 머리 사내가 동료들에게 멈추라는 신호로 손을 높이 들었다. 그의 활기찬 테너 목소리가 벌판에 퍼져 나갔다.

"우리가 먼저 말하겠소."

그는 이렇게 외치고 말을 몰아 앞으로 나왔다. 그의 검은 머리 종자만이 그 뒤를 따랐다. 그들은 토스티그와 하랄 하드라다가 서 있는 곳에서 불과 열 걸음도 떨어지지 않은 곳까지 다가왔다.

그가 토스티그의 갈색 눈을 똑바로 보며 날카롭게 물었다.

"그대의 군에 토스티그 백작이 있소?"

토스티그가 한동안 침묵 속에서 이들을 되쏘아보았다. 마침내 그가 칼처럼 날선 목소리로 대답했다.

"내가 토스티그요."

그 남자가 자꾸 움직이는 자기 말을 진정시키며 말했다.

"그대의 형 해럴드가 그대에게 안부를 전하며 이렇게 제안하오. '그대는 평화를 누릴 수 있다. 그리고 노섬브리어 전체는 그대의 것이다. 이에 동의하고 왕국의 서열 3위를 지키는 게 낫지 않겠느냐.'"

토스티그는 비웃음을 흘리며 길고 까만 속눈썹 밑으로 눈을 가늘게 떴다.

"작년 겨울보다 나은 제안을 하시는군. 그러면 노르웨이의 왕 하랄 하드라다의 몫은 무엇이오?"

그 영국인은 안장에서 몸을 앞으로 숙이더니 낮고 무뚝뚝한 목소리로 한 마디 한 마디를 냉랭하고 분명하게 발음했다.

"매장지……. 영국 땅 2미터. 그는 다른 사람보다 기골이 훨씬 장대하니 원한다면 그만큼 더 주겠다."

토스티그의 몸이 저절로 떨렸다. 하지만 배신자는 얼른 진정하고 자기 앞의 그 기사를 올려보았다.

"돌아가시오."

토스티그가 날카롭게 말했다.

"가서 영국군에게 전투 준비나 하라고 하시오. 내가 하랄 하드라다를 영국까지 데려와 적의 손에 놓고 갔다는 말이 노르웨이에서 들리는 일은 결코 없을 것이오.”

금발 머리 남자는 할 말이 더 있는 듯 한숨을 쉬었다. 하지만 그게 무슨 내용이든 속으로 삼키는 편을 택한 그는 팔을 올려 격식을 차려 인사하며 자기 앞의 남자를 슬프게 쳐다보았다. 토스티그가 천천히 답례를 했다. 그 기사는 갑자기 말을 돌려 영국군 쪽으로 돌아갔다. 종자가 재빨리 그 뒤를 따랐다.

그들이 가 버리자 하랄 하드라다가 물었다.

“유려하게 말하던 저자는 누구요?”

한때는 생기발랄하던 토스티그의 잘생긴 얼굴이 딱딱하게 굳었다.

“저자가 제 형 해럴드 고드윈슨입니다.”

억센 노르웨이 인이 무뚝뚝하게 말했다.

“그 말을 미리 했어야 하지 않소. 이렇게 가까이 왔는데 돌아가서 자기가 본 것을 말하게 놔두는 게 아니었소.”

“말씀대로 그의 행동은 무모했습니다. 그리고 우리는 이득을 취할 수도 있었습니다.”

토스티그가 대답했다.

“저는 그가 제게 평화를 제안하리라는 것을 알았습니다. 그리고 그자가 누구인지 전하께 알린다면 그의 목숨이 제 손안으로 들어오리라는 것도 알고 있었습니다. 그러나 그럴 바엔 차라리 그에게 제 목숨을 거두게 하겠습니다.”

노르웨이 왕은 무슨 말인지 의아해하며 토스티그의 얼굴을 살폈지만 대답은 얻지 못했다.

전투가 시작되었다. 그리고 해럴드 고드윈슨은 번개를 때리는 마법사처럼 그 땅을 흔들어 댈 공격을 생각해 냈다. 그는 거품 땀을 흘리는 말 위에 앉아 이마까지 내려오는 투구를 쓰고 굳은 표정을 한 근위대원들이 노르웨이 인들의 방패 벽을 공격하게 했다. 영국 기병들은 세 번 공격했고 그때마다 노르웨이 군대는 비틀거렸다. 기병대가 퇴각하자 해럴드가 궁수들에게 맞으면 치명적인 쇠 화살 촉을 시위에 메우라고 신호했다. 시위를 놓는 소리와 함께 깃털 달 린 화살들이 공중을 가르며 빗발치듯 날아갔다. 노르웨이 인들은 후퇴하다가 자기편 시체에 걸려 넘어졌다. 해럴드는 백병전을 시 작했다. 영국군은 앞으로 몰려가 창을 던지고 긴 칼을 빼들었다. 도 끼를 즐겨 쓰는 군사들이 앞으로 나서며 피로 물든 길로 돌진했다.

"용감한 노르웨이 인들이여! 바이킹의 후손들이여! 물러서지 마라!"

하랄 하드라다가 고함쳤다.

하드라다는 전투가 가장 맹렬하게 벌어지는 곳에서 싸웠다. 그의 분노는 해럴드의 뛰어난 근위대원들조차 궁지에 몰아넣었다. 마치 상처 입은 곰이 공격 가능한 거리 너머로 사냥개들을 몰아내는 것 같았다. 수많은 군사들이 갑옷을 배에 두고 가자는 하랄 하드라다 의 결정을 저주하며 죽어 갔다.

해럴드의 지휘 아래 일체가 되어 행동하는 영국군의 규율이 노르웨이 군사 개개인의 용맹보다 뛰어나다는 게 증명되었다. 하드라다의 전사들이 쓰러져 방패 벽이 흐트러지면 영국군은 자신들의 우위를 다시 밀어붙였다.

늦은 오후, 남의 땅을 차지할 욕심에 불타 제 부하들을 전쟁터로 밀어 넣었던 모험가가 쓰러졌다. 장신에 턱수염이 무성하고 수많은 전투에서 살아남아 부하들에게 '불사신'이라고까지 불렸던 하랄 하드라다는 목에 칼을 맞고 쓰러져 버렸다. 부하들을 지탱해 주는 힘이었던 그가 쓰러지자, 그 주변의 군사들도 차례로 쓰러졌다. '랜드 웨이스터' 깃발도 풀썩 주저앉아 성난 파도 같은 영국인들의 발에 짓밟혔다.

하지만 토스티그가 타는 듯한 태양 빛에 붉은 머리를 휘날리며 노르웨이 인들을 다시 결집시켰다. 또다시 전투 나팔이 울리자 칼들이 연약한 살을 찾아 헤맸다. 구름 한 점 없는 하늘에는 시체를 노리는 새들이 제 차례를 기다리며 빙빙 돌고 있었다.

전투가 잠시 멈춘 사이, 해럴드는 토스티그와 그 옆에 남아 있는 자들에게 평화를 제의했다. 그러나 완전히 좌절하고 전투에 눈이 뒤집힌 옛 노섬브리어 백작은 목소리가 쉴 때까지 "안 돼! …… 안 돼! …… 안 돼!"라고 거듭 외쳤다. 노르웨이 인들은 그 외침을 지지했고 분노의 함성과 더불어 전투가 다시 시작되었다.

관습적으로 종자들은 전장에 나가지 않지만 에빈은 온종일 해럴드 옆을 지켰다. 그는 무기들을 거두어 오거나 부상자들을 위해 물을 떠올 때만 자리를 떠났다. 그날 늦게, 자리를 비웠다가 돌아온 에빈은 해럴드가 비슷한 상대와 맞붙어 싸우는 것을 보았다. 결과를 짐작하기가 어려웠다. 해럴드의 적은 우아한 민첩성과 사나운 야성을 드러냈고 분노로 인해 근육은 더욱 단단해 보였다. 그 노르웨이 인은 푸른 비단 튜닉을 입고 팔에는 금팔찌를 하고 있었다. 에빈은 그의 머리 색을 보았다.

'저건 노르웨이 인의 머리 색이 아니야.'

에빈은 몸을 부르르 떨었다.

토스티그가 양손으로 칼을 잡고 앞으로 펄쩍 뛰어나왔다. 그는 해럴드를 계속 내리쳤지만 해럴드는 그때마다 철 테를 두른 방패로 받아넘겼다. 상대편 전사도 해럴드의 칼을 잘 피해 갔다. 치고, 받아넘기고, 치고, 받아넘기고. 토스티그의 칼에 달린 고리가 해럴드의 방패에 닿아 공중에서 쨍그랑거렸다.

에빈은 토스티그가 재빨리 해럴드에게 다가가는 것을 지켜보았다. 시간은 느리게 흘러갔고, 그의 귀에는 오로지 끔찍한 쨍그랑 소리만 들려올 뿐이었다. 할 수 있다 해도 왕이 사랑하는 동생에게 최후의 일격을 내리치지는 않을 거라는 게 점점 분명해지고 있었다. 햇볕이 무자비하게 내리쬈다. 에빈은 해럴드가 무거운 갑옷 때문에 힘이 부쳐 오래 버티지 못할 거라는 걸 알고 있었다. 해럴드의 턱 끝에선 이미 땀이 뚝뚝 떨어지고 있었다.

에빈은 온통 짓밟히고 피로 얼룩진 풀밭 위를 성큼성큼 걸어갔다. 사방에서 죽어 가는 자들의 울부짖음이 메아리치고 있었다. 에빈은 죽어 넘어진 자의 칼을 잡았다. 전에 들판에서 연습하던 때보다 무겁게 느껴졌다. 아니, 더 무겁고 더 무서웠다.

해럴드가 뒤로 주춤 물러나며 토스티그가 날카롭게 휘두르는 긴 칼 아래 쓰러지려는 순간, 에빈이 그 둘 사이로 끼어들었다. 에빈은 하콘이 가르쳐 준 것을 남김없이 떠올리며 확실히 그리고 재빨리 목표물을 겨냥했다. 하지만 토스티그는 그것을 막아 냈고 다음 공격 역시 민첩한 무용수처럼 가볍게 피했다.

눈에서 땀에 젖은 머리칼을 올리며 토스티그가 잔인하게 웃었다.

"이길 수 없으니 해럴드가 자기의 그림자를 보내는군."

냉혹한 배신자는 에빈에게 손짓했다.

"공격하라, 그림자. 실체를 가진 자와 싸워라. 벙어리인 자는 칼로 대신 말해야 한다. 말하라, 그림자."

그가 외쳤다.

"네 칼도 너처럼 벙어리인가?"

토스티그가 덤벼들었다. 간신히 칼끝을 피했지만 에빈의 귀에서 피가 뿜어져 나왔고 심장은 오그라드는 듯했다. 하콘이 가르친 게 뭐였더라? 에빈의 머리가 빙빙 돌았다. 분명 토스티그가 기술에서나 힘에서나 한 수 위였지만 에빈은 하루 종일 싸우느라 지쳐 있지는 않았다. 둘 다 갑옷도, 방패도 없었다. 그것은 위험한 결투였다. 칼 손잡이를 어찌나 꽉 쥐었는지 에빈의 팔은 금방 쑤셔 대기 시작했고, 땀이 눈 속으로 흘러들어가 눈을 못 뜰 지경이었다.

에빈은 재빨리 행동해야 한다는 것을 알고 있었지만 토스티그가 에빈의 방심을 틈탔다. 갑자기 토스티그가 거센 일격으로 에빈이 잡고 있던 칼을 떨어뜨리고, 머리칼을 흩날리며 이를 드러낸 채 사나운 짐승처럼 달려들었다. 에빈은 다음 공격을 피하느라 가볍게 펄쩍 뒤로 물러나면서 생각할 새도 없이 허리띠에 찬 단검에 손을 댔다. 그리고 토스티그의 갈비뼈 아래쪽으로 칼을 확 찔렀다. 검붉은 얼룩이 토스티그의 푸른 비단 튜닉 위로 빠르게 번졌다.

토스티그가 경악한 표정으로 칼을 떨어뜨렸다. 마치 줄을 잡고 있던 사람이 흥미를 잃고 줄을 놓아 버린 꼭두각시 같았다. 그가 가슴에 손을 댔다 떼었다. 손이 온통 붉은 피범벅이었다. 토스티그의 무릎이 꺾이자 해럴드가 에빈의 뒤에서 매처럼 달려들었다. 그는 동생을 부축해서 영국군의 뒷줄로 데려갔다. 그는 동생을 팔로 안고, 동생의 몸에서 피가 쏟아지는 것을 애처롭게 바라보았다. 그들은 고뇌에 찬 속삭임을 주고받았다. 마침내 토스티그의 머리가 꺾였고, 왕은 동생의 불타는 머리칼에 눈물범벅이 된 얼굴을 묻었다.

승리의 축연

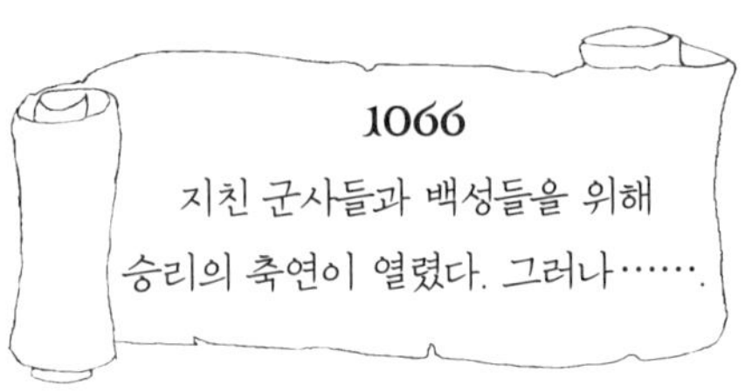

스탐포드 브리지의 보랏빛 하늘에 별이 하나 둘 돋아날 때쯤 영국인들은 승리를 확신했다. 그들은 노르웨이의 왕 하랄 하드라다를 죽이고, 리칼의 배로 도망가는 야만스런 바이킹들을 뒤쫓아 갔다. 토스티그도 쓰러져 버렸으니 이제 노르웨이 인들을 다시 결집시킬 사람은 아무도 없었다. 침략자들은 무기를 내려놓고 항복하며 영국 왕의 자비에 목숨을 맡겼다.

언제나 그랬듯 해럴드는 이긴 자의 너그러움을 보여 주었다. 하랄 하드라다의 가족을 불쌍히 여겨, 어린 아들 올라프가 스코틀랜드의 피신처에 있는 어머니와 누이들을 만나 그들이 떠나왔던 바닷길로 돌아가도록 허락했던 것이다. 함께 가는 사람들은 적었다. 삼백 척 용선을 타고 영국으로 왔던 노르웨이 인들은 두 번의 전투에서 크나큰 희생을 치렀다. 겨우 살아남은 생존자들은 스물다섯 척의 배에 나누어 타고 고향으로 돌아갔다.

전투 다음 날, 해럴드는 전사인 왕이 관장해야 할 모든 사항을 꼼꼼하게 챙겼다. 그는 부하들에게 적의 무기와 군장을 걷어 오게 했다. 영국군은 쇠사슬 갑옷, 투구, 방패, 도끼 등을 쌓아 올렸다. 전투에서 빼앗은 것들은 산을 이루며 점점 높아만 갔다. 그는 일단 부상병들을 치료해서 가장 가까운 수도원으로 데려가라고 명령했다. 그들은 그곳에서 치료를 받고 낫거나 평화롭게 죽을 것이다. 낡은 나무다리 근처의 전장으로 돌아가며 해럴드가 말했다.

"이제 양쪽 군의 전사자들을 묻어 줘야겠소."

"노르웨이 인들은 까마귀와 늑대 밥이 되게 내버려 둬야 합니다."

에드윈이 주장했다.

"그것이 우리의 관습입니다. 만약 저들이 승리했다면 저들 또한 우리가 까마귀 밥이 되게 내버려 두었을 것입니다."

그는 해럴드의 뒤를 따라 시체들이 여기저기 쓰러져 있는 풀밭을 걸어가며 말했다.

"아니, 그들은 승리의 기념으로 우리 머리를 뾰족한 창에 걸어 고향으로 보냈을지도 모릅니다."

"안 되오, 에드윈. 우리는 낡고 야만적 관습을 버려야 하오."

왕이 대답했다.

그 장대한 노르웨이 왕에게는 약속했던 영국 땅 2미터가 주어졌다. 그러나 해럴드는 자기 막사에 뉘어 놓은 토스티그의 시체에는 성유를 바르고 왕의 의복함에 있는 화려한 진초록 퀼트 튜닉을 입혀야 한다고 고집했다. 염이 끝나자 해럴드는 토스티그의 밝은 머리칼과 창백한 이마에 금으로 만든 작은 고리를 놓아 주었다.

이틀째 되는 날 저녁 어스름, 올드레드 대주교가 죽은 자를 위한 기도문을 읽는 가운데 토스티그의 시신이 햇볕을 받아 따스해진 노섬브리어의 흙 속에 들어갔다. 곧 마지막 흙 한 삽이 토스티그의 무덤 위에 뿌려졌다.

비탄에 잠긴 해럴드의 얼굴을 보며 올드레드 주교가 말했다.

"전하께선 애통하시는 것은 마땅하나, 감사해야 할 이유는 아직 많이 있습니다. 영국은 공격당했고 전하께서는 그것을 물리치셨습니다. 전하와 기르스, 레오프와인 백작은 이 전쟁에서 살아남았습니다. 이는 남부가 여전히 든든하고 경험 많은 손안에 있다는 뜻입니다. 에드윈과 모르카 역시 게이트 풀포드와 스탐포드 브리지 전투에서 전하에 대한 충성과 용기를 증명했습니다. 겨울이 다가오고 바다가 거칠어지고 있습니다. 노르망디 공작은 봄까지는 배를 띄우지 않을 것입니다. 요크에서 다 같이 축연을 베푸시지요. 지쳐 있는 전하의 부하들에겐 휴식이 필요합니다."

"그대 말이 맞소. 늘 그랬지만 말이오. 하지만 나는 일이 이렇게 끝나지 않기를 너무도 바랐었소."

해럴드는 갓 만든 무덤에 마지막으로 한 번 더 눈길을 주고, 그 자리를 떠나 홀로 자기의 막사에 들어갔다.

며칠 동안 에빈은 해럴드를 피해 다녔다. 그는 해럴드의 눈길이 미치지 않게 멀찍이서 주군의 모습을 지켜보았다. 전투가 끝난 다음, 에빈은 야전 의사들을 도와 부상병들을 씻기고 붕대를 감았다. 승리는 그들에게 엄청난 희생을 요구했다. 죽은 자는 이루 헤아릴 수 없을 정도였고, 부상병도 수백에 이르렀다.

에빈은 끊임없이 죄책감에 시달렸다. 그는 머릿속에서 '그분은 이제 너를 혐오해.'라고 속삭이는 목소리를 피하기 위해 부상병 치료에만 몰두했다.

진료소 천막 틈으로 왕이 다가오는 것을 보고 도망친 적도 있었다. 에빈은 영국 군대가 임시로 요크의 그레이트 홀로 사령부를 옮기자 다른 종자들과 함께 먹고 잤다. 그는 여느 때처럼 해럴드 옆 자리에 앉지도, 그의 방 문가에서 자지도 않았다. 도저히 왕 앞에 나타날 수가 없었다. 그는 해럴드를 구하기 위해 토스티그를 찔렀고, 자기 행동을 후회하지 않았다. 하지만 해럴드는 어떻게 생각할까? 사랑하는 동생을 죽였으니 분명 자신을 혐오할 것이다. 에빈은 그렇게 믿고 있었다.

소년의 고민은 시시각각 커져만 갔다. 그는 이제 아버지처럼 사랑하게 된 해럴드만을 섬기길 원했다. 그러나 에빈은 자기가 해럴드의 생명을 구하면서 치명적인 타격도 함께 가했다고 느꼈다. 해럴드는 거기서 헤어 나오지 못하리라. 에빈은 해럴드가 자기를 보기만 해도 토스티그의 죽음을 떠올리게 되리라는 것을 알고 있었다.

'참 어이없는 일이군.'

그는 자신을 비웃으며 생각했다.

'내가 스스로의 두려움을 극복한 순간, 나를 생각지 않고 용감하게 행동한 그 순간, 내게 가치 있는 유일한 것, 국왕의 호의를 날려 버리게 되다니. 단 한 번만이라도 내가 읊곤 했던 노래 속의 영웅들처럼 행동할 수 있다면 행복할 거라고 생각했는데……. 소원은 이루었지만 그 결과는 슬픔뿐이니 이제 내가 할 일은 한 가지뿐이야.'

영국군이 요크로 이동한 후 사흘째 되는 아침, 에빈은 왕이 올드레드 대주교와 초원을 걷고 있는 것을 보았다. 두 사람은 구름이 잔뜩 낀 음습한 하늘을 이고 함께 걸어가고 있었다. 에빈은 왕이 아픈 다리를 거의 쓰지 않고 있다는 것을 금방 알아차렸다. 무릎에서 흔들리는 진홍색 망토 자락은 해럴드가 오래된 상처 쪽에 몸무게를 실을 때마다 조금씩 더 낮아졌다. 마도요가 옆 들판으로 울며 날아가자 왕이 잠시 머리를 들었지만 에빈을 보지는 못했다.

에빈은 발걸음을 멈췄다.

'저분을 대면하는 게 너무 힘들어.'

우즈 강 너머로 초원이 끝없이 펼쳐졌다. 양 떼가 풀을 뜯어먹고 황조롱이 한 마리가 외로이 하늘을 맴돌고 있었다. 에빈은 멈춰 서서 자신을 저주했다. 꼭 해야 할 일을 할 용기가 사라져 버렸는가? 불안하긴 했지만 에빈은 억지로 자신을 다잡으며 앞으로 걸어갔다. 대주교의 장중한 목소리가 점점 가까이 들려왔다.

올드레드는 가슴에 팔짱을 낀 채 걸었다. 그는 해럴드보다 머리 하나만큼 더 크고 어깨도 훨씬 넓었다. 해럴드는 낮게 울리는 목소리로 지혜를 나누어 주는 대주교와 보조를 맞추며 걸었다. 길은 이른 아침 내린 비로 촉촉해져 있었다. 생각 많은 사람이 흔히 그러듯 해럴드는 목 뒤에 손깍지를 끼고 있었다. 왕은 때때로 고개를 끄덕이며 질문을 하기도 했지만, 대개는 올드레드의 충고를 듣고 있었다. 왕이 고개를 약간 돌렸다. 에빈은 그가 올드레드의 무슨 말엔가 빙긋 웃는 것을 보았다.

에빈이 깊이 숨을 들이마시고 왕 앞으로 나아갔다. 감히 내가 이러다니. 과연 이게 옳은 결정일까? 이제라도 발걸음을 돌려야 한다. 아니, 너무 늦었다. 그 순간 해럴드가 고개를 돌려 그를 보았던 것이다. 이제는 돌아설 수 없다.

에빈은 미리 써 온 편지를 꺼내 해럴드에게 바치고 그 앞에 무릎을 꿇었다. 웃자란 축축한 풀들이 팔꿈치를 찔렀다. 해럴드가 말없이 그것을 읽는 동안 에빈은 무릎을 꿇은 채 고개를 숙이고 있었다. 해럴드가 편지를 올드레드에게 건네자 올드레드가 소리 내어 읽었다.

저는 마치 도둑처럼 전하에게서 전하의 동생을 훔쳤습니다.
그 때문에 전하는 제가 한없이 미우실 것입니다.
저는 이제 전하를 섬기는 일을 그만두고자 간청합니다.
전하께 감사드리는 마음은 이루 다 표현할 수 없어
차라리 쓰지 못하였나이다.

카마던의 에빈 올림

"이상하군, 그렇지 않소?"

올드레드가 편지를 다 읽자 해럴드가 말했다.

"내가 모르는 사람에게서 이런 편지를 받다니. 나는 카마던의 에빈이란 사람을 모르오."

왕이 올드레드가 들고 있는 편지를 톡 건드리며 말했다. 그는 말을 멈추고, 자기 앞에 무릎을 꿇고 있는 종자를 애정 어린 눈길로 바라보았다.

"나는 '검은 머리 에빈' 또는 '그림자'라고 불리는 에빈이란 사람은 안다. 또 백조 목 레이디 올디스가 나를 가장 잘 섬기는 아이를 '왕의 그림자'라고 부른 것도 안다. 바로 이 에빈이……."

왕이 올드레드의 손에 들린 양피지를 다시 톡 치며 말했다.

"자기가 내 동생을 죽였다고 주장하는구나. 하지만 난 그런 사람을 모른다. 며칠 전 나의 백성이 위험에 처했는데도 나는 나의 의무를 제대로 해낼 수 없었다. 그때 내 생명을 구해 준 에빈이란 자는 알고 있지. 나는 그 에빈을 지난 몇 년간 알고 있었고 사랑하게 되었다. 그는 어떤 이유로든 나와 떨어질 수 없는 자이다."

에빈은 뜨거운 눈물이 솟아나는 것을 느꼈다. 부끄러워서였다.

"그가 내게서 동생을 앗아 간 것이 사실이라면, 그는 내게 동생 자리를 대신할 귀한 선물을 주어야 한다."

왕은 잠시 멈췄다가 말을 이었다.

"사람들이 동생보다 훨씬 더 귀하게 여기는 게 있다. 바로 아들이지. 대주교, 괜찮다면 오늘 오후 성당에서 왕이 양자를 들인다고 선언해 주시오. 양자는 사람들이 '왕의 그림자'라고 부르는 바로 그 아이요."

"그리하겠습니다."

올드레드가 가무잡잡한 얼굴을 환하게 물들이며 말했다.

해럴드는 올드레드의 손에서 양피지를 가져와 조각조각 찢어 바람에 날려 버렸다. 목소리가 한결 가벼워졌다.

"내 아들이 풀밭에서 이리 오래 무릎 꿇고 있으면 너무 젖지 않겠느냐. 그럼 오늘 오후 성당에 모습을 드러내기 힘들 것이다."

에빈은 어찌해야 할지 몰랐다. 머리가 빙빙 돌았다.

'왕의 양자라니!'

전혀 예상하지 못한 일이었다. 해럴드가 에빈을 부드럽게 일으켜 어깨에 팔을 둘러 주었다. 에빈의 마음이 한결 편안해졌다.

그날 오후, 에빈은 지붕이 가파른 요크 성당 돌바닥 위에 왕과 함께 무릎을 꿇었다. 복사들과 수도사들에게 둘러싸인 올드레드 주교가 제단에서 승리의 기도를 올렸다. 향에서 피어오르는 짙은 냄새가 에빈의 코에 스몄고, 따스하고 몽롱한 연기가 동굴 같은 성당을 떠다녔다. 마침내 미사를 마치는 기도가 끝나자 올드레드가 선언했다.

"국왕 전하께서 양자를 들이셨습니다. 색슨 족이 '그림자'라고 부르는 전하의 종자이자 서기인 분입니다."

지난 몇 년간 색슨 족의 시선에 익숙해진 에빈은 또다시 자기에게 쏠린 사람들의 눈길을 느꼈다. 에빈은 그들이 자기를 이상하게 여기는 것을 알고 있었다. 심지어 웨일스 산지의 드루이드교 마녀가 그를 저주해서 말을 못 하게 되었다고 속삭이는 소리를 들은 적도 있었다. 엄마들은 아이들이 그에게 너무 가까이 가지 않도록 주의를 주었다. 하지만 오늘 밤의 속삭임은 달랐다.

"왕의 양자다……."

그들의 목소리엔 찬탄과 신뢰가 섞여 있었다.

"저분이 전하의 생명을 구했어."

"못된 배신자 토스티그를 죽인 사람이 바로 저분이야."

오후 늦게야 해럴드와 에빈은 성당 밖으로 나왔다. 겁에 질린 비둘기들이 날개를 파닥이며 서문 위 쉼터로 돌아갔다. 왕과 왕의 새 아들은 그레이트 홀 앞의 너른 광장을 가로질렀다. 수많은 군중들이 그들을 둘러싸자 해럴드가 에빈의 어깨에 팔을 두르며 말했다.

"이제 약속했던 승리의 축연을 시작하자."

모두 안으로 들어가 자리에 앉았다. 안에서는 음식 냄새가 솔솔 풍기고 있었다. 김이 설설 오르는 사슴 고기에 이어 소고기, 햄, 양고기가 계속 나왔다. 사과가 가득 담긴 쟁반과 벌꿀 술 주전자와 커다란 치즈가 담긴 접시들이 식탁 위에 놓였다. 홀은 승리자들을 위한 긴 의자와 식탁들로 꽉 찼다. 서까래에는 머시어와 노섬브리어의 귀족 가문들을 상징하는 깃발들이 달렸다.

왕이 주빈석에 앉았고 처음으로 에빈도 그 옆에 앉았다. 하프 선율이 물결치며 연회가 시작되었다. 상한 빵과 맛없는 물만 먹으며 지옥 같은 행군을 하고 죽음에 맞섰다 살아남은 사람들에게 이 연회는 나이 든 뒤 자손들에게 해 줄 좋은 이야깃거리가 될 터였다.

모두들 더 이상 들어가지 않을 정도로 배불리 먹었다. 아직 날빛이 한 시간 정도 남아 있는 시각, 에드윈은 이제 침략의 위협이 지나갔으니 머시어로 돌아가겠다고 왕에게 청하고 자리를 떠났다. 여느 때처럼 형 옆에 있던 모르카는 노섬브리아의 주인으로서 에드윈을 머시아 접경 지역까지 데려다 주고 오겠다고 했다. 그는 다음 날 오후에 돌아오겠다고 약속했다. 왕의 축복을 받은 그들은 세인과 근위대원들을 거느리고 출발했다.

남아 있는 사람들은 허리띠를 늦추고 탁자 위에 팔베개를 하고 쉬었다. 노섬브리어 여자들이 옆에 앉아 그들의 이야기를 들어 주었다. 일주일 내내 짊어졌던 짐에서 해방된 사람들은 점점 흥겨워했다. 그러다 분위기가 조용해지자 왕이 말했다.

"음유 시인을 앞으로 나오게 하라."

홀 한 구석의 긴 의자에서 기다리던 음유 시인이 일어났다. 그가 앞으로 나오자 한 근위대원이 외쳤다.

"베오울프 이야기를 해 주게."

"그래, 전사 왕 베오울프 이야기."

다른 사람이 응원했다.

"베오울프가 불 뿜는 용과 싸운 이야기를 해 줘."

음유 시인은 주빈석으로 와서 에빈 근처의 불 가에 섰다.

"베오울프와 불 뿜는 용에 대한 이야기를 해 올릴까요, 전하?"

"그래, 훌륭한 이야기지. 이 홀 안의 영웅들에게 어울리는 이야기다."

해럴드가 대답했다.

음유 시인이 불을 등지고 서니 금발 머리가 가무잡잡한 얼굴을 둘러싼 후광처럼 보였다. 장작이 타며 불꽃이 타닥타닥 일었다. 홀 안이 고요해지며, 전사건 여인이건 젊은이건 늙은이건 할 것 없이 모든 얼굴이 그를 향했다. 그는 경쾌한 억양으로 국경 지대인 세번 강 유역의 색슨 족들에 대한 이야기를 시작했다. 그의 목소리는 정열적이었다.

> 그때 베오울프가 마지막으로 전사들에게 말했네.
> 한 명 한 명에게 이렇게 작별했네.
> "사랑하는 동료들이여, 이제 나는 준비가 되었소.
> 용이 내게 맞서게 하시오, 감히 그럴 수 있다면!
> 그대들이여, 나의 전사들이여.
> 곳에 서서 인내를 가지고 지켜보시오.
> 이 싸움은 그대들의 몫이 아니니."

그가 이야기를 풀어 나가자 시종들이 쌀쌀한 저녁 공기를 막느라 창의 덧문을 닫고 홰와 등잔에 불을 붙였다.

> "나의 용기는 분명 용을 죽이고 보물을 얻을 거요.
> 운명이 내게 죽음을 명하지 않는다면.
> 운명의 말은 최종적인 것이며

누구나 되묻지 말고 복종해야 하며,

왕들조차 머리를 조아려야 하나니."

베오울프의 이야기는 영국인들에게는 오래된 것이었지만 에빈에게는 처음이었다. 음유 시인이 언어의 마술을 부리는 동안 에빈은 열중해서 들었다. 시인은 다른 영국인들처럼 키가 크지 않았다. 하지만 매부리코와 빠르고 새 같은 몸짓 때문에 먹이를 노리는 장엄한 새 같은 인상을 주었다. 시인은 극적인 효과를 위해 자주 말을 멈췄고, 갑작스런 침묵으로 사람들의 주의를 끌었다.

이 이야기는 왕의 죽음에 관한 것이었다. 왕들도 운명에 복종해야 한다. 그리고 왕들도 결국은 죽어야 한다. 에빈은 차가운 손가락이 등을 훑는 듯 몸을 부르르 떨었다. 사방을 둘러보던 에빈의 눈에 컵에 남아 있던 것을 휘 돌리다가 꿀꺽 삼키는 기르스의 모습이 보였다. 처음부터 마음에 들었던 상냥하고 조용한 레오프와인은 손바닥으로 턱을 받치고 있었다. 다른 손으로는 그의 무릎에 머리를 기대고 있는 사냥개의 귀를 감싸고 있었다. 마치 그 이야기를 처음 듣는 듯 레오프와인은 이야기꾼에게서 눈길을 떼지 못하고 있었다. 그때야 에빈은 누군가가 자기를 바라보는 것을 느꼈다. 눈을 돌려 보니 왕이 진지한 눈길로 자기를 바라보고 있었다.

해럴드는 누군가가 귀중한 말을 나누고 싶을 때 그러하듯 몸을 숙여 말했다.

"운명이 우리를 묶어 줬다는 게 기쁘다. 너를 '아들'이라고 부르는 게 자랑스럽구나."

어느덧 밤 기도를 알리는 종소리가 성당 종탑에서 울려 퍼지자 많은 근위대원들이 주사위를 치우고 홀 한구석으로 가 진홍색 망토를 두른 채 잠이 들었다. 아직 잠을 청하지 못하고 서로 나직하게 이야기를 나누는 사람들도 있었다. 이상스럽게도 큰 승리 뒤에 흔히 따르는 떠들썩하고 흥청망청한 분위기는 느껴지지 않았다. 사람들은 차분했고 행운에 감사했다. 오늘 밤에는 얘기를 심하게 떠벌리지도 않을 것이다.

해럴드 왕은 주빈석에서 동생 기르스와 레오프와인과 함께 쉬고 있었다. 왕은 슬펐지만 후회하지는 않으며 토스티그에 대한 이야기를 나누었다. 토스티그는 몰락을 자초했다. 가슴 저미게 그가 그립긴 해도 자신들은 이 나라를 지킬 의무를 다한 것이다. 하지만 가끔은 옛 시절의 추억으로 빠져 들기도 했다. 사냥개와 매를 데리고 함께 사냥을 나갔던 행복한 어린 시절. 토스티그의 영혼이 아직 냉혹함으로 물들기 전이었다.

슬슬 탁자들이 치워지고 요크의 세인들이 하나 둘 아내와 아이들, 수하의 근위대원들을 데리고 자리를 떠났다. 모르카의 안식구들도 왕에게 작별 인사를 하고 위층 방으로 물러났다.

올드레드의 푹 꺼진 눈이 불빛으로 번쩍였다. 그는 자신의 숙소로 물러가기 전에 토스티그의 영혼을 위해 한 달 동안 미사를 올리겠다고 약속했다. 해럴드는 대주교의 손을 감사히 잡았다.

"그리고 오늘의 승리를 축하하는 감사 미사도 내 이름으로 올려 주시오. 이제 노르웨이 인들의 보화 덕에 성당 학교들의 재정이 넉넉해질 것이오."

해럴드가 말했다.

올드레드는 수도사들과 함께 자리를 물러났다. 그때 갓 도착한 손님이 그의 옆을 스쳐갔다. 그 남자가 그레이트 홀로 스며들어 온 것을 눈치 챈 사람은 거의 없었다. 근위대원들은 평화롭게 코를 골고 있었고, 나직하게 얘기하던 자들도 그를 홀긋 보고는 다시 대화를 계속했다.

절름거리며 들어오는 그 남자는 소케틸이었다. 비뚤비뚤 걷는 모습이 심상치 않았다. 그가 자고 있는 근위대원들과 남녀 몇 무리를 지나쳐 웨식스의 용 깃발과 노섬브리어의 깃발 아래로 다가왔다. 그가 매달려 있는 등잔 밑으로 천천히 다가오자 빛이 그의 얼굴을 비췄다. 눈 밑의 거뭇거뭇한 그림자와 고통으로 찌푸려져 맞붙은 길고 검은 눈썹이 드러났다. 그는 해럴드가 앉아 있는 주빈석 앞에서 멈춰 섰다.

말을 하던 해럴드가 눈길을 돌렸다. 소케틸의 얼굴을 보자 그의 표정에서 온화함이 싹 가셨다. 비록 소케틸의 재주를 아끼긴 했지만 이 첩자가 좋은 소식을 가져오는 일은 드물다는 것을 알고 있기 때문이었다.

"그래, 무슨 소식인가?"

해럴드가 부드럽게 물었다.

소케틸이 왕의 발밑에 주저앉았다. 에빈이 재빨리 자리에서 일어나 그를 살폈다. 맥박은 약했고, 뼈가 툭 튀어나온 것으로 보아 굶주린 것 같았다. 고삐에 쓸린 손바닥의 상처에서 피가 배어 나왔다. 말을 급히 몰았던 게 틀림없었다. 부드러운 염소 가죽신도 피 묻은 넝마 조각이나 다름없었다.

에빈이 따스한 벌꿀 술을 가져와 첩자의 입에 대 주었다. 소케틸이 간신히 한 모금을 넘기더니 마침내 눈을 떴다.

"저는 남부의 헤이스팅스에서 달려왔습니다. 저를 태운 말이 쓰러질 때까지 달렸고, 그 다음에는 말을 훔쳐서 그 말 또한 쓰러질 때까지 달렸습니다. 그러고는 제 심장이 버틸 수 있는 한 계속 뛰어왔습니다."

목소리가 너무 낮아 마치 속삭이는 것 같았다.

"차라리 다른 사람이 이 소식을 전하는 게 나았을 것을."

소케틸이 다시 정신을 잃었다. 그가 기운을 차릴 때까지 기다리는 동안 에빈은 따스한 물로 그의 얼굴을 닦아 주고 그에게 줄 빵과 치즈를 접시에 담았다.

그러나 다시 눈을 뜬 소케틸은 음식을 치우라는 시늉을 했다.

"노르망디 공 윌리엄이 대군을 거느리고 헤이스팅스 근처에 상륙했습니다."

말을 미처 마치기 전에 다시 정신을 놓을까 봐 두려운 듯 그가 다급하게 말했다.

"그는 플랑드르와 브르타뉴의 용병을 합쳐 노르만군을 한층 대군으로 만들었습니다. 기병, 보병, 궁수들의 수는 헤아릴 수 없습니다. 영국 해협은 칠백여 척의 배로 꽉 찼습니다. 그들은 헤이스팅스 근처의 페번지 항구를 가득 메우고 있습니다. 그렇게 규모가 큰 함대는 난생처음 보았습니다. 그리고 배마다 군마들과 칼, 방패, 도끼, 철퇴로 무장한 용맹한 군사들로 북적거립니다."

소케틸은 아픈 가슴으로 숨을 들이마셨다.

"전하, 이게 다가 아닙니다. 윌리엄은 노르망디에서 나무로 성을 만들 부품들을 제작했습니다. 이곳 영국 땅에서 다시 끼워 맞출 것들입니다. 그는 날마다 요새에서 군사들을 데리고 나가 가는 길에 있는 농토들을 모조리 불태우고 있습니다. 그는 자기가 적법한 계승자이며, 전하는 찬탈자라고 주장합니다. 그는……."

여기서 소케틸은 머뭇거렸다. 해럴드가 공정하다는 것을 알고 있긴 해도, 그 다음 말이 어떤 반응을 불러일으킬지 몰랐기 때문이었다.

"그는 전하가 서약 위반자라고 떠들고 있습니다."

기르스가 벌떡 일어났다.

"못돼 먹은 무두장이의 손자 따위가!"

그가 불을 뿜듯 분노하며 고함쳤다.

노르망디에서 억지로 해야만 했던 그 서약을 고통스럽게 떠올리며 해럴드가 말했다.

"그래, 그는 명예라곤 한 줌도 없는 인간이지. 하지만 그건 그가 선택한 것이야. 태생과는 관계없는 일이다."

해럴드가 레오프와인과 기르스를 바라보았다.

"우리는 머시어의 구릉지와 이스트 앵글리어의 너른 평야, 주트 족의 요새와 웨식스에 있는 나의 백성들에게 이 소식을 전해야 한 다. 웨일스의 브리튼 족에게 야생 조랑말을 타고 한시라도 빨리 달 려오라고 전하라. 그리고 노섬브리어 인들에게는 습지에서 내려와 합류하라고 전하라. 전령들에게 런던에서 만나자는 전갈을 들려 날 밝는 대로 떠나게 하라. 하지만 오늘은……."

왕이 측은한 표정으로 말했다.

"아무 말도 하지 말거라."

에빈은 홀 안에 있는 사람들을 바라보았다. 그들은 여전히 조용 조용 이야기를 나누고 있었다. 여기저기서 웃음소리가 들렸다. 기분 이 좋은지 얼굴들이 환했다. 그들은 아직 첩자가 가져온 소식을 모 르고 있었다.

"지금 우리가 할 수 있는 건 아무것도 없으니 한마디도 하지 말 거라. 오늘 밤에는 즐기게 하라. 그 어느 도적도 이들의 즐거움을 훔 쳐 갈 수 없도록."

윌리엄 공의 침공

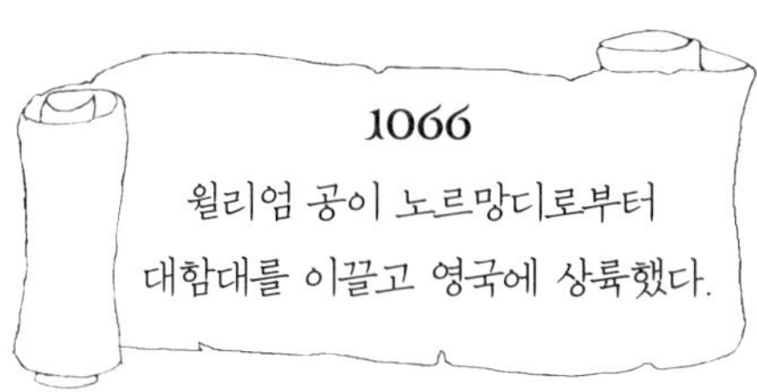

"우리에게 시간이 더 있을 줄 알았다."

해럴드가 주빈석의 사람들에게 화난 목소리로 낮게 말했다.

"내년 봄까지는 노르만 인들이 상륙하지 않을 거라고 생각했어. 지난주에 우리는 전투를 두 번이나 치렀다. 여태 살면서 영국에서 한 번도 본 적 없는 힘든 전투였지. 북부는 피로 물들었고, 군사들은 너무 지쳐서 선 채로 잠이 들 정도다."

저 멀리 북쪽에서 늑대 울음소리가 밤바람에 실려 왔다. 초원에 퍼지던 그 소리는 요크 시 성벽을 떠돌다 그레이트 홀 안으로 스며들었다. 사냥개들이 앞발로 솟구치며 머리를 번쩍 들고 귀를 기울였다.

“겨울이 지날 때까지는 안전할 거라고 생각했다. 휴식을 취하고, 민병대를 재편하고, 내년 봄을 준비할 수 있을 거라고 생각했어. 하지만 이 소식은……. 제 집에 있는 우리 백성들을 불태워 버리는 헤이스팅스의 이 괴물 덩어리는…….”

그의 목소리가 힘을 잃으며 사라졌다.

“왕위를 받아들였을 때 나는 평화를 꿈꾸었다.”

해럴드는 계속했다.

“나는 도로를 건설하고 더 많은 땅을 농경지로 만들려 했다. 백성들이 배불리 먹을 수 있도록 말이야. 또 수도원을 많이 세워 세인들을 교육시키고자 했다. 글을 읽을 줄 아는 자가 너무 적기 때문이지. 하지만 내가 왕위에 오른 이 짧은 기간 동안 전투와 분쟁 말고는 한 게 없구나. 나는 토스티그를 몰아내고 노르웨이 인을 내쫓는 데 온 힘을 다했다. 이것이 내가 백성들을 위해 한 일이다. 그런데 그들은 아직도 무지하고, 굶주려 있고, 전투로 피범벅이 되어 있구나.”

늑대가 또다시 울부짖었다. 곧이어 다른 늑대가 맞받아 울었다.

벌꿀 술로 얼굴이 불콰해진 기르스가 말했다.

“제 도끼는 아직도 날카롭습니다. 전하는 저와 이스트 앵글리어 사람들이 내일 남부로 가는 것을 보시게 될 겁니다.”

“저 또한 그러합니다.”

긴 얼굴이 더욱 진지해지며 레오프와인이 말했다.

“전하는 런던과 켄트 땅에 의지하실 수 있습니다.”

기르스와 레오프와인이 손님방으로 간 뒤, 해럴드가 잠에 취한 소케틸을 조심스럽게 흔들었다. 에빈이 따뜻한 불 가로 긴 의자를 끌고 왔다. 해럴드는 기진맥진한 소케틸을 둘 사이에 기대 놓고 알고 있는 것을 남김없이 다 말하라고 명령했다.

"지난봄, 전하께 하랄 하드라다와 토스티그가 연합했다는 소식을 보고한 뒤에 저는 노르망디행 상선에 몸을 실었습니다."

소케틸이 잠을 쫓기 위해 눈을 비비느라 잠시 말을 멈췄다. 길고 검은 눈썹이 주먹 위로 둥글게 말렸다.

"다이비즈에 도착해 보니 침공 소문이 할 일 없는 선원들의 노닥거림은 아니었다는 것을 알 수 있었습니다. 윌리엄 공은 어마어마한 함대를 건설하는 중이었습니다. 전하, 무려 칠백여 척이었습니다. 제 눈으로 똑똑히 보지 않았다면 저 역시 믿지 못했을 것입니다."

"모두 군함이더냐?"

해럴드가 믿을 수 없다는 듯이 말했다.

"오, 아닙니다. 모두 군함은 아니고 수송선들이 많았습니다. 템스 강 뱃사공들이 말 탄 이들과 마차를 나르는 짐배 비슷합니다. 화물과 말을 나르기 위해 갑판을 넓게 만든 배들이지요. 이 배들은 바다가 잔잔해야만 안전하게 항해할 수 있습니다."

소케틸이 하품을 가리고 나서 말을 이었다.

"윌리엄은 거의 매일 배 대목들을 감독하느라 항구를 돌아다녔습니다. 그는 서두르라고 목수들을 재촉했지요. 한여름이 되자 공작은 용병을 구하러 사람을 보냈습니다. 그래서 저는 일자리를 찾는 방랑 기사로 변장하고 그의 군대에 들어갔지요.

그 후 함대는 모든 것을 배에 싣고 출발 준비를 갖추었지만 바다를 건너기엔 날씨가 너무 사나웠습니다. 북부에서 너무 많은 비바람이 몰아쳤지요. 그런데 성스러운 달 9월의 열이틀째에 바람 방향이 바뀌었습니다. 함대는 닻을 올려 다이비즈를 출발했습니다. 하지만 너른 바다로 나오자 이번엔 갑자기 남쪽에서 폭풍이 몰아쳤습니다. 공작의 배들은 피할 곳을 찾느라 노르만이 장악한 생 발레리 시로 급히 갔습니다.

오랫동안 춥고 축축한 날씨가 계속되었습니다. 하늘에는 구름이 덮여 어두웠고요. 그러나 급히 바람이 바뀌면서 구름이 흩어졌습니다. 노르만 인들은 기뻐하며 다시 돛을 올렸지요."

소케틸이 말하는 동안 에빈은 머릿속으로 그 광경을 그려 보았다. 윌리엄은 해럴드가 민병대에게 고향으로 돌아가 추수하라고 허락했던 바로 그 주에 바다를 건너려 했었다. 도버의 망루에서 태양이 바닷물을 붉게 물들이는 것을 본 그날 저녁, 노르만 인들 역시 해럴드의 배들을 가라앉혔던 그 폭풍을 만났던 것이다. 그리고 색슨 족이 스탐포드 브리지에서 죽은 자들을 묻고 있는 동안 윌리엄은 페번지의 넓고 안전한 항구에 닻을 내렸다.

소케틸이 에빈의 손에서 컵을 가져가더니 다 마셔 버렸다.

"저는 생 발레리에 함대가 상륙할 때……"

소케틸이 컵을 탁자 위에 놓으며 말했다.

"윌리엄의 본선인 전투용 긴 배 '모라'에 몰래 숨어들 수 있었습니다. 함대는 바람이 순풍으로 바뀐 오후 늦게 돛을 올렸고 노잡이들은 바다로 배를 저어 갔습니다. 저녁 어스름이 되자 윌리엄이 뒤따르는 배들에게 신호를 보낼 때 쓰는 등을 돛대에 올리라고 명령했습니다. 모라는 날렵하고 빠른 배입니다. 돛에 바람을 받자 배는 제비처럼 물 위를 미끄러져 갔습니다. 새벽이 되자 육지도 배도 보이지 않는 망망대해에 우리만 있게 되었습니다. 함대에서 떨어져 나온 것을 걱정하는 선원도 있었지만 공작은 소풍이라도 나온 것처럼 행동하며 아침 식사를 가져오라고 명령했습니다. '풍미 있는 벌꿀 술을 가져오너라.'라고 그가 말했지요."

소케틸이 윌리엄 공이 으르렁대는 소리를 어찌나 정확하게 흉내 내는지 에빈은 슬며시 웃음이 나왔다.

"전하."

소케틸이 피곤한 듯 에빈의 어깨에 기대며 말을 이었다.

"그가 세차게 몰아붙인 것이 성과를 거두었습니다. 식사를 마치기도 전에 뒤따라온 나머지 함대의 돛이 보였으니까요. 모든 함대가 함께 항해해서 페번지에 상륙했습니다. 고대 로마 요새의 폐허가 있는 곳이지요. 그들이 조약돌 깔린 해변에 배를 올려놓는데 소리가 어찌나 시끄럽던지요. 해변이 너무도 북적여서 모두들 순서를 정해 말과 군장과 식량 마차를 내려야만 했습니다."

소케틸이 고개를 설레설레 저었다.

"그동안 많은 군대를 봐 왔지만 이렇게 용맹한 군대는 처음입니다."

"자, 말해 다오. 군사들의 수는 어느 정도며 말은 모두 몇 마리나 되느냐?”

해럴드가 말했다.

에빈이 물그릇을 가져와 손에 난 상처를 씻어 주는 동안 첩자는 기억을 되살려 해럴드에게 쓸모있을 만한 이야기를 남김없이 쏟아 놓았다.

“잘했다, 소케틸.”

해럴드가 손가락에서 반지를 빼 소케틸에게 주며 말했다.

“이제 가서 자거라. 이제 푹 쉬어도 된다.”

“감사합니다, 전하.”

소케틸이 점잖게 말했다.

부엌에서 나온 모르카의 집사는 흐릿한 등잔 몇 개만이 홀을 밝히고 있는 것을 보고는 모닥불을 다시 지폈다.

“더 필요하신 게 있으십니까, 전하?”

집사가 물었다.

해럴드가 고개를 젓자 그가 절을 하고 물러났다. 왕이 아픈 다리를 쭉 펴고 무릎을 어루만졌다. 에빈이 따스한 불 쪽으로 몸을 숙였다. 불씨가 발갛게 달아오르며 불꽃이 타닥거렸다. 고기 구운 내가 진하게 퍼져 나갔다.

“좋은 왕이 되기를 그토록 바랐건만.”

해럴드가 꿈결처럼 말하며 몸을 부르르 떨었다.

“에빈, 너도 좀 자거라.”

에빈은 움직이지 않았다. 그는 해럴드의 옆을 떠나고 싶지 않았

다. 동생들과 근위대원들에게 둘러싸여 있어도 왕은 외로워 보였
다. 앞일을 생각하니 그의 마음이 무거워졌다.

"옆에 있어 주겠느냐?"

에빈은 고개를 끄덕였다.

"그래. 기쁘구나."

두 사람은 함께 앉아 불을 응시하며 새벽이 오기를 기다렸다.

"아이슬란드 사람들이 우리를 봤다면 '석탄 갉작이'라고 불렀을
게야."

해럴드가 생각에 잠겨 말했다.

"밤새도록 모닥불 옆에 바짝 붙어 앉아 이야기를 나누거나 고민
거리를 털어놓는 친구들에게 쓰는 말이지."

이튿날 해럴드와 군사들이 말을 타고 요크에서 나왔다. 해럴드는
새벽녘에 군사들을 깨워 소케틸이 가져온 소식을 전했다. 고향과 가
족이 위험에 빠져 있다는 얘기를 들은 웨식스 사람들은 얼마 되지
않는 짐을 급히 챙겼다. 에빈도 자루에 먹을 것을 넣고 안장 위에 급
히 올라탔다. 해럴드가 한시라도 빨리 런던에 도착해야 한다고 해
서 말을 재촉했지만 에빈의 생각은 원치 않는 방향으로만 내달렸다.

이제 자신은 왕의 양자였다. 해럴드가 윌리엄 공과 싸울 때 왕의
옆 자리를 지켜야만 하는 것이다. 어찌나 두려운지, 에빈은 또다시
겁쟁이가 된 것만 같았다. 남들은 용기를 타고나는데 나는 왜 이럴
까? 그는 그리핀의 아들들이 정말 무서웠었다. 하랄 하드라다를 처

음 봤을 때도 손안에 잡힌 참새처럼 가슴이 콩닥였었다. 그토록 무시무시하게 생긴 전사는 난생처음이었다. 에드윈의 손이 왜 떨렸는지 이해가 갔다. 토스티그와 싸운 뒤 며칠 동안 에빈은 자기가 두려움을 극복했다고, 이제는 용감해졌다고 생각했다. 하지만 그 생각은 곧 바래 버렸다. 노르망디의 윌리엄만 생각하면 곧 불안해지며 입술을 깨물게 되었던 것이다.

'용기가 물처럼 손가락 틈으로 새 버리는구나.'

이제 자기는 신뢰라곤 찾아볼 수 없는 그 노르망디 공작과 대면해야만 한다. 이번에는 겉치레 예의란 없을 것이다. 공작의 성문 근처에서 보았던 장대에 걸린 머리들이 생각났다. 에빈은 이미 전장과 불탄 집들, 도륙된 사람들을 통해 그의 잔인함을 보았다. 해럴드가 노르만 군사를 익사 위기에서 구해 냈을 때, 공작이 제 군사인데도 경멸스런 표정을 지었던 것도 생각났다. 소케틸이 이런 말을 한 적이 있었다.

"영국인들은 윌리엄만 보면 도망간다. 그들은 묘지로 뛰어가는 것도 마다하지 않는다. 그 노르만 인보다는 차라리 유령이 덜 무섭기 때문이다."

해럴드는 가끔 긴 행렬의 선봉에서 천천히 벗어나 후위의 군사들을 격려했다.

"서둘러 남부로 가자. 우리는 노르만 인들을 바다로 돌려보낼 것이다. 그들을 물리칠 것이다."

해럴드가 공중에 칼을 뽑아 들고 외쳤다.

“물리치자!”

행렬을 따라 군사들도 외쳤다.

“물리치자! 물리치자! 물리치자!”

그들은 하루에 단 한 번, 태양이 가장 높이 걸리는 시간에만 휴식을 취했다. 아버지와 아들들은 가져온 빵이나 소금에 절인 고기를 나눠 먹었다. 시원한 강물에 발을 담그는 사람들도 있었고 풀밭에 그대로 쓰러져 곤히 자는 사람들도 있었다.

해럴드는 갈림길마다 가장 가까운 마을로 전령을 보내, 그 지역 세인들과 주 장관들에게 민병대를 보내라고 알렸다. 시시각각 더 많은 사람들이 말을 타거나 걸어서 합류했다. 행렬은 런던 쪽으로 구불구불 이어졌다. 브룬스왈드 숲을 통과하자 남쪽에서 전령이 도착했다. 그가 윌리엄의 만행을 전했다.

“윌리엄이 헤이스팅스를 유린하고 있습니다. 가는 길목을 모두 불태우고, 만나는 사람은 한 명도 살려 두지 않습니다. 서섹스 주는 과부와 고아들의 땅이 되고 있습니다. 헤이스팅스와 해안 길 도처에서 사람들이 통곡하며 전하의 도움을 애타게 청하고 있습니다.”

약 14킬로미터를 더 달리자 날이 어두워졌다. 그때 산에서 두 번째 전령이 튀어나왔다.

“윌리엄이 헤이스팅스 근처에 목성을 세웠습니다.”

그가 눈이 휘둥그레져 보고했다.

“그들은 이미 나무로 모양과 틀을 갖추고 서로 연결할 수 있게 구멍까지 뚫어 놓은 자재를 싣고 왔습니다. 그러고는 불과 몇 시간 만에 그것을 연결해 세우고 단단한 목책으로 둘러친 다음, 주변에 해자를 팠습니다."

소케틸이 묘사했던 바로 그 성이었다. 영국에 상륙하면 쉽게 연결하려고 노르망디에서 이미 하나하나 다 만들어 놓았다는 그 성이었던 것이다.

해럴드는 말을 더욱 급히 몰았다.

'윈터필리스'라고 부르는 10월의 닷새째, 해럴드의 군대가 런던 근처까지 왔을 때 그들을 맞이하러 말을 달려오는 무리가 보였다. 해럴드가 팔을 높이 들어 뒤를 따라오는 군대를 멈추게 했다. 그리고 홀로 말을 몰았다.

그녀였다. 백조 목 레이디 올디스가 숲에서 말을 몰고 앞으로 나왔다. 레이디 몸 여기저기에 황금색 단풍잎과 검은 가지가 붙어 있었다. 시녀가 머리를 땋아 줄 새도 기다리지 못하고 급히 달려 나왔는지 레이디의 밤색 머리가 어깨 뒤로 넘실넘실 흘러내렸다. 해럴드를 본 레이디는 근위대원들을 멈추게 하고 혼자 앞으로 나왔다. 몇 달 만에 다시 보는 얼굴이었다.

해럴드가 다가가 레이디의 말채찍을 잡아 말을 진정시켜 주었다. 왕의 얼굴에 자주 드리웠던 수척한 표정은 이제 사라졌다. 그는 말없이 안장 위에 앉아 있었다. 마치 다시 소년으로 돌아가 처음으로 레이디를 보는 것 같았다. 레이디는 바람에 날려 얼굴을 가린 머리칼을 넘겼다. 레이디의 시선이 그의 눈 밑 주름과 툭 튀어나온 광대뼈와 오랫동안 말을 몰아 거칠어진 손으로 향했다.

"피곤해 보이십니다, 전하. 월샘에 가서서 좀 쉬시지요. 군대를 이끄시려면 우선 전하의 기력을 모아야 합니다."

그녀가 부드럽게 말했다.

"아니오, 난 가야만 하오. 노르망디 공을 저지시켜야만 하오."

레이디가 살짝 미소 지었다. 그런 대답이 나오리라 예상했기 때문이다.

"그러면 저도 데려가 주세요."

레이디는 그의 곁에 있기로 이미 마음을 굳힌 듯했다.

영국군을 지휘하는 이 사나이도 그녀를 거부하기에는 무력했다. 그가 그녀의 손에 입을 맞췄다.

"자문 위원들이 런던에서 전하를 기다리고 있습니다."

그녀가 말했다.

"남쪽은 어떠하오?"

해럴드가 물었다. 고향 생각에 마음이 아려 왔다.

레이디의 얼굴에서 반짝이는 표정이 사라졌다.

"남쪽은 불길에 휩싸여 있습니다."

얼마 안 되는 배들이 템스 강 북쪽 강변에서 남쪽으로 군사들을 실어 나르는 동안 해럴드가 급히 자문 회의를 소집했다. 왕이 회의실에 들어서자 걱정에 가득한 무리의 목소리가 들려왔다.

"하느님, 모든 성자님들, 감사합니다! 전하, 이곳에 오셨군요."

"친구들이여, 그대들은 어떤 조언을 주겠소?"

해럴드가 상좌에 자리를 잡으며 곧바로 물었다.

"저희는 아무것도 합의하지 못하고 있습니다."

한 세인이 화난 목소리로 말했다.

"시기를 늦추고 민병대를 더 모아야 합니다."

런던의 주 장관이 권고했다.

"군대는 아직 출전 준비가 안 되었습니다. 전하와 함께 온 군사들은 지쳐 있습니다. 그들 중 많은 수가 이미 고된 전투를 두 번이나 치렀습니다."

하지만 도버의 에드릭이 반대 의견을 냈다. 도버는 윌리엄 공이 진군하는 길목에 있는 도시였다.

"우리가 출전을 미루는 사이, 윌리엄은 날마다 지방을 파괴하고 있습니다. 그는 모든 마을에 불을 질렀습니다. 또 양과 돼지들을 죽여 들판에서 썩게 내버려 둡니다. 저는 검은 연기가 피어나는 것을 보았고 썩어 가는 악취도 맡았습니다."

북부 사람 하나가 말했다.

"윌리엄은 노르망디에서 가져온 군량만으로는 오래 견딜 수 없습니다. 그의 군대가 굶주릴 때까지 기다리는 게 어떨지요."

에드릭이 주먹으로 탁자를 내리쳤다.

"해안 부근에서는 구조를 애타게 기다리고 있는데, 우리는 여기서 말잔치나 하고 있자는 말이오?"

해럴드가 입을 열었다.

"윌리엄도 단지 인간일 뿐. 다른 사람과 마찬가지로 두려워하는 게 많소. 그에게 사자를 보내 내가 북부에서 그 무서운 하랄 하드라다와 맞서 큰 승리를 거두었고, 나는 자비롭지 않다는 말을 전하라 하겠소. 또한 당장 영국을 떠나라고 전하라 하겠소."

모두들 그 말에 찬성했다. 한 시간 후에 전령의 깃발을 든 사자가 무장 군대의 호위를 받으며 떠났다.

"이제 기다려 봅시다."

해럴드가 말했다.

닷새 후, 오만한 노르만 수도사가 윌리엄의 전언을 가지고 런던에 도착했다.

"윌리엄은 무어라 하던가?"

수도사가 자문 회의실로 안내되어 오자 해럴드가 물었다.

수도사는 거만하게 입을 열었다.

"윌리엄 공께서는, 해럴드의 말은 현명한 자의 말이 아니며 자신은 에드워드 왕의 인척이므로 영국은 공의 것이라고 말씀하셨습니다. 또한 '그대는 내게 서약한 것을 잊었는가? 그대가 서약을 위반했음을 모르고 있는가?'라고 하셨습니다."

해럴드의 얼굴이 분노로 하얗게 질렸다.

"윌리엄은 비열한 방법에 기대어 왕위를 주장하고 있다! 감히 내 앞에서 그따위 말을 되풀이하다니 참으로 어리석구나. 네 귀를 잘라 버리리라."

해럴드가 고함을 지르며 앞으로 걸어 나와 사자의 얼굴 바로 앞까지 갔다. 그는 사자의 얼굴에 손을 대지 않으려고 온 힘을 다해 자제해야 했다.

"네 주군에게 돌아가라. 가서 칼을 날카롭게 버리라고 일러라. 성 십자가의 하느님께서 네가 그의 장례식에서 기도를 올리게 하실 것이다!"

이제 해럴드 왕은 전쟁 쪽으로 마음을 굳혔다. 사자들이 오가는 일은 끝났다. 그는 전투를 미루자고 권한 사람들을 물리쳤다.

"이제 더 이상 기다릴 수 없다!"

국왕이 말했다.

폭풍 전야

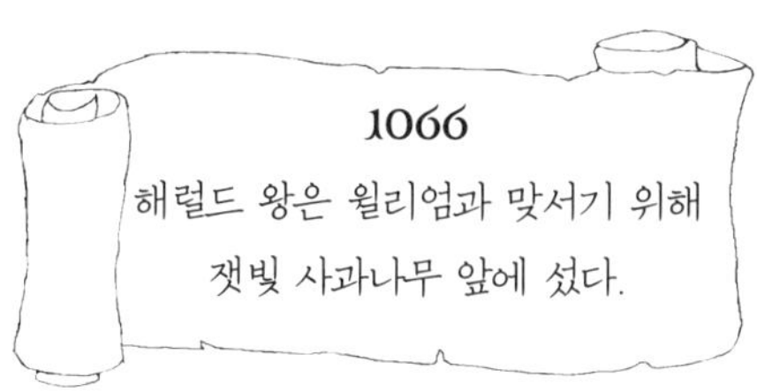

"이곳의 이름은 무엇인가?"

해럴드 왕이 가지를 한껏 펼치고 있는 사과나무 아래 멈춰 서며 옆에 선 소년 정찰병에게 물었다. 나무는 그 지역이 훤히 내려다보이는 산 위에 홀로 서 있었다. 에빈도 하콘과 함께 왕 옆에 말을 세웠다. 하콘이 잘 익은 사과 하나를 따 먹었다. 그들 뒤에는 영국군이 길을 따라 쭉 늘어서 있었다. 런던을 떠난 후 사흘 내리 남쪽으로 행군하는 중이었다. 침울한 태양이 사람과 말들의 그림자를 기이하게 잡아 늘였다.

"다음 산을 넘으면 샌레크라는 작은 마을이 있습니다, 전하."

정찰병이 대답했다.

“샌레크라…….”

해럴드가 풍부한 목소리로 천천히 되풀이했다. 마치 시구를 읊는 것 같았다.

“옛말로는 샌드 레이크로구나, 그렇지?”

“맞습니다, 전하. 사람들 말로는 전에는 호수가 있었는데 호수가 얕아 점차 늪으로 변했다고 합니다. 서쪽과 남쪽 멀리에는 아직도 늪들이 남아 있습니다.”

소년이 멀리서 자라고 있는 갈대들을 가리키며 말했다.

“만약 노르만 인들이 이쪽 방향을 택한다면 빨리 오지는 못할 겁니다. 이 일대는 길이 엉망인 데다 진흙과 늪 때문에 진군이 쉽지 않기 때문입니다.”

“오늘 밤은 이 사과나무 옆에 막사를 치자.”

해럴드는 눈에 손 그늘을 만들고 태양의 위치를 확인했다. 태양은 서쪽 작은 숲 바로 위에 낮게 걸려 있었다. 모든 방향의 지평선을 관찰한 왕은 웃자란 풀들만 반짝이자 실망하는 눈치였다. 속새풀 사이에서 마도요의 울음소리가 나자 왕이 몸을 휙 돌렸다. 하지만 그곳에는 아무도 없었다.

“그가 가까이 있는 걸 난 알고 있다.”

해럴드가 나직하게 말했다.

“나에겐 느껴져.”

명령을 전달받은 군사들이 막사를 치기 시작하자 해럴드는 에빈과 하콘, 그의 동생들, 근위대원 몇 명과 함께 앞으로 말을 몰았다.

정찰병이 앞서서 사과나무를 지나 비탈 아래로 내려갔다. 흙길로 접어들어 200미터 정도 나아가자 헤이스팅스로 가는 너른 길이 나타났다. 그들은 그곳에서 남쪽으로 경사가 급한 비탈을 발견했다.

"이곳이 샌레크 리지입니다."

정찰병이 말했다.

비탈을 오르니 남쪽 풍경이 훤히 보였다. 정상은 평평했고 뒤는 사과나무 쪽으로 완만한 경사를 이루고 있었다. 앞으로는 낮은 언덕들이 구불구불 이어진 울퉁불퉁한 벌판이 펼쳐져 있었다.

"만약 윌리엄이 내륙으로 들어온다면 분명 이 길을 택할 것이다."

해럴드가 말했다. 그는 부하들을 한 명 한 명 바라보았다. 기르스가 동의하며 고개를 끄덕였다. 레오프와인은 흘러내린 머리칼을 쓸어 넘기며 헤이스팅스로 향하는 길을 주의 깊게 보았다. 하콘은 알고 있다는 듯이 싱긋 웃었다.

왕이 눈을 가늘게 떴다. 날카로운 광대뼈가 전보다 더 또렷해 보였다. 햇빛을 받은 그의 피부는 마치 거친 가죽 같았다. 에빈은 그토록 냉혹해 보이는 해럴드의 모습은 한 번도 본 적이 없었다. 지휘관들 사이에 침묵이 흘렀다. 모두 해럴드의 생각을 감지했기 때문이었다.

"그는 이 길로 올라올 것이다."

해럴드가 냉정하게 말했다.

"그리고 그를 기다리는 우리를 발견하게 될 것이다."

그날 밤 느지막이 달이 떠올랐다.

왕의 막사에서 해럴드가 말했다.

"에빈, 군사들 틈을 돌아다니며 그들이 무슨 말을 하는지 살펴보고 오너라. 무슨 생각을 하는지 알고 싶구나."

에빈은 두건 달린 망토에 몸을 숨기고는 막사 주변을 경호하는 근위대원들 옆을 지나갔다. 그는 근위대원들의 마음을 잘 알고 있었다. 그들은 결코 해럴드를 저버리지 않을 것이다. 그들에게 전투는 활력의 원천이었고, 그들은 왕을 위해 죽는 것을 명예롭게 여겼다. 해럴드가 염려하는 것은 일반 백성들로 구성된 민병대였다. 병사들은 지치고 굶주린 데다 발병까지 났다. 게다가 아내와 아이들은 멀리에 있다. 과연 이들이 또 한 번의 전투를 감당해 낼 수 있을까?

잘 익은 사과 향내가 상쾌한 가을 공기를 타고 온 막사에 스며들었다. 병사들은 근심스러운 표정으로 불 가에 모여들었다. 그들은 뒤편에 빽빽한 안드레데스월드 숲이 있는 것을 다행으로 여겼다. 마지막 날은 커다란 떡갈나무와 너도밤나무 숲 속을 종종걸음으로 행진하면서 앞에 나타난 붉은 사슴 무리를 흩어 버리기도 했다. 보급품 마차를 끌고 덤불과 숲 속의 개울을 건너느라 병사들의 등은 고달프게 혹사당했다.

에빈이 모닥불 앞에 앉아 있는 지친 병사들에게 다가가 곁불을 쬐었다.

"헤이스팅스까지는 10킬로미터밖에 안 남았어."

어느 군사가 물집 잡힌 발을 문지르며 옆 사람에게 말했다.

"우리는 곧 노르만 인들을 찾아내게 될 거야."

“아니면 그들이 우리를 찾아내거나.”

시무룩한 대답이었다.

다른 남자가 대답했다.

“이번엔 영 느낌이 안 좋아. 에드윈 백작의 군대가 합류할 때까지 기다려야 했어.”

“맞아. 북부인들은 어디 있는 거지? 내 어림으론 도중에 합류한 군사는 오백 명도 안 돼. 스탐포드 브리지 전투 때 우리는 자기네를 도우려고 엄청난 거리를 행군했잖아. 그런데 토스티그와 하랄 하드라다를 도륙하고 나니 아는 척도 안 하는군. 그놈의 자식들은 불 가에 앉아 따뜻한 맥주를 마시는데 우리는 노르만 악마들을 기다리며 차가운 흙바닥에서 자고 있다고.”

계속 조용히 있던 사람이 입을 열었다.

“에드윈 백작이 온다는 데 내 한 달 급료를 걸겠어.”

“에드윈과 모르카가 도착하기도 전에 우린 다 죽고 말 거야.”

다른 군사가 끼어들었다.

“입 닥치고 겁쟁이 같은 생각 따위는 속에다 묻어 두게.”

머리가 하얗게 센 해럴드의 근위대원 하나가 야단쳤다.

“그럼, 그놈의 노르만 살육자들이 전하의 고향 웨식스를 파괴하고 있는데 우리가 런던에서 얌전히 기다려야 했단 말인가?”

그가 먹고 있던 빵을 내려놓았다.

“나는 전하의 판단을 믿네. 난 전하의 아버지가 살아 계실 때부터 십육 년 동안 고드윈 가문의 근위대원 노릇을 해 왔네. 장자인 스웨인은 명예라곤 손톱만큼도 없는 한심한 사람이었지. 하지만 해럴드 님은 베오울프와 같은 지도자의 품성을 보여 주셨어. 그분은 공정하시고, 알프레드 대왕 시절부터 내려온 법들을 잘 알고 계셔. 그분은 세금을 공정하게 부과하고 가난한 자들을 긍휼히 여기시네. 성질 급한 지도자라면 이 나라를 전쟁으로 몰아갔을 상황에서도 그분은 능숙한 말솜씨로 평화를 지켜 주셨어. 또 그분은 웨식스를 번영시키셨지. 머잖아 왕국을 위해서도 같은 일을 해내실 거야.”

“시간이 있다면 그렇겠지.”

무리에서 목소리 하나가 튀어나왔다.

늙은 근위대원은 동료의 의심에 실망한 나머지 빵 껍질을 불에 확 던져 버렸다.

“남들이 다 할 수 있는 거면 해럴드 님이라고 왜 못 하시겠나? 그분은 자네를 위해 도끼를 치켜들고 계시는 거라네. 만약 이 전투가 우리에게 불리해져서 윌리엄이 승리한다면 영국이 어떻게 될지 모르겠나? 노르만 인들이 이 땅을 강탈하고 우리를 노예의 족속으로 만들어 버릴 거야. 내 나라에서 노예로 살라고 말하지 말게. 최악의 상황이 닥치면 나는 해럴드 님과 함께 전투에서 죽는 편을 택하겠어. 그것이 정예 부대가 갈 길이야. 사나이라면 겁쟁이로 사느니 차라리 죽는 게 낫지.”

그 근위대원은 벌떡 일어나 에빈을 휙 스쳐갔다. 마지막으로 한 번 더 뒤를 돌아보며 그가 말했다.

“이제 나는 대장간으로 가 숫돌에 도끼를 갈겠네.”

아무도 더 이상 입을 열지 않았다. 어떤 이들은 쇠사슬 갑옷을 손보며 헐거워진 고리들을 바짝 엮었다. 궁수들은 활시위를 거듭 확인했다.

에빈은 불 앞에서 손을 부빈 뒤 이곳저곳 가 보았다. 사람들은 막사 여기저기서 망토로 몸을 동그랗게 말고 애써 잠을 청하고 있었다. 많은 사람들이 손에 무기를 꼭 잡은 채였다. 불안해하며 서성이는 사람도 있었고, 결전의 날 전에 고해 성사를 하러 성직자를 찾아나선 사람들도 있었다.

에빈이 왕의 막사로 돌아왔다.

"누구냐?"

해럴드의 근위대원이 대답을 요구했다.

"왕의 그림자이시다."

다른 근위대원이 존경심을 보이며 말했다.

"보내 드려."

에빈은 가리개를 젖히고 막사 안으로 들어갔다. 작은 탁자 위에 놓인 등잔이 자고 있는 왕 위로 희미한 빛을 던지고 있었다. 그는 해럴드의 자는 모습이 반가웠다. 왕이 얼마나 지쳐 있는지 잘 알고 있었기 때문이다. 에빈이 침대 가에 걸터앉았다. 너무 불안해서 누울 수가 없었다. 그는 하느님께 용기를 내려 달라고 기도했다. 새벽이 되면 전투가 시작될 것이 분명했기 때문이다.

'제가 양아버지의 명예를 더럽히지 않게 해 주소서.'

해럴드가 자다가 몸을 뒤척이며 신음했다. 에빈이 일어나서 떨어진 망토를 주워 왕에게 덮어 주었다. 그리고 긴 밤 내내 해럴드의 곁을 지켰다. 피곤했지만 생각할 게 너무 많았다. 지난봄 그는 열여섯 살이 되었다. 이제는 소년이라기보다는 전투에 나갈 만큼 나이가 찬 남자였지만 아직도 두려웠고, 그런 자신이 너무도 싫었다. 에빈은 전투에서 영광을 느낄 수가 없었다. 오히려 애슬니 수도원에서 보낸 나날들과 그곳으로 실려 온 부상병들의 울부짖음이 떠올랐다. 스탐포드 브리지 전투를 생각하니 소름이 끼쳤다. 에빈은 손으로 머리를 감쌌다. 마치 산 채로 껍질이 벗겨져서 신경이란 신경은 죄다 드러나 있는 것 같았다. 그는 전사가 아니었다.

'나는 평범한 시골뜨기 소년에 목소리를 잃은 음유 시인, 불쌍한 서기이자 종자일 뿐이야.'

하지만 운명은 이미 그를 다른 길로 인도했다. 그는 왕의 양자이자 왕의 그림자였다. 해럴드의 옆에서 그를 섬기는 게 자신의 운명이었다. 그런데 자신의 의무를 다할 용기도 없단 말인가?

밤이 깊어 갔고, 에빈은 세 번째 보초병이 근무를 시작하기 직전에야 옅은 잠이 들었다. 개똥지빠귀가 새벽을 알리는 소리에 잠이 깼지만 그의 눈에는 피로가 가득했다. 그는 막사에서 나와 윌리엄의 군대가 모습을 드러낼 남쪽 지평선 위에 달이 떠 있는 것을 보았다. 마지막 보초를 섰던 근위대원이 에빈에게 경례했다.

"오늘 자신을 증명할 기회가 생길 겁니다. 자신을 가지세요. 승리하면 해럴드 국왕은 아주 후하시거든요."

그가 팔에 낀 금팔찌를 가리키며 말했다.

에빈이 고개를 끄덕였다. 그 군사는 에빈의 두려움을 눈치 채지 못했다.

막사 안에서 부스럭거리는 소리가 났다. 왕은 깨어 있었다.

"그림자야."

목소리가 들렸다.

에빈은 처음으로 그 이름을 듣는 것처럼 돌아보았다. 왕의 따스한 목소리는 모든 것을 음악으로 바꿔 놓는 것 같았다. 막사 안으로 들어가니 해럴드가 침대 모서리에 걸터앉아 있었다.

"준비할 시간이다."

해럴드가 손가락으로 머리를 빗질하며 말했다. 에빈이 물을 대령하자 왕은 묵묵히 얼굴을 닦고 수염을 깎았다. 그가 머리를 빗는 동안 에빈은 무거운 쇠사슬 갑옷과 진홍색 깃털이 달린 투구를 준비했다. 왕이 망토를 풀더니 에빈의 손에 무거운 브로치를 놓았다.

"이것을 주마, 에빈. 내 여태 너를 사랑하는 증표로 선물 하나 주지 않았으니 참으로 미안하구나."

에빈은 그 브로치를 바라보았다. 자기 손바닥만 한 크기였다. 핏빛처럼 붉은 커다란 석류석이 가운데서 반짝이고 양옆에도 작은 석류석 두 개가 박혀 있었는데, 그 보석 세 개는 다이아몬드 모양으로 상감돼 있었다. 그 바깥쪽은 황금 바탕에 모래 알갱이보다도 작은 노란 알들이 물결무늬로 장식되었다. 위쪽에는 자그마한 용 머리와 둥글게 말린 소용돌이와 나선형 무늬가 새겨져 있었다. 온 영국을 통틀어도 이와 같은 브로치는 찾아볼 수 없으리라.

에빈은 해럴드의 진홍색 망토에 달린 그 브로치를 자주 보았었다. 이것은 왕에게나 어울리는 선물이었기에 에빈은 당황스러웠다. 그는 지난밤 머릿속에 가득했던 겁쟁이 같은 생각이 너무도 부끄러웠다.

"네게 해 준 게 별로 없구나."

해럴드가 말했다.

에빈이 고개를 들었다. 어떻게 저런 말을 할 수 있을까? 나에게 모든 것을 주었고 나를 당신의 아들로 삼기까지 했으면서.

에빈의 머리가 쾅쾅 울렸다. 그는 "어쨌든 자유는……, 어쨌든 생명은 주셨잖아요!"라고 소리를 지르고 싶었다. 하지만 고개만 가로저을 뿐이었다.

갑자기 정찰병이 천막 가리개를 들췄다. 그의 눈이 휘둥그레져 있었다.

"노르만 군대가 이쪽으로 진군하고 있습니다. 채 5킬로미터도 안 되는 거리입니다. 전하, 한 시간이면 여기까지 덮칠 것입니다!"

해럴드는 여느 때처럼 예의를 갖춰 조용히 고마움을 나타냈다.

"내 동생들과 지휘관들에게 사과나무 옆의 사령부에서 만나자고 전해라."

에빈은 얼른 튜닉 안, 자기의 심장 쪽에 그 브로치를 달았다. 이제 아무것도 설명할 시간이 없었다. 그는 의복함에서 해럴드의 두터운 퀼트 튜닉을 꺼냈다. 오래전에 화살이 갑옷을 뚫은 구멍이 있는 옷이었다. 해럴드는 그것을 뒤집어쓰고 두건 달린 망토도 입었다. 그러고 나서 두꺼운 쇠사슬 갑옷과 쇠사슬 두건을 썼다. 해럴드는 마지막으로 발목에 금 박차를 달았다. 그는 보병으로 싸울 예정이었지만 전투 나팔이 울리기 전에는 의례적으로 천둥을 타고 군사들 앞에 서기 때문이었다.

"서둘러라."

왕이 에빈에게 무거운 도끼와 칼을 달라는 시늉을 하며 말했다.

"이제 네 차례다."

에빈도 급히 작은 쇠사슬 갑옷을 입고 하콘에게 사용법을 배웠던 칼을 집었다. 그리고 투구를 집어 들고 해럴드를 따라 밖으로 나갔다.

진지는 분홍색 새벽빛에 감싸여 있었다. 에빈은 구불구불한 전장을 바라보았다. 저 멀리 눈 닿는 곳 어디서나 군사들이 움직이고 있었다. 이슬에 젖은 망토를 터는 사람도 있었고 갑옷을 단단히 여미는 사람도 있었다. 정찰병이 가져온 소식이 진지에 퍼지면서 금속과 금속이 부딪히는 소리와 낮게 웅성거리는 소리가 가득했다.

커다란 사과나무 밑에 탁자가 놓였다. 시녀들을 데리고 나온 레이디 올디스가 두 손을 꼭 맞잡고 있었다. 에빈은 국왕 홀로 그쪽으로 다가가도록 그 자리에 가만히 서 있었다. 왕이 레이디의 팔을 잡고 부드럽게 한옆으로 끌었다.

"당신이 런던으로 가서 안전하게 있기를 바라오."

왕이 레이디의 눈을 그윽하게 바라보며 말했다.

"저는 전하와 함께 있고 싶어요."

눈물을 삼키며 레이디가 말했다.

"내가 만약 죽으면……."

올디스가 손으로 그의 입을 막았다.

"안 돼요. 그런 말은 듣지 않겠어요!"

해럴드는 한숨을 쉬고 나서 햇볕에 그을린 손으로 그녀의 가느다란 하얀 손목을 잡았다.

"내가 만약 죽으면……."

그는 진지하게 되풀이했다.

"아일랜드의 더모트 왕에게 가시오. 그가 피신처를 마련해 줄 거요."

해럴드가 그녀의 머리를 쓰다듬더니 입을 맞췄다. 그리고 그녀의 섬세한 뺨을 부드럽게 어루만지고 나서 억지로 몸을 돌렸다.

기르스와 레오프와인 백작, 수하 대장들이 왕의 주변에 모였다. 에빈은 동네 사람이 간밤에 그려 준 이 지역의 지도를 사과나무 아래 마련된 탁자 위에 펼쳤다.

"정찰병이 말한 바에 따르면 우리는 매우 대등하다."

해럴드가 말을 꺼냈다.

"양쪽의 군사는 각기 팔천 명이다. 노르만 인들은 대다수가 말을 타고 싸울 것이다. 전의 전투에서 본 바로는 그들은 매우 광폭하다. 하지만 우리는 샌레크 리지를 차지하고 있다. 이곳은 군사적 요충지이다. 고지대는 우리에게 유리하다. 특히 여기는 양편 사이의 들판이 울퉁불퉁해서 적의 기병대가 말을 몰고 올라오기 어려울 것이다."

"우리 군사들은 지쳐 있습니다. 많은 군사들이 고작해야 몽둥이나 농기구로 무장했을 뿐입니다. 오늘은 무척 힘든 하루가 될 것 같군요."

레오프와인이 걱정스럽게 얼굴을 찌푸리며 말했다.

"이번 싸움에서 쉽게 이길 거라고 말한다면 그건 거짓말이다."

해럴드가 말했다.

"오늘 우리는 죽기 살기로 적을 막아야 할 것이다. 그러나 우리는 하랄 하드라다가 이끄는 막강한 군대를 격파했다. 분명 지금쯤 노르만 인들도 그 소식을 들었을 테고 그것은 우리 편에 도움이 될 것이다."

해럴드가 동생을 돌아보며 말했다.

"기르스, 전투 계획은 단순하게 짜야 한다. 우리 군사들은 대부분이 농부나 양치기인 데다가 군사 훈련도 받지 못했으니 말이다. 이스트 앵글리어에서 온 네 근위대원들과 군사들을 서쪽 산비탈로 데려가서 대열을 세워라.

레오프와인, 너는 켄트에서 온 네 군사들과 런던의 군사들을 동쪽으로 데려가라. 하콘과 나는 웨식스 군사들과 내 근위대원들을 데리고 중앙을 맡겠다.

우리는 방패 벽을 두텁고 단단하게 세워서 노르만 인들이 제아무리 바닷가 모래알만큼 많다 해도, 그 틈을 뚫고 들어올 수 없게 해야 한다. 열 명씩 열을 세워 군사 벽을 만들도록. 근위대원들과 훈련된 군사들을 맨 앞에 세우고 그들에게 대열을 무너뜨리면 안 된다고 말해라. 우리의 승리는 그 방패 벽의 힘에 달려 있다."

왕은 성한 다리로 몸무게를 옮기고 지도를 두르르 말았다.

"우리는 노르만 인들이 그 벽을 공격하다가 제풀에 지치게 해야 한다. 방패를 들고 그저 굳세게 서 있기만 하면 돼. 백병전으로 몰고 가면 안 된다. 그리되면 우리가 지고 만다. 구멍이 뚫리면 그 순간 그들이 우리를 무너뜨릴 거다."

왕이 동생들과 지휘관들을 바라보았다. 그들은 왕에게 가장 가까운 사람들이었다.

"자, 이제 벽을 쌓도록 하자."

헤이스팅스 전투

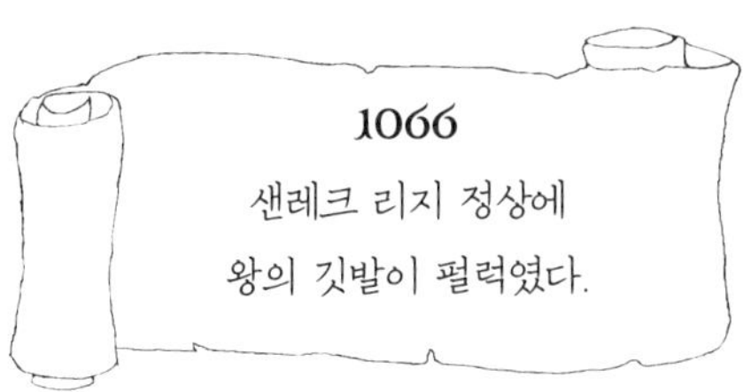

해럴드는 마치 벽돌공처럼 그 어느 때보다 튼튼한 사람 벽을 쌓았다. 그의 명에 따라 군사들이 샌레크 리지 꼭대기까지 줄을 서자 벽이 모양을 갖추기 시작했다. 벽은 산비탈을 따라 오르며 가로로 길게 늘어섰다. 한쪽 끝에 있는 사람이 다른 쪽 끝을 볼 수 없을 정도였다.

해럴드는 방패 벽 뒤에 지휘대를 세웠다. 그리고 그곳에 웨식스의 '황금 용' 깃발을 꽂았다. 그 옆에서는 보석으로 아로새겨진 해럴드의 '전사' 깃발이 산들바람에 황금빛 술을 펄럭이고 있었다.

벽이 완성되자 해럴드가 천둥에 올라 군사들 앞으로 말을 몰았다. 그가 입을 열자 모든 눈이 그에게 쏠리며 웅성거리던 소리들이 잦아들었다.

"나는 도끼를 날카롭게 벼렸노라. 나에게 맞설 만큼 어리석은 노르만 인이라면 그 누구도 살아남아 이번 전투에 대한 이야기를 하지 못하리라. 또한 자기가 영국인들을 어떻게 물리쳤는지 결코 자랑할 수 없으리라. 적들이 영국의 농토와 마을을 불태우고…… 여자들을 과부로, 아이들을 고아로 만드는 동안 해럴드가 잠이나 자고 있었다는 말은 들리지 않을 것이다. 하느님의 성 십자가 이름으로 나는 오늘, 정의를 이루겠노라."

천둥이 가만있지 못하고 껑충거리자 해럴드가 단단한 손힘으로 진정시켰다.

"노르만 인들은 황금을 위해, 또 우리 땅을 강탈하기 위해 싸운다. 그들은 우리 아들들을 죽이고, 여자들과 아이들을 노예 시장에 팔아넘길 것이다. 나는 조국과 우리의 가족들을 보호하기 위해 싸우노라!"

투구 아래서 그의 눈이 번쩍였다.

"그대들은 나와 함께 싸우겠는가?"

그가 외쳤다.

영국군 사이에서 우레와 같은 함성이 일어나 온 사방을 채웠다. 천둥이 솟구쳐 오르는 순간 해럴드가 자신의 칼 기른그라스를 빼 들었다.

"좋다. 우리는 오로지 굳건히 서 있기만 하면 된다. 발로 땅을 단단히 디디고 그들이 우리를 공격하게 하라. 그들은 이 벽을 무너뜨릴 수 없다."

해럴드가 자신 있게 말하며 팔로 대형을 죽 훑었다.

'저분의 말씀은 불처럼 우리의 심장을 타오르게 하는구나.'

에빈이 생각했다. 키 크고 건장한 근위대원들이 방패 벽 한가운데 선 해럴드를 호위하고 있었다.

앞줄에서 누군가가 소리쳤다.

"보라. 저들이 오고 있다!"

에빈은 앞에서 소리친 사람이 가리키는 방향을 보았다. 군사들 틈으로 비탈 아래쪽과 벌판 너머가 보였다. 헤이스팅스 길과 연결된 숲에서 노르만의 깃발이 나타났다. 윌리엄의 선봉대가 벌판으로 군대를 이끌고 있었다. 노르만 인들은 열린 터로 나오기 전에 머뭇거렸다.

'저들에게는 우리가 어떻게 보일까?'

에빈은 마음속으로 해럴드의 군대를 그려 보았다. 노르만 인들이 처음 본 것은 창과 칼, 도끼를 빼든 군사들이 방패를 촘촘히 잇댄 형태로 길게 늘어선 벽이었을 것이다. 저들은 크고 검은 말을 타고 진홍색 깃털로 장식된 투구를 쓴 한 남자, 군사들이 숭배하며 환호성을 보내는 남자를 보게 될 것이다.

그러나 머뭇거림은 순간에 불과했다. 엷은 갈색 말을 탄 거한이 이끄는 엄청난 수의 노르만 기병이 숲에서 쏟아져 나왔다.

곧 노르만 군대가 집결했다. 방패 벽 앞에 선 하콘이 상대편 대군의 깃발들을 볼 수 없는 뒤쪽 사람들에게 소리쳤다.

"노르만군은 우리 궁수들의 사정거리 너머에 본대를 세우고 있다. 브르타뉴 인들이 왼쪽에, 플랑드르 인들이 오른쪽에 있다. 대략 삼천 명 정도의 기병들과 천 명 남짓한 궁수들과…… 사천 명쯤의 보병들로 이루어져 있다."

해럴드가 말에서 내렸다. 왕이 군사들과 함께 보병으로 싸울 터라 막사의 심부름꾼이 천둥을 뒤편으로 데려갔다. 해럴드는 벽의 앞줄에 자리를 잡았다. 에빈은 그가 절름거리는 다리를 더 이상 감추지 못하는 것을 안타깝게 바라보았다. 깃털 달린 투구 때문에 노르만군의 표적이 되기 쉬웠지만 그는 투구를 바꿔 쓰지 않겠다고 고집을 부렸다.

"내 부하들이 나를 볼 수 있어야 한다."

너른 벌판 건너편에서 노르만군의 전투 개시 나팔이 울려 퍼지자 백마를 탄 기병 하나가 앞으로 나왔다. 그는 무모한 마구간지기 소년처럼 자기편 군사들 앞에서 말을 앞뒤로 내달렸다. 노르만군 진영에서 환호성이 일었고, 안장에 묵직하게 앉아 있던 윌리엄 공마저도 잘한다고 소리를 질렀다.

그 남자는 도깨비처럼 말을 제멋대로 몰면서도 노르만군의 앞 열을 거의 건드리지 않았다. 그는 프랑스 인들과 플랑드르 인들 바로 앞에서 말고삐를 조이더니 갑자기 멈췄다. 말발굽에서 흙덩어리가 엄청나게 날렸다. 그러더니 그는 다시 말을 뒤로 몰아 공작 바로 앞에 탁 멈췄다.

잘한다는 환호성이 가라앉자 그는 군사들을 고무하기 위해 전쟁

시를 낭송하기 시작했다. 그의 힘찬 목소리가 훤히 트인 벌판 너머까지 들렸다. 노르만 말투가 밴 프랑스 어였지만, 에빈은 윌리엄 공작의 궁정에 볼모로 있었을 때 그 시를 들은 기억이 났다.

샤를마뉴는 분노하며 말을 모네.
그리고 그의 군사들도 분노와 슬픔에 차 말을 달리네.

노르만 인들은 전사의 시구에 매혹당한 듯 조용했다. 그때 그 젊은 기사가 창을 잡고 양쪽 군대 사이의 빈 공간으로 말을 몰고 오더니 영국군에게 격식 차려 절을 했다. 방패 벽 안의 군사들이 그에게서 눈을 떼지 못하고 서로 속삭이고 있는 사이 그 전사가 창을 장난감처럼 가볍게 하늘 높이 던졌다. 창날 쪽을 탁 잡은 그 전사는 자기 편 군사들의 환호성에 고개를 들고 환하게 미소 짓고는 이것이 단지 행운이 아니었다는 것을 증명하려고 두 번이나 같은 묘기를 부렸다. 그러더니 위험스럽게 말을 몰아 영국군 가까이로 와 창을 앞줄에 던지고는 얼른 노르만 쪽으로 되돌아갔다. 그 창에 웨식스 군사 하나가 다쳤다. 주변 사람들이 웅성거리며 서로 밀어 대고 있을 때 근위대원들이 그를 뒤편으로 데려갔다.

에빈은 다시 빈 터 쪽으로 말을 몰아 가는 그 노르만 기사를 자세히 보았다. 그는 이번에는 칼집에서 칼을 빼 창을 던졌을 때처럼 공중에 던졌다. 에빈이 가능하다고 생각했던 것보다 훨씬 높이 던져진 칼은 빙글빙글 돌며 하늘 높이 올라갔다. 칼이 땅에 떨어지는 순간, 그가 신기하게도 칼자루를 탁 잡았다.

"저자는 마술을 부리고 있어. 공작의 마법사임에 틀림없어."

군사들이 속삭였다.

그 신비한 기사는 그 칼을 잡고는 미친 사람처럼 다시 영국군을 겨누었다.

"저자는 제 목숨을 걸고 명예를 얻으려고 하는군요. 세상에, 아예 투구도 안 썼습니다. 전하, 제가 방패 벽 앞으로 나설 수 있게 해 주소서. 저자와 맞붙고 싶습니다."

하콘이 말했다.

"그러게."

해럴드가 냉혹하게 말했다.

하콘이 앞으로 나와 도전적인 그 노르만 인에게 도끼를 날렸다. 그가 도끼에 맞아 안장에서 떨어지자 영국군이 도끼를 들고 그를 에워쌌다. 에빈은 입 안이 쓰디썼지만, 사나이처럼 행동하려고 애썼다. 그 기사는 명예롭게 죽었다. 노르만 인들은 분명 그를 위한 노래를 만들 것이다. 하지만 근위대원들이 방패 벽으로 다시 물러나는 순간 드러난 난도질당한 피투성이 시체에선 영광이라곤 찾아볼 수 없었다.

뒤에서 기다리고 있던 노르만 궁수들이 앞줄로 나왔다. 그들은 자리를 지키며 왼발을 앞으로 내밀고 차례차례 화살을 시위에 메웠다. 그리고 첫 번째 명령에 활을 가슴까지 당겨 방패 벽의 심장부를 겨누고, 두 번째 명령에 화살을 날렸다. 화살들이 공중에서 소용돌이치며 날아오자 영국군은 방패 밑으로 얼굴을 파묻었다. 여기저기서 방패에 화살 맞는 소리가 들렸지만, 북쪽에서 불어오는 아침 산들바람 때문에 대부분의 화살은 그냥 들판에 떨어져 버리고 말았다. 에빈의 셈으로, 여덟에서 열 명 남짓한 군사가 쓰러져 뒤로 옮겨졌다. 방패 벽은 여전히 견고했다.

윌리엄이 보병들에게 나팔 신호를 보냈다. 그들은 "신이여, 우리를 돌보소서!"라고 외치며 빈 터를 건너 비탈 위로 밀고 올라왔다. 방패와 방패가 부딪혔다. 하지만 그들도 방패 벽에 의해 격퇴되었다.

해럴드의 선택은 현명했다. 산 정상은 굳건하게 방어되었다. 퇴각 나팔 소리에 물러나는 노르만 보병들의 뒤꼭지에 대고 어느 색슨 인이 소리쳤다.

"물러가라! 물러가라!"

보병들이 퇴각하자 윌리엄은 이번에는 무시무시한 기병들을 영국군 쪽으로 보냈다. 울퉁불퉁한 땅 위를 달려오다가 말들이 비틀거리는 바람에 타고 있던 기병들이 둔중한 소리를 내며 땅에 떨어지기도 했다. 하지만 대부분의 기병들은 샌레크 리지까지 올라왔다.

그들은 방패 벽 안으로 돌진하려 했지만 영국군의 대형은 무너지지 않았다. 근위대원들이 운 나쁜 기병 서넛의 고삐를 낚아챈 다음, 안장에서 그들을 떨어뜨려 죽여 버렸다. 주인을 잃고 공포에 질린 말들이 가련하게 히힝거리며 노르만 진영으로 경중경중 되돌아갔다.

하지만 영국인 몇몇이 도망가는 노르만 인들을 뒤쫓느라 방패 벽
에서 이탈해 버렸다. 왼쪽 날개를 감독하던 해럴드가 상황을 파악
하고 소리를 질렀다.

"제자리로 돌아와!"

하지만 너무 늦었다. 노르만 기사들이 말을 홱 돌리더니, 추격하
던 영국인들을 향해 달려와 그들을 베기 시작한 것이다. 안전한 대
형을 이탈했던 영국인들은 모두 노르만의 칼에 쓰러졌고 단 한 명
도 방패 벽으로 돌아오지 못했다.

벌판 저 너머에서 영국군이 저지른 실수를 지켜보던 윌리엄은 기
사들에게 다시 대형을 정렬하라고 명령했다. 그는 여기저기 말을
달려가며 명령을 내렸다. 노르만 기병들은 방패 벽을 두 번 더 공격
하다가 퇴각하는 척했다. 어리석은 영국의 시골뜨기 소년들이 그
속임수에 넘어갔다. 왕의 경고에 주의를 기울이지 않고, 백병전에
서 이기는 영광을 누리거나 노르만의 귀중한 투구를 자랑 삼아 고
향에 가져갈 생각에 노르만 인들을 뒤쫓았던 것이다. 그 바람에 방
패 벽이 무너지기 시작했다. 노르만 기사들은 말을 휙 돌려 아무 보
호도 받지 못하는 그 영국인들을 칼로 베어 버렸다.

태양이 머리 위로 높이 솟아오르고 있을 때였다. 부하들의 불복
종에 화가 난 기르스가 그들을 경고하기 위해 호위병들을 제치고
앞으로 나섰다.

"방패 벽!"

그가 외쳤다.

"우리는 방패 벽 안에서만 안전하다. 방패 벽을 무너뜨리지 마라. 우리의 요새를 지켜야만 한다."

기르스가 자기 군사들 쪽으로 몸을 돌리는 순간 노르만의 창이 그의 등에 꽂혔다. 근위대원들의 팔 안으로 확 넘어지는 기르스의 등에서 피가 분수처럼 솟았다. 그는 눈을 흡떴다. 부하들이 그를 사과나무로 데려갔다. 거기 있던 백조 목 레이디 올디스가 그의 눈을 감기고, 망토로 몸을 덮어 주었다.

"전하께 동생 기르스가 전사하셨다고 전하게."

그녀가 슬픔 어린 목소리로 말했다.

그 소식을 들은 해럴드의 눈에 분노가 서렸다. 전투가 잠시 멈췄을 때 그는 다시 군사들 앞으로 나와 용기와 규율을 간곡히 당부했다.

"단단히 서 있어라……. 방패 벽을 무너뜨리면 안 된다!"

그는 대형 여기저기 다니면서 외쳤다.

"우리가 벽을 굳건히 지키면 아무도 우리를 무너뜨릴 수 없다. 뛰쳐나가 싸우고 싶은 마음은 알지만 그 자리를 굳게 지켜야만 한다."

영국군은 전에도 가끔 방패 벽 전술을 썼다. 하지만 하루 종일 전투를 벌일 때, 특히 접전이 예상되는 때에 이렇게 방어만 한 적은 거의 없었다. 노르만 인들이 말을 몰고 공격해 올 때마다 가만히 서서 어깨로 받아 내기만 하는 것은 도무지 영국군에게 어울리지 않는 일이었다. 하지만 해럴드는 군사들이 제자리를 단단히 지켜야만 승리할 수 있다는 것을 알고 있었다. 윌리엄의 기병들이 적진을 마음대로 휘젓고 다닐 공간을 확보하면 어떤 결과가 빚어지는지 이미 본 적이 있었기 때문이다.

오후에도 전투는 여전히 결과를 예측할 수 없는 상태였다. 많은 영국군들이 쓰러졌지만 더 많은 보충병들이 뒤에서 앞으로 나와 대열을 채웠다. 수많은 노르만군의 시체가 들판을 점점이 물들였다. 여섯 시간이나 서 있다 보니 에빈은 다리가 아팠고 해럴드도 더 심하게 절룩거렸다. 부하들을 격려하거나 지시를 내리기 위해 자리를 떠날 때마다 불안정한 왕의 걸음걸이가 점점 더 눈에 띄었다.

노르만 기병들이 다시 공격을 개시했다. 땅은 천둥 같은 말굽 소리에 흔들렸다. 이번엔 윌리엄 자신이 기병을 이끌었다.

"저들이 온다. 단단히 대비하라."

하콘이 뒤에 선 군사들에게 고함쳤다.

노르만군이 점점 다가왔다. 너무 가까워서 기병들의 박차, 쇠사슬 두건, 말의 안장, 말 눈의 흰자위까지 자세히 볼 수 있을 정도였다. 갑자기 영국군이 환호성을 질렀다. 윌리엄의 말이 나뭇가지 같은 것에 걸려 비틀거리다가 땅바닥에 넘어진 것이었다. 노르망디 공은 땅에 부딪쳐서 잠시 정신을 잃었다. 노르만 기사들이 용기를 잃고 급히 퇴각하려 말을 돌렸다.

하지만 윌리엄이 비틀비틀 일어나 제 나라 말로 부하들에게 외쳤다.

"나를 보라!"

부하들이 자기 얼굴을 볼 수 있도록 머리에서 투구를 벗으며 윌리엄이 고함쳤다.

"나는 살아 있고 정복할 것이다. 이런 식으로 도망가다니, 정신이 나갔느냐? 퇴각하는 길 앞에 대체 무엇이 열려 있단 말이냐?"

그러고는 영국군을 가리키며 고함쳤다.

"너희가 힘으로 죽이려 하던 저자들이 소 떼처럼 몰려와 너희들을 죽여 버릴 것이다. 너희들은 승리와 불멸의 영광을 포기하고, 자신의 멸망과 영원한 불명예를 향해 달려가고 있다. 추격을 당해 죽음을 피할 수 있는 자는 하나도 없을 것이다."

윌리엄의 말이 얼마나 투지로 불탔는지 영국군이 그 말을 못 알아듣는 게 다행일 정도였다.

오후도 중반에 접어들자 샌레크 벌판은 사람들의 피로 물들었다. 수십 마리의 말이 풀밭 위에 죽어 넘어졌다. 영국군 대열은 이제 눈에 띄게 줄어들었다. 해럴드는 벽을 굳게 지키기 위해 군사들에게 바짝 붙어 서라고 명령했다. 다시 한 번 노르만 기병대가 비탈 위로 돌진했고, 은근슬쩍 퇴각하는 척하며 영국군이 자리를 이탈하도록 미끼를 던졌다. 강력한 방패 벽이 군데군데 뚫리자 노르만 인들이 그 주위를 돌며 피투성이 칼을 휘둘러 댔다.

사령부로부터 상냥한 레오프와인이 죽었다는 소식이 전해졌다. 해럴드는 자기 자리를 떠나 절룩거리며 뒤쪽으로 갔다. 해럴드가 돌아왔을 때, 에빈은 왕의 얼굴에 드러난 변화로 보아 그가 더 이상 움직이지 못하는 동생의 몸을 보고 왔다는 것을 알 수 있었다. 그들은 이제 모두 떠났다. 성급한 스웨인, 매혹적이지만 위험한 토스티그, 전사 기르스, 그리고 이제는 조용한 레오프와인마저.

왕을 위로할 길이 전혀 없었지만 그래도 에빈은 그의 곁으로 갔다. 해럴드는 주변을 전혀 감지하지 못한 채 슬픔에 고개를 떨어뜨리고 서 있었다. 근위대원들이 불안해하며 웅얼거렸다. 지금은 슬픔에 잠길 때가 아니었다. 왕이란 사치스런 슬픔에 몸을 내맡길 수 없는 존재였다.

함성이 또다시 울려 퍼지는 순간 해럴드는 자신을 돌이켰다. 노르만 인들이 또 한 번 대대적으로 공격해 오고 있었다. 에빈은 하콘이 가르쳐 준 대로 방패를 들어 올렸다. 그때의 기나긴 훈련이 본능적으로 떠올랐다.

"방패 들고, 무기 준비. ……방패 들고, 무기 준비."

방패 가장자리 사이로 엿보니 대담한 침략군들이 돌격해 오는 게 보였다. 너무도 많은 영국군이 쓰러져 이제는 그가 제일 앞줄이었다. 고질적인 두려움에 입 안이 바짝 타 들어가고 위가 꼬였다. 노르만 인들이 여기까지 오려면 영원한 시간이 걸릴 것만 같았다.

'왜 시간이 제자리일까? 왜 내 귀에는 부상병들의 비명과 물을 달라는 처절한 외침만 들리는 것일까?'

벌판 한가운데서 죽어 가는 노르만 군사가 피를 흘리며 자기편 쪽으로 간신히 기어가고 있었다. 주변에 있는 노르만 군사들은 멈추지 않고 말을 몰았다. 오, 에빈은 너무나도 도망치고 싶었다. 눈을 감고 오늘 하루를 잊고 싶었다. 그런데 기적이 일어났다. 왕이 그의 이름을 부른 것이다.

"레이디에게 가라, 에빈. 레이디를 여기서 데리고 나가거라. 내 마음이 무겁구나. 그녀에게 이런 광경을 보게 하고 싶지 않다."

에빈은 알았다는 몸짓은커녕 왕의 얼굴조차 쳐다보지 않고 허겁지겁 달려갔다. 살 기회가 주어진 것에 감사하며.

에빈은 죽은 자들과 부상병들이 사방에 늘어져 있는 커다란 사과나무 앞에 도착했다. 레이디가 부상당한 근위대원을 돌보고 있었다. 그녀는 병사의 상처에서 나오는 피를 막기 위해 자기 망토를 찢었다.

에빈은 손짓 발짓은 물론 땅에 글자를 급히 휘갈겨 써서 도망가라는 해럴드의 바람을 전했다. 마침내 뜻을 이해한 레이디의 얼굴에 뜻밖에도 비웃는 표정이 서렸다. 여느 때의 차분한 얼굴이 화를 내며 일그러졌다.

"아니."

그녀가 외쳤다.

"나는 떠나지 않는다. 나도 정말 두렵단다. 하지만 내 자리는 왕의 옆이고 나는 그분 아이들의 어머니야. 나는 떠나지 않는다."

쿵쿵대던 에빈의 가슴이 진정되며 그녀의 말이 마음속에서 메아리쳤다.

'내 자리는 왕의 옆이야.'

왕의 양자가 전장을 벗어날 수 있을까? 그런 행동을 하고도 살 수 있을까? 비록 전사는 아니지만 나는 여기 머물러 그분을 섬기리라. 그것이 나의 의무이고 나의 특권이기 때문이다. 이제 도망가겠다는 생각은 마음속에서 사라졌다. 그는 해럴드의 옆에 있기를 원

했다. 만약 그게 운명이라면 왕의 발 앞에 쓰러지리라. 에빈은 방패
와 칼을 얼른 집어 들고 앞줄로 급히 되돌아갔다. 칼과 칼이 맞서
챙챙대고 공포에 질린 말들이 히힝거리는 그곳으로.

불리한 전세

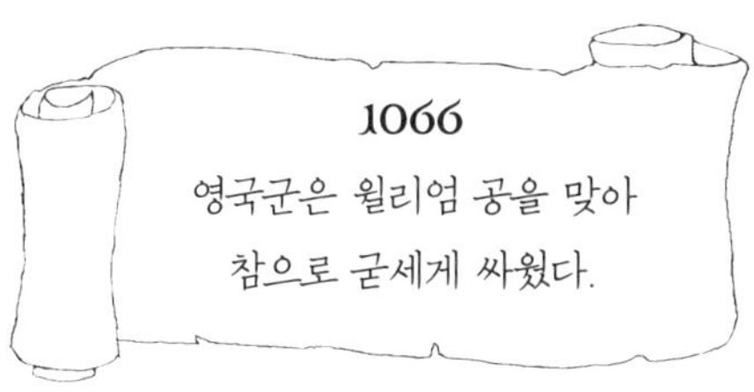

에빈이 해럴드의 옆으로 돌아간 것은 해가 전장 너머로 기울어질 때였다. 햇빛에 눈이 부셨다. 에빈은 방패 벽을 이루고 있는 수많은 사람들을 뚫고 갔다. 에빈은 지친 군사들의 어깨를 스치며 앞으로 나갔다. 그들은 오로지 정신력 하나로 일곱 시간 넘게 제자리를 지킨 사람들이었다. 이제 그들의 힘은 한계에 와 있었다. 살아 있는 벽이 에빈을 위해 움직이자 진홍색 깃털이 달린 투구가 보였다. 그는 그리로 뛰어갔다. 양편의 사람들이 어렴풋해 보였다.

왕은 되돌아온 에빈을 보더니 미묘한 미소를 지었다. 에빈도 빙그레 웃었다. 이토록 행복한 자신이 어이없었지만 이제 그는 근위대원들의 마음을, 해럴드를 섬기는 그들의 충성심과 자부심을 이해하게 되었다.

"레이디는 어떠시냐?"

해럴드가 물었다. 에빈은 다부지게 고개를 끄덕이고는 주먹을 자기 가슴에 댔다. 용기를 뜻하는 몸짓이었다.

왕이 미처 입을 열기도 전에 잠시의 소강상태가 지나고 악머구리같은 전투가 다시 시작되었다. 노르만 기병들의 공격을 알리는 천둥 같은 말굽 소리가 에빈의 귀를 울렸다. 말들이 달리는 곳마다 먼지구름이 피어올랐고, 그들이 가까이 오자 쇠사슬들이 쨍그렁대는 소리가 들려왔다. 땀범벅이 된 말들이 비탈을 올랐다. 에빈은 방패 속으로 어깨를 낮췄다.

노르만 기병들이 망치로 두드리듯 방패 벽을 쳤다. 에빈은 앞 열의 무게에 밀려 비틀거리며 뒤로 물러났다. 노르만군의 전마들이 영국군 속으로 거세게 뛰어들었다. 말굽에 짓밟힌 어느 군사의 비명이 공중을 갈랐다. 겁에 질린 말이 히힝거리자 다른 색슨 족이 고삐를 잡아당겼다. 말의 앞발굽이 공중을 걷어차는 순간 노르만 기병은 말 등에서 떨어져 버렸다. 방패 벽은 계속 뒤로 밀리다가 노르만 인들이 샌레크 리지의 비탈 아래로 퇴각한 후에야 전열을 가다듬었다.

에빈은 숨을 깊이 들이마셨다. 죽음의 새인 까마귀가 그의 머리 위에서 시끄럽게 우짖다가 방패 벽 위로 날아갔다.

'우리는 오늘 살아남지 못할 거야.'

"남은 군사들로도 아직 대등하게 겨룰 만하다."

해럴드가 하콘에게 말했다. 그러고는 목소리에 한층 위엄을 담아 군사들에게 외쳤다.

"저들을 헤이스팅스까지, 그리고 바다 속까지 밀어붙여라! 물리쳐라! 물리쳐라!"

군사들이 방패를 부딪치며 목청껏 외쳤다.

"물리쳐라! 물리쳐라! 물리쳐라!"

노르만 인들이 다시금 자기 진영으로 퇴각하자 영국군은 잠시 휴식을 취했다. 병사들은 완전히 지쳐 있었다. 부상당한 말들이 마지막으로 푸르륵거리더니 그대로 쓰러져 버렸다. 노르만 보병들은 다른 사람들이 쓸 수 있도록 들판 여기저기서 죽은 자들의 갑옷을 벗기고 무기를 거두었다. 그 너머로 어마어마하게 모여 있는 노르만 인, 브르타뉴 인, 플랑드르 인들 사이에서 전열을 재정비하라는 나팔 소리가 울려 퍼졌다.

어느덧 해가 나무 뒤로 기울고 있었다.

"이제 한 시간도 안 돼 어두워질 거다. 어스름 무렵까지만 버틸 수 있다면 승리는 우리의 것이다."

해럴드가 에빈에게 말했다.

붉은 태양이 마지막으로 던진 빛줄기가 왕의 얼굴을 비췄다. 따스한 황금빛 피부는 고된 하루에 벌겋게 달아올라 있었다. 땀에 푹 젖어 짙어진 머리칼 몇 가닥이 금빛 투구 아래로 밀려 나왔고 색슨식으로 기른 콧수염이 꽉 다문 입술을 덮고 있었다. 잠을 못 자 눈 밑에 반달이 져 있었지만 그의 표정은 강인하고 흔들림이 없었다.

모든 것은 앞으로 한 시간에 달려 있었다.

해럴드는 노르만 인들이 성난 벌 떼처럼 모여 있는 벌판 너머를 가리켰다.

"승리는 아직 우리 손안에 있다. 하지만 나는 불안하다. 너를 여기서 빼고 싶은 게 내 마음이로구나."

에빈은 세차게 고개를 저었다. 이제는 전혀 떠날 마음이 없었다. 해럴드의 옆 자리를 지키고만 싶었다. 왕은 기력이 점점 떨어지고 있었다. 그는 에빈에게 떠나라고 우기지 못했다. 마음이 무겁게 가라앉아서 소년이 옆에 있어 주는 것만으로도 위로가 된다는 것을 깨달았기 때문이다.

"가고 싶지 않다고? 내 옆에 있겠다는 뜻이냐?"

그가 에빈의 어깨에 팔을 둘렀다.

"오늘 이 자리에 너 같은 아들이 있어 내 마음이 굳건해지는구나."

이것이 해럴드의 마지막 말이었다.

빈 터 저 너머에서 노르만의 전략 회의가 끝났다. 윌리엄은 승리를 위한 마지막 시도로 영국군의 방패 벽에 맞서 그가 가진 모든 것을 던졌다. 그는 이제 너무 멀리까지 왔고 너무 많은 것을 걸었기에 다른 수가 없었다.

노르만 기병이 공격에 앞장섰다.

"주여, 우리를 도우소서!"

그들은 이렇게 외치며 말을 거세게 몰아 또다시 전장을 넘어왔다. 그 뒤로 보병들이 칼을 높이 들거나 창을 겨누고 밀집 종대를 이루며 진군해 왔다. 가장 뒤에서는 궁수들이 발을 단단히 땅에 붙이고 시위를 메우며 어두워 가는 하늘 높은 곳을 겨눴다. 그들이 대장의 명령에 따라 활시위를 놓자 화살이 빗줄기처럼 날아갔다.

영국군은 빗발처럼 쏟아지는 화살을 막기 위해 방패를 들 수밖에 없었다. 그 순간 가장 앞에 있던 노르만 기병들이 샌레크 리지 꼭대기로 올라왔다. 그들이 앞줄의 군사들을 난도질하는 순간 빗발 같은 화살이 방패 벽 안쪽의 군사들을 쏘아 맞췄다. 윌리엄이 공격 시간을 절묘하게 조율했던 것이다.

영국군은 공황 상태에 빠졌다. 민병대는 싸우기를 포기하고 도망쳤고, 근위대원들과 강심장을 가진 군사들만 남아 밀집 대형으로 꽉 뭉쳤다. 너무 꽉 붙어서 움직일 공간조차 없을 정도였다. 그들은 죽은 자들도 넘어질 틈이 없을 정도로 어깨를 나란히 하고 가슴을 앞사람 등에 꽉 붙였다. 무참한 살육이 이어지며 방패 벽의 양 날개가 어린아이의 모래성처럼 쓸려가 버렸다.

하지만 정예 부대의 중심은 굳건했다.

'겁쟁이처럼 사느니 죽는 편이 낫다.'

에빈 역시 전사처럼 발을 땅에 단단히 붙였다. 해럴드의 어깨가 그의 어깨를 짓누르자 에빈은 왕의 기운이 그에게 흘러 들어오는 것을 느꼈다.

민병대가 도망치는 것을 본 해럴드가 방패를 낮추고 부하들에게 외쳤다.

"용기를 가져라. 굳세게 서 있어!"

바로 그때, 노르만 궁수가 무작정 날려 보낸 화살이 운명이 정한 그 남자를 맞췄다. 그 화살은 왕의 눈을 꿰뚫었다. 해럴드가 비틀거리며 쓰러졌다.

노르만 기병이 마지막으로 남아 있던 정예 부대 사이로 돌진했고, 에빈은 적의 칼에 갈비뼈를 맞았다. 무릎이 꺾인 에빈은 물처럼 흐느적거리며 그대로 쓰러져 버렸다.

에빈이 옆구리를 붙잡았다. 사슬 갑옷 속이 따뜻하고 축축했다. 주변의 챙챙대는 전투 소리가 더 이상 들리지 않았다. 그는 혼란과 평화를 동시에 느꼈다.

'하늘이 어두워지는구나.'

그는 자기 위의 광대한 하늘을 고요히 바라보며 생각했다. 갓 돋아난 별들이 머리 위에서 희미하게 반짝였다. 황혼이 먹물처럼 검게 깊어져 갔다.

해럴드 왕의 죽음

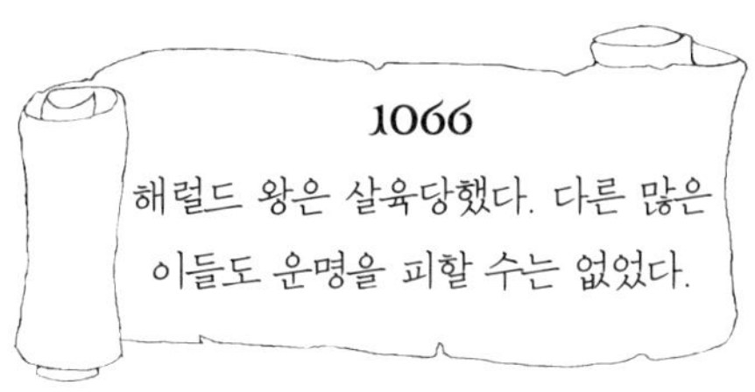

서쪽 하늘 너머로 해가 졌다. 붉게 타올랐던 하늘이 연보랏빛으로 바뀌다가 차츰 잿빛으로 변했다. 공기가 섬뜩한 사형실처럼 차가워졌다. 온종일 잠시도 못 참고 하늘을 맴돌던 까마귀들이 어둠을 틈타 들판 여기저기 내려앉았다.

근위대원들은 방패로 왕을 감싸고 필사적으로 싸웠다. 해럴드가 쓰러졌지만 근위대원들은 도망치지 않았다. 그들은 이미 전투는 졌으며 자신들의 운명도 정해졌다는 것을 알고 있었다. 하지만 그들은 도망가는 수치를 겪느니 싸우다 죽기를 택했다. 전투는 격화되었다. 색슨 족 근위대원들이 날카로운 도끼로 노르만군을 궁지에 몰아넣었다.

색슨 전사들이 에빈과 해럴드 왕을 보호하기 위해 주위를 둘러쌌다. 가슴에 엄청난 고통을 느끼며 눈을 뜬 에빈은 밑에서 어떤 남자가 숨을 들이마시려 애쓰는 소리를 들었다. 에빈은 자기가 왕의 몸 위에 쓰러진 것을 깨달았다. 에빈은 해럴드가 마지막 숨이라도 자유롭게 쉴 수 있도록 혼신의 힘을 다해 몸을 굴렸다. 그러고는 한쪽 팔꿈치로 자신을 지탱하며 해럴드 쪽을 보았다. 오른쪽 눈에 화살을 맞은 해럴드가 왼쪽 눈으로 간신히 하늘을 보고 있는 모습을 보노라니 가슴이 저며 왔다. 가슴에 통증이 몰려와 또다시 정신을 놓을 것 같았지만 에빈은 몸을 움직여 해럴드의 금빛 투구에서 끈을 풀어냈다. '아버지, 제가 여기 함께 있어요.'라고 얼마나 속삭이고 싶었던가. 자기의 사랑을 얼마나 보여 주고 싶었던가. 에빈이 왕의 손을 잡았다. 해럴드의 손끝에서는 이미 온기가 사라지고 있었다. 그 순간 에빈은 해럴드의 손이 애정을 담아 자신의 손을 꽉 잡는 것을 느꼈다. 잠시 후 스르륵 손이 풀리며 왕의 마지막 숨소리가 멈췄다.

무적의 방패 벽은 허물어지고 말았다. 왕이 살아 있을 때는 노르만군이 뚫을 수 없을 정도로 굳건했던 벽이었다. 하지만 해럴드가 죽었다는 말이 돌자 겁에 질린 군사들은 희망을 잃었다. 미친 듯이 울부짖는 소리가 비탈을 따라 이어졌다.

"해럴드가 죽었다. 모든 게 끝났어!"

점점 어둠이 짙어지고 남아 있는 영국인들은 근처의 숲으로 도망갔다. 하지만 말을 탄 노르만 용병들이 뒤쫓아 와 추수하는 농부들이 밀을 베듯 그들을 베어 버렸다.

샌레크 햄릿 출신의 남자가 영국군 몇 명을 이끌고 북쪽으로 향했다.

"이쪽이오. 나를 따라오시오. 이게 유일한 길이오."

그가 고함쳤다. 그들은 해럴드의 '전사' 깃발과 웨식스의 '황금용' 깃발이 나부끼는 영국군의 사령부를 지나 완만한 비탈로 내려갔다. 그리고 다시 오래된 사과나무 가지들이 손짓하는 곳으로 뛰어올라갔다. 그곳에는 위대한 색슨 족의 막사와 대형 천막들이 텅 빈 채 서 있었다. 찢어진 베일이 어깨까지 흘러내린 레이디 옆에 여자들과 막사 심부름꾼 소년들이 옹긋쫑긋 모여 있었다. 그녀가 공포에 질린 사람들을 애써 안심시키고 있는데 노르만 기병들이 벌판 가운데로 질주했다. 레이디는 영국인들이 도망가는 것을 바라보았다. 그녀는 그들이 용기를 잃은 것은 왕이 죽었기 때문이라는 것을 알고 있었다.

샌레크 출신의 남자가 큰길에서 벗어나며 외쳤다.

"이쪽이오!"

오른쪽을 가리키며 그가 덧붙였다.

"희망이 하나 남아 있소."

그들 앞에는 잿빛 어스름을 뚫고 위협적으로 솟아오른 검고 빽빽한 떡갈나무 숲이 있었다. 그들은 피난처로 달려갔다. 노르만 말들이 그곳으로 쫓아 들어오면 이리저리 얽힌 가지와 뿌리에 걸리게 될 터였다. 그런데 미처 숲에 닿기 전에 남자가 외쳤다.

"지금이오! 얼른 엎드리시오! 숲 바로 앞에 계곡이 있소. 날이 어두워서 노르만 인들은 그 계곡을 볼 수 없을 거요."

그 계획은 성공했다. 뒤쫓던 노르만 기병들은 자기들 앞에 어떤 재앙이 기다리고 있는지 알지 못한 채 나무들 쪽으로 말을 거세게 몰았다. 영국인들은 계곡 가장자리의 덤불에 숨었고 노르만 말들과 기병들은 바위 아래로 우당탕 떨어져 버렸다. 뒤따르던 기병들이 엄청난 혼란이 일어나는 소리에 놀라 고삐를 당겨 말을 멈추려 했지만 때는 이미 늦었다. 노르만 인들은 물결이 차례로 일 듯 연달아 계곡 아래로 떨어졌고, 부상당한 말들과 기병들의 울부짖음이 공중에 퍼져 나갔다. 이 혼란을 틈타 많은 영국인이 도망칠 수 있었다.

마침내 윌리엄 공이 말을 급히 몰고 와서 도망치는 영국인들을 추격하지 말라고 명령했다. 벼랑 끝에 선 그는 저 아래 즐비하게 깔린 시체들을 보았다.

"이 악마 같은 계곡에서 빨리 벗어나자. 산비탈로 돌아가라. 오늘 밤은 더 이상 부하들을 잃고 싶지 않다."

그가 주변 사람들에게 으르렁댔다.

한편 샌레크 리지에서는 마지막 남은 색슨 족 근위대원 한 명이 죽음에 맞서 도망치기를 거부하고 있었다. 노르만 기병들과 보병들이 끝없는 파도처럼 산 위로 몰려왔다. 노르만의 칼들과 색슨 인의 방패가 맞부딪혀 챙챙 울렸다.

"하느님의 성 십자가에 의해!"

대장이자 해럴드의 오른팔이었던 하콘은 해럴드군의 전투 함성을 외치며, 비탈 위로 물밀 듯 밀고 올라오는 노르만 인들의 홍수를 저지하려고 사력을 다하고 있었다. 그도 자신이 죽게 되리라는 것을 알고 있었다. 하지만 가는 길에 많은 노르만 인들도 함께 데리고 갈 것이다. 그러나 아무리 하콘이라 해도 모든 노르만 인들을 동시에 맞아 싸울 수는 없었다. 마지막으로 칼과 칼이 부딪히더니 하콘은 쿵 소리와 함께 돌이킬 수 없는 상처를 입고 땅에 쓰러지고 말았다.

"으으윽."

에빈은 그 소리가 바로 자기 목에서 나오는 소리라는 것을 깨달았다. 노르만군이 거칠게 갑옷을 벗겨 내는 게 느껴졌다. 그들은 투구도 벗기고 가져갈 만한 것은 다 챙긴 뒤에 그를 버려 두고 떠났다.

그때 노르만 말투의 불어로 외치는 소리가 하늘을 갈랐다.

"서약 위반자가 여기 있다!"

해럴드의 시체를 발견했다는 것을 알고 노르만 군이 "와." 하고 함성을 질렀다. 기사 네 명이 그 자리로 성큼성큼 걸어와 거의 알아볼 수 없을 때까지 왕의 시체를 난도질했다. 그들은 해럴드의 머리에서 깃털 달린 투구를 벗겨 윌리엄에게 갖다 바쳤다.

노르만군은 가혹했다. 그들은 아직 숨이 붙어 있는 영국군 부상병들에게 재빨리 칼을 박았다. 앵글 족과 색슨 족, 머시어 인들과 노섬브리어 인들의 신음 소리는 꺼져 가는 촛불처럼 차츰 사라져 갔다.

윌리엄 공은 해럴드의 투구와 노르만군의 횃불을 받아 보석이 반짝거리는 '전사' 깃발을 꼭 잡고 산마루에 올랐다. 해럴드와 웨식스 사람들이 서 있었던 지점에 이르자 그가 말했다.

"내 막사를 여기에 세워라. 승리는 나의 것이다. 나는 해럴드가 죽은 자리에서 잘 것이다."

쉰 목소리에는 아무 감정도 드러나지 않았다.

찬찬하기로 유명한 노르만 인들답게 명령은 천천히 하달되었다. 한 시간쯤 뒤 모닥불이 산마루를 밝혔다. 노르만 인들은 막사를 치고 부상병들을 돌보았다. 그들은 사망자의 수를 헤아리고, 사과나무 밑에 몰려 있던 영국 여자들과 막사 심부름꾼 소년들 주변에 경계병을 배치했다.

에빈은 자기가 정예군들의 시체 더미에 던져지는 것을 느꼈다. 잠깐 눈을 떠 보았으나 그 아름답던 '전사' 깃발이 노르만군의 모닥불 속에 던져지는 것이 보였을 뿐이었다. 그는 머리가 또다시 빙빙 도는 것을 느끼며 정신을 잃었다.

많은 시간이 흘러 새로 떠오른 해가 눈까풀 틈에 빛을 비췄을 때 에빈은 부드럽고 시원한 손이 목 옆에 닿는 것을 느꼈다. 누군가가 맥박을 확인하고 있었다. 그는 몸을 뒤척였지만 눈을 뜰 힘은 없었다. 낯익은 목소리가 그의 귀에 대고 속삭였다.

소명

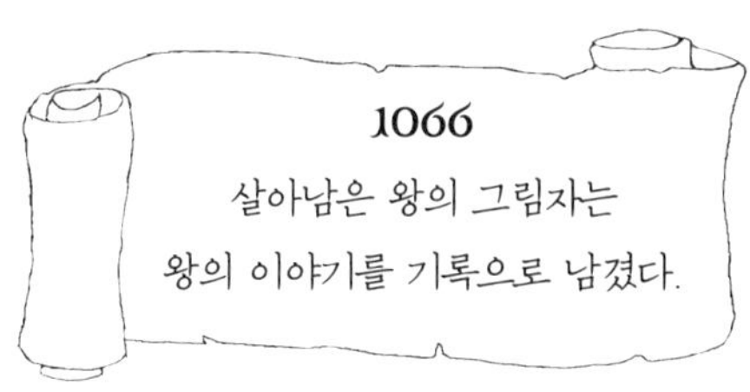

"쉬잇, 그림자. 소리 내지 마라."

이 목소리를 어디서 들었더라? 소리는 바깥에서 나는 것 같기도 하고 머릿속에서 나는 것 같기도 했다. 여자 목소리임은 분명했지만 낯익은 것 같기도 하고 아닌 것 같기도 했다. 자신감과 권위가 느껴지는 목소리로 그가 기억하는 어떤 목소리와 비슷했지만 지금 들리는 이 목소리는 약간 떨리고 있었다. 말하고 있는 사람이 두려움을 애써 이겨 내려는 것 같았다.

가만히 누워 있는데도 또다시 현기증이 났다. 너무도 물을 마시고 싶었다. 입은 바짝 말랐고 갈라진 입술은 퉁퉁 부어 있었다.

나중엔 다른 목소리들도 들렸다.

“부인, 해럴드의 시체를 매장하고 싶다면 그대 스스로 찾아내야만 하오.”

월리엄 공이 쉰 목소리로 선언하자 통역자가 그 말을 영어로 옮겼다. 주변의 노르만 인들이 웃음을 터뜨렸다. 난도질당한 해럴드의 몸은 그의 정예군들의 시체와 함께 엄청난 시체 더미 속에 던져졌기 때문이었다.

백조 목 레이디 올디스는 머리를 꼿꼿이 들고 시체들이 던져진 곳으로 갔다. 아무도 도와주는 이 없이 그녀 홀로 토막 난 전사의 시체를 차례차례 끌어냈다.

“절대로 못 찾을 거요!”

누군가가 비아냥거렸다.

하지만 레이디는 어떤 시체를 찾아야 하는지 잘 알고 있었다. 머리는 금발이고 다리에 톱니 모양의 상처가 있는 사람이었다. 마침내 그녀는 자기가 찾던 시체를 발견했다. 그러나 월리엄은 연약한 여인에게 이제까지 중 가장 잔인한 공격을 가했다.

통역자를 사이에 두고 그가 말했다.

“고맙소, 부인. 나는 웨식스의 백작을 결코 알아보지 못했을 거요. 내가 기억하는 그의 모습이 아니니 말이오. 나는 해럴드의 시체를 요구하오. 나는 영국인들이 찾아오게끔 그의 묘를 만들지도 않을 것이고, 그의 뼈 위에 성스런 무덤을 짓지도 않을 거요. 다른 곳에서도 마찬가지였소. 이제는 내가 국왕이오. 나는 그 누구도 해럴드의 영혼을 위해 기도하지 못하게 할 것이오.”

레이디의 얼굴에서 핏기가 싹 가셨다. 이런 짓을 하다니! 너무도 비통해서 참아 내기가 힘들었다. 그녀는 침묵에 사로잡혀 가만히 서 있었다. 그러다 갑자기 무릎을 꺾고 거의 비명에 가까운 소리로 말했다.

"제가 그분의 시체를 매장할 수 있게 해 주신다면, 그분의 몸무게만큼 금을 바치겠습니다!"

노르망디의 귀족들이 승자인 공작 주변으로 모여들었다. 배다른 형제인 바이외의 주교 오도와 모르탱의 로베르, 공작의 조언자인 윌리엄 피츠오스번이었다. 그들은 그녀의 제안을 받아들이는 쪽으로 마음이 기울었다. 그러나 정복자 윌리엄은 가엾이 여기려 하지 않았다. 그는 부하들에게 명령했다.

"이 서약 위반자의 시체를 훔쳐 가지 못하도록 경계를 철저히 하라."

레이디는 정복자의 발밑에 몸을 던지고 애원했다.

"그럼 제 양자의 시체라도 주십시오. 그 아이는 아직 어린아이에 불과합니다. 그러니 시체가 공께 위협이 되지는 않을 것입니다."

"가져가시오."

윌리엄이 성을 내며 그녀를 밀어냈다.

레이디 올디스와 식솔 몇 명이 떠나는 모습은 구슬프기 한이 없었다. 그들은 에빈을 보급 마차에 태워 서쪽 애슬니로 향했다. 그곳에 가면 수도사들이 성스러운 피신처를 제공해 줄 것이다.

마차가 덜커덕거릴 때마다 에빈은 너무도 아팠다. 상처가 감염되어 거의 죽을 지경이었다. 하지만 목숨 줄을 놓지는 않았다. 이 주일 후 초라한 레이디 일행이 애슬니에 도착했다. 르위스는 여느 때처럼 무뚝뚝했지만 에빈의 건강을 되돌리기 위해 온 힘을 다해 돌보았다.

"이 애는 꼭 살아야 해요."

알프레드 수사가 엉망진창이 된 에빈의 몸을 보고 머리를 젓자 르위스가 말했다. 몇 주가 흘렀지만 에빈은 나을 기미를 보이지 않았다. 그래도 르위스는 포기하지 않았다.

마침내 새해 첫 주, 에빈은 진료소에서 맑은 정신으로 깨어났다. 알프레드 수사는 두 손 모아 감사 기도를 올리고, 심부름꾼을 보내 르위스를 찾아오게 했다. 르위스는 옷자락이 휘날릴 정도로 허겁지겁 뛰어와 오후 내내 에빈 옆에 앉아 있었다.

"이제는 더 이상 전장에 나갈 일이 없네, 친구여."

그가 말했다.

"윌리엄은 런던에서 자기 머리에 왕관을 씌우게 했어. 노르만 인들이 '헤이스팅스 전투'라고 부르는 그 전투에서 승리한 윌리엄은 주변을 불태우며 런던까지 진군해 갔지. 에드윈과 모르카는 윌리엄의 힘에 대항할 수 없다는 것을 알고는 할 수 없이 그를 국왕으로 받아들이겠다고 서약했어. 올드레드 대주교도 영국인들의 생명을 구하기 위해 어쩔 수 없이 그에게 기름 부음을 내렸지."

에빈이 분노로 이마를 찡그리며 일어나려 했지만 르위스가 다독이며 다시 베개 위로 눕혔다.

“에빈, 그들도 어쩔 수 없었어.”

그가 말했다. 고양이 같은 녹색 눈동자가 진지해졌다.

“해럴드의 자리를 대신할 만한 사람은 한 명도 남지 않았어.”

에빈은 탁자에 놓인 밀랍 판을 가리켰다. 르위스가 그것을 건네주자 에빈은 이렇게 썼다.

레이디는 어디에 계시나요?

“레이디 올디스는 아일랜드로 도망갔다네. 돌아가신 왕의 자제들의 어머니이니 영국에 남아 있을 수 없었지. 봉기가 일어날 기미라도 있으면 윌리엄이 당장 그녀와 아들들을 볼모로 잡아들일 테니까.”

르위스가 말했다.

에빈은 침대로 풀썩 쓰러졌다.

‘레이디만큼은 안전하시구나.’

“오, 잊어버릴 뻔했네.”

르위스가 말하며 옆에 있던 끈 달린 주머니를 뒤적였다.

“그들이 자네를 데려왔을 때 자네 몸에 이게 있더군. 뭐든 싹 쓸어 가 버리는 그 노르만 놈들이 이걸 못 보다니 기적이지.”

해럴드가 에빈에게 주었던 용 모양 브로치였다.

“해럴드는 너그러운 분이셨어, 그렇지?”

르위스가 말했다. 브로치를 받아 든 에빈은 눈물이 흘러내리지 않게 눈을 꼭 감았다. 그리고 고개를 끄덕였다.

'그래, 해럴드는 너그러운 분이셨어.'

겨울 해가 일찍 저물고 진료소가 어두워지자 르위스도 자리를 떠났다. 에빈은 늑대 가죽 망토를 두르고 힘겹게 잠을 청했다.

사순절이 시작되며 낮이 조금씩 길어졌다. 부활절 무렵 에빈은 진료소 근처를 걸어 다닐 수 있을 정도로 회복되었다. 하지만 알프레드 수사는 그가 외풍이 심한 교회에서 미사를 보게 허락하지 않았다. 아직도 너무 쇠약했기 때문이다. 어느 날 침대에서 깜빡 졸고 있던 에빈은 머리맡에서 알프레드 수사가 르위스에게 말하는 소리를 들었다.

"이 아이는 앞으로도 완전히 체력을 회복할 수는 없을 거야."

에빈 생각에도 수도사의 말이 맞는 것 같았다. 그의 가슴은 끊임없이 쑤셨고, 조금만 빨리 걸으려 해도 어지럼증이 났다. 하지만 그는 느리게나마 낫고 있었고, 한여름이 되자 애슬니에 처음 왔을 때부터 자기만의 장소였던 수도원의 과수원을 산책할 수 있을 정도가 되었다. 나무 아래 놓인 긴 의자에 앉아서 그는 사과 향을 맡으려고 눈을 지그시 감았다. 그 순간 문득 음유 시인의 시구가 떠올랐다.

　　세상을 떠난 주군을 찬양하고
　　마음속에 그분을 담아 두는 것이
　　사람의 도리일지니.

그 구절에는 전에는 한 번도 느껴 보지 못했던 울림이 있었다. 그 시구에서 말하는 '주군'이란 전사 '베오울프'를 말하는 것이었지만 에빈 자신에게 '주군'은 해럴드를 의미했다. 에빈으로서는 세상을 떠난 왕을 찬양하고 그분을 자기 마음속에 담아 두는 것이 당연했다.

해럴드의 통치 기간은 매우 짧았다. 그는 사 주라는 짧은 기간 동안 어려운 상황에 처한 왕국을 이끌며 색슨 족의 마지막 왕으로서 생명을 걸고 나라를 지켰다. 노르만 인들은 영국을 지배하자 해럴드의 업적을 파괴하기 위해 온갖 짓을 다했다. 해럴드는 잊혀질까? 아니면 샌레크 리지에서 죽은 운 나쁜 사람으로 씁쓸하게 기억될까? 그의 동생들은 죽었고 올디스도 이 땅을 떠났다. 오로지 에빈만이 남았다.

'나만큼 해럴드를 잘 아는 사람은 없다. 토스티그가 추방당했을 때 나는 옥스퍼드에 있었다. 고해왕 에드워드가 죽고, 해럴드가 왕위에 선출되었을 때 나는 웨스트민스터에 있었다. 나는 스탬포드 브리지에서 싸웠고 런던에서 열린 전쟁 자문 회의에 참석했다. 나는 그들이 '헤이스팅스'라고 부르는 전투에서 왕의 옆에 서 있었다.'

에빈은 운명이 왜 자기를 여기까지 데려왔는지 깨달았다. 지나간 모든 사건들은 이것을 위한 것이었다. 삼촌의 귀향, 그리핀의 아들들과의 싸움, 노예로 살던 나날들, 르위스에게서 글을 배운 일, 왕과 함께 보낸 세월. 이 모든 것이 지금 그가 해야 할 일을 위해 그를 준비시켰던 것이다.

다시 가을이 찾아왔고, 나뭇잎들은 해럴드의 망토만큼이나 진홍색으로 물들었다. 에빈은 탁자 위에 펜을 놓고 양피지의 잉크가 마르는 것을 지켜보았다. 그는 고개를 돌려 수도원 문서 사자실의 열린 창밖을 바라보았다. 방책 너머로 정성껏 가꾼 보리밭이 멀리까지 펼쳐져 있었다. 저무는 해가 몸을 굽혀 추수하고 있는 수도사들과 수련 수사들의 발밑에 긴 그림자를 드리웠다.

에빈은 하던 일로 돌아왔다. 그는 턱을 손으로 받치고 생각에 빠져 꼼짝도 하지 않았다.

그는 지난 사 년 동안 말을 하지 못하고 지냈다. 자유민으로 태어났지만 불구의 노예가 되었고, 말로 읊어지는 시가 사람들의 생명수인 세상에서 영원히 침묵하게 되었다. 그것은 그가 견뎌야 할 자기만의 십자가였다. 아마 말을 못 하게 되었기 때문에 하느님이 글재주를 내려 주셨을 것이다. 르위스는 가끔 어깨 너머로 에빈의 글을 보았다. 수도사는 감탄하며 빙그레 웃고는 어떤 구절을 가리키며 "이 부분은 아주 좋은데?"라고 말하곤 했다.

이제 에빈은 '수도원 연대기'에 모든 것을 적겠다고 마음먹었다. 지난 일을 애써 들추는 것은 슬픈 일이었다. 에빈은 그렇게 해야 하는 게 너무도 싫었지만 그 일은 사랑에서 비롯된 일이었다. '해럴드'라는 이름을 쓰는 것은 가슴 저미는 기쁨이었다. 검은 잉크를 묻혀 세심하게 한 자 한 자 쓸 때마다 왠지 왕의 피와 육체를, 그의 근육과 따스한 살갗을, 그리고 힘차게 울리는 그의 목소리를 그려 낼 수 있을 것 같았다. 온 힘을 다해, 영국인들을 위해, 해럴드에게 다시 생명을 불어넣으리라.

에빈은 깊이 숨을 들이마신 후 자기가 쓴 글귀를 다시 읽어 보고, 또다시 펜에 잉크를 묻혀 이어서 썼다.

1063

이해에 웨식스의 해럴드 백작이 엑서터 근처 레이디 올디스의 영지에서 하지 축연을 베풀었다. 동생들인 이스트 앵글리어의 기르스 백작, 켄트의 레오프와인 백작, 노섬브리어의 토스티그 백작이 그와 함께 있었다.

여름이 끝나 갈 무렵, 해럴드와 토스티그는 북부 웨일스의 반란자들과 맞서 싸웠고 많은 부상자들이 애슬니 수도원으로 옮겨졌다.

1064

새해 몇 주 동안 해럴드는 병력을 모아 카마던으로 말을 몰았다. 거만한 지역 영주인 그리핀이 그곳을 유린하고 있었다. 해럴드는 기민함과 지략으로 적을 놀라게 했고, 그리핀과 그의 아들들은 전장에서 죽임을 당했다.

같은 해에 영국 해협에서 해군을 순시하는 동안, 거센 폭풍이 밀어닥쳐 해럴드 백작의 배는 항로에서 벗어나게 되었다. 웨식

스의 백작과 부하들은 플랑드르 해안 근처에서 난파되었다. 그
해 여름과 가을, 이 영국인들은 노르망디 공 윌리엄에게 억류되
었다.

1065

미카엘 축일이 지난 후, 노섬브리어 인들은 자기들을 다스리는
토스티그 백작을 추방하기 위해 힘을 합쳤다. 그들은 그의 근위
대원들을 죽이고, 그의 무기들을 빼앗고, 그의 금은보화를 가져
갔다. 그들은 알프가 백작의 아들인 모르카에게 사람을 보내 그
를 자기들의 백작으로 삼았다. 모르카는 부하들과 남쪽으로 행
군해서 노샘프턴에 이르렀다. 그곳에서 모르카는 형인 에드윈과
그의 백작령에서 온 사람들과 합류했다. 이들은 그곳에 와 있던
해럴드 백작과 만나 모르카를 자기들의 백작으로 임명해 달라고
에드워드 왕께 청원하는 임무를 맡겼다.

곧 성 시몬과 성 유다 축제 기간이 되었고 옥스퍼드에서 자문 회
의가 열렸다. 해럴드 백작은 그곳에 참석해서 합의를 이끌어 내
기 위해 온 힘을 다했으나 성공하지 못했다. 그리하여 토스티그
백작은 아내와 지지자들을 데리고 바다 건너 남쪽으로 떠났다.

에드워드 국왕이 크리스마스를 맞아 웨스트민스터에 왔다. 그곳
에서 국왕이 친히 하느님과 성 베드로와 모든 성자들의 영광을 위

해 지은 성당의 봉헌식이 열렸다.

1066

이해에 에드워드 국왕이 서거했다. 해럴드 백작이 왕위에 올라
사 주하고 하루 동안 통치했다. 그러나 왕국을 다스리는 동안
그는 평온함을 누리지 못할 운명이었다.

에빈은 펜을 다시 내려놓았다. 피로가 몰려오며 차갑고 무거운
구름들이 땅까지 깔릴 때면 자주 그러듯 옆구리가 쑤셨다. 내일도,
그 다음 날도, 또 그 다음 날도, 모든 이야기를 다 할 때까지 계속
쓰리라. 나는 왕을, 하느님께서 직접 기름 부으신 종을, 웨식스의
전사를 섬기는 축복을 받았다. 나는 왕의 양자였고 왕의 그림자였
다. 왕에 대한 이야기를 하는 것은 나의 특권이다. 오로지 나만이
이것을 할 수 있다. 그리고 나는 해럴드와 해럴드의 백성을 위해 이
를 하리라.

이것이 그의 운명이었다.

벙어리 소년의 꿈과 좌절, 그리고 날갯짓

음유 시인이 되고 싶어 하는 소년이 있습니다. 그러나 운명은 그의 혀를 그루터기만 남겨 두지요. 생각을 드러내고 마음을 노래할, 말을 잃은 소년은 목에는 노예를 표시하는 고리를 달고 채찍질을 당하며 이제부터는 시키는 것만 해야 하는 삶만 남았다며 좌절합니다. 하지만 운명은 그가 말을 가졌을 때에는 상상할 수 없었던 뜻밖의 방향으로 소년을 이끌어 가지요.

노르망디 공 윌리엄이 영국을 정복한 1066년 헤이스팅스 전투를 배경으로 한 이 이야기에서 우리는 한 소년의 꿈과 좌절, 그 좌절을 딛고 날아오르는 날갯짓을 봅니다.

가끔 생각합니다. 우리의 운명은 어느 정도 예정되어 있다고. 그러나 모든 것이 100% 예정되어 있다면 얼마나 답답한 노릇일까요? 그렇다면 우리의 노력은 헛된 게 아닐까요? 그래서 저는 큰 길만 예정되어 있다고 보기로 했습니다. 큰 길은 자신의 의지와는 상관없이 주어져 있지만, 그 길을 곧장 가거나 지그재그로 가거나 다른 갈림길을 선택하는 것은 자신의 몫이라고 말입니다.

소년이 좌절해 있을 때 선택이 주어집니다. 수도원에서 글을 배울 수 있는 기회가 생긴 것이지요. 소년은 그 기회를 받아들이고 열심히 노력하기로 합니다. 또한 전장에서 겁쟁이 토끼처럼 굴던 소년은 정작 용기를 내야 할 순간에 두려움을 극복해 넘으로써 좀 더 큰 내면의 성장을 이루지요.

소년이 비로소 자신이 살아온 나날의 의미를 깨닫게 된 것은 왕이 죽고 자신만 살아남았을 때였습니다. 선택의 과정들이 모여 이룬 소명을 마침내 깨달은 것입니다.

우리의 하루가 모여 귀한 나날을 이루어 냅니다. 지금은 힘든 골짜기에 있다 해도, 그 과정은 우리가 받은 소명을 이루기 위한 준비 과정이라는 것을 이 소설을 번역하며 새삼 깨닫게 되어 감사한 마음뿐입니다.

2007년 5월

서남희

아침이슬 청소년 * 007

왕의 그림자

첫판 1쇄 펴낸날 · 2007년 5월 10일

지은이 · 엘리자베스 앨더
옮긴이 · 서남희
펴낸이 · 박성규

펴낸곳 · 도서출판 아침이슬
등록 · 1999년 1월 9일(제10-1699호)
주소 · 서울시 마포구 합정동 411-2(121-886)
전화 · 02)332-6106
팩스 · 02)322-1740
이메일 · 21cmdew@hanmail.net

ISBN · 978-89-88996-74-4 44840
ISBN · 978-89-88996-58-4 (세트)

책값은 뒤표지에 있습니다.